U0681744

渔樵歌笙

黄玉东 主编

蔡泗明　倪宝元　赵继平 副主编

中国言实出版社

图书在版编目（CIP）数据

渔樵歌笙 / 黄玉东主编 . -- 北京 : 中国言实出版
社 , 2021.6
ISBN 978-7-5171-3353-7

Ⅰ . ①渔… Ⅱ . ①黄… Ⅲ . ①散文集－中国－当代
Ⅳ . ① I267

中国版本图书馆 CIP 数据核字（2021）第 093202 号

责任编辑 崔文婷
责任校对 王建玲

出版发行 中国言实出版社
　　　　　地　　址：北京市朝阳区北苑路 180 号加利大厦 5 号楼 105 室
　　　　　邮　　编：100101
　　　　　编辑部：北京市海淀区花园路 6 号院 B 座 6 层
　　　　　邮　　编：100088
　　　　　电　　话：64924853（总编室）　64924716（发行部）
　　　　　网　　址：www.zgyscbs.cn
　　　　　E-mail：zgyscbs@263.net

经　　销 新华书店
印　　刷 北京中科印刷有限公司
版　　次 2021 年 7 月第 1 版　　2021 年 7 月第 1 次印刷
规　　格 880 毫米 ×1230 毫米　1/32　13 印张
字　　数 270 千字
定　　价 49.80 元　　ISBN 978-7-5171-3353-7

序

张达富

　　在全国上下轰轰烈烈开展党史学习教育，迎接建党一百周年的时候，由"冬歌文苑"发起，经过众多文友努力的《渔樵歌笙》一书顺利面世了，这是一件值得庆贺的事。她的面世给广大文学爱好者带来一缕清风，犹如"风乍起，吹皱一池春水"，必将激起广大文学爱好者，特别是散文爱好者的阅读与写作的欲望，必将发挥文学启迪思想、陶冶心灵的审美教育作用。

一

　　捧读全书，你会被那扑面而来的亲情、友情、乡情而深深打动。文集中许多篇目倾注了作者的炽烈情感，他们讴歌时代精神，赞颂勇于担当、敢为人先的品质，字里行间注满了亲情、友情、乡情，叙事抒情，笔酣墨饱，催人奋进。

就内容来说，全书以一个"情"字贯穿始终。令我印象深刻的是，有过军队经历的作者，叙述他们服役时的激情燃烧的岁月，透露出的是浓浓的战友情。邬晓华的《军旅好主任》深情地叙述了张三旺主任指导"我"走上写作之路，赞同"我"报考军校，并推荐"我"入党。可以说正是张三旺主任的关心、提携，使作者的军旅生涯一路高歌。白锦刚的《师恩润我心》一文，满怀激情地回忆了部队朱指导员指导"我"练字，办黑板报，让"我"锻炼了能力，增长了才干。朱指导员不是老师胜似老师，堪称人生导师。封金花的《留恋军营思念战友》和周银平的《回军营》更是直抒胸臆，抒发了对军营的留恋。《回军营》作者写道："我后悔做过一些事，但从不后悔当兵；我淡忘过许多事，但从没淡忘战友情；我去过很多地方，最美的是军营。"

来自不同行业的作者抒写了亘古不变的骨肉亲情。焦红玲的《我亲爱的战友》写的是母子奋斗的故事，字里行间洋溢着母子亲情；赵继平的《父亲的脊梁》深刻而细腻地叙述了父母勤劳善良的品德，他们友爱乡邻，乐善好施，表达了作者对父母的崇敬爱戴之情；孟芹玲的《珍藏心底的感动》，感动于儿子为母亲生日制作的歌，感动于儿子对母亲的爱，更是母子亲情的生动体现。值得一提的是邬晓华的《三粒纽扣》，写出了师生情，表达的是感恩之情。白锦刚的《歉疚》写姐姐为我、为全家所做出的贡献，表达的是姐弟亲情。杨青的《我送孙子上初中》抒写了上学途中所见所闻，感慨道："长江后浪推前浪，前浪何必回头望。云帆高挂任他行，收起你的指挥棒。"表达了理性而明智的祖孙之情。

写乡愁乡情的篇目较多，给人印象深刻的有：孟芹玲的《童年的石板街》写出了"童年的石板街承载了我浓郁的思乡情愫"；田志坤的《家乡的"大河"》那"似乎只有那段音乐般潺潺流水声，才能唤起我对幸福童年、快乐少年的回忆"；黄玉东的《一条河的念想》，传达了深厚的思乡情愫，把故乡的风土人情，春夏秋冬的自然风光，具体生动地呈现出来，寄托了作者浓浓的乡愁，叙述生动，有很强的艺术感染力。

文集中有一组歌颂自然、抒发热爱自然情感的篇目。譬如蔡泗明的《心动九寨》，浓墨重彩地描绘了九寨沟令人心动的自然风光，叙写了九寨沟特有的文化意蕴，表达了对九寨沟无限向往热爱之情。琅琅的《剪一段时光给五月》，"我吹着五月的风，闻着五月的香，写着五月的美，整个人仿佛都陶醉在这温柔的时光里"。诗一样的语言，流露出对五月风光的歌颂和赞美。戴觉佑的《秋思薄念》从秋色、秋风、秋雨和秋果等方面，竭尽铺排之能事，酣畅淋漓地抒发了对大自然的无限热爱之情。

二

就形式而言，文集中有许多作者精心构思，表现了散文的形式美。做到了思想内容与艺术形式的完美结合。一篇散文光有好的内容，却没有好的形式去表现，犹如一幅精美的画放在粗劣的相框里，影响读者的欣赏效果。散文追求炉火纯青，讲求行云流水，如风行水上，自然成文。文集中一批女作家的文笔细腻，记叙、描写、抒情等手法运用自如，表现出一定的文字功底。徐莲华的《岁月有声》构思巧妙，将自己置身秋天的田野，边收割庄稼，边联想自己的文学创作经历和"冬歌文苑"的发展、壮大。全文用类比的方法，体现了散文的"特质"。"轻轻掬一捧故乡的泥土，揽一缕果实的芳香，连同诚挚的问候，捎给远方的冬歌。借平台创办四周年之际，祝愿'冬歌文苑'根植大地，墨香流韵。"水到渠成，自然成文。

《家乡的土月饼》一文，月饼是线索，寄托了作者的思想情感，以情感作为线索，感情起伏变化，主题更加突出。《我的老连长》一文，记叙了四位连长，四位连长中，印象最深刻且难以忘怀的，是新训结束下连后见到的魏新童连长。魏连长关于馒头的故事，不动声色地教育了"我"。故事的穿插，使行文有了起伏，丰富了文章的内涵，突出了文章主旨，给人以深刻印象，并受到情感的陶冶。

《根在水乡》一文运用抒情的方法收束全文，卒章显志，突出全文主旨。"生在水乡，长在水乡，自然对水乡就有了特殊的情感，多少次梦回水乡，在家乡的小河里畅游，多少次梦回水乡，和儿时的伙伴们一起捞鱼摸虾，多少次梦回故乡，和小伙伴们一起在木船上捉迷藏、打水仗……这些深深镶嵌于情、根植于心的水乡情结将继续伴随我行走天涯直到永远。"抒发了对故乡的深深眷念之情。

就表达方式而言，细节描写是散文的生命，可以说没有细节描写，就没有散文的文学色彩。"原来他听说我今天去军校报到，专程赶来送我一程。我紧紧握着连长的手，激动得说不出话来，唯有泪如泉涌……"那满腔情感都在那"执手相看泪眼"的细节描写上。抒情手法的运用，恰到好处地表达了作者的情感。孔秋莉的《忆雪》写道："求学的那些年，总会在下雪的时候，将目光挪向窗外，偷偷地望着那纷纷扬扬的漫天雪花。直到吃饭期间或者是下晚自习后，才有机会走在雪地里，听雪花簌簌飘落的声音，看雪花翩翻飞舞的倩影。"借景抒情，寓情于景。《一条河的念想》中，情感犹如山涧小溪缓缓流淌："一个人在思乡的时候，总可以为乡愁寻出一百个合理的逻辑，找到一千个想家的理由。离开故乡久了，故乡的记忆，总是停留在童年里那段不经意的时光中。一旦触碰某个物件、谈起某个话题、见到某个景象，都会勾起对故乡的无限思念。"

三

就语言表达来说，许多作者注重形象描绘，描写形象生动，给人留下深刻的印象。这方面，黄玉东、朱湘山、赵继平等表现了较为深厚的语言文字功底。

朱湘山的《山前花如雪》一文，文笔细腻，情感真挚。"芦花""西瓜"等意象贯穿全文，使全文笼罩着悲凉的色彩，富有意境美。作者善于描摹景物，多处运用比喻、比拟的修辞手法，语言蕴藉，意味隽永。写思念父亲，"心中涌起一阵苦涩，这股苦涩滚动着，从眼眶里涌出，那一刻，我无比想念父亲，想念像西瓜皮一样被啃得只剩下薄薄一页纸一样的时光"。"苦涩""滚动""涌出"，将无形的情感化为具体可感的形象，让读者真切感受作者内心的苦涩。写父亲心疼他的瓜："他心里的疼蹿到眉梢，拧成了一个结。"生动形象地表现了父亲对自己劳动成果的珍惜。

黄玉东的《打平伙》生动地再现了特定年代的社会民俗，在严肃的叙事中，不失幽默风趣，绘制出一幅社会风俗画，文中充溢着怀旧、感恩的浓厚情感。《打平伙》浓缩了一个时代的人情世故，具有撼人心魄的力量，同时折射出时代的进步。文中的高老师和那位女老师，虽然着墨不多但给人深刻印象，这源于作者语言的蕴藉、隽永，令人回味无穷。

散文易写难工，能写是良好的开端，会写是历练的过程，写好才是终极目标。要想写好散文，依凭的不仅是才气，还需要多年修炼，方能达到得心应手的境界。相信在"冬歌文苑"这个大家庭里，文友互相切磋，共同提高，定能在文学的百花园里绽放我们的文学之光华，走出更多的有影响力的作家，为文学的进一步繁荣和昌盛贡献我们的一份力量！

目　录

秋思薄念

————

戢觉佑

秋天，是一个唯美的季节，它美得华贵，美得浪漫，美得丰硕，美得情深。它像一幅绚丽多彩的画，一首饱含深情的诗，一曲悠扬激昂的交响乐，总叫人赏不够，爱不够，听不够，随着年龄的增长，越发加深了对秋的感怀。

秋天，明媚透亮，空旷恬静。正如诗中所写："清溪流过碧山头，空水澄鲜一色秋。隔断红尘三十里，白云红叶两悠悠。"我喜欢秋的透彻，秋水与长天一色。秋像一块无瑕的玉，也像一位正人君子，胸怀敞亮，从不遮掩，清风高洁。特别是秋日的霞光更加迷人，令人动情心醉。朝霞绚丽，婀娜多姿，光彩夺目，如同意气风发、天真烂漫的少年，给人以无限的希望。秋的晚霞深沉浑厚，像一位伏枥的老马，让生命最后的能量，燃烧得更加绚丽多彩，令人敬佩赞赏。秋的月光更加皎洁透明，每当夜幕降临，一轮明月静静地爬上树梢，悬在窗前，挂在天际。清冷的月光泻在大地，广袤无垠的天河繁星闪烁。试想，此时有多少游子，多少情人，举杯邀月，圆了多少人的团圆梦，遥寄了多少断肠人的相思。

秋天，色彩斑斓，绚丽灿烂。"一年好景君须记，最是橙黄橘绿时"。山远天高，丽日清风，秋色宜人。虽比不上春日百花鲜艳，比不上夏日万物蓬勃，但她赤橙黄绿青蓝紫，七彩斑斓，缤纷艳丽。黄、淡黄、枯黄，绿、嫩绿、深绿，红、粉红、深红，紫、淡紫、深紫，还有橙黄和青蓝，它们在翠绿墨绿的山林陪衬下，在阳光的照耀下，显得格外炫目耀眼。这些五颜六色的叶子和花儿镶在广袤的大地，红的似火，黄的似金，绿的似翡，粉的似霞，给人许许多多的遐想。那片片红叶在风或雨的助力下，款款深情地离开枝干，它们唱着嫩芽时的初心曲，翩翩起舞，飘在空中，散落地面，直至化羽归尘，仍陪伴在花木的根部。她情依旧，心依旧，念依旧，初心不改。

秋天，雍容华贵，硕果累累。"喜看稻菽千重浪，遍地英雄下夕烟"。那沉甸甸、金灿灿的稻穗，那鲜红诱人的苹果、山楂，那火红的石榴、暗红的大圆枣，那紫莹莹水晶般的葡萄……漫山遍野。这累累硕果既是大自然的骄傲，更是对劳动者的回馈。

秋天，风清淡雅，率性率真。蝉鸣唤来了秋风，那阵阵清凉，掠过泛着涟漪的水面，驱散了漫长的炎热。她让桂花绽放在枝头，清香溢了十里；她让瓜果改变了颜色，压弯了枝头，走向成熟；她催生了红叶，送走了枯黄，扫尽了尘浮，为万物度过严冬减轻了负担。我并不为秋扫落叶而悲凄伤感，它是自然的属性，或者是相互默许，相互关照，我们应为此而感到欣慰。

秋天，雨淅沥，绵长多情。"一往情深深几许，深山夕照深秋雨"。秋雨不像春雨飘逸洒脱，不像夏雨激昂奔放。秋雨下得细腻，下得时长，下得用心，下得透彻。一场淅淅沥沥的秋雨洗尽铅华，带来了满地落红满地香。她以绵长和温柔滋润了土地，为准备度过严冬的万物送去甘露和充足的食粮，奉送了来年的希望。记得小的时候，我最喜欢看的就是秋雨过后奇妙梦幻般的世界。雨歇之后，大地如同披了一件轻轻的薄纱，随着轻风将薄纱慢慢卷起，轻烟随之袅袅，忽隐忽现，忽幻忽真，水朦胧，山朦胧，万物皆朦胧，大自然演绎了一个美轮美奂、如诗如画的世界。

秋天是短暂的，如果把秋天比作生命，在无限的时空中，只是须臾间的发生。但她洞悉生命可贵，把大爱留给了大地，把希望寄托在未来，她展示了生命的无私，留下了永恒璀璨的记忆。正是：

绿瘦红肥生彩烟，
碧波似镜映蓝天。
雍容华贵三秋景，
璀璨斑斓七色全。
瑟瑟清风光影炫，
萧萧落叶舞翩跹。
飘零犹唱初心曲，
化羽归尘终结缘。

亲近自然

———

张达富

清晨醒来，耳边传来清脆的鸟鸣，一天的生活开始了。

住到南京以后，到处是青山绿水。青草遍地，绿树成荫，感觉与自然是那么亲近。每天走在绿树环绕的住宅区，心情怡然。

最近到一家地处远郊的机构上班，此处地广人稀，远离城市中心，让人心旷神怡。不由得想到陶渊明笔下"暧暧远人村，依依墟里烟"的意境。此处是山地，远远望见一带远山，迤逦而来，山色柔嫩，山形柔和。前面是不高的土山，吉山大道横穿其中，两旁的树木花草，青翠碧绿，显得生机盎然。这里的房屋建筑与自然相融合，一律是三层，地下一层，露出地面两层。各抱地势，高低错落，有的建在土山顶上，有的建在低洼处。我所在的那栋楼，建在低洼的地方，门前有水泥地坪，其他三面是水沟，沟圩坡地绿草茵茵，最洼的地方还有石子，只是没有潺潺流水。前面有一条水沟，里面生长着芦苇，隐隐有流水声。远处高坡上一棵杨柳，在微风中轻拂，柳丝依依，诗意无限。一切都很自然地呈现原生态。就连房屋建筑，也是掩映在树木丛中，外观设计别出心裁，最上层是墨绿色，有的房屋类似鸟窝的形状，在绿树掩映下，呈现出古老、古朴的特色，这也许是吸引各种鸟类来此栖息的原因。有一座像船又像鸟展翅欲飞的建筑，只有一层，外观有筷子粗细、白色的塑料管子一根根垂下来，像冬天挂在屋檐的冰凌，又像白色的帘子，令人想到李白诗里写的"遥看瀑布挂前川"。最巧的是帘内四周是通道，隔着一堵镂空围墙，中间才是娱乐活动室。人从中通过，偶尔也有小鸟从中飞出。置身这样的环境，很自然地想到一篇小说《彼岸》里描写的原始村落。这里有各种鸟鸣声，有粗犷的布谷鸟的咕咕声，有清脆的黄莺的啁啾，有说不出名的小鸟叽叽声，绿草丛中不停地响着虫鸣，像琴师为乐曲伴奏一样，弹奏出恬静和谐的田野之歌。

多年没有听到过鸟鸣声了，还是小时候在农村，家住两个冲子中间，东西都有草滩地，那时候各种鸟鸣声悦耳动听，放学的时候还能在芦苇丛中发现各种鸟窝。一天，我们在草丛中发现了紫菱鸟，窝里有四个鸟蛋，我们做好记号，过了一星期再看，小鸟刚出蛋壳，黄黄的嘴，细细的脖子，还没睁开眼睛。有了响动，四张嘴一起伸向空中觅食。将小鸟捧在手里时，感到它们的身体像蛋黄一样软。我们把它们带回家，将大麦粒子浸泡后碾碎，把芦柴劈成两半，挑着大麦粒喂食紫菱鸟。老的紫菱鸟在我们驻地的上空叽叽叫着，大概是在寻找它的孩子吧。我饲养的两只小鸟，居然成活了。

小鸟在笼子里振翅跳跃着来吃食，那情景很讨人喜欢。小鸟羽毛渐丰，有一天，我们突发奇想，把两只小鸟放出笼子，看它们会不会飞。结果出笼的鸟儿扑棱着翅膀，三下两下就飞起来了，飞上一阵停下来，我们赶紧追，但我们将要靠近时，它们又一次起飞，飞到冲子芦苇丛中，随即出现了两只成年的鸟带着它们飞，许是一直在等待这两只小鸟的父母吧！小鸟越飞越高，越飞越远，开始还能看到小鸟扇动翅膀奋飞的样子，后来就成为一个点，渐渐从我的视线中消失。我的小鸟一去不回来。

记得冲子边上有一水塘，夏天我和小伙伴在那里洗澡，水的表面被阳光照射得发烫，身子贴着水塘边沿，那柔软的泥土透着芳香。我们有时把水塘的泥巴涂满全身，会感到浑身凉快、舒适。游泳技巧好的一个猛子扎下去，很长时间才在对面冒出水面。整个身子泡在水里，与家乡的水土是那样亲近。

自从我读书离开了家，再没有与鸟类亲近过，只是在花鸟市场或者喜欢养鸟的人家看过各种鸟，但叫声都不像我们小时候饲养的紫菱鸟那般清脆悦耳。同时，关在笼里的鸟与自然远离，失去了野性，总有被人工孵化的味道。

来到省城以后，我们曾到汤山去泡温泉，水池里的小鱼紧叮你的皮肤，双脚都被小鱼覆盖着，那种麻酥酥的感觉真好。你要伸手去捉，刚才还是黑压压的一片，立刻踪影全无了，你收回手，许多小鱼又围着你的脚继续叮咬你的皮肤。小鱼是理疗师，被小鱼叮咬过的皮肤光滑细腻，但总觉得水泥镶嵌的池子隔断了与大自然的亲近。我们也曾到水晶蓝湾去泡澡，室内装饰着一棵大树。树下有几个温度不等的池子。池水清澈，没有一点杂质，整个身子浸泡在清水里，泉水冲击全身，清洁皮肤，可是人工装饰的自然隔断了野趣，人和自然疏离，没有了自然的味道。

之前居住在城市的小区，偶尔有一两只鸟在树丛中跳跃，给小区带来勃勃生机。有一次我睡在卧室的飘窗上，透过玻璃窗清晰地看到一只鸟飞抵窗前的香樟树上，它非常友好地望着我，两只眼睛滴溜溜转，我与它对视了几十秒钟，它扑棱着翅膀飞到另一棵树上去了。

现在我在远离闹市的郊区，听着各种鸟鸣，心情大好。楼上整面墙是玻璃，站在楼上置身树丛中，人与树比肩，树丛中的鸟儿举头相向鸣，显得十分融洽。蓝天白云，红花绿草成为主色调，鸟儿清脆的叫声为我们伴奏，生活是那么富有诗意，这或许就是我的"诗"和"远方"。

清晨，打开窗子，南面的土山，青青郁郁，驻地就在这群山环绕之中，空气清新。深呼吸，神清气爽，开启了一天的生活。

岁月有声

——

徐莲华

看到文友蔡泗明老师发来的信息时，我正躬身于老家的田野，右手握镰，左手拢秆，忙着收割急于归仓的黄豆。于我而言，2020年乡村驻点的日子，既是"扎根人民深入生活"题中之义，也是对农耕生活的一种怀旧寄托。秋天的乡村，意蕴悠长，最华美的乐章，跳动在收获的琴弦之上。

收割，是我从小练就的本领。握着镰刀的手，起初有些生硬，挥刀割下一行两行，很快便自如起来。写文，那是成年以后始学的涂抹，充其量算有感而发自娱自乐，至今"三脚猫""半瓶醋"也称不上。收割与写文相比，我更倾心于前者。实践下来，也确实证明了这点，自己在收割庄稼中能获得更多的自信。如果笔下的文字，曾偶有接地气的，赢得一些共鸣的，想必定是缘于脚踏土地、同呼共吸之故。

与冬歌相识，因文学相牵。"冬歌文苑"公众号创办较早，见证平台从起步到成长，走过"千"个日子，推送"万"篇作品，实为创办者冬歌的这份坚持而感动。

我是农民的孩子。工作生活在大都市的冬歌也来自农村。我出生于六十年代末，孩时纯朴的乡村生活，早已融进血液根植生命。从家乡走出去的同龄人冬歌，经部队大熔炉磨炼成长起来的海军大校，一位下笔成章的兵哥哥，常常将家国情怀寓于字里行间。品读他的乡情系列散文《故乡是条弯弯的河》《抹不去的乡愁》《兰姐》《一条河的念想》《难忘的童年》……读着读着，如身在其中，回到年少，再次体验那个时代的家乡风情。

苏北响水，这片曾经贫瘠的土地，虽然给过我们"饿肚子"的不爽经历，那毕竟是岁月之囧时代之过。如今，奋进在小康路上的响水，东风正劲，力谱华章。冬歌的老家紧挨潮涨潮落的灌河南岸，我的老家位于茫茫古关云梯之北。或许，年少时的我们各有各的忧愁，唯简单的快乐那么相似。当我们不再年轻，开始喜欢回忆从前，不厌其烦诉说的，多为成长过程中的历历往事、趣事。纯真质朴，是最初成长的模样！我一直认为，这是故乡水土赐予六零后的我们最珍贵的礼物。带着这份厚厚的馈赠，为了梦想与远方，出走半生，跨越千山万水，归来仍为少年。我想，这也是文学的魅力，它让人心向年轻。饱有文学情怀的冬歌，领着一群志趣相投的文友，执着前行。

四年来，"冬歌文苑"每日推出作品，文章可圈可点。四年来，平台适时将优秀作品结集出版，《四季恋歌》《歌向远方》《踏歌而行》堪称"冬歌文苑"纸版三部曲，圆了不少作者的出书梦。现今，新媒体自媒体似"群星璀璨"，一个文学公众号平台似乎微不足道，但这样的坚守与努力，弥足珍贵，值得点赞。"看似寻常最奇崛，成如容易却艰辛。"涓涓细流，终将汇成大海！

极目远望，此时的平原乡村，黄色显然成为主色调。丰收之景，尽情铺展，在秋阳映照下别具韵味。花姐家的水泥晒场上，金灿灿的玉米引得群鸡啄食，陆续收割运回的大豆沉甸甸地"宣示"着丰产。有待收获的，当数成片成片的水稻，或浅或深的黄，成为田野的主角。花姐说，水稻完全成熟，还需二十天左右。我知道，在未来的一段日子里，日渐饱满的稻谷，将毫无疑问地"引领风骚"，把金秋推向另一个高潮！

两天的收割劳动暂告段落。信步于"闲人赏桂吟诗，农人踏露收种"的时节，我边品尝收获的喜悦，边咀嚼农人的辛劳。收拢思绪，蹲下身子，轻轻掬一捧故乡的泥土，揽一缕果实的芳香，连同诚挚的问候，捎给远方的冬歌。借平台创办四周年之际，祝愿"冬歌文苑"根植大地，墨香流韵。

时光无痕，岁月有声。天上从不会掉馅饼，幸福都是奋斗出来的。努力奋斗在筑梦路上的人们，不妨为好样的自己喝彩打 call 吧！

风雪待归人

邢　军

一

　　乡村的雪野寂静极了，纷纷扬扬的雪花悄无声息地飘落。我站在村口的大槐树下，迟迟不肯回家，我怕万一刚进屋，就错过了回家过年的父亲。大年三十的晚上，我在寒冷的雪地中将自己站成一个小雪人。

　　终于，白茫茫的田野里，一个黑色的身影朝村子走来，厚厚的积雪让他步履蹒跚。确定是归来的父亲后，我飞快地跑过去，脚下踢起一尺高的雪末。

　　父亲才是一个真正的雪人。身上扛着的麻袋把他的头和身子压得很低，父亲左手拽着肩上的麻袋口，右手提着一个沉甸甸的布袋子吃力地走着，他的帽子和麻袋上落满厚厚的雪。看见我，父亲先是一惊，随后放下右手的布袋，疼爱地拍打我围巾和衣服上的雪。我提起布袋子，跟在父亲身后向家走去。

看见我们进门，热炕上的弟弟妹妹一骨碌从被窝里蹦出来跑到炕沿前，跳着脚喊着"爸爸、爸爸"。母亲帮父亲卸下肩上的麻袋，我们姊妹几个一下子围住了那个麻袋。我猜想那里面一定有红红的大苹果、毛栗子、橘子，应该还有好多葵花籽、落花生和水果糖，等等。

可是，麻袋已经被掏空了，还没有看见我们想要的好吃的。地面上一片狼藉，父亲置办了好多年货、日常家用的物件，剩下的就是他的换洗衣服。年货里最让我们心动的是那块足足有十几斤重的大肉，那是我长到八岁见到的最大的一块猪肉。

父亲看出了我们眼里的失望，他提过布袋子，从里面掏出两个铅笔盒，一个红、黄、绿相间的发卡，还有一只塑料手枪。弟弟一把抢过小手枪，翻来覆去地看着、摸着，爱不释手。小妹戴上发卡趴在柜子上照镜子，我和大妹以最快的速度商量着分好两个铅笔盒，兴奋地把各自的文具一一摆放进去。

忽然，父亲变戏法似的，从布袋子掏出一个塑料袋，里面是四个又圆又白的馍馍，父亲说，城里人叫它"罐罐馍"，那是他们运输队灶上改善伙食吃的馍馍。吃惯了母亲蒸的杂粮馒头，这种富强粉的白面馍馍简直就是馍馍中的白富美。我小心翼翼地捧着雪白的馍馍，就像捧着窗外洁白的雪花，生怕一眨眼它就会化成一摊雪水。我顺着"罐罐馍"的纹理，慢慢地边撕边吃，那细腻柔软的口感和醇正香甜的味道，是我儿时记忆中无上的美味。

二

先生是父母帮我挑选的女婿，媒人是我舅妈。母亲说，知根知底的人家，将来女儿嫁过去不会受委屈。父亲说，大女子虽然念点书，但是太实诚，咱家条件又不好，不敢找太优越、太花哨的女婿，以后不好过日子。我听从父母的话，尝试着和先生交往。

一年后的腊月二十四，是阴阳先生帮我们算好的黄道吉日，婚礼在农村老家举行。我像村里所有出嫁的姑娘一样，坐在窑洞的土炕上，等待迎亲的队伍。

我穿着母亲为我做好的嫁衣，大红色上面配有金黄色凤凰图案的织锦缎棉袄，脖子上围着橘红色的方巾，薄棉裤上面套一条枣红色的条绒裤子，再加上一双红平绒方口鞋，让我浑身上下喜气洋洋。母亲说出嫁穿棉衣，一辈子丰衣足食，穿红色往后日子红红火火。

表妹为我化了新娘妆，盘好头发后，在我发髻上插上几朵娇艳的小红花。本家姐妹们围着我闹着、笑着，她们说，我是从古代穿越而来的新娘。

婚后第三天是回门的日子，我早早起床收拾好准备回娘家。打开房门，一个银装素裹、冰雕玉砌的世界展现在眼前，"忽如一夜春风来，千树万树梨花开"的美丽画卷徐徐打开。洋洋洒洒的雪花如同新婚的我们，充满柔情蜜意。我仰起头，任雪花轻轻落在我的脸颊、落在我的掌心，飘进我温馨甜美的心海。一望无垠的雪地上，我挽着先生的胳膊，仿佛漫步在洁白无瑕的童话世界。

不知不觉快到村子了，我一抬头，看见父亲正站在村口的大槐树下。他的帽子上、身上全是雪，我急忙跑过去，帮父亲拍打身上的雪花。父亲黝黑的脸冻得变成了黑红色，眼角好像冻出了眼泪，他不停地吸溜着快要流出的清鼻涕，他的嘴几乎冻僵了，口齿不清地埋怨道："天冷的，来这么早干啥？晚点走就能暖和一些。走，赶紧回家！"

我像多年以前那个雪夜等待父亲回家一样，跟在他身后，踏着厚厚的积雪向家走去。只是，父亲瘦削而微驼的身躯，恐怕再也扛不起沉重的麻袋了，我心里一阵酸楚。

大妹悄悄告诉我，那天迎亲的队伍走后，父亲站在牛棚里泪流满面，任凭母亲和姑姑怎么劝说，父亲都不肯出来。大老粗的父亲虽然不善言语，但是他知道，从此以后，他疼爱的女儿就成了外姓之家的人，再也不能像在自己家里一样随心所欲。是人家的媳妇了，就要承担起应尽的责任义务、面对生活的酸甜苦辣。父亲忍受着骨肉分离的无奈和疼痛，他舍不得养育了二十多年的女儿就成了嫁出去的姑娘泼出去的水。

母亲说，父亲一大早往村口跑了好几趟，接不到我们，他回家就靠门，圪蹴着点燃一锅旱烟，边抽烟边咧开嘴笑着说："我猪八戒（父亲对我的昵称）今儿回家呀！"一锅烟过后，又转身去村口，望着路的尽头。

三

2020年冬季的第一场雪突然就降临了。苍穹像一个无比巨大的播种机，把鹅毛大雪恣意地撒向大地。苍茫的暮色中，天地浑然一体，视野所及的那条公路上，无数车灯构筑起一条柔柔的、流动的彩带。

我站在窗前，任思绪随着眼前纷飞的雪花，飘向远方。迷离的白色将我拉回伤心的过往，无奈和思念漫过我的眼眸汩汩流淌。

空气中弥漫着浓浓的消毒水的味儿。病房里，白色的墙、白色的窗帘、白色的地板、白色的被褥，死一样毫无生机的白色几乎令人窒息。

刚刚经历了六个多小时的手术，虚弱的父亲从鬼门关闯了过来，蓝白相间的手术服映着他苍白的脸。父亲额头上细密的汗珠儿像一根根银针，刺得我心里生生作痛。整整一个晚上，我和小妹坐在父亲病床两侧，目光紧紧盯着监护仪上跳动的数字，一步也不敢离开，我怕稍不留神，病魔就会把他带到另一个世界。父亲在一阵阵疼痛中发出低沉的呻吟，我遵照医生嘱咐，轻轻地推一下止痛棒，父亲便又昏昏沉沉地睡去。

西北风呼呼地刮，村口的那棵大槐树杵着光秃秃的枝干，在寒风中瑟瑟发抖，盘旋在上面的几只乌鸦发出凄厉的哀号声。服务队的人在我家门前架起了好几口大黑锅，锅眼里的熊熊大火燃烧着亲人们的悲伤。凄婉哀怨的唢呐声萦绕在村庄的上空，一曲曲、一声声如泣如诉。白色的灵堂，白色的纸钱，白色的花圈，白色的挽联，家里出出进进身着白色孝服的亲人们，冰棺里躺着苍白的父亲。

那个无雪的冬天，我的世界却下起了暴雪，一场足以将我整个念想连根拔起的狂风暴雪。

是不是我们都不长大，你们就不会变老？
是不是我们再撒撒娇，你们还能把我举高高？
是不是这辈子不放手，下辈子我们还能遇到？

人生就是一场渐行渐远的旅行，太多的不甘心，在岁月的尘埃里，终将变成了妥协；每一个撕心裂肺的生离死别，终将在血肉模糊的割舍之后愈合成永远的干痂！心中要储存多少的爱和温暖，才能陪伴我们度过此生的颠沛流离？

我站在冰凉的雪地里，默默等待。漫天飞舞的雪花将我雕塑成一个雪人。今夜的这场大雪中，我是否还能等到晚归的父亲？村口那棵古老的大槐树下，是否还会有人翘首期盼、等我回家？

> 我慢慢地品雪落下的声音，
> 仿佛是你贴着我叫卿卿，
> 睁开了眼睛，
> 漫天的雪无情
> ……

一条河的念想

———

黄玉东

因为疫情，春节过后，就很少出门了。静坐京城一隅，泡一杯清茶，捧一本名著，一字一句地咀嚼，一行一页地回味，在茶香书海中，畅游于文学大家们构筑的精神世界，不亦乐乎。

在这个春天，除了读书、写作，就是痴痴地望着窗外，静静地想心事。一遍遍地回想着朝夕过往，岁月变迁……

马路上，往日车水马龙的景象不见了，行色匆匆的人们都安分地待在家里。平日里，那昼夜喧嚣的咖啡屋、小酒馆，店门紧闭，一片寂寥。道路两旁，吐露新芽的柳条在风中摇摆，宛如女子飘逸的长发；一些叫不出名字的植物，绽开五颜六色的小花，给渐浓的春色添了几分生机。夕阳的余晖，在空旷的马路上洒下一地金黄；

诸多散落的微小尘埃颗粒，折射出星星点点的碎光。整条没有车流的马路，仿佛变成了一条波光粼粼的河流。那一片荡漾着金黄涟漪的"水面"，静谧而美丽，如梦似幻……

这些日子，我天天将这条路，想象成一条河，一条流向故乡的河。

一个人在思乡的时候，总可以为乡愁寻出一百个合理的逻辑，找到一千个想家的理由。离开故乡久了，故乡的记忆，总是停留在童年里那段不经意的时光中。一旦触碰某个物件、谈起某个话题、见到某个景象，都会勾起对故乡的无限思念。比如，这条意象中的"河"。

故乡紧挨着里下河地区，丰沛的水源，独特的地理环境，造就了无数条纵横交错的大小河流。在众多的河流中，让我印象最为深刻的却是一条无名的小河，因为这样的河太多，乡亲们统称为"闸河"。

这条用于旱时抗旱、涝时排涝的人工河，一头挨着南边宽阔的中山运河，一头连着北边潮起潮落的灌河，通向无边无际的大海。凡与灌河相连的河，都会在堤坝上建一座闸楼，筑一道闸门。其作用，就是控制闸河水位，还有就是便于渔船进出港。守闸的人，姓蒋，人称蒋大爹。那时候只要见到蒋大爹，扛着启闸的摇把，大摇大摆地往闸河的方向走去，我们就知道"又要提闸板了！"

如果是雨季，在大雨来临之前，满满的闸河水，一定是排向灌河的。这个时候，村民们便会蠢蠢欲动，大人们从床下掏出冬眠了一季的渔网，抖落灰尘，往肩上一挂，顺手抄个渔篓，径直走向那条令人亢奋的闸河。我们这些孩子呢，一哄而上，跌跌撞撞，屁颠屁颠地跟着满脸豪迈的大人，去河边喜悦着别人的喜悦。落潮的灌河，水位在不断地下降，闸河里的水流开始湍急咆哮，从闸门翻卷出朵朵造型各异的浪花，打在岸边的石坡上，瞬间没了踪影。打鱼人，看准时机，在回流处，在鱼跃处，一次次撒下渔网……

一阵喧闹忙碌之后，活蹦乱跳的鱼儿，就装满大人们的渔篓。此时，灌河的潮水渐渐上涨，到了下闸板的时间了。我和几个一般大的小伙伴，"噌噌噌"随着蒋大爹爬上闸楼，帮着他摇动把手，闸板缓缓落下。方才还在欢快奔腾的河水，顿时像是一群极度疲惫的野马，口吐着白沫，瞬间消停了下来，变得极其温顺，缓缓地陪着时光流淌。

一场暴雨过后，静静的闸河水，丰盈清澈，碧波荡漾。

这条闸河是啥时候形成的？不清楚。可能是很久很久以前开挖的；也可能是有人驻扎后修筑的；也可能是原本就有。不管怎样，第一个提出挑河置闸方案的人，是伟大的。第一批开挖这条河的人，也是伟大的。

小时候，家里用水，都是我和大哥去闸河抬。一根扁担，一只木桶。到河边，舀满。穿上扁担，大哥在后，我在前。大哥个高，有时候，他故意踮起脚尖，木桶瞬间一滑，绳子就不在中间了，我顿时感觉到了肩上的重量。哥俩就发生了争执，相互抱怨指责，没几句，就对骂上了。最后，总是他先伸手，打了我。一路上，我哭哭啼啼，不停地叨叨着，回去要向大人告状。爷爷听后，总是笑哈哈地说："不哭，不哭，再过十年，等你长高了就可以'报仇'了！"从那时起，我就天天盼着自己快快长高。

过了几年，大哥去了外地读书，我成了家中的劳力，身体也长结实了些，就自己挑水了。两只木桶，系短绳子，挂在扁担两头。一路上，空木桶左右摇摆，似跳舞一般。两只木桶，各舀了半桶水，多了挑不起来。挑了两年水，学会了不停步换肩。人照旧小碎步走，一只肩膀压麻了，头一低，扁担在一侧的肩头一滑，很顺溜地转到了另一边。半路碰上熟人，他们说，二子，你真是二，挑这么两大桶水，也不怕长不高了？我憨笑说，不碍事，挑完水在村口的老槐树上抻一抻，就又变长了。话虽这么说，后来过了十多年，我个子一直没长高多少，怀疑是因为挑水压的。直到穿上军装，也没能报大哥的"仇"。

闸楼的西边，有一片滩涂。清明前后，滩涂上的小草会冒出嫩芽。向晚的阳光锃亮，我们放学先不回家，背着书包一路小跑直奔那片河滩，只去干一件事——提茅荄。"茅荄"一词，是当地的方言发音，我查了半天字典，也没找出再合适的"荄"字。所谓"茅荄"，就是春天茅草发芽时，最先露出的，青青的、尖尖的、长长的，如同一根缝被子用的大针，倒插在大地上。春天过后，便会长得高高的，然后开出像芦苇一样的花。风一吹，又像蒲公英的种子一样，散落在大地的各个角落。

也许，是那个时候家家都穷，没有零食可充饥的缘故。我们层层剥开茅荄的皮，最后露出了一根白白的、嫩嫩的、细细的东西，将它压成一块圆圆的饼，一口一口咬着吃。那种甜韧嫩滑的充实感，回味无穷。生长在童年里的味蕾，总是让我们乐此不疲。

大地春来，万物复苏。埋在土地里昏睡了一个冬天的植物，争先恐后地探出脑袋，露出了尖尖的小角。芦苇像春笋一样，以惊人的速度，节节升高。"哎呀！"只听一声喊叫，不用问，肯定是有人动作慢，被疯长的芦苇尖，刺到了屁股。一阵笑声过后，我们依然会蹲下身子，低着头，专心致志干着同一件事。因为芦苇与茅草生长在同一片天地，如此，我们在提茅莛时，必然会踩着芦尖。茅芯提了，伤不了茅草，不影响再生。而芦尖伤了呢，这根芦苇，也就彻底完了。为此，生产队上专门设了一个叫"看青"的岗位，驱赶在这片地上"撒野"的我们。

"看青的来了！"突然有人一声大叫，所有人迅速起身，鸟散，奔跑。跑了一阵子，终于甩掉了那个气势汹汹，拼命追赶我们的中年人。我们的脑门上、鼻尖上全是汗，汗珠子一直滚落到粉红的小脸蛋上，细细的汗毛上闪着光华，大家顾不上擦汗，攥着茅莛，面面相觑，"咯咯"地笑。我也在笑，脖子后面的汗水已经流成了一条小溪。我在笑，我们在笑。似乎在这个时候，才是童年中最开心的时刻！

夏天，是闸河上最热闹的季节。过了上午十点，天气开始闷热，平静的闸河水，开始动荡起来。一群群光着屁股的少年，"扑通，扑通"跳入河中。有的一猛子扎进去，半天才浮出水面。这场面有点像下了锅的饺子，在"沸腾"的水中，浮浮沉沉，紧紧挨着，却又都有自己的空间。喊叫声，划水声，混作一团。几个不怕死的，爬上十米高的闸楼，挥着手，呐喊着，吸引着人们的注意力。然后，捏住鼻子，憋口气，闭上眼睛，铆足劲儿往下跳。只见那一个个身影，宛如一块块从天而降的大石头，顺势落下。"轰隆，轰隆"一声声巨响，水花四溅，水面上一层又一层波浪，涌向岸边。我胆子小，只能坐在岸边，为他们喝彩助威……

到了下午，火辣辣的太阳，渐渐失去了威力。我们几个会意地对个眼神，然后，骑上生产队放在河滩上吃草的老水牛，躺在牛背上，哼着小曲儿，悠哉游哉，开始闭目养神。调皮的小伙伴，拿根树枝往牛蛋上使劲一捅，受到了惊吓的老牛，大吼一声，抬起前蹄，疯狂地奔跑起来。牛背上的人，还没弄清楚咋回事，已被重重地甩在了河滩上的淤泥里。一声叫骂，一阵追赶，那个捣蛋鬼，往芦苇荡里一钻，逃得无影无踪。

夕阳西下，吃了一天草的老牛，回栏前要饮一次水。放牛人将缰绳盘在牛脖子上，一声吆喝，几头老牛，慢慢悠悠地走到闸河边，一字排开，嘴扎进水里，"咕嘟嘟，咕嘟嘟"大口开喝。只见鼻息吹起的水，泛起一圈又一圈的波纹；牛脖子上的食道起起伏伏，好似水管子一样；牛肚子慢慢胀起来，圆起来，成了一面鼓。喝足了，老牛才从水里扯出嘴，深深出一口气，心满意足，慢吞吞地上了河堤，摇着尾巴，反刍着食物，自由自在地往回走。蹄子湿漉漉的，蘸着泥水溅了一路。走着，走着，随心所欲的一泡粪，撒在了路上……

晚饭后，河堤上的人开始聚集。有的拿着一片帆布，有的顶着一块芦席，也有的卷了张塑料薄膜，找好各自理想的地方，一块接一块地铺展开来。然后呢，就坐在属于自家的那块领地上，摇起芭蕉扇子，开始"八卦"一天中他（她）们认为的奇闻怪事。比如，张家的夫妻吵架了，可能为了啥啥的；李家的小子娶了个矮媳妇，但脸蛋蛮俊的；老王家的媳妇生了个大胖小子，却一点也不像老王家的人……

天还没完全黑下来，喂奶的婆娘，双腿交叉，席地而坐，无所顾忌，毫无遮掩，衣襟一撩，托起一只饱满而挺拔的奶子，往娃嘴里一塞。然后，若无其事地抬起头，继续听旁人讲故事。孩子拱在她的怀里，欢快地蹬着小腿，"咕嘟，咕嘟"吸着奶水。过一会儿，将娃掉个头，换另一只。堤上纳凉的老老少少，个个都竖着耳朵，生怕漏掉重大讯息，似乎没人介意这些习以为常的小事儿。

月亮慢慢升了起来，河堤上刮起了微风，人们感到了一阵阵的舒心，带着几分惬意和满足，甜甜地进入了梦乡。

秋天一到，闸河两岸，一排排火红的高粱，列出整齐的方阵，等待着主人检阅。风从西向东吹着，稻穗低垂着沉甸甸的脑袋，金色的阳光洒在稻穗上，一浪又一浪迷人的金黄在田野里翻滚。土地，承载着生命的延续与希望，也承载着农民的快乐与幸福。

开镰收割了。农民们拿着提前磨得锃亮的镰刀，在田间一字排开，生产队长一声令下，"嚓，嚓，嚓"齐刷刷的声音，在这片田里此起彼伏。那些排在田中间的人发现，每年割到田地正中间，总会有成片倒伏的秸秆，好像被石磙子碾过似的。是谁把这儿当作了伊甸园，抱着爱的企图而来，幽会狂欢后，带着爱的满足而去了呢？没人晓得。

颗粒归仓。大地像洗净了的面孔，终于又露出了真容，在休整中等待下一个季节的轮回。

秋风起，蟹脚痒；菊花开，闻蟹香。进入深秋，被河水滋养了一春一夏，肥美硕大的螃蟹，纷纷向闸里的石头墙上爬。这，或许就是"大闸蟹"一名的由来了！当年，还没有养殖一说，其实也根本用不着养殖，沟河港汊到处都是，既不值钱，也没油水，比不上肉香，吃着还麻烦。记得，当时猪肉是七毛二分一斤，而一斤多一只野生的大闸蟹，也就三五毛钱。因此，人们捕捉大闸蟹，很多时候只是个乐趣。

起风了，天色渐渐暗了下来。我和几个邻居的孩子，分别拿上丝网、马灯、手电筒，还有装着长长竹竿的抄网等一些捉螃蟹必备的工具，向闸河走去。夜风习习，我们在靠近河闸的港湾，找到合适位置，将丝网一片一片抛入河中。放下马灯，跑进生产队的梨园，偷摘几个尚未熟透的梨子，每人分俩，一边大口地啃着，一边目不转睛地盯着插在岸边的网线"守株待兔"。吃完了，其中俩人，一个拿着手电筒，一个扛着抄网，来到闸板两侧的石墙之上，捕捉欲攀爬上岸的家伙。

在没有电灯、没有电视、没有网络的岁月，乡下的夜是漫长的。远处的微弱的灯光，一点一点地熄灭了。夜，像张漆黑的网，笼罩着大地……

收网，撤退。几个时辰过后，我们带着胜利的喜悦凯旋。十几只张牙舞爪、口吐着白沫的大闸蟹，在一炷香之后，便成了又红又香的美味，通通进了我们早已饥肠辘辘的肚子。

月亮慢慢升起来。几声狗叫，划破了乡村的夜……

进入三九，天寒地冻，闸河上结了厚厚一层冰。我们戴着狗皮帽子，抹着鼻涕，在冰面上玩耍打闹着。打木陀螺的，三三两两围在一起，瞪着双眼，谁也不服谁，脸蛋绯红，一鞭一鞭使劲地抽着眼看着就要停止旋转的家伙。有人，一只脚踩着一块冰块，一只脚在冰面上加速，滑溜地向前奔跑着。还有人，坐在一把铁锹上，另一个拉着锹把，在欢快的笑声中，跑啊跑，乐啊乐，突然，脚下一滑，一个仰面朝天，"咚"一声后脑勺磕在了冰上。坐在铁锹里的，被甩得远远的，连滚带爬地喊叫着……

疯了一个晌午，精疲力竭时，才发现自己的棉裤破了，帽子湿了，一只棉鞋也不知掉到哪个冰窟窿里了。回到家门口，头上还冒着热气，心惊胆战地等待着大人们的发落。

风吹雨淋，几年下来，闸河两边的河沿已残缺不堪，河里淤泥沉积。那时，兴修水利，各级都很重视，好像年年都有挖沟挑河的计划。记得，有个不成文的规定，只要男人满十八岁，冬天"出河工"是必不可少的劳动任务。如果出不了河工，肯定是有病残的"废人"，这样是娶不到媳妇的，谁家闺女会嫁给一个干不了重活的"残疾人"呢？

家家都安了有线小广播，人人都知道谁该出河工。集体的事，便是大家的事。只要大队部在广播里一吆喝，全大队的所有男劳力，就会按照指定的时间、地点，扛上铁锨，推着独轮车，不约而同地来到工地上。

蒋大爹会按大队的通知，提前将闸河里的水放干。河床里，黝黑的淤泥，裸露出来。一部分人，卷起裤腿，挽起袖子，冲到中间，在手心里吐口唾沫，双手搓了搓。然后，抢起铁锨，拖泥带水，一锨一锨往岸上甩。上面的人，一车一车将甩上来的淤泥，推往田地的低洼处。群情激昂，热火朝天。一个礼拜后，一条干净、崭新的闸河，出现在人们的眼前。等到灌河涨潮时，蒋大爹找准时机，将闸板高高提起，让灌河水流进闸河。有了水，这条长长的河，又有了动感与灵性。

当我再一次来到闸河时，离开故乡已经三十多年。如今，村里早已不养牛了，河滩上的枯草层层叠叠；守闸的蒋大爹过世了多年，闸楼已破烂不堪；河床里淤积了很多泥，浅浅的有点发绿的河水，漂满了塑料袋等白色垃圾；河堤上坑坑洼洼，似乎多年没人踩踏了……

我在河堤上站了许久，都没见着一个人。对岸工厂拴了一条大狼狗，在大门口坐着，不时地竖起耳朵，伸长脖子，歪着脑袋，上下打量着形单影只的我。它一定不知道，这条河的悠久历史；它一定不晓得，这条河曾给多少人带来了欢乐；它更不会清楚，这条河曾经是村庄的命脉啊！唉，它不过是条狗，一条为主人看家护院的狗，怎么可能会知道这些呢！

　　在这春天里，隔着光阴的长河，我只能一遍遍在心里，在梦中，抚摸着故乡的山山水水。半个世纪前，思乡心切的余光中先生曾有过的情愫，就这样在我的心房里堆积着，翻涌着：乡愁是一条浅浅的河，我在这头，故乡在那头……

我的老连长

——

黄玉东

在我的军旅生涯中，先后经历了四位连长。

第一位是新兵连连长。新兵入伍训练，时间紧，课目多，任务重。加之初入军营，不知道连长官有多大，那时对戴大檐帽、一脸严肃的军官，都有几分敬畏。因此，在新训期间，没有机会，也不敢亲近连长，直至新训结束，也没能和连长单独说上一句话。没有情感上的对白，留下的记忆是模糊的。时至今日，已回想不起来那位连长的名字了。

第二位连长叫魏新童，70年代从陕西农村入伍，是一位性情耿直的黄土高原汉子。高高的个子，强壮的身体，黝黑的脸庞，骨子里透出信天游的气息。这位连长，事事雷厉风行，处处严于律己，时时身先士卒。

第三位连长姓杨，湖南长沙人。是我军校毕业后，在南海某部警卫连当排长时认识的，与其共事时间不长，前后加起来，同吃"一锅饭"的日子，也就一个来月，我便提升去了另一个连队。当时连队干部较少，只能安排交叉休假，以不影响日常工作。接触不多，交心就少，相互之间的了解，便难以深刻了。

还有一位，是当指导员时与我搭档的连长，姓陈，湖南衡阳人，年龄长我几岁，兵龄早我几年。该同志头脑灵活，谦虚好学，思路开阔。遗憾的是，我们俩只配合了半年，才刚刚擦出了点儿"火花"，有了些兄弟之情时，我接到了调机关工作的命令，不得不挥手作别。

时光匆匆，人海茫茫。路过的皆为风景，留下的都成了回忆。

在四位连长中，印象最深刻且让我难以忘怀的，是新训结束下连后见到的魏新童连长。

1986年春节前夕，我从海军后勤部当阳新兵训练团新训结束后，分配到海军勤务学院警通连。按学院规定，站了半年岗后，进行了再分配。其他战友大多分配到学院机关公务班、学员队、教研室等部门的士兵岗位。我却被留在了警通连电话班，当了一名话务员。顾名思义，话务员的任务就是在总机房里接转电话。同时，还担负通信线路的维护，保障各级通信联络畅通。

那时候，通信还比较落后，电话还不带拨号盘，拿起话筒，总机便有显示。不管是长途，还是内线，都得靠人工接转。时隔不久，部队更换装备，所有通信设备改为程控电话。为此，海军后勤部举办了一期话务员培训班，每个团以上单位选派一位业务骨干参加集中学习。每个单位只有一个名额，我们电话班一共有十名同志，让谁去呢？班长一时犯了难。连长知情后，和指导员一商量，当即拍板，让我参加！

当过兵的人都知道，当一项重要任务来临之前，组织和领导选定谁参加，不是随随便便的事情，而是经过全面衡量，反复酝酿才决定的。这不仅是组织上的一种肯定和信任，也是对入选人的培养和考验。我是农家子弟，与许许多多农村来的战友一样，渴望着能有机会获得一技之长，留在部队继续服役，然后跳出"农门"，转业后吃上"商品粮"。

毫无疑问，连长是在为我创造机会呢！

连长喜欢喝点酒，可从不收战士送的"土特产"；连长喜欢抽烟，但从未抽过我一支烟。仅此，我认为连长是位值得敬重的领导。

其实，连长让我敬重的，远不止这些。

1987年8月，由于军考落榜，我的情绪低落，心情冷至冰点。那天早餐时，我实在没有胃口。于是，将剩下的半拉馒头倒入了泔水桶，放下碗筷离开了饭堂。连队干部的餐桌离泔水桶很近，当时我心不在焉，思想上毫无顾忌。早饭后，连长集合全连官兵，列队再次进入饭堂，所有人都感到莫名其妙。只见连长来到泔水桶前，低头从桶里掏出那半拉馒头，三两口地吃了下去。然后说："同志们，我们国家还不富裕，许多人仍处在贫困线以下饿着肚子。据我了解，你们中有百分之八十的人来自农村，能天天吃上白馒头的家庭几乎没有。别小看这半拉馒头，关键时刻，它能救人一条命……"

听到这儿，我的脸顿时火辣辣的，小心脏"怦怦"跳，犹如"十五只吊桶打水——七上八下"。我想，坏了！今天要在全连官兵面前丢人现眼了！

接着，连长给大家讲了个真实的故事。

1980年4月12日，修筑天山公路的部队被暴风雪围困在天山深处，电话线被大风刮断，给养受阻，部队面临断炊的危险。当天上午，该部队二营五连四班班长郑林书奉命带领陈俊贵、陈卫星、罗强三名战士从山上向驻守在山下的部队送信求救。营地离目的地四十二公里，平时一天一夜就能到达。因此，四个人只带了二十多个馒头、两壶水就出发了。可是，因为积雪太深，他们走了一天一夜，仅仅走出去十二公里。风雪不停，山上的道路全部被大雪覆盖了。下午五点多钟，大家又饥又冷，实在走不动了。可是带的馒头只剩下了一个，班长说要留到最关键的时候再吃，饿了就啃上一口雪。就这样，他们连续走了一天一夜，每个人都已精疲力竭。尤其是刚刚入伍的新兵陈俊贵，更是难以支持下去，他告诉班长，自己实在走不动了，不走了。班长说不行，这个地方离目的地还有二十公里，暴风雪仍没有减退的迹象，如果把你一个人留下，肯定会被活活冻死。班长拿出了仅有的一个馒头，命令陈俊贵和陈卫星吃下。因为有班长的命令，也实在抵抗不住饥饿和寒冷，他俩含着眼泪把各自半个馒头吃了。班长接过陈俊贵的枪，大家互相搀扶着往前爬。然而用了五个多小时才爬了一百多米。又冻又饿的班长郑林书倒在了雪地里。在他只剩最后一口气的时候，命令副班长罗强带领大家继续前行，又断断续续地对陈俊贵说："我不行了……你一定要完成任务……有机会的话，一定要……看看我的父母……"大家抱着班长大声呼喊，但是班长再也听不到了。班长牺牲后，副班长罗强带队继续前进。因为饥饿、寒冷和过度劳累，罗强牺牲在离班长三公里的地方。陈俊贵和陈卫星被严重冻伤，是附近的哈萨克族牧民救了他俩。那一年，郑林书二十四岁，罗强二十二岁……

让我感到意外的是，那天连长始终在讲故事、谈道理、提要求，却只字未提我的名字。

虽然未点我的名字，但却让我认识到了自己错误的严重性，懂得了"浪费可耻"的道理。从那天起，食堂里再也没有出现过类似的情况。后来，我当上了连队领导，也一直以"节约为荣"教育战士杜绝浪费。

1987 年底，考虑到机关的学习环境相对宽松，我便将去机关当通信员的想法，向连长作了汇报。连长不舍地说："原来是想培养你成为电话班的业务骨干，以便将来能转个志愿兵留在部队继续干，看来你已经有了更高的理想追求。既然这样，希望你到机关后把握好机会，争取早日实现自己的人生梦想！"他语重心长的一席话，让我动容。以至于在后来三十多年的军旅生涯中，我对真诚厚道的陕西人始终怀有好感。

1988 年 8 月 30 日，我怀揣着军校录取通知书，打起背包，提着行囊，三步一回首，依依不舍地离开了这座改变我人生轨迹的军营。当时，因为连长有任务，我未能与连长道别。

晨雾渐渐散去，阳光撒下金色的纱幔，柔柔地罩着静谧的车站。广场前，有一排整齐的梧桐，枝叶上的露珠，炫着灼灼光芒。兴许是有点早，车站里的人很少，显得有些寂寥。此时此刻，此情此景，让我无端地生出几分感慨：人生不过如此，看见的，被看见的，皆是风景……

"玉东！"就在我转身进入候车室的瞬间，连长出现在我的面前。原来他听说我今天去军校报到，专程赶来送我一程。我紧紧握着连长的手，激动得说不出话来，唯有泪如泉涌……

　　军旅生涯像一条宽阔的河，左岸是青春的足迹，右岸是难忘的记忆，中间流淌着清澈纯净的战友情。时光荏苒，车站一别，已过去整整三十二年。

　　我的老连长，您还好吗？

打平伙

——

黄玉东

作为一种特定历史时期的产物，"打平伙"早已销声匿迹了。特别是对于当下的年轻人，你和他提"打平伙"，他完全一头雾水。你得做一番名词解释：顾名思义，是大伙一块儿凑份子吃上一顿可口的饭菜。在那极度贫寒的年月，要想吃上带点油腥的美味，就会有人提议凑份子合伙吃上一顿。还有一种情况是，哪家辛辛苦苦饲养的一头猪、一只羊死了，就会有好心人出面，动员每家量力而行，出个块儿八毛，然后每家出席一个人去那家吃一顿，也是帮助了那家人减少一些损失。

小时候，农村生活艰苦，生产队分的口粮有限，家家的日子都过得紧巴巴的。吃饱穿暖，无疑成了人们寻思的头等大事。生产队分的粮食扛回家了，大人们掰着指头算了又算，可一年到头，还是会有揭不开锅的时候。

那年月，常常见到母亲在往锅里下粮时，手中装粮的勺子总是掂了又掂，抖了又抖。本来满满的一勺子粮食，就在这一掂一抖的过程中陡然减少了。母亲的这一动作，让年幼的我感到费解。锅里煮好的稀粥明明能照见人影了，可是母亲每次仍然要省下一点米，倒回粮缸里。母亲说，每顿省下一点，一年下来，就能保障几天不断顿。母亲"抖勺子"的这一习惯，在我的记忆中随时光流转愈加分明。多年以后，在食堂就餐时，每每见到打菜的师傅勺子在抖，我的心也会不由自主地颤抖一下。我终于读懂了母亲那精打细算的动作。

勤劳、节俭、隐忍是乡下女人特有的本色。居家过日子，离开了女人，这个家就会没了家的样子。她们往往处在生活的最底层，是驮着岁月行走的人。而男人呢，除了干好手头的活儿外，平日里一般不大会精打细算的。

我家住在村头那条羊肠小道尽头的旮旯里，离学校还算近。父亲是生产队会计，大小也算是队干部。学校里的老师大多数是本地的，与父亲的年龄相仿，有的与父亲是同学，平时有些交往，加上父亲的人缘不错，又喜欢喝点酒，所以老师们有啥吃吃喝喝的偶尔也会叫上父亲。

"打平伙"一词，便是从酒桌上那些男人们的嘴里，飘进我耳朵的。

月初，学校里发了工资，男人们肚子里的那条馋虫，便蠢蠢欲动。于是，有人开始张罗了起来，准备打平伙。凡参加打平伙的人，各司其职，各尽所能。工资高、家庭困难小的，适当多拿点；收入少、家庭负担重的，简单意思一下；实在拿不出的，也没关系，可以蹭吃蹭喝。他们从不计较，也不搞平均主义。其实，这其中也饱含了无产者深深的阶级感情。

大家商量后，便行动了起来。有的去农家买只鸡或者一些鸡蛋，有的去屠夫老孙家砍刀肥肉或买挂猪下水，还有的忙着去村头小店打二斤山芋干酒……

我家呢，每次只需要贴些柴火、盐和苦力，外加一口草锅。

母亲忙碌一个时辰后，打平伙的人便围上桌子，拿起筷子，滋滋咂咂地开吃起来。一阵胡吃海喝之后，老师们放下碗筷，揩揩嘴，搓搓手，心满意足地走出我家的茅草屋。

记得，每次在老师们准备动筷之前，母亲总是找各种借口将我们支开。母亲说："大人吃饭，小孩子不能相嘴（看别人吃东西），否则长大了会没出息。"后来，随着年龄的增长，我慢慢悟出了母亲的话中之味。我觉得，母亲的这一朴实要求里，包含了骨气、志气、自立、自强的人生道理。

贫穷的生活，拉长了光阴的影子。人们在岁月的田野里，辛劳地跋涉着。时间很慢，日子很长。

有一年冬天，雪下得好大。临近寒假，老师们加班加点忙着批改试卷。

那年，我家养了一只山羊，到冬天时膘肥体壮，足有五十来斤。一天傍晚，有个姓邵的老师，来我家里与父亲耳语了几句。之后，我才明白，老师们竟然打起了山羊的主意。要知道这只羊是我一手放养大的，当然有些舍不得。父亲说："老师们辛辛苦苦一年了，也不容易，再说了你们几个孩子都在学校上学呢！"父亲无奈，我无语。羊，最终未逃过被宰杀的命运。事后，我知道这是老师们"凑份子"买下这只羊，一起打平伙的。

那天夜里，剁好的羊肉满满地炖了两大锅。那浓浓的肉香味，顿时飘满大半个村庄。老师们寻着香味，一个一个地走进了茅草屋。一阵赞美之后，才发现少了那位貌美如花的朱老师。大家的目光，齐刷刷地聚向年轻帅气的高老师。高老师脸一红，望着锅里"咕嘟咕嘟"翻滚着的羊肉，指着烧火的我说："二子你去叫朱老师过来吃羊肉！"打小我就是个倔强执拗的人，凡是我不情愿干的事情，都会毫不含糊地当场回绝。然而，此时我不敢"抗命"。要是换个老师，也许我会找出若干个理由：雪大，夜深，胆小……可是，高老师是我的班主任啊，学生哪敢不听班主任的话呢？即便心里头有一百个不情愿，借我一百个胆，也绝对不敢抗拒的。后来，我渐渐地悟出一个道理：你可以拒绝的那个人，一定不是掌握你命运的人！

朱老师是苏南人，几年前被下放到苏北的，专教我们音乐。那时候我还小，尚不知道女人美在何处。但有一点是肯定的，朱老师的穿着打扮与乡下的姑娘不一样，看上去干净且洋气。朱老师不仅身材苗条，人长得也白，关键是歌唱得好，声音柔柔的、甜甜的，比起邓丽君一点都不差。我一直觉得，像朱老师这样才貌双全的人，窝在穷乡僻壤当老师，简直就是大材小用，埋没人才，实在是委屈她了。她应该去当电影明星，或者当歌唱家。

一路上，我都在想：大家为啥都盯着高老师？高老师为啥会脸红呢？大人的世界，小孩子真的弄不明白。天空沸沸扬扬地飘着雪花，我捂着两只冰冷的耳朵，深一脚浅一脚，沿着熟悉的小路，朝着学校的方向缓缓走去。

　　校园里的其他灯光都已熄灭了，唯有最东头那间屋的灯还亮着，那是朱老师的宿舍。我蹑手蹑脚地来到朱老师的门前，搓了搓冻僵了的双手后，举起右手准备敲门。瞬间想到，半夜三更冒冒失失地搞出声响，是否会惊动了朱老师。于是，便悄悄地透过门缝，想探个究竟。

　　朱老师宿舍的正中央，放着个圆圆的木桶。白腾腾的热气，缥缥缈缈，从木桶中升起。窄小的房间笼罩在一片云雾之中，恍如仙境。朱老师坐在木桶旁擦澡，白花花的身子，闪电一样晃得眼睛睁不开。而我又真真切切感受到了她的美！如同山涧沐浴的仙女，亦真亦幻，如梦如画。虽然背对着门，但那种夺人心魄的美还是把我镇住了。我努力屏住呼吸，轻轻地往后退了两步，不敢再往里看，也不敢往深里想。

　　转身来到墙角处，怀里像是揣了只兔子，扑腾扑腾地乱跳着。如果此时敲门，显然是不识时务。就这么回去吧，又不好交差。再说了，朱老师每天到村民家吃派饭，是很难吃到肉的。倘若错过了这次打平伙，还不知道下次吃肉是什么时候呢！想到这，我暗下决心，一定要等到朱老师洗完澡，以完成高老师交给我的任务。

　　心情稍微平静了些，一个人站在夜雪中开始发冷。估计朱老师一时半会儿也洗不完，便独自在地上堆起了雪人。不知过了多久，一座朱老师坐在桶旁沐浴的雪人堆积好了。透过白茫茫的夜色，望着自己的杰作，心中暗暗窃喜。就在我高兴之时，只听到"哗啦"一声，一盆水从背后浇了下来，一股暖流热乎乎地浇遍了我全身。

　　一会儿工夫，我全身冰冷，哆哆嗦嗦，上下牙齿不由自主地打起了架来。这副狼狈相，去见朱老师当然不行了。我带着朱老师"赐予"的洗澡水，急匆匆地往家里跑。途中，遇见了高老师。只见他双手捧着一只大瓷碗，小心翼翼地朝着静静的校园走去……

那天夜里，我发起了高烧，胡言乱语了好几天。

儿时的记忆总是那么深刻，任凭时光消逝，雪夜里那惊人的一幕依然深深刻在我的脑海里，挥之不去，磨灭不掉。多少年过去了，始终没有人知道，雪夜的那片白光里，曾住着一个懵懂的乡村少年，湖水一样澄澈的负罪感。

童年对于事物的认知总是有局限性的，以至于我一直认为，所谓"打平伙"，不过是贪吃的大人们满足口腹之欲的借口罢了。直到有一天自己亲身经历了，才有了更深层次的感悟。

改革开放后，乡镇企业如雨后春笋般涌现。中学毕业后，我去附近大队的窑场打零工。按照场里分工，我与一伙人在制坯组，上的是夜班。

那是一个炎热的夏天。一天深夜，连续干了好几个小时重体力活的工人们，人困马乏，饥肠辘辘，干劲锐减。此时，组长站在工地的土堆上大声喊道："大家再加把劲，下班后请大家吃肉！"一听说有肉吃，方才还步履蹒跚、软塌塌的一帮人，顿时生龙活虎来了精神，工作进度明显加快了。

那时候，乡下还没有餐饮店。至今我还能准确记得，那顿肉是在窑场旁边的一高姓人家吃的。昏暗的灯光下，只见满满一大锅肉，散发着让人垂涎的香味。那种味道，只有在过年时才能够闻得到。

真是不巧，就在我们涌上前端碗之时，高家的电灯突然都灭了。组长说："停电了！"好在还有淡淡的月光，尽管看不清肉的颜色，但一点也不影响大家的食欲。我们三三两两蹲在一起，就着月光，狼吞虎咽，一边吃一边喊，太好吃了……

时至今日，一回想起那顿月淡风轻的晚餐，仍然会觉得那是一生中吃到的最难以忘怀的美食。

月初的第一天，是领工资的日子。那天，我从组长的手中接过了几张大小不一的票子，高兴地走出了门。可是，算来算去，觉得少了八毛钱，便回来找组长。组长说："那扣下的八毛钱，是那晚打平伙的钱。""打平伙？当时不是说你请大家吃肉的吗？"组长见我有点着急的样子，便一五一十地道出了真相。

原来，那高家是场长的亲戚，家里饲养的一头猪，得了猪瘟死了。长到一百多斤的猪，辛辛苦苦饲养了近一年，突然生病死了，这对于靠天吃饭的农民来说，无疑是个不小的打击。于是，场长便想出了打平伙的办法，以弥补一些损失。组长出两块，工人出一块，因为我家比较穷少出两毛。那天晚上，突然停电，也是事先安排好的，目的是不让大家看出是瘟猪肉……

不知道是那时的病毒太弱小，还是人的免疫力太强大，反正吃了瘟猪肉的人，没一个拉肚子或身体不适的。

打平伙，是贫穷日子里乡下人特有的幸福生活，生于饥饿年代，止于温饱岁月。有一年冬天，我回乡探亲，见到年迈的高老师，便打趣道："高老师，晚上打平伙去？"高老师微笑着，淡淡地说："二子，说笑呢，现在谁还打平伙啊！"

午夜电话铃声

黄玉东

一

"丁零零，丁零零……"床头的电话铃声响个不停，爱人急忙起身接电话。我蒙眬地看了看表，凌晨一点。

"阿姨，您别急！慢慢说……"爱人睡意全无，在电话中一边安慰对方，一边嘱咐着，"您先量个血压，血压高了就吃片降压药，如果还降不下来，症状没有消除，就得去医院检查。"

…………

1999年9月，爱人义无反顾地辞去了家乡医院那份稳定的工作，带着2岁的女儿，随军来到北京。在组织的关怀下，几经周折，最后进了一家社区医院当了医生。

社区医院以居民健康为中心，提供常见病、多发病和慢性病的基本医疗服务和健康教育、预防保健、康复治疗等基本公共卫生服务，中老年患者约占门诊数的百分之八十。社区医改后，社区医院工作量成倍增加。新增加了家庭医生签约服务、家庭病床设立，对慢性病患者需要跟踪、随访、管理、评价，并为签约居民提供二十四小时电话咨询服务。因此，深夜接到患者咨询电话，也就不足为奇了。不管是什么时候接到电话，她总是不厌其烦。

刚开始，我确实有点不太习惯，甚至不能理解。我在机关工作，经常加班到深夜，身心疲惫，回家倒头便睡，可刚进入梦乡，电话铃声却响了起来，这难免让我有些抱怨。火气大的时候，我也会说她几句："你白天尽职尽力把班上好就得了，回到家就该好好歇着，集中精力把家庭的事情管好，把孩子带好，哪能总是工作、生活不分呢？"抱怨归抱怨，争执归争执，内心里还是支持她、感激她的，甚至有些佩服她的敬业。每当我和孩子有个头痛脑热，也都是她尽心照顾。前些年，我由于工作压力较大，患上了高血压。爱人不仅每天为我量血压，还为我配制了一系列治疗高血压的药物，使我恢复了状态。

当我觉得半夜的电话铃声扰我睡眠的时候，爱人便说："人家半夜里给你打电话是信任你，因为你能给他们带来一份安全感。要是不急，人家也不会深更半夜打扰……"爱人温和的一席话，总能让我的情绪缓和下来，既然她选择了医生这个职业，确实应该为患者做好服务。如同我当初选择穿上军装一样，就要时刻做好牺牲的准备。

二

为了便于病人联系，十几年前家里一下子安装了两部电话。一部是军线，用于住在部队大院里的军人家属病号联系；另一部是外线，这是方便地方病人的。随着通信方式改变，除了那部军线电话在我的工作中还有一些用处外，外线电话使用率很低。我琢磨着，既然用处不大，每月还得交几十元的月租费，便准备停机销号。

与爱人一商量，哪知立即遭到她的反对。她说，一些老病号们早已将电话号码熟记在心，你停了机、销了号，万一老人们有事找我怎么办？要是遇上了急事，人家不是更着急吗？

果如爱人所料。2015年秋天的一个深夜，爱人接到了一位辖区老人的求助电话，她的老伴突发心梗，不知如何处理。情况紧急，爱人在电话里一边安抚老人情绪，一边指导如何服药。待情况有所稳定后，又让她拨打120及时送解放军总医院急诊救治。事后，专家说如果处置不及时，后果会非常严重。打那以后，我对爱人更多了一份理解，在心里暗暗敬佩。

三

社区医院建立"家庭医生"制度后，要求开展点对点家医服务，爱人便更忙了。晚饭后，爱人要做的第一件事情，便是按计划给五至十名久病的老人打电话、发信息，询问身体状况及用药情况。每个季度适时给签约的一千一百多人群发信息，提示季节变换时的注意事项。如遇到老病人一个月左右未来医院就诊，她必然会主动去电话，询问原因。得知有的老人已离开了人世，爱人会伤心地含着泪水，难过地向我诉说老人的点点滴滴。兴许是出于信任，有时候老两口闹矛盾了，也会找爱人倾诉，让她来评理、化解……

人们常说，善良是有温度的，温暖着别人的同时，也在温暖着自己。爱人来北京后，在社区医院工作了二十一年，视病人为亲人，病人也没把她当外人。那些年长的病人甚至将她视为自己的儿女一样对待。逢年过节，有的病人给子女准备好吃的，也会给爱人准备一份。

爱人虽然只是一名普通的社区医生，但每当国家发生重大"疫情"，需要医务工作者的时候，她都会积极报名参加。2003 年"非典"之际，她主动申请奔赴一线，参加发热患者的转送工作。由于工作突出受到了上级的表彰，并光荣地加入了中国共产党。

2020 年 6 月，北京突发新冠肺炎疫情，她再次前往一线同战友们并肩战斗，穿着密不透气的防护服，采集高风险社区的居民咽拭子样本数万份……

如今，刺耳的电话铃声还是会在某个静谧的午夜响起……我也渐渐地接受和习惯这急促的打扰，并将其理解为是附以生命之托的信任……

生活中的暖

丁春梅

一

生活，不光是平凡，忙碌，有时也有柔软，暖意。

走出菜市场，笑意还轻荡在我的眼梢。

还在回味刚才的一幕：多付了五元钱，老板娘坚决不收，彼此推让了好一会儿。

较为固定地在这家摊位上买菜已有一个时段了。

记得第一次，选好食材，付了账，老板娘手勤眼快地抓了些香葱、白蒜、红椒和芫荽放进菜袋子递给我，说这不收钱的。

本想给钱，觉得卖菜很不容易，可看见老板娘一脸的诚意，我还是愉快地接受了。之后，我回报的是成为她的老顾客。

有时老板娘会善意地提醒：家里几个人吃饭？其实你只需一半的分量就够了！

站在一端静默不语的我，心却被这阳光般的语言击中，暖意融融。

二

皮肤白皙，身材高挑。

炎热的大夏天，站在一个很大的圆形风扇对面，她熟练地剁着鸡块。

随着菜刀一次次地落案，鸡血飞溅，她的围裙逐渐面目全非。

我几次将目光投向她，细细打量。

终于没忍住询问："你一直做杀鸡这行吗？"

"我以前做美容的。"她说。

我先是遗憾，继而惊讶，然后宽慰，最后敬佩。

她来自甘肃。网络情缘让远隔千里的他们相识，相爱。

以前的他吃喝嫖赌样样俱全。爱情让他慢慢地回归。

他承包了猪场，原以为能肩负起家庭的责任，但没想到却以亏损告终。

然后他就场地又养起了鸡，她主动放弃了美容事业，和他并肩而行。

"你厌倦过吗？"我又问。

她笑了笑，摇了摇头。

后来，我再去买鸡，看见她老公在摊位前忙着配货送货。

生活，随遇而安也是一种暖。

三

初次在她的摊位买鸡蛋饼，她一边忙着摊饼，一边给顾客找零。

看她用摸过钱的手又去摸饼，我问了句：这样岂不是很不卫生？

当她将我的这句话重复给别人听时，我有点气恼。

每天上班必经那条小巷，一缕葱花的香味总能引诱我的脚步迈向她的摊位。

后来，发现：

她会别有心意地将饼多煎两分钟，炕得又黄又脆。

她会照顾时间比较急的顾客，将做好的饼让给他赶时间。

她会用心了解顾客的胃口喜好，加佐料的时候分外小心。

……

几年的时光里，我慢慢地了解：

她老公多病，经过她的体贴关怀已经康复。

她儿子奋学，因她教育有方金榜题名。

她的摊位回头客越来越多，生意越来越好。

人多时，她会让我多等一会儿，忙着照顾其他顾客。

而我，也非常享受这种"待遇"，感觉有一种互相懂得的暖。

四

这么多年了，还记得那一晚。

那一晚，我去接儿子下晚自习。

学生们蜂拥出教室，人头攒动。

在初中部一楼，一边走一边寻儿子，却在不远处看到一个男学生正被十来个学生围殴。

我急切地走上前去，想看看怎么回事。

等我欲开口的时候，他们已逐渐散去。

为何不告诉老师？能告诉我你父母以及老师的电话吗？

我问被围殴的学生，那是个戴眼镜的男生。

他一直走，一直不说话，我就一直跟着他。

我在后面不停地嘱咐他：以后记得让爸爸妈妈来接……

他只说了一句：谢谢阿姨。

看着他渐行渐远的背影，我的心难以平静。

这么多年，我偶尔想起还会担忧：他后来的在校生活，一切都无恙吗？

忆 雪

——

孔秋莉

　　说起冬天，记忆里，最美的莫过于下雪了。

　　求学的那些年，总会在下雪的时候，将目光挪向窗外，偷偷地望着那纷纷扬扬的漫天雪花。直到吃饭期间或者是下晚自习后，才有机会走在雪地里，听雪花簌簌飘落的声音，看雪花翩翩飞舞的倩影。

　　可是，由于学业紧张，难得有时间驻足欣赏。匆匆的脚步，将雪踩得嚓嚓响。一转身，就是错过。

　　雪花，成了盛开在心中的梦。

　　每当天空灰蒙蒙的时候，寒风凄切，脑海里总会情不自禁地浮现出白居易的清幽小诗："绿蚁新醅酒，红泥小火炉。晚来天欲雪，能饮一杯无？"

多愁善感的年纪，总爱醉在这样那样的场景里。总盼望着，品尝一下其中的诗意生活。

可真正的生活却是残酷又薄凉的。

2008 年，天降暴雪，我读初三。衣服不足以御寒，鞋子不足以保暖，然而我都不在意。心心念念的是家里的那个破旧的房子，总怕它被暴雪压垮，怕远在广东打工的爸妈回来没了家。那些寒冷的夜晚，在室友们此起彼伏的鼾声中，我满脑子都在担忧着屋顶的积雪有没有人去扫。

我时不时将目光投向宿舍外，校园里幽暗的路灯光，洒在皑皑的白雪上，也洒在我的心尖。逼人的寒气一阵阵地钻进来，冻得我更加没有睡意。

那样的夜晚，实在是清冷、孤寂。

好不容易挨到了周六下午放假，一回到家，我就跑到屋顶，见到的却是比我小两岁的先放假回来的弟弟，他已将积雪扫了一大半。望着弟弟冻红的双手，再看看他额头上细密的汗珠，我的心里下着雨，一幕幕的雨，打湿了我的心田。

纵然当时心中有万千感慨，终究什么也没说。赶紧也拿起一把铲子，准备与弟弟一起清扫剩余的积雪。

没想到，弟弟马上走过来，夺走了我手中的铲子，说："姐，这么冷，你赶紧回屋吧！我自己扫就行啦！"

"那怎么行，我与你一起扫，那样快些！"我拒绝了弟弟的好意。

"天气这么冷，你学习又紧张，万一冻病了就麻烦啦！赶紧进屋吧，这里我能搞定！"弟弟执意不让我打扫。

最终，我还是坚持留下来与弟弟一起打扫了。

当那厚厚的积雪都被清扫干净后，已是傍晚。抬头，望了望远方。那些披着崭新的银装的小山，一座挨着一座，与灰蒙蒙的天空似乎融为一体了。整个世界一片苍茫，一如当时内心对未来的迷茫。

那晚，是弟弟做的饭。饭菜简单，吃的时候其实已经冷了。但是，我们还是吃得很开心。至少，菜里面还有点油，比学校的水煮白菜、萝卜要美味多了……

一眨眼，不知经历了多少悲欢，虚度了多少春秋。

又是一年冬，我背井离乡，蜗居在离家甚远的广东。

今夜，寒风凛冽，我独坐书桌前，倍感孤独。

冷冷的风，一阵又一阵，给我一种似要落雪的错觉。

忽然之间，很怀念家乡的雪，怀念那些与下雪有关的美好时光。

想着想着，才发现，已经近一年没有见过弟弟了。想到学生时代，弟弟为我洗衣做饭，甚至打工为我攒学费的那些事，我的眼睛瞬间就模糊了。因为，如今的我，生活安稳幸福，而弟弟依旧过着与当年差不多的艰辛日子。我想，若早知是这样，当年无论如何也不该让弟弟辍学出去打工的。可是，这世上哪有后悔药呢？

"千山鸟飞绝，万径人踪灭。孤舟蓑笠翁，独钓寒江雪。"每当孤寂之时，我就会在心中反复吟着柳宗元的这首小诗。我觉得，此刻的我就是那个独坐在江边的老翁，正守着一条裹着厚厚雪毯的河流，用一根细长的竹竿，在漫天飞雪中，孤独地垂钓着。

整个世界，一片寂静。白日里的那些喧嚣，随着飘落的雪花一点一点地沉入水底。我的心，也跟着静了。我终于明白，唯有在孤独、寂寞之时，才能看清来时路，才知生活的本末。

大风起兮云飞扬

郑凡涛

秋日的风，微微有些凉，伴着冷冷的细雨，朦胧了古老的长安城。巍峨的大风阁如同一位高大威猛的武士，昂然站立在悠悠的汉城湖畔，安静地守望着未央宫。

想那汉高祖刘邦当年平定英布叛乱途经故乡沛县，与乡亲们畅饮之时，回想起往事，不由得感慨万分，于是击筑高歌："大风起兮云飞扬，威加海内兮归故乡。安得猛士兮守四方！"诗中流露出对忠臣武将的渴求。

今天，人们修建这高高的大风阁，守望着都城遗址，也算是对他的安慰和纪念吧！

信步登上这高达六十三米的七层巍巍高楼，整个长安城尽在眼底了。长安城里，现代高楼大厦与古老皇城遗址并存着。现代高楼大厦有现代高楼大厦的五彩时尚，古老皇城遗址有古老皇城遗址的沧桑古韵。

西汉两百多年间，十一位皇帝都在这龙首塬头的长安城里执政，就连王莽篡权后，也定都这里。长乐宫、未央宫、建章宫、桂宫、北宫、明光宫如同南斗六星的布局，让长安城有了"斗城"之名。它是中国历史上第一座规模庞大、人口众多的城市。

自高祖刘邦醉斩白蟒起事，楚汉相争灭霸王项羽建立大汉帝国起，先后有文景之治、汉武盛世、昭宣中兴。西汉王朝经济繁荣、政治稳固、文化昌盛、科技发达、疆域辽阔、四夷宾服，让大汉雄风吹了两千年。

跨过碧波荡漾的汉城湖水，走进饱经战火的都城遗址，望着汉武大帝高大的塑像，顿时，我的心像是一片云朵，一下子被两千年前的大汉雄风吹得飘摇起来。

漫漫两百多年的历史里，西汉王朝有数不清的英雄，有说不完的故事，有道不尽的悲剧，有流不干的血泪。

名相萧何慧眼识才，却留下"成也萧何败也萧何"的千古悲剧；兵仙韩信忍胯下之辱，用兵多多益善，功高盖主，最终落了个反贼之名；飞将军李广英勇善战，让胡马望关兴叹，不敢度阴山；博望侯张骞出使西域，坚忍磊落开辟丝绸之路；军神霍去病"匈奴未灭，何以家为"，最终马踏匈奴封狼居胥；太史公司马迁心秉"人固有一死，或重于泰山，或轻于鸿毛"，忍辱负重写出史家之绝唱，无韵之离骚；大丈夫苏武持节牧羊十九年宁死不降，正气浩然；美男子霍光受襁褓之托，拥昭立宣，功著汉室……更有名将陈汤发出"明犯强汉者，虽远必诛！"的霸气名言，激荡着无数炎黄子孙的一颗颗赤子之心。

西汉王朝不仅英豪无数，更有巾帼不让须眉。吕雉为人刚毅，成为中国历史上第一个临朝称制的女性，无为而治与民休息，为文景之治打下坚实基础；薄姬母德仁慈，通情达理，虽是寡妇，却得刘邦宠幸，生下文帝刘恒，最后贵为太后，是后世为人母者之楷模；冯嫽生性聪明，知书达理，有胆有识，是汉王朝在西域各国的外交使节，被西域各国尊为"冯夫人"；王昭君是古代四大美女之落雁，她含泪出塞，用青春换取了汉匈几十年的和平。

如今往事越千年，一派繁华都不见，只留下断壁残垣，草木葱郁，让人凭栏叹息。那些曾经叱咤风云的王侯将相，都已经化作咸阳塬上瑟瑟秋风里的黄土冢了，他们生前的功过是非，有谁能说得清楚？

这真是："人世难逢开口笑，上疆场彼此弯弓月。流遍了，郊原血。一篇读罢头飞雪，但记得斑斑点点，几行陈迹。五帝三皇神圣事，骗了无涯过客。有多少风流人物？"

兴兮大汉，衰兮大汉。长乐未央，没有能让西汉王朝长治久安。可是，"长乐未央，长毋相忘"，这句镌刻在汉代瓦当上的爱情誓言，却成了天下无数有情人对爱情的誓言。

城墙东南角楼上持剑而立的汉代将军雕塑，在风中坚定地站立着。城头迎风招展的军旗一如千年地飘扬着。城墙壁上茂盛的构树和葱葱的毛毛草无声地摇摆着，任凭细雨斜风吹过自己，吹过这黄土色的旧城墙，一直吹向远处的未央宫、长乐宫，吹过这沧桑的长安皇城。

站在角楼前面的我，愿化作一片云朵，随风飘浮在这恢宏的长安城上空，徜徉在历史的沧海桑田。

风过长安城，云落未央宫。长乐无极，日月未央。

根在水乡

袁福成

　　无论你身在天涯还是行在路上，都会情不自禁地问自己根在何处，家在何方？屈指算来，自从 1978 年离开家乡并在城市定居已三十七年，但我仍坚定地认为我的家在建湖，根在水乡。

　　我的出生地、成长地在苏北里下河水网地区，那里沟渠纵横、水网交错。俗话说"人往高处走，水往低处流"，凡是水多的地方必定是地势低洼之处，水是人类赖以生存、得以繁衍、不可或缺的资源，自古至今聪明的人类总是逐水而居。水在带给人们诸多便利的同时，也带给人们诸多不便，生活在水乡的人们更是饱受洪涝灾害之苦，暴雨成灾，河水决堤，洪水泛滥，房屋倒塌，家破人亡轮番交替地上演，但让人惊奇的是居住在水乡泽国的先民们并没有因此迁徙他乡，他们与天斗、与地斗、与水斗，大自然给人们带来水患的同时，也给人们留下一片丰腴肥沃的土地。虽说十年九涝，但一年丰收便还去多年欠债，洪涝之年哪怕是庄稼地里颗粒无收，但洪水带来大量的鱼、虾、蟹、鳖等水产品也帮助先民们渡过一次次难关。水乡的人们对水既敬畏又崇拜，由此还衍生出不少诸如祭水神、河神等水乡民俗，在老家还留有镇水塔、镇水兽等文化遗存。

在我们的童年记忆中，水是永远抹不去的印记，我们的童年几乎是在水中泡大的，许多童年趣事都与水相关。生在水乡不识水性是人生大忌，水乡的孩子几乎没有不会游泳的，婴儿出生的第一课便是在温水里洗澡，让孩子一出世就与水亲近是第一要义，至于洗去从娘胎里带出的血污则显得无关紧要。在婴儿蹒跚学步之际，每逢暑天伏季，家长就有意识地带着孩子一起下河游泳。在水乡，沟渠纵横，桥梁密布，不经意间失足落水的事随时都可能发生，学会游泳是保障生命安全的基本技能，也有粗心大意的父母因未能及早教孩子学会游泳，导致自家孩子溺水身亡的悲剧发生。水乡的孩子一般长到六七岁时都成了熟练掌握游泳技能的"水鸭子"。

水乡的孩子掌握了游泳的一技之长，童年和少年的生活也更加丰富多彩，在水中捞鱼捕虾，摸螺采蚌成了水乡青少年业余生活的重要组成部分。儿时的水乡老家，农业生产还处于半原始状态，生态环境十分优良，河渠里的水清冽甘甜，口渴了掬一捧河水入口，沁人肺腑。河里的淡水鱼不仅品种繁多，而且数量充裕，常见的淡水鱼品种就有草鱼、鲢鱼、鲫鱼、鳜鱼、鳅鱼、长鱼（黄鳝）、鲶鱼、鳗鱼、黑鱼，贝类水产也有田螺、河蚌、蚬子，另外淡水河虾、螃蟹也十分常见。捕鱼的方法也五花八门，用鱼钩垂钓，用鱼叉或鱼鹰追捕，用丝网等各种渔具守株待兔般诱捕。外出捕鱼摸虾均有斩获，从未空手而归，有时舟行河中，冷不丁有一条鱼蹦到船上，在河边淘米洗菜，也常有鱼儿跃入淘箩或菜篮之中。小时候最乐意做的事就是用黄鳝鱼的骨头诱捕淡水河虾，将黄鳝的骨头放在竹篓内，再放上一两块砖使其沉入河底，每过一个时辰提一次竹篓，总会捕到十几只河虾，半天能捕到河虾一两斤。最有趣的是捕捉螃蟹，夏秋季节，螃蟹在田埂上打洞，上学时分，用稻草抹上烂泥堵住蟹窟，螃蟹因要呼吸空气不得不爬到洞口，只要将洞口的稻草快速拔出，螃蟹就被带出洞外，放学回家的路上捕上三五只螃蟹可真是小事一桩。

早年的水乡，船是人们交往的主要交通工具，摆弄木船是水乡孩童的又一乐趣，木船既可用木桨划行，又可用竹篙撑行，还可用橹摇着前行。一有闲暇，水乡的孩童就到木船上做游戏，捉迷藏，打水仗。那些摆弄木船的本领早就在童年和少年时代学会了。

生在水乡，长在水乡，自然对水乡就有了特殊的情感，多少次梦回水乡，在家乡的小河里畅游，多少次梦回水乡，和儿时的伙伴们一起捞鱼摸虾，多少次梦回故乡，和小伙伴们一起在木船上捉迷藏、打水仗……这些深深镶嵌于情、根植于心的水乡情结将继续伴随我行走天涯直到永远。

露天电影

————

倪宝元

　　人到中年后，常常会回望自己。于是，过去的一些人和事，就会浮现在眼前。我是 60 年代末出生的人，儿时简单而又快乐的生活，至今想来仍记忆犹新。比如：看露天电影，就是一件很快乐的事情。

　　在物资匮乏的那个年代，进电影院看电影对大多数农村家庭来说是件很奢侈的事。尽管当时每场电影票价只要一毛两毛，但对于一年总收入就几十块钱的家庭来说，可是一笔大开销。记得每年只有过年的时候，父母给了几毛钱压岁钱，我才能进去享受一次。因此，看一场露天电影，就是平淡生活里最大的期盼，尤其对我们这些穷孩子来说，就像盼过年一样。

简单的年代，看露天电影的设备也简单。那时，露天电影一般是在大队小学的操场或生产队的打谷场上放映（条件再差一点的地方，甚至只要有块空地或者干脆有块白墙壁就行），一块幕布、三根竹竿、一台放映机，就为你打开另外一个世界。

看露天电影的消息，先是道听途说，然后是一传十、十传百在整个村庄传开。最开心的当然是我们这帮小孩子了。放学后，大家赶紧往家跑。太阳还没有落山，我们就早早地搬着自家的长凳，到操场上占好位置。为了摆个所谓的好位置，有时小伙伴之间不惜反目（当然第二天就和好了）。在大人们到来之前，这里就是我们孩子的天下，整个操场上都是快乐追逐打闹的声音。

天黑以后，大人们就陆陆续续过来了。于是，各种主角悉数登场。男人们一般相互打个招呼，递个烟，默默等待电影开场。家庭主妇们则东家长、西家短地聊开，不时再骂几句调皮的孩子。年轻姑娘和小伙子们，一看都已经过精心的装扮。因为这是难得的一次盛会，说不定能遇见自己早已心仪的人，所以看起来一个比一个英俊、水灵。

这个时候，除了我们，最开心的当然是那些恋人们。平时由于父母管得比较紧，很少有机会与心爱的人见面，看露天电影的机会当然不会放过。只是在看电影的过程中，父母们会突然发现自己的儿女，总是悄悄失踪一段时间，等电影快结束了才见到人影。问其原因，说是大小便去了。其实，真正的缘由只能心照不宣。

电影开始后，操场的喧闹才慢慢平静下来。那个年代能看的电影不多，不外乎就是《地道战》《地雷战》《南征北战》《小兵张嘎》《英雄儿女》等。有时，一部片子一年看很多次。因为每部片子，各大队都会轮流去放。只要不是太远，我们都会跑去看，所以其中很多的镜头到现在都耳熟能详。尽管这样，大家还是津津有味地看着，沉浸在电影的世界中。

看电影的过程有时也不太顺利。那时不像现在电力充足，放映的过程经常会断电或停电。每次碰到这种情况，村里电工就赶紧启用备用设备——拖拉机发电。在这个过程中，看电影的人们在黑暗中上演着别样精彩：小孩子哭笑打闹、到处乱跑；年长者高声说话，就怕别人听不见；恩爱的小夫妻们，开始卿卿我我；一些不怀好意的单身汉们，在黑暗里东掏一把、西摸一把占人便宜，引来一阵骚动。这时如果谁再放个臭屁，那更是火上浇油，整个操场就乱成一锅粥……

一场电影过后，人去场空，操场上剩下的就是一片狼藉。到了夏秋季节，操场附近人家种在地里的瓜果和甜芦粟，总会少一些，但每年还是会种上。

如今，看电影对我来说，已是很简单的一件事。只是，再也找不到儿时露天看的那种感觉。因此，再看一次露天电影，已成了我们这代人一种另类的时尚。

露天电影，给儿时的我打开了另外一个世界。从那时起，我就明白外面的世界很大。将来有一天，我一定要走出去看一看。

童年的石板街

孟芹玲

　　我的故乡濉溪，至少有两样东西是值得称道的，一是闻名遐迩的"口子酒"，一是有着悠久历史的石板街。一直到今天，"口子酒"依然醇香飘逸，而石板街则成为省级重点文物保护单位，目前正投资七个亿，由北京专业古建筑修复团队，以修旧如旧的方式进行修葺。

　　濉溪石板街始建于清咸丰年间，由当地著名绅士周俊哲倡导而建。东起老濉河西岸，西至武胜街，全长近一公里，全部用青石块铺成。街两旁店铺林立，建筑呈明清风格，古朴典雅。几年前我和一位喜欢摄影的朋友曾去石板街观赏拍摄，看到路面上有的石板已经破碎，两边店铺的绛紫色门已经斑驳褪色，很显破旧颓败。有的门面是空的，虽然也有一些银匠铺传来"叮叮当当"的敲打声，还有一些开张的杂货铺，但街上行人稀少，很有一种苍凉的感觉。让我不由得想起童年的石板街的繁华……

那时的濉溪老城只有两条街，我们习惯称其为前街和后街。后街上有大礼堂、县政府、人武部、酒厂等，也有零星的几家饭店和商店。石板街我们称为前街，是繁华热闹的商业一条街。

记得那时的前街路面上铺的是大块的青石板，错缝排列，整齐而洁净。由于年代的久远，也有部分石板有破损，略显凹凸不平。石面是光滑的，但只要不是下雪天，脚下并不打滑。我喜欢被雨水冲刷后的石板路，光滑，干净，青青的石面上透出或白或黄的石的筋络，显得很雅致。在不到一公里的街面上，两边大部分是沿街的店铺，都有着细长的木质门板，早上八点钟左右，各门店将门板一条条从门槽上下掉。晚上再将门板一块块上上，拴好门闩。当然，像百货公司、新华书店的门面就相对要现代化一些。整个前街是全县的商业街，平时人流量也大，热闹非凡。

前街上文具店共有三家，自西向东数我和小伙伴们称为一店、二店和三店。一店在路南，其余两家在路北。三个店的商品经常有很大的差异，因此我们买到心仪的文具如铅笔、钢笔、簿本、文具盒等，通常要告诉小伙伴们是在哪个店买的。在物资匮乏的年代，品种花色较少，有时哪个店到了新款式的钢笔，如茶壶、玉米等形状的，我们都会很感惊喜，缠着家长给钱买。我喜欢跳橡皮筋，哪怕手里有几分钱，也会到文具店去买几根橡皮圈，以增加我的橡皮筋的长度。

百货公司在前街街东的北侧，这是县里最大的商业门点。高高的台阶上去，大门的两旁白墙上各有四个红色大字"发展经济""保障供给"。建筑虽然只有一层，但很高也很宽敞，里面商品可谓是琳琅满目，品种繁多。大到自行车、缝纫机，小到针头线脑，几乎涵盖了人们所需要的生活用品。尽管当时许多商品要凭票供应，顾客还是熙熙攘攘，很热闹。各柜台都有一条钢丝直通到收银台，售货员开好货单，连同收到顾客的钱用钢丝上的铁夹子夹好用力一推，铁夹子就顺着钢丝到了收银台。然后，收银员开好发票，连同需要找给顾客的零钱一起再顺着钢丝溜回到柜台，这样就完成了销售。我进百货公司多是顺路看看，饱饱眼福，还有一个重要的原因就是我最好的邻居朋友小六的妈妈于阿姨就在这里卖布。于阿姨很温和，对我很好，我也很喜欢她。我只要到百货公司，总要和于阿姨打个招呼，阿姨总是很忙碌。再忙，她也总是要朝我温和地笑笑，说上几句话，这样，我就会很满足地离开了。

前街上还有着全县唯一的一家新华书店。一进到店里，就会闻到一股淡淡的墨香。我喜欢在玻璃的柜台上驻足停留，看着一本本内容丰富的书的封面，更喜欢看一本本摆列整齐的小画书。在那个年代，新华书店还是毛主席画像、石膏雕塑、纪念章的发行场所。过年时新华书店最热闹，店里到处悬挂着漂亮喜庆的年画，忙碌的售货员在熟练有序地卷着顾客买好的年画，发出的"哗哗"的声音，甚是悦耳。

前街东头路南有一家医院，是城关镇东风医院，我也是这里的常客。小时体质较弱，两种毛病经常困扰着我，一是皮肤过敏，身上经常起着一大片一大片的风团，奇痒无比，难以忍受；二是扁桃腺发炎，经常因发烧就诊。东风医院很小，记得我两种病都是在一个诊室看的。医生开的药片很大，我的嗓子太细，只能是掰碎了吃。有时也打针，那时的青霉素是颗粒状的，如果不加普鲁卡因，每次打都疼得掉眼泪。记得院子后面有一间手术室，经常紧闭着门。前院的右手靠南的一间是中医门诊，正对着门是一个胖胖的中年大夫，母亲称他为吴大夫。据说吴大夫医技高明，赢得了病人的信任，名气很大。

前街上还有两条很熟悉的巷子。我每天上下学都要从后街向南到前街，穿过一条巷子再向南才能到我的母校县实验小学，高中的母校濉溪中学就在实验小学的对面。这两条巷子东西相距不到五十米，西边的我们称为干巷子，东边的称为水巷子。我们绝大多数的时候走干巷子，因为这个巷子稍宽些，很干爽，较碎的石板铺的路，即使是下雨天，也不难走。虽然巷子两边的墙挺高，但也有几户的大门进出在巷子里，平时走的人多，人气也旺些。水巷子就不同了，只有一米多一点宽，两边的墙上有着青苔，整个巷子一年四季都显得湿漉漉的，阳光似乎永远也照不进来，巷子里阴森森的，有些恐怖。况且石板的路下是空的，可能是下水道吧，走在石板上有着一种水质的回声让人不寒而栗。我们一般偶尔从水巷子走，一定是几个小伙伴约着一起走，也一定是相互壮着胆子走得快快的。记得巷子中间悬着一段木头的方梁，不知谁传的说是在上面曾吊死过一个女人。有时在水巷子里走，男同学故意恶作剧地大叫一声"鬼来了！"会吓得我们惊叫着跑出巷子。那种惊恐的感觉现在还记忆犹新。

在 70 年代中叶，在新华书店的斜对面，突然出现一家折扣店，我们称为"削价店"，里面的东西特别便宜，从开张起，就天天挤满了购物的孩子们。女孩子扎头发的塑料绳只要一分钱一根，漂亮的塑料手表一毛钱一块，好看的铅笔一分钱一支，画画的水彩一分钱一盒……店里天天被孩子挤得水泄不通，里面嘈杂声不绝于耳。那是在徐州看到泡泡糖排队抢购后，又一次看到的抢购热潮……

　　当然，让我记忆深刻的还有照相馆，沿街的玻璃橱窗里时常摆上几张上了彩的大幅美女照片。我和小伙伴们也时常去前街的花圈店里寻彩色的纸用来剪纸，去四侠母亲的缝纫店去寻做毽子的羊毛和端午做香包的碎花布，也去前街西头的药店里买做香包的香料。小学和我整天形影不离的同桌黄春雪，她的妈妈就在前街的邮局上班，放学后有时和她一起到她妈妈这里要旧的单据本作草稿本。前街上也有一些零散的住户，文具一店的后院里住着我初中的同学张芹，她颀长的身材，清秀的脸庞，短发，好看又精神，她曾邀我到她家里玩过。前街的最东边路南的院子里住着我的同学沈晓梅，她皮肤白皙，容貌姣好，记得有一次到她家里去，见到了她有糖尿病的姥姥，那时的我第一次听说了这种病。我的小学同学杨明辉的家有一段时间就住在干巷子东边一点的门面里，家里养了猫，又下了一窝小猫。有一段时间我每天放学都要在她家里停留一会儿看猫，我爱猫就是在那个时候开始的。现在的我，真的想对着人去房空的前街，轻轻地问一声，我的同学们，你们还好吗？

　　我是闻着酒香，踏着青石板一路走过来的故乡的女儿。童年的石板街承载了我浓郁的思乡情愫，带给我在那个物资贫乏的年代对生活的热情与憧憬，也带给我许多欢乐和美好的记忆。童年的石板街犹如一幅幅美好的图画镶嵌在我心灵的画框里，永远留存。但愿石板街的修复能够再现旧日风貌，尽量多地还原成历史原来的样子，并在政府的关注和支持下，作为重点文物永远地保存下去。

珍藏心底的感动

孟芹玲

　　在整理微信收藏内容时，又看到了几年前我过生日时，儿子专门为我录制发过来的一首歌。那是李健原唱儿子翻唱的《今天是你的生日，妈妈》。这首歌歌词写得好，儿子唱得也好，最重要的儿子用心用情，精心制作了这样一份特殊的生日礼物，深深地打动了我的心。"今天是你的生日，妈妈我很爱你，长了这么大第一次说给你听……如今我已长成个青年，可我却不能陪在你身边，妈妈你等我回家是否望眼欲穿？那些成长的点滴，幸福的回忆，永远都会留在我心底，妈妈我想为你歌唱，我爱你！"生日那天，我听着哭得稀里哗啦的，听了一遍又一遍，当时的那份感动永远都会留在记忆里。

　　都说陪伴是最长情的告白，相亲相爱的家人在共同的生活中相互陪伴，度过最美好的时光。在与儿子相伴漫长又短暂的岁月里，每天的日子就像一颗颗珠子被时光的长线穿了起来。这些日子大多是平常的，也有特别明亮而色彩斑斓的。把孩子带大是一件很辛苦也很伟大的事情，付出了艰辛，也收获了快乐充实与幸福。更有许多感动的瞬间，像金子般沉淀在我们的记忆里。

还在儿子蹒跚学步时，我生病发烧躺在床上，他一手拿着蚊香片，一手端着水杯走向我说："妈妈吃药。"只因为我告诉过他，蚊香片是药。再大一些时，和大人们一起看奥运会，说也要拿金牌。别人逗他，拿金牌干什么呀？他说，拿金牌给妈妈打项链。虽是玩笑话，却也在我的心中荡起一阵暖意。

儿子上初中时，我资助了一位小学生，小姑娘每个寒暑假都要被我接到家里住一段时间。她和父亲两人相依为命，那年寒假临近年关，下了多年来罕见的一场大雪，市内公交车都难以正常行驶，长途汽车站等着回家的人排成长龙，一直排到站外很远的地方。而小姑娘还必须回家与父亲团圆。我很为难，又必须送她回家。虽然只有一百多里路，但中途还要转车，冰天雪地的，路也不好走。儿子说，妈妈，还是我去吧。我看着还没完全长大成人的儿子，不放心地说，你能行？儿子说，没问题。我怀着一颗忐忑不安的心答应了他的要求，交代了应注意的问题，叮嘱他注意安全。早上八九点钟出门，一直到傍晚才回来。回来说，妈妈，幸亏你没去，人太多了，等了好长时间。我问他，你把妹妹送到家了吗？他说没有，我把她送上了中转的车，那边联系好了去接她。我要是送到家就回不来了，那边没有回来的车。我心中既欣慰又感动，欣慰的是儿子长大了，这件事办得很完美。感动的是，儿子是心疼我，才在这样冰天雪地的艰难环境下，替我出了这趟差。

儿子上大学后我的第一次生日那天，凌晨 12 点刚过，儿子的祝福短信就到了。接下来，他同寝室的同学的祝福短信也收到了，不仅如此，隔壁寝室同学的短信也收到了……这个生日我过得热闹又幸福。

儿子上大学后，只有寒暑假能回来，有时这事那事的，在家也待不了多长时间。这期间让我感受温暖和幸福的是儿子陪我看电影。有几部电影都是他自己看过的，觉得好看，然后陪着我再看一遍。日本动漫家宫崎骏的《天空之城》和《千与千寻》，我们是在书房的电脑上看的，那是我第一次听说宫崎骏的名字，第一次接触到他的作品。我和儿子并排坐着，他的一只手臂搭在我的肩上，我一边看一边听儿子声情并茂地解读着。电脑屏幕上那唯美浪漫的画面及在我眼里新奇的内容让我感到很享受，同时享受到的还有浓浓的亲情，我温暖地融入了年轻人的世界。还有一次，用他的笔记本，我们一起看了由威尔·史密斯主演的美国电影《当幸福来敲门》。影片取材于真实故事，是美国黑人投资专家克里斯·加德纳历尽艰辛，走出黑暗，终获成功的励志故事。一边看，一边交流着对影片内容和艺术性的看法，以及对我们现实生活的启迪……

爱是这个世界上最美丽的色彩，爱是生命里最温柔的语言，爱是旅途中最温暖的港湾，爱是内心深处最真实的感动。无论亲情、友情、爱情，都是一条条清澈的涓流，洗去我们旅途的疲惫，滋润我们干涸的心灵。

在这个过于看重"情商"的时代，那些感情的快餐，更多的是情淡了，商重了。有时玫瑰并不代表爱情，钻石并不代表永恒，微笑并不都是真诚。只有发自内心的真情，才会带给我们触及灵魂的感动。

　　龙应台说，所谓父女母子一场，只不过意味着，你和他的缘分就是今生今世不断地在目送他的背影渐行渐远。这话虽然有些道理，却是有些伤感了。人的一生在不同的阶段，在感情上都有着不同的特别依恋的对象。在孩子工作后，有了自己的事业与追求；成家后，有了他自己的小家庭，也有了不同以往的情感侧重点。看着孩子努力拼搏，积极向上地工作，幸福美满地生活，珍藏那些让我们值得珍惜的岁月片段，是否我们也就拥有了踏实和幸福的感觉呢。感谢儿子，给了我这么多美好的感觉和幸福，那些值得珍藏在心底的感动！

我亲爱的战友

——

焦红玲

　　那三年，是我人生旅途中要征服的一座高山，是我必须要啃下的一块坚硬的骨头，而我更乐于把它视为一场战争。当我横下心，咬紧牙，坚持，坚持，终于以征服者的姿态登顶，不由得百感交集。而当凯歌奏响，蓦然回首之际，不禁泪流满面。谈到这来之不易的胜利，我想我最该由衷感谢的人是你，只有你，和我并肩作战的，我亲爱的战友。

——题记

1. 建立统一战线联盟

2000 年我们这个三口之家买房搬到了曾经的区政府驻地。几经周折，给你办好了入园手续。然而这双重喜悦也只维持了三分钟热度，接踵而来的是无边的惆怅，因为一个很大的难题，山一样横亘在我眼前。双休日要去读成人本科的课程，两边的老人都指望不上，爱人的休息时间和我的满拧，四岁的你怎么办？当所有可能的办法被我一个个否定之后，我做了走投无路、背水一战的决定：把心一横，蹲下来，和小小的你展开了一场艰苦卓绝的谈判。

"宝贝，你上幼儿园，妈妈上班，咱们上够几天才可以休息啊？"

"五天。"你一边脆生生地回答，一边伸出一只肉嘟嘟的小手，在我眼前比画了一下。

"那咱们休几天呀？"我继续诱导着。

"两天呗！"你回答得无比正确，可我却失去了给你加十分的兴致，心里酸酸的。沉吟半晌，才继续耍弄着一个成人的心机，用来攻破你小小的城池。

"以后只要一休息，你就和妈妈一起去上大学，好不好？"

"为什么要上大学？"你忽闪着懵懂无知的大眼睛，问了我如此高深的问题。

"上了大学，妈妈就会变得有力量啊。"我晃了晃拳头。

"那是不是和铁臂阿童木，还有大力水手一样厉害？"你的话冲淡了我的忧愁，我欣喜于你丰富的联想，感慨着你的动画片没有白看，我的每晚故事也没有对牛弹琴。

"那大学里都有什么？"我发现你真是一个提问的专家，问题的难度系数逐步增加。

"有很大的一个房间叫教室，有开水房，有卫生间，有吃饭的食堂，还有老师和同学。"

"和我们幼儿园差不多吗？"小小的你做出了联想之后的猜测。

"嗯，差不多。"哦，儿子，我多想告诉你"和幼儿园比差远了"，然而又担心你反悔。生平第一次，我在你面前撒了个弥天大谎。你知道吗，此话一出，我就在心里暗暗祈求你的原谅，原谅你的妈妈是个撒谎精、自私鬼……

"好吧。"从你嘴里总算吐出了我最想听到的两个字，我如释重负地站起来，又郑重其事地弯下腰，和你击了一下掌。

2. 吹响冲锋号

像即将奔赴战场的勇士听到了嘹亮的军号，周六一大早，我睁开眼，快速起床、洗漱、做早餐，然后叫醒熟睡的你。

你躺在舒舒服服的被窝里，就是不睁眼。你知道平时没辙，这好不容易双休了，可以有一千个一万个睡懒觉的理由。我只好再次哄骗："大学的门可不是一整天都开着，咱们去晚了，可就进不去了。"

这招果然灵验，你一听，睁开眼，十分乖巧地配合着我，穿衣、洗脸、吃饭。我们不像是去上课，倒像是去短途旅行。我给你的双肩包里装了随身更换的衣服，还有卫生纸、小手帕、水壶、水果、饼干、图画本、油画棒。

一路上，我兴致勃勃地向你解说所看见的风景。而你，似乎只对路上跑着的车感兴趣。身边每过一辆车，你就会随之欢呼一声。担忧、惆怅、对前途的渺茫，再一次浓雾一样笼罩了我的心头。

3. 第一场战斗

到了，被我描绘得无比美好，以至于令你心驰神往的大学校园尽在眼前。小小的你东张西望，一副刘姥姥进大观园的神情。我牵着你的手，穿过黑压压的人群，找到上课的教室，再找到授课的老师，一通解释。看着老师一脸心疼与无奈地点头，我高兴得忙不迭道谢。

好在教室极大，座位充足。后来我才发现，每次都有逃课的学生。来得早，我们得以占据了一个有利的地形：便于看黑板听讲，便于出入教室。你挨着我，乖乖地坐下来，安安静静的，和平时那个把家里搞得天翻地覆的淘气包简直判若两人。

然而你的坚持只有三分钟热度。没坐多会儿，你就提出要上厕所。我不得不拉着你，穿过长长的走廊，一个一个房间去寻找卫生间。

等我们坐定，课已经开始了。我认真地听讲做笔记，而你侧身东张西望，在你看来一切都是那么陌生。后来你试图和我交流，不停地分散着我的注意力。你不是说"妈妈，快看那个叔叔，书包都快掉了"，就是说"妈妈，窗外有一只小鸟"。我冲你又是摇头，又是摆手，示意你不要出声，你似乎也明白了，不再搭理我。我给你掏出画笔和本子，你吃力地趴在比你高很多的桌子上，认真地涂鸦。

很快你就厌倦了。你提出了一个我无法接受的要求，想去外面玩。我有些生气，压着心头的火气，小声和你解释着，什么是课间。又掏出包里的水果给你吃，总算是又成功地糊弄了你一把。

美妙的课间总算到了。我拉着你的手，在陌生的校园里逛着，看看花草，看看假山，看看池塘。我发现竟然没有一个人和我一样带着孩子来上课，我们这对母子俨然成了大学校园里一道特殊的风景。

下午的战斗形势更加严峻，因为你困了。你的小脑袋靠在我腿上。三月初未停止供暖，加上教室里座位连着座位，人挨着人，你头发都湿透了，额头和鼻尖也沁着汗水。这让我无比焦灼，想起了《童年》这首歌，“盼望着下课，盼望着放学，盼望游戏的童年……”总算挨到了下课。我摇醒你，拉着迷迷糊糊的你，来到院子里。而这个举动的结果，就是上课铃响了，而你死活不肯再去那“万恶”的、黑压压全是成年人的教室。你噘嘴抗议，木头人一样坚决不动。无奈，一筹莫展的我只好陪你在外边云游。放学时我不得不和别人借了笔记，回家自学落下的功课。

而你，倒是也没对我不依不饶。只是到了晚上，当下班归来的爸爸问你和妈妈一起上大学的感受时，你把头摇成了拨浪鼓，连说“不好玩”。

4. 知己知彼百战不殆

夜深人静，总结战况，我开始痛定思痛。分析军情，明确了知己知彼百战不殆的总原则，罗列了以下几条，权当克敌制胜的法宝。

第一，针对你课堂上犯困的毛病，必须在头天晚上让你早睡。

第二，针对你课堂上分散转移我注意力的毛病，必须以其人之道还治其人之身。办法一，继续对你动之以情，晓之以理。办法二，用图书馆少儿部借来的书，分散转移你的注意力。当然是那种你感兴趣的类似动画片的书籍，让你在课堂上有事可干。

第三，给你描绘一下结束一天功课的美好前景，并努力兑现。比如，奖励一根可爱多冰激凌，去玩一次蹦蹦床或是碰碰车。我甚至想好了，随着你年龄的增长，有了小目标了，我会视你的表现如何，满足你的一个个小愿望。

第四，在亲戚朋友面前，大肆宣扬你的丰功伟绩，让你有上大学的荣誉感。

第五，这一条是专门针对我的，就是必须在课下付出比别人多一倍的努力，以弥补课堂上不能全力以赴听讲所造成的直接损失。

5. 论持久战

事实证明，这些招数对付一个四岁的孩子，全都灵验。小小的你，就这样陪着我，读了近三年的本科，除了考试我把你托付给邻居或朋友临时照看，其余时间，风雨无阻，你都是我的影子。以至于教授不同课程的老师、坐在一个教室里的同学都认识了你，大家戏谑地称呼你"陪读生""年龄最小的大学生"。

慢慢地，你似乎也开始习惯于这种集体生活。在你更大一些的时候，你不但可以安安静静地坐在课堂上读《舒克和贝塔》《木偶奇遇记》，而且还时不时地用似乎只有你才有的第三只眼来监视我。一旦发现我在课堂上打瞌睡，你就会用小胳膊摇醒我，还不忘提醒一句："妈妈，您的笔记都丢了。"弄得我一脸尴尬，啼笑皆非。卜课了，周围的同学都冲我笑着打趣道："你这儿子可不简单啊！"是啊，用今天的网络流行语来说，你真的是"厉害了，我的宝贝！"

然而，你毕竟只是个学龄前儿童。在课堂上你忍受着时间的煎熬，你会隔一段时间就问我一次"妈妈，怎么还不下课啊"，或是

"妈妈，还有多久才放学"，于是我把手表摘下来给你玩，并教给你怎样看时间。记得你上中班时，有一次我去幼儿园接你，老师大惊小怪地正在表扬你，大意是说"这么小的孩子居然认识时间，太了不起了！"闻得此言，我一脸苦笑。

三年，作为我亲爱的战友，你得到的直接回报是：一堆堆的变形金刚、小汽车模型、魔方、多米诺骨牌……这些玩具都是你表现乖，爸爸妈妈奖励你的，称之为战利品也不为过。你每每向客人介绍一件件宝贝时，开头或末尾都不忘来一句"这是我陪妈妈上大学得到的"，小脸蛋上洋溢着幸福的骄傲的光芒。有一次，你向人家介绍完了玩具的玩法和来历之后，还意犹未尽地歪着脑袋问人家："你上过大学吗？我就上过，所以我现在可厉害了！"小王子一样的神情，让人忍俊不禁。当然，间接的回报也有，三年的磨砺还换来了我始料不及的你的可持续发展。这当属另一篇文章的主题了，此处不再赘述。

6. 军功章也有你的一半

2002 年 6 月，已过而立之年的我，没有缺过一次课，历时三年，以优异的成绩拿到了本科学历，特别是毕业论文得到了老师的极大肯定。那一天，参加完毕业典礼，我紧紧牵着刚满六岁的你，你手里拿着有你一半功劳的毕业证书，我们走在大街上，走在阳光里。这时候，我不由得想起弹指一挥间流逝的光阴，想起三年间你陪我去过次数最多的两个地方，一个是我们的大学，一个是我们的图书馆。以至于大学里的老师同学、图书馆的工作人员，都和你成了"老相识""忘年交"。一想到这些，我不由得泪流满面。你望着我脸上的泪水，不解地问："妈妈，您怎么了？""妈妈是高兴坏了……"我擦去泪水，蹲下来，紧紧地把你抱起。此时此刻，即使放弃全世界来爱你，我也愿意！

而你，仰着被兴奋染得发红的苹果一样的小脸，问我："妈妈，是不是我们再也不用上大学了？"

是的，除了图书馆，其余的我们都可以说"再见"了！而我，只想说：谢谢你！我亲爱的小孩，我亲爱的战友！你已经近三年时间，没有享受过自由嬉戏的假日了！

而时光很快就要进入七八月份，一个长长的美美的暑假，画卷一样铺展开来，冲我们悠悠地招手。紧随其后的 9 月 1 日，你将背上书包，成为一年级新生。生活撩开了曾经神秘如雾的面纱，展现出了她无比温情美好的面孔……

美丽蜕变

——

焦红玲

追鹿的猎师是看不见山的，捕鱼的渔夫是看不见海的。眼中只有鹿和鱼的人，是看不见真正的山水的。

——题记

上　篇

准确地说，这个故事是我听来的。更准确地说，是听来的一个故事梗概。作为一个写作癌患者兼外貌协会会员，我忍受不了自己笔下的人物，因我的疏于思考而营养不良，以至于站在读者面前时露出面黄肌瘦的惨相。所以在主体骨架绝对真实的前提下，我会稍微放纵一下自己，加上一些合理范围之内的想象。没别的，让人物形象更饱满一些，让故事更好看一些，仅此而已。

好了，现在让我们回到这个故事本身，回到故事的发生地：新疆—北京。

应该说是"扑克牌"这绰号，让我瞬间对你产生了极大的兴趣。作为我们这个故事的主人公（为了叙述方便，我用了第二人称）——考证你绰号的由来，成了我的首要任务。这并不难，据讲故事的人说，须着眼于你的外形。你是属于那种拘谨枯瘦类型的，上半身更是平实朴素，于是乎被三五个不良损友拍打着唤作"扑克牌"。后来你考上这所位于北京的211大学，这绰号狗皮膏药一样，被人从新疆一路叫到了北京。凭借这绰号，即使想象力近乎枯竭的人，都会毫无障碍地在眼前幻化出你的真实形象来。这效果图尤其适宜从侧面欣赏，尤其适宜在你脱去外衣时欣赏，上半身绝对地一马平川。

"扑克牌"就"扑克牌"呗，无非就是瘦了些。可问题是，你把尚在新疆的女朋友弄丢了！当然究其原因也许会很复杂，但粘在你身上的这个"瘦"字想必脱不了干系。你的失恋，如一滴水掉进了滚开的油锅。而整个事件，则如同加了安琪酵母和出来的面团，闹大发了！

说起来，这也没什么可大惊小怪的。毕竟，再瘦弱也架不住二八芳华，点火就着的年纪。加之你身上流淌着大西北游牧民族自由奔放的血液，使得同学面前的你，时不时摆出一副剑拔弩张的架势。正读大二的你，不但开始明目张胆地翘课，还动不动就向同学发起言语的、武力的冲突。后来你实在忍受不了自己的无理取闹了，就跑去找同学们最信赖的，那个知心姐姐一样的张老师，诉说心中的苦闷。

时值2018年北京的金秋，一阵紧似一阵的风，弹奏着透明的乐曲；校园里落叶飘舞，如轻盈的彩衣仙子降落凡间，裙裾飞扬。

然而再美的景致，你也无心欣赏。站在张老师面前的你，因平时疏于锻炼，爬楼爬得气喘吁吁。你涨红了的脸上，鼻尖和额头沁着一层细密的汗水。

"张老师，我受不了了！什么都干不下去了！我想请假回老家，回新疆！立刻马上！我必须削了他！"你一连串的短句，如小钢炮一般噼里啪啦，掷地有声。

"你想削了谁？"拥有医学博士、副教授、学校养生康复教研室副主任、高级健康管理师等一堆头衔的张老师，即使有着双眼分别为 2.0 和 1.5 的顶级好视力，此刻也无法洞悉你陡然变得腹黑的内心世界。

"太欺负人了！我最好的哥们儿，明明是我拜托他照顾我女朋友，我们在老家谈了那么多年，我这才考到北京一年多，他俩居然好上了！这剧情，要多狗血有多狗血！我女朋友还气人地挖苦我，说他比我帅！这不是找削吗？！"你像《满江红》里的岳飞，怒发冲冠，壮怀激烈地控诉着你那"罪恶的""没良心的"前任男女朋友，掏心掏肺之余还掏出手机，指给张老师看你女朋友的照片。朋友圈相册封面是她，联系人置顶是她，所有相关的证据，都无比确凿地证明，她是你的！可眼下剧情居然大反转了，这简直如当头一棒，打了你一个措手不及！

张老师给你倒了杯水，示意你坐下慢慢说。等你说够了，她才开口，轻飘飘地抛给你一个问题："假如你们真开战了，你认为那个女孩会偏向谁？"

你默不作声。也是，新欢与旧爱，这本就是一个不难抉择的抉择，一个不置可否的问题。

"这样吧，你先帮我一个忙。我们的'阳光塑型班'正在招募第一批体验者，算你一个。君子报仇，半年不晚。等明年春暖花开的时候，你要是还想着复仇计划，那么我向院领导请假，专程陪你回新疆，一来看看祖国的大好河山，二来观战，给你加油鼓劲！"你点点头。"一言既出驷马难追！"说着，这可爱的老师，还很官方地同你拉了个勾。

后来，据你的同学"举报"，你还是会时不时地翘课，但不同于以往的打游戏和无所事事的闲逛，你更多的，是去疯狂地打卡健身，还被学生会的干部们拉去参加社会公益活动。不过，落下的功课你会不声不响、起早贪黑地一一补足。健身之外，学校很多社团都有你活跃的身影。当然你的学习成绩也是蛮不错的。坚持不懈的运动，各种有益的活动，秋风扫落叶般驱散了笼罩在你心中的阴霾，你一改以往的颓废形象，出现在老师同学面前的你，积极、快乐、阳光、自信。以至于有了后来，你在久违了的张老师面前，完全可以用"惊艳"一词来形容崭新的亮相。

下 篇

时光飞逝，转眼间大半年过去了。2019 年 5 月的北京中医药大学。伫立着药王孙思邈汉白玉雕像的百草园里，飘荡着淡淡的草药的香气。

我想象着那该是一个风轻云淡的黄昏。在这美丽的校园里，行色匆匆的张老师很偶然地邂逅了你。彼时，你穿着帅气十足的白色回力鞋，因为天热，运动出汗，橙色球衣干脆被你脱掉了，系在腰间。你赤裸着小麦色的上半身。晶莹的汗水使你身上洋溢着青春的桀骜不驯的气息，你同伙伴们边走边聊得很嗨。

许是好久不见，许是你的变化过于邪乎，张老师竟然一下子犯了"花痴"！从侧面看，你哪里还有一丝一毫"扑克牌"的影子？你小麦色的健康肤色，配上健美结实的八块腹肌，你粲然一笑，向许久不见甚是想念的老师问好，露出洁白整齐的八颗牙齿。你运动归来与身边的同伴谈笑风生、风风火火从人群穿行而过的样子，想必会迷倒一大片学姐学妹学弟吧！我想到了"回头率"这个词，想必是百分百吧！是啊，我甚至都可以想象得出，百草园里，那慈眉善目的药王孙思邈老先生，也冲你点头颔首，微笑着说：不错，不错，这真是个治愈系的暖心的故事啊！

"分明就是一副上好的麻将牌嘛！说不定以后，他还会有更多的绰号的，'麻将牌''马甲线''人鱼线'什么的，都有可能……"在课堂上，张老师喜滋滋地和我们分享着你的案例，分享着再次见到你时，你那脱胎换骨的美丽蜕变，所带给她的那巨大的喜悦的冲击波。

现在想来，假如你的青春里没有遇见张老师，假如张老师没有清醒的头脑和教育的智慧，这个故事又该是怎样的一个走向呢？当初那个爱冲动的新疆少年，如果义无反顾地回老家实施火热的复仇计划，会不会一身挫败感、两手空空而归？会不会从此一蹶不振，进而游戏人生？一个个可疑的问号，如黑暗中牵引着我前行的一根棍子，促使我陷入了沉思。最后，一段非常经典的话，从脑海里翻涌而来——

"追鹿的猎师是看不见山的，捕鱼的渔夫是看不见海的。眼中只有鹿和鱼的人，是看不见真正的山水的。"

多么富有哲理的句子啊，通体散发着智慧的光芒！毫无疑问，张老师是深谙其道的，她使你抛开了"鹿"和"鱼"，从而看见了"山"和"水"。她轻轻的一句话，使我感受到：柔软，有时候也会成为一种巨大的力量。在这种力量的激励下，小鹿般年轻莽撞的你，贪玩的毛毛虫般、忘记了蝴蝶梦的你，用大半年时间，完成了一场华丽的转身，一次美丽的蜕变！知道吗？听了你的故事，身为乐迷的我，耳畔始终回荡着一首动听的歌，那是来自你家乡的民歌——《吐鲁番的葡萄熟了》的甜美旋律。

此后，你再也没提过打算削谁的话题。你是幸运的。现在，估计如此阳光帅气的你，根本不愁找不到女朋友。连从未谋面的我，都很想给你介绍一个呢！

当然，我也是幸运的。张老师与你不期而遇大约一个月后，2019 年 6 月 12 日至 14 日，房山区教委组织的"运动健康指导师专题课程培训活动"，让我有幸走进了美丽的北京中医药大学，有幸邂逅了你最喜欢的张老师。当然，她也是我喜欢的张老师。一天七八个小时的培训内容，对于我这样的快要奔五的人来说，从早坐到晚，坚持下来腰酸背痛，简直苦不堪言。而上张老师的课却是个例外，绝对称得上是一种享受。爱犯困的我，在她的课堂上，居然神采飞扬，没打一丁点瞌睡。这不能不说是我培训史上的一大奇迹。课程之外，我还有幸聆听到她用简洁的语言，分享你的青春故事。时光匆匆，紧张的培训活动结束了，张老师戛然而止的课程，给我的感觉，就如同我对你这故事的印象，意犹未尽。

"对于无法左右的事，要学会顺其自然；对于爱而不得的人，要学会释怀放下；对于走不通的路，要学会换个方向。"

"追鹿的猎师是看不见山的，捕鱼的渔夫是看不见海的。眼中只有鹿和鱼的人，是看不见真正的山水的。"

这是在听了你的故事后，我的课堂笔记本上，落下的两段文字。挥手作别北京中医药大学的那一刻，我在心里对自己说：一定要把这两段话，连同你的美丽蜕变的故事，写出来，分享给更多的人。

柔软的印记

———

郑冬前

在我们那个年代出生的人是讲究很多规矩的，譬如：孩子不能随随便便询问长辈的大名，更不能呼喊长辈的名字，所以我的记忆中就只记得谁是外公，谁是外婆。直到前几天，随二舅舅去外婆墓地扫墓，看到墓碑，才知道外婆出生于一九三三年六月二十六日，姓姚名秀英。

墓碑照片上，外婆剪着短发，表情严肃地眺望着远方，这是她拍照时的标准神情，不是她平常的样子。

倏地，往日的一幕幕便涌现到眼前。

记忆中外婆经常"咯咯"地笑着，偶有严肃，那是她在思考问题。外婆养育了九个子女，其辛苦不言而喻，大舅的英年早逝，更是给了外婆致命一击。小时候，睡梦中的我曾被外婆呼着大舅乳名的哭喊声惊醒，外婆的失子之痛，无人能够体会。

外婆在 20 世纪 50 年代被划分为富农子弟，受到过"文革"的冲击。那时我常会看到不识字的外婆找识字的人帮她写材料。那个年月，交通不发达，通信也落后，找谁，在哪，都得靠打听，谁能解决她的问题呢？到后来成功平反，真不知道外婆人前说了多少好话，人后吃了多少苦！外婆是个坚强的人，若是换作别人，估计早就垮了。

外婆家离我家比较远，有十几里路，在一个村庄的最前头。村子靠近公路，看起来不像个村庄，只有四五户人家，住着一排小草房。后面是一条小河和一处窑厂（现在叫砖瓦厂）。这几户人家都种田，邻里间因为地界问题，常常闹得鸡飞狗跳。虽然他们的邻里关系紧张，但外婆的家却是我向往的乐土：外婆家人多，有几个姨还未出嫁。最小的二舅舅仅比我大四岁，他经常拿着笔记本记录着收音机里的新闻，我就趴在一旁傻傻地看着。

从我家到外婆家，下了公路要经过一条在草丛中的小路。我腼腆，走在小路上，原来的大步换成小步，慢慢地向前走，怕被人看见。但通常，那一排人家养的狗总能发现我，总会"汪汪"地叫起来，这时外婆就笑着迎出来，一边阻止狗叫，一边招呼我："放假啦！乖乖，乖乖！"

外婆把我当客人一样，舀水放锅里烧开，打上几个鸡蛋，盛到碗里，放两勺白糖，端到我面前的桌子上，摸着我的头笑呵呵地说："慢点吃，别烫着。"这待遇在当时极高。外婆来我家，妈妈也这样招待外婆，外婆总会吃剩下来，给我和妹妹吃。

倘若是暑假，外婆家的瓜果蔬菜可多了，什么黄瓜、香瓜、面瓜，小枣、番茄，都是在外婆家认识的。在她家里面，从来没有过饿的感觉。要是想吃，得让外婆去摘，哪一个瓜长在哪里，外婆都是记得的。如果发现哪个地方差了什么，她会疑心被谁偷走了，会不高兴。也不知怎么的，那个年月，也许是被生活所逼，小偷还挺多，家家户户出门种田，都要有人留守看门。

外婆家门前的这条小河，夏天满是芦苇和蒲，要是有人躲在里面，你一定寻不着他。暑假里，树上的知了声响彻天际，雨后，小河里的咕呱声不断；夜晚，萤火虫飞来飞去，芦苇丛连同周围的庄稼地，在徐徐的微风下，一起演奏动植物合奏曲，给漆黑的夜晚带来一些狂野的味道。我们点燃晒干的蒲绒放在席边烟熏蚊子，外婆用芭蕉扇给我们边扇着风，边讲她心中的故事，大都是各姨家的家长里短。不知道什么时候，我进入了梦乡……第二天天刚亮，外婆已经在地里劳动了。

冬天最热闹的是大年初二，儿女亲戚都领着全家老小到外婆家集合。那天，外婆家几间草房人气特足。中午，男人们一桌，小孩儿一桌，所有女儿都去厨房帮忙做菜。几个姨夫和二舅舅团坐在外公身边，起先都是很有秩序地敬着小酒，喝着喝着，声音就大起来了，吵起来了，这像是每年的最后一道菜。外公是解决不了矛盾的，非得外婆出场评理才行。

每次发压岁钱都是从我开始，因为我是孩子中年龄最大的。外婆很大方，我们领到的压岁钱数额比较大。多少年来，从五元涨到十元，从十元涨到一百元，不论在哪一个阶段，对于我们来说，都是不敢拿去随便花的，后来都得"交公"。

外婆记性也好，我在乡镇中学做老师时，小家就安顿在校园的最后一排房屋，外婆时常给我家送菜，老远就能听到外婆和邻居打招呼的声音。

"王奶，又给孙媳妇送什么好吃的？"外婆笑着回应邻居老张奶："哪有什么好吃的，都是自家地里少打药水的菜，顺带给大孙媳妇。"外婆赶集，其实也不顺路呀！我们听到声音赶紧迎上去，把外婆接进家门。

有时，唠嗑没有话题，外婆就对我爱人海云讲各姨家的故事，爱人挺认真地听着，坐在一旁的我就给外婆的故事做批注，好让爱人也能听懂一些。

我到县中学工作后，外婆不知道我的具体住址了，但在我三十岁生日那天，外婆还是来到县城，找到学校，打听到我的住处。我们中午到家，外婆已经在门口等候了，我们惊喜地问外婆："您怎么摸到这儿啦？"外婆笑着说："问人的！"我的个天哪，县城虽然小，但想找个人也不是一件容易的事。我的心头一热，差点掉下眼泪。还是妻子打了圆场，说："添人添寿，外婆真是用心了。"很少过生日的我，却在三十岁生日这一天，外婆赶来为我庆生，还有什么仪式比这更让人感动呢！

外婆犹如一杯醇厚而又甘甜的美酒，经由沧桑岁月酿就。外婆一辈子要强，在那个特殊的年代，凭着自己的坚韧和执着，克服了生活中的重重困难。人生的磨难、生活的压力、子女众多的家庭负担，没有使她退缩，她硬是闯过了一个又一个难关，活出了那一代人的精彩。

外婆在 2010 年 12 月 5 日驾鹤西游。一晃，她老人家离开我们已经十多年了，但是她那爽朗的笑声、亲切的话语、坚韧的性格，将永远地印在我柔软的心灵深处！

师恩润我心

白锦刚

人生的每个阶段，都会遇到几位珍藏心底、心怀感恩的老师。尤其被师恩浸润的心田，是甜的是温暖的。我在部队当兵时，朱焰辉指导员的为师情结，就似青稞陈酿愈久弥香。

1976年1月8日，是全国人民敬爱的周恩来总理逝世的日子。那天，我们在阴郁的心情中高中毕业离校返乡了，参加生产队春种夏收、平地、修路，12月份盼来了征兵，并如愿以偿成了青藏高原某部队的一名战士。当时的兴奋，是在睡梦中都能笑醒的。那时，高考停止，招工无门，当兵是跳出农门的唯一出路。新训结束下连后，我被分在了土建工程连瓦工班，待逐步适应恶劣的自然环境、艰苦纯手工的施工条件、高寒缺氧的考验后，便如老兵一样干起了小工活，抱砖、卸沙、搬水泥……因是来自农村，吃苦自是不怕的，处处要求进步才是深藏脑际的真正动力。

1977年12月，我被推荐上总队（团）第二期教导队——为新兵连培训班长，全连去十人，我们同年兵五十多人中入选两人，着实自豪了一阵子。1978年3月，教导队结束，优选一半人去带新兵，我是其中之一。自己"蛋子"还未掉，却要带只晚一年入伍的新兵蛋子，虽本人军事动作不在话下、内务队列纪律三大条令熟记于心，但多少还是有点心虚，况十二名新兵中有一半大我一两岁。有天新兵队列训练，突然身后传来"十班长，让队列立定"的声音，我"是"字未出口赶忙叫了"立定"，正手足无措时，新兵连朱焰辉指导员站在了队前喊起了洪亮的口令："十班都有了，向后转，齐步走……"原来，在操场巡视的朱指导员发现我喊口令声音小，又是公鸭嗓子，遂破例做示范，并在训间休息时，教我如何发声，如何将口令喊出来。我嗓音小、方言重的毛病，长期没有得到很好解决，后来在任司令部兵员参谋时仍畏惧整队，即使现在还忌惮在手机上留语音。

偶然的关爱总是美好的，就像久旱的禾苗渴望雨露、少衣的寒冬企盼太阳一样。示范新训是朱指导员第一次给我当老师，心中的蜜味一直甜到了现在。朱指导员于1969年春从湖北黄冈市罗田县大别山革命老区入伍，是我所在老连队的副指导员，原为政治处干事，文质彬彬，平易近人。朱指导员第二次第三次给我当老师，是新训结束我回老连队当文书时。

1978年6月新训结束后，我到连部任了文书。可能是平时喜欢写写画画的我被连首长"发现"，也可能因自己的"豆腐块""顺口溜"经常出现在连队墙报、板报上被老文书举荐,还有可能是多次代表班排在全连军人大会上发言被排长推荐……任了文书,成了班长级人物,心中不禁暗自窃喜,但拿不上台面的文笔和字体,又确实让我睡不着觉了。这时,"老三届"秀才汪指导员给了我连队以前的材料作为教科书,并手把手地教我写工作总结、情况汇报;朱指导员书写了娟秀的楷书、行书、隶书钢笔字给我,好似得到了紧俏的《庞中华钢笔字帖》,激动、感动沸腾了心房。

上任文书的第一周就要出连队黑板报,我迟迟未能行动,朱指导员窥到了我"胸中无数"的心思,再一次当起了老师:帮我筛选文稿插图,帮我谋篇布局,教我合理选用彩色粉笔,教我写大小粉笔字、不同体美术字,经过反复实践,终于完成了"板报处女作"。朱指导员升任同营另连指导员后,依然对我关怀有加。

连首长的言传身教,是指路的明灯,是前行的动力,是进步的阶梯,一举一动中深含官爱兵的真谛。我提干任营部书记(类似秘书)后,奉命在营房外墙用板刷红漆书写宋体大字标语,在营院门两侧外墙依样画葫芦地用红漆刷写仿毛体"为人民服务""向雷锋同志学习"。即使上原总后襄樊后校期间,也在课余时间承担了区队的黑板报。这都得益于任文书期间的恩师。

朱指导员转业后任职原籍县公安局直至退休,现虽已过七十,仍挥毫不辍、以诗抒怀,2020 年 7 月我组织原团老首长老战友在西宁聚会时,他寄赠数份墨宝致贺,并对聚会的流程给予了指导与提示。"一日指导员终身指导",这是 2019 年 4 月初我赴湖北罗田拜望老首长们时,胡少雄处长的一句话,说得非常好,我将这句话当即写进了诗歌《罗田,难说再见》里。

人的一生会遇到许多老师，有的是启蒙的贤者，有的成了良师益友，而成为恩师者既是指路者，也是引路人。朱指导员给我的教诲，使我受益良多，虽尘封心底四十余年，但每每打开记忆的闸门，仍如甘泉浸润心扉。

歉　疚

白锦刚

人生路漫漫，难免有歉疚之事。我要说的"歉疚"，是父母一生的歉疚，也是我大半辈子的歉疚。因常怀歉疚，又常被姐姐的勤劳无怨而感动，遂写下这段文字，以求良心的一时安然。

父母养育了我们兄弟姐妹七人，六儿一女。姐姐排行第四，唯独她没上过几天学，而且皆因我。

那个年代，农村的女孩子受重男轻女的影响，上学者不多，即便能上学也都比适龄儿童要大一些。那年，姐姐九周岁了，已超过了上学的年龄。因三个哥哥都上学了，父母一合计，也应让女儿识几个字，就让姐姐报名插班上学了。姐姐上学没多久，就有了我这个宝贝弟弟。我满月后，母亲要参加生产队劳动挣工分，姐姐只好停学带我了。这一带就是多年，姐姐永远失去了上学读书的机会。后来姐姐到生产队扫盲班去过几次，也仅能认识自己的名字而已。姐姐因不识字，吃了不少苦头，现在拿个手机只能接听，有事找人，翻看电话簿、拨打电话是很困难的。唉！我心灵手巧、吃苦耐劳、善良朴实、孝敬老人、忠厚持家的姐姐，因是文盲，失去了很多出人头地的机会。

姐姐尤其擅长女红。我小时候，一家人的布鞋、衣服，都是母亲和姐姐在劳动间隙，或者点灯熬夜，一针一线做出来的。我当兵十多年的鞋垫也都是姐姐做的。有绣花的，也有"比葫芦画瓢"绣上自己不认识的"囍""幸福"等汉字的。记得我小学二年级时，有一天上午，班主任通知每个学生第二天要戴红袖标，袖标上要绣上"忠于毛主席"五个字，并说学校革委会要检查，红袖标上字的颜色要求黄色或白色。说完，将写好字的纸发给了学生。我心中暗想：自己是小组长，不能落后。中午一回家就给姐姐"下达了任务"。因家里的那一点绣花线根本满足不了需求，姐姐饭都没吃就揣了几个鸡蛋赶到供销合作社。当时鸡蛋小的每个卖六分，大的每个七分。姐姐用卖鸡蛋的钱扯了红布。供销社里没有适合的线，姐姐急中生智买了几双白鞋带，劳动回来，将白鞋带的线一根一根抽出来，缠成线团；将剪好的五个字固定在红布上合适的位置，用铅笔沿边描出印记，拿掉字的纸样；再将描有字迹的红布绷在竹制剁绣圈上。姐姐三口两口应付完饭后，就剁了起来，啥时剁完的，我不知道，但确切地记得我起夜时姐姐屋里的煤油灯还亮着。真是难为了姐姐。第二天早起上学时，我第一个戴上了红袖标，赢得了班主任的表扬和同学们羡慕的眼神。这大大地满足了我的虚荣心。而姐姐没有一句怨言，似乎为弟弟付出就是顺情顺理的。

父母吃苦耐劳的品格，毫无保留地传承给了姐姐。想来也真是无巧不成书，我的木匠父亲竟然择了一个木匠女婿。这个木匠姐夫是家中老大。1968年，姐姐姐夫结婚时，姐姐只有十八岁，姐夫比姐姐大三岁。姐夫下面有一个弟弟五个妹妹，四个弟妹在上学，两个年幼的妹妹尚在家中玩耍。当时挣工分是头等大事，姐姐与男劳力一样，泥里来土里去，拼了十余年。农村单干后，姐姐终于能在自家的土地上劳作，更心甘情愿地挥洒汗水了。姐夫常外出做木活，有时几个月回不了家，姐姐一个人把家里家外料理得井井有条。姐姐和所有吃苦耐劳的农村妇女一样，认为自己做饭是天经地义的。无论地里活多累多晚，到家的第一件事就是进厨房，饭后再洗碗刷锅、伺候鸡呀猪呀的。后来，公婆年岁大了，照顾老人也成了她日常生活中的一项重要内容。一年前，姐姐九十三岁的婆婆驾鹤西游了，现与八十九岁的公公、七十三岁的丈夫朝夕相伴，过着还算悠闲的日子。姐姐因长期劳累和跪在田里锄草的缘故，落下了严重的风湿性关节炎。特别是连续劳作后，腿会疼得迈不动步。但土地是命根子，坚韧的姐姐一边服着药，一边按照农时耕作，小麦、玉米、胡麻、蚕豆、洋芋年年轮番种着，硬是坚持与姐夫种了十几亩地。孩子们劝说他们，岁数大了就少种点地，姐姐总是说："闲着也是闲着，打发时间，也能添补一些。"我想也是，干了大半辈子的农活，怎么能停得下来呢？何况，姐姐姐夫种的不是田地，是深爱，是情怀……

姐姐是个心里常装着亲情的人。今年六月，为母亲烧完三周年纸的第二天上午，下了一夜的大雨仍没有停歇的意思，十一时许，侄儿建峰开车，我与三哥送姐姐回家。姐姐晕车，上车前都不敢吃东西，我就让姐姐坐在副驾驶的位置。沿途，有几处田埂被雨水冲垮后铺在了路面上，泥泞中车开得慢而颠簸，姐姐强忍着头晕挨到了家里，顾不上休息，就开始张罗做饭。一个多小时后，六菜一饭端上了桌。这时，应是下午两点多了。我们吃饭时姐姐并没吃，坐在椅子上休息，脸色不太好。姐姐惭愧地说："头晕得很，饭做了好长时间，你们饿坏了吧。"七十岁的人了呀，我心里一咯噔，多强的毅力能让她硬挺着做了一顿丰盛的饭菜？我再一次歉疚了。

姐姐有两个儿子，大学毕业后都在行政事业单位工作，在城里成家立业，孩子都上中学了。姐姐也算是进过城的人，曾到西宁小住，到酒泉、格尔木带过孙子孙女，也算了无缺憾了。

我因心怀歉疚和敬意，日常多以电话问候，每次回老家总想着去看看姐姐，虽帮不了啥忙，但陪姐姐说说话，吃顿姐姐亲手做的饭，心里就觉着踏实了很多。

愿普天之下像姐姐一样的好人，一生平安！

立　碑

白锦刚

　　曾几何时，民间立碑祭祖文化又复归正常的轨道，近几十年更是兴盛了起来。立碑，对先人是树碑立传，对后人是传承中华五千年的孝道礼仪和文明家风。

　　我的家庭，从父辈起，已在此地九十年，繁衍兴旺，现已是六十余口人的家族了，故应时而为，将父母劳苦厚德的一生刻在了石碑上，刻进了子孙的心头。

　　父母的坟茔在老家西山半坡处，是最早看见晨曦和旭日的地方，距家两三千米路程。为父母立碑是在 2006 年父亲重病时兄弟们商定的，初定于两位老人百年后择机而立，并禀告父母知晓。2017 年农历四月二十一，在父亲八十五岁走后第十年的同月同一天，九十四岁的母亲也追随父亲而去。送走母亲后，大家就商定在母亲三周年忌日时立碑，随后兄弟、侄儿几人便到县城石材厂，选了一穿衣戴帽型制规格材质中等的碑——黑金刚石碑体，汉白玉底座、碑柱及帽檐帽脊。

2020年春节期间，三哥择了立碑吉日农历四月十四（公历5月6日），是日十一时开山（挖碑基动土），比母亲的忌日早了一周，就计划着立碑、烧纸在同一天进行。四月开始，兄弟、侄儿们便忙了起来。此时，碑已刻好，正面上部为栩栩如生的龙凤图案，下部从右至左刻着父母生卒年、名讳、孝子贤孙姓名及立碑日期；背面则为碑文。

农历四月十四，立碑、烧纸依序进行。

立碑分"立"和"祭"两个大的程序。

吉时开山后，"立"的程序展开了——先挖好略大于碑座的地基，用混凝土浇筑底座，吊放近半吨的莲花宝座，测定水平，再一一吊装碑身、双柱、碑帽（盖、檐、脊）。雕龙抱柱护卫于碑身左右。碑脊四角各一雕鳌的飞檐，伸向四方天空，是独占鳌头的意思吧。身正碑稳，碑前安置好食桌，摆上供品，孝子贤孙每人持一炷点燃的线香跪于碑前，刻碑师开始为碑开光了。"开光"是新奇事，我们都睁大了眼睛，但见刻碑师面向碑，右手指碑，诵念金光神咒（大意是祷告亡人上碑），拿针刺点碑面龙凤七窍，意即龙凤有灵气了；随饮酒吹向碑面，用净布擦拭，红绸罩碑，开光仪式完毕，"立"的程序结束。

紧接着，点放鞭炮，执事（现场工作人员）碑前侍候，两位穿黑色长衫戴黑色礼帽的祭官（礼宾），上前面对面互致古礼作揖站立碑侧（一为提礼官，唱令者；一为行礼官，行事者）。执事与孝子为祭官披红。"祭"的程序就按揭碑、敬碑、点碑、祭碑依次开始了。揭碑、敬碑依序进行，但点碑点什么、怎么点？还是有些说道的——因长子两年前已故，提礼官就唱令"长孙背对碑跪下，左臂伸后"，行礼官拿针刺破长孙左手食指、用毛笔沾血点碑面多处，此时长孙后转面碑而跪，行礼官扔笔于长孙怀中，点碑礼成。祭碑即行礼官站立宣读祭文，读文毕，提礼官唱令"起""跪""拜"，孝子贤孙依令起立、跪下、磕头作揖，如此三番。后再依令泣悼、敬香，"祭"的程序落幕。

接着，祭官再祭"后土"。"后土"是本茔土地神位，安放于茔地顶边中间位置，摆上祭品，提礼官唱令，行礼官行祭，孝子叩拜敬香，仪式毕。"后土"位重，每逢上坟都须祭奠。

至此，在古礼与现代的交织中，大礼告成，鸣炮告慰，烧上纸钱、花圈，历时四小时余，立碑、烧纸宣告完满结束。

立碑日正值母亲忌日前夕，本应是祭奠父母、了确心愿的一件水到渠成顺理成章的事，但因诸多原因，也是别有一番愁绪在心头。先是生怕赶在雨中，还好，头天下午从六十千米外的县城运回碑时路遇阵雨，但无碍；当日十五时碑就位祭奠完毕就滴起了雨点，亲友们撤回，一进家门就大雨如注了。再者如何吊装两吨余的石碑也费了些心思，原计划搭架滑轮倒链完成，后为保险起见，六弟开来了朋友的装载机施工，效率安全性都得到提升。当时正值兰州新冠肺炎疫情防控等级由二级降到三级，尚在恢复生产生活期间，我们放弃了庄事约定俗成的规矩，请客待客从简，使一件行孝、善终、传承家风礼仪的大事，在二、三哥把舵，五、六弟张罗，侄儿、女婿出力，邻居等人的齐心协力下，圆满结束。

碑文是由侄儿白建辉撰写的。建辉是五弟之子，孙辈中男孩排行老八，2009年兰州财大本科毕业后，考入农行兰州高新技术开发区支行工作，文笔很好，行事严谨。建辉在半年的撰写中也是多易其稿，因要将两位老人的生平在四百余字完成，还是动了一番脑筋的，也做了一些考察。我们的祖上应是离"书香门第"不远的。爷爷白修增是清末秀才，为父守孝三年荒废了学业，又因太爷去世家道中落，迫于生计随母带妻携子离开老家榆中哈岘，以上门私塾替人写文勉强度日。民国十八年（1929年）大饥荒那年，因病因饥饿客死他乡，时年三十七岁，只有七岁的家父与其母相依为命。家父九岁时随母到了现在的榆中新营乡沿川贾家庄。祖上更多的信息也已淹没在历史的长河中，但父母秉持一生的"喊破嗓子，不如干出样子"的观念，深深地影响着祖孙后代。家族中现有高中以上学历者近三十人（本科以上十二人），多人或参军或从政或从医或从事教育工作，也算以教育兴家、小有功名。父母劳苦功高寿长，德荫后代；家族人丁兴旺品正，忠厚持家。正因此，父母百年后的祭奠礼仪，按当地风俗也算是讲究的了，如上五彩棺椁，如念经行祭，如立碑，用一个个庄重的仪式，直接表达了子孙内心的孝亲敬畏情感，很好地传承了传统的祭祀礼仪，告慰了父母在天之灵，了却了子孙心愿，也昭示着白家的根牢牢地扎在了这片福地。

立碑的亲身经历告诉我，立碑立的是礼仪，立的是孝道，立的是文明。亦如晚清近代著作《围炉夜话》中所言："百善孝为先，万恶淫为源。常存仁孝心，则天下凡不可为者，皆不忍为。"

"忠厚传家远，诗书继世长"。我们在传承中，须留得下家训，传得下家风，从个人品德、家庭美德、社会公德入手"修身""齐家"，知诗书礼乐，晓荣辱廉耻，让尊老孝亲成为一种习惯。

父亲的脊梁

赵继平

写过几篇母亲的文章，村里的乡亲们读后捎来话，期望写父亲，乡亲们淳朴善良的意愿拨动了我的心弦，按下键盘，又怕写出来对他不屈的精神打折扣。虽然父亲活得很平淡，但纵使是丹青高手，也难以勾勒出他坚挺的脊梁。

父亲离开人世三十八年，对他的思念，却始终尘封在记忆中。我是从父亲离开人世后，才慢慢读懂了他，他改变的是儿女，影响的是全村。

在我的记忆中，父亲的身体就没有强壮过，他患的是哮喘病，每走一段路，就得停下脚步喘口气，剧烈的咳嗽使他憋得满脸通红，等到一口浓痰从嗓子眼里吐出后，他的气管就会畅通很多。气候对哮喘病人影响很大，父亲最怕过冬春两季，每到这个时段，他蜷缩在炕头上，全身肿胀得像发酵的面团，但仍旧指挥着家里的大小事务，他的号令不仅仅对着母亲，还有他的子女。直到那年秋天，接连几天卧床不起，还咳出了一口又一口的血，父亲才感到鬼神在逼命。我偷偷给二哥写了封信，二哥赶到家时，埋怨母亲耽误了父亲治疗的时机，背起父亲直奔汽车站，那是父亲第一次到医院看病。

父亲离开家的时候，母亲的眼睛很迟钝，心里委屈得直想哭。她很想救父亲的命，家里缺的是钱，不是旁的什么原因，父亲只在病情严重时吃一颗安乃近，那也是母亲从牙缝里抠出来的。大哥呆滞地坐在父亲旁边，任凭汽车疯狂地颠簸，像是接受惩罚。二哥用军大衣裹着父亲，父亲乖巧得像个孩子，走到半路时才艰难地睁开了眼睛，望着两个顶事的儿子交代起了后事："我怕是要见阎王爷了，几个没有成人的弟妹就交给你们俩了……"两个哥哥不停地鼓励父亲，父亲的眼角挤出两行泪。赶到县医院时，两瓶药水还没有挂完，父亲就闭上了眼睛。

消息是父亲的堂弟传回的："嫂嫂，开门吧，我哥没有了……"堂叔在院子里边呼喊着母亲，边失声地号啕起来。我和弟弟被噩耗惊醒，脑子一片空白。堂叔和母亲商量，眼下最要紧的是把父亲的遗体运回来，他准备套着骡车去，母亲同意我一同前往。凌晨四点，我和堂叔赶到了医院，父亲的尸体已经僵硬，我摸了摸父亲冰冷的头，仿佛陷入冰雪世界。

父亲走了，他不再痛苦；父亲走了，痛苦的是儿女，我们只能把一路的怀念输给时间。父亲没有死在自己的家中，他的棺木只能停放在院子里，跪在他的棺木前，浮现出的是父亲一幕一幕的教诲。

　　父亲喜欢读书，他唯一的资产就是四大名著，无论是下地干活，还是坐在炕头，书是不会离身的。我从小就喜欢听父亲讲水浒的故事，听起来比看小人书过瘾，从我认真的态度中，父亲觉得我是读书的料。八岁那年，母亲卖了十个鸡蛋，买回我读书用的铅笔和白纸，还有一块橡皮。父亲亲手把两张白纸裁剪成两个作业本，怕我折坏本子，还用牛皮纸做了封面。第一天上语文课，我就学会写"毛主席万岁"五个字，我兴奋地拿给父亲看，没有想到，父亲上来就是一巴掌："败家子，这么写得有多少纸才够？"原来，我写的字太大了，一张纸上只写了五个字，该是多大的浪费！父亲那巴掌把我的字打小了，从此我懂得了节约，直到现在也写不大。

　　父亲没有能力改变家庭的穷困，他让我们子女都学会勤劳勤俭。父亲有病，生产队很照顾他，他干的活都是相对轻松的。父亲是村上为数不多的老党员，他是不会轻易不出工的，他要给群众做表率。父亲躬背在田间地头劳作，夕阳的余晖将他的身影拉得好长好长，忽而直起身来撑着被双手磨光的锄头，忽而猛咳嗽一阵子，他那张脸皱得像久旱的老树皮，没有一丝光泽与生机。他举起锄头，又深深地将它扎进黄土地，吃力地站起来几乎要将天顶高了几尺。我终于明白了，父亲是山，我是树，山总是给予树恩惠，树不断吸取山的精华向上；父亲是岭，让我踩在他的脊背上将他压弯，甚至是压倒。

　　母亲说，父亲的最大爱好是唱戏，他唱戏的目的是给村里人带来快乐。父亲年轻时很活跃，他个头不高，长得又白净，戏里扮演的是女性角色，只要油彩涂抹在脸上，唱腔、耍逗……很多女性都难以实现。每年农闲的时候，村里都被寂寞笼罩着，那些游手好闲的青年少不了惹出些事端。父亲在大队担任村党支部委员，他就和书记商量着组建文艺演出队的事情。父亲在戏班里成了主角，有时候还担任导演角色，台上唱晋剧，台下扭秧歌，为的是全村人的心情。"文革"时期演出最多的是样板戏，他把村上有趣的事情搬到了舞台，让人们田间地头的话成为唱词，一场演出结束，留给人们的是说不完的故事。

大嫂是看着父亲的表演走进家门的，父亲生病后没有力气唱戏，她接过父亲的角色。她的唱功比父亲要强，十里八里的村庄都有她的名号。大哥年轻时就怕看戏，每次嫂子登台唱戏，他就躲回家，他不想看到嫂子的角色，为这事没少闹别扭。父亲站在嫂子的立场，对大哥的指责是严厉的，说他自私得没有了边缘。大哥仔细体会和领悟了那份指责所蕴含的热切的鼓励，在鞭策和殷殷的期望中撑起了家。

父亲贫穷但有孝心，村上的人都夸他有德。姥姥年轻时就守寡，独居在井沟的一间土窑洞。姥姥的窑洞很特别，听说是姥爷看中了那块厚实的黄土，因为其有直立性，不易裂缝，建造起来不需要什么成本，只要有两只手，不需太高的手艺和繁难的工序，就可以有自己的家。姥爷有力气，一把镢头，一把铁锹，一辆独轮车，平地里辟出了两间土窑洞，冬暖夏凉，还免受风雨的侵袭。姥爷走后，姥姥过着自给自足的生活，倒也很清闲。姥姥的土窑洞距我家约有三四里地，要穿过一条长长的阴暗的沟梁，我常常是跟着母亲才敢去。我很喜欢去姥姥家，是因为姥姥会做顿像样的饭。有次，我和弟弟饿急了，两人鼓起勇气一路奔跑，凭借模糊的记忆摸进了姥姥的窑洞，姥姥和我们聊天的工夫就做了一顿炸油糕。油锅里翻腾出的一股清香萦绕在鼻间，紧接着延伸到肚子里，看着黄灿灿的油糕，我和弟弟都在舔舌头。姥姥从一个罐子里挖出一勺糖说："油糕要趁热吃，蘸糖吃更香！"我和弟弟嘴里满是香甜，喉管烫得直跺脚，但根本顾不得那么多，只知道油糕在我家里是稀罕东西，只有过年时才能享受。我们兄弟俩撑着肚子回到家，遭到父亲的惩罚，他要求我们背靠院墙反省过失。我无论如何也想不明白，吃姥姥的饭还能有错？直到后来才领悟，那顿糕面是姥姥借来的。

姥姥年纪大了，父亲想去看她，却经不起哮喘的折磨，总不能让老人来回跑。父亲边咳嗽边和母亲商量，要把姥姥从土窑洞接到家里一起生活。母亲也很为难，爷爷奶奶都是七八十岁的高龄，奶奶常年卧床不起，况且爷爷都是四处打游击栖身，吃什么倒无妨，关键是没有多余的炕席。父亲建议和我们挤在一铺炕上，那样心里踏实。在父亲的眼里，老人才是他活下去的勇气，哪怕是一碗面糊糊也得先给三个老人盛。父亲硬撑着带病的身体送走了奶奶、爷爷和姥姥，他给姥姥的棺木扛了大头（当地风俗是儿子扛，姥姥没有儿子），下葬的时候，父亲失声地哭着："妈，我最对不起您的是这辈子没有能力给您做身新衣服。"

父亲感到惭愧，村子里的父老乡亲却不这么认为。谁都清楚父亲是个大孝子，他身体有病，心里装着是大家，养活了三个老人，没有吃到人间美味，但都是笑着闭上眼睛的。他的孝心，激发起的是子女对周围世界的关心，如同光焰照耀、温暖着凝聚在我们心灵深处的意向，形成无与伦比的伟大力量，凝聚成了我的勤奋毅力和意志，永远闪耀在我青春的光芒之中。

父亲活得比谁都踏实，村子里的人都知道他有颗公道的心。父亲地里的活干不了多少，但掌管着公家的物资，集体的东西很难从他手中流失。父亲病情加重那年，家里养了一群兔子，母亲说，兔子养大卖了就能买新衣服，我把这话装在心里，只要放了学就约同伴去拔兔草，兔子养得膘肥体壮，我把希望都寄托在兔子上。我一直在幻想自己能穿得体面些，白色的上衣，蓝色的裤子，把麻绳底子鞋换成白色运动鞋，明知道是空想，还是少不了跑到村供销社，偷看一眼那双白色的球鞋。眼看"六一"儿童节就要到了，母亲没有卖兔子的迹象，母亲是舍不得卖，说要准备过个肥年，我和弟弟一脸的不解，哭着要穿白衬衣、蓝裤子，母亲想到父亲保管着村里一批白底雕花的"罩衣"，偷偷拿出两件披在了我和弟弟的身上，又买了一丈白布用墨水染成了蓝色，连夜裁剪成裤子，那是我第一次穿着新衣服过"六一"。

我再次站在"三好学生"领奖台时，突然低头看见露脚指头的鞋子，想起那双诱人的白色球鞋，也不知道是激动还是无奈，眼泪止不住落了下来，发誓一定要穿上它，走出村庄，甚至走得更远。弟弟穿着那件"罩衣"一不小心摔倒，衣服撕开几个洞口，彻底把事情败露了。父亲发了很大的火，质问母亲谁给她占用公家物资的权力，母亲委屈地和父亲吵了一架。原来，那些衣服是大队秧歌队的衣服，在父亲手上保管了十几年，却没有被我们发现，母亲是趁着父亲睡着才偷拿的钥匙。

父亲没有给我创造幸福童年，他用巴掌警示我把对错分辨，用肩膀扛起我的信念。父亲临终时唯一和三哥交代的事情，是补交他拖欠的党费。父亲有过辉煌的经历，在区委公署当过干部，不到二十岁就入了党。三年困难时期，不少干部响应党的号召回乡务农，父亲就是其中的一个。据说也是奶奶逼着父亲回家的，理由也简单得让人哭笑不得，父亲挣的工资养不了家。父亲是写文章的能人，但不是干农活的料。回家后第一次上山砍柴火，他根本不知道砍柴还有技术，一顿蛮干就被刺伤了眼睛，右眼从此失明。父亲没有埋怨过谁，他坚信奶奶的无奈和组织的决定都是正确的。他努力用毅力战胜命运，最终还是让贫穷说服了他。老干部平反政策恢复后，村上两个有过和父亲一样遭遇的老汉，享受到了政策的滋润，不但子女沾光，老汉自己也是满脸荣光，手里端起了酒壶，还喝起了茶叶水，时常站在我家的窑头晃悠。父亲很坦然，二哥却坚持要找组织，躺在炕上的父亲满身怒气，写信阻止他的莽撞，说这样做他死都不能瞑目，父亲把辞官务农的责任归咎于家庭，假公济私的事情，他这辈子没有做过。

父亲和三哥结了一辈子的"怨"，但他还是把一生的遗憾托付给了三哥："你从小不安分，为这事没少打骂你，打你是为了让你长记性，骂你是为了让你长本事。你出生时家里困难，差点把你饿死，是姥姥用米汤偷偷地喂活，既然活下来就得活出个出息样，大大（爸爸）估计要离开了，不能看到你成家，不能看到我孙子出生，也许是这辈子的遗憾，但大大（爸爸）最遗憾的是这么多年没有好好和你说过一句话，没有辅佐你成才，但你要成人。最后求你一件事，我估计这辈子走不出村了，你将来有钱了，无论如何不要忘记大大（爸爸）欠下的两块五毛钱的党费，还有那件撕烂的衣服，移交时一定和书记说清楚，折算成钱一并还上。"父亲走了几年后，三哥日子过得好起来了，他按照父亲的遗言向组织还清了党费，跪在坟上告诉了父亲。

父亲的命很苦，他的生命定格在五十二岁，他没有和村里同龄的老汉一样，能见证到今天的幸福生活。尤其是当了几十年老支书的陈凤山，每次见到我总少不了拉呱几句："娃呀，你父亲真是个苦瓜命，要是活到现在……"

　　父亲的生命短暂，但演绎的人生是精彩的，他全然不知自己的血脉是如此强大，繁衍成近百口的子孙，学会播撒感恩的种子，传递着百事孝为先的真谛，流传在家乡的每一寸土地上。父亲如同一本人生字典，满载着做人的道理，伴随我走过半百岁月，余生也要读懂那本字典里深奥的文字！

家乡的土月饼

———

赵继平

每个人的记忆里，都会有一个温馨的角落。和德山、保红、晓燕、分粮四人相处十几年，他们都把我当作亲人，几家人又只隔一条马路，每到周末，都会找理由聚在一起吃顿饭。晓燕平时轻易不沾酒，那天，我故意逗她，家乡捎来地道的汾酒，她被吸引住了。两壶酒下了肚，她突然想起我家乡的土月饼。在她的想象中，中秋节前既然有了汾酒，月饼也该到了。

在黄土高原上，秋分节气到后，风清了，天凉了，三春不如一秋忙。每年中秋前后，正是家乡人最忙的秋收季节，可是不管再忙，家家户户都要烙土月饼。家庭联产承包责任制实行后，一些人很快就富了起来，制作月饼的材料也有了讲究，葵花籽、杏仁、蜜枣和葡萄干之类的上等食料是少不了的，小米磨成面粉，蒸成窝窝头，挤压捏成粉末状，兑上适当的胡麻油，调和在一起，香气扑鼻。

父亲一生节俭，家里粮食够吃后，也从不允许我们浪费，谁的碗里有一颗小米，他都会劈头盖脸骂句"葬良心"之类的话。好吃的东西吃起来爽口，但费粮食，月饼也不例外，尽管这样，只要中秋节，他都会吩咐母亲多做些月饼，让我们吃个踏实。

母亲舍不得浪费小米，月饼馅用的是玉米面，玉米面自带甜味，多放点红糖，配料少却也纯正。红糖在那个年代是紧俏商品，需要凭票购买，母亲把积攒一年的糖票全部拿出来，就等着中秋节花掉。

一进农历八月，二姐就开始打听谁家有扣月饼的模子，都是什么图案，以备到时多借几种模子，让母亲多烙些各式各样的月饼。到了八月十五这天，母亲就会早早地把面粉倒进锅里用小火炒好，然后按一定比例掺进点油和水，再慢慢揉搓成长条，像做馒头一样切成一小块一小块，用擀面杖擀成圆圆的面饼，月饼皮是死面的，扣出来的月饼不变形，再裹进用红糖和玉米面等制作好的馅料，再轻轻把包着馅料面饼的边缘紧紧捏在一起，月饼的雏形就出来了，就等二姐借来的月饼模子的到来。

月饼模子在村里也是稀罕物件，只有少数人家才会有的。晌午饭刚吃过，二姐一推饭碗就跑出去借月饼模子。尽管也跟人家提前打过招呼，可还是怕去晚了被别人借走。借来模子后，帮着母亲把月饼扣完，就等待着下锅烙。大哥早就在院子东侧搭起了土灶，我和弟弟一个劲地围着锅台转，扒着锅沿儿看，那种欢喜雀跃的心情全都刻在了记忆里。

烙月饼是个技术活儿，火小了熟不了，火大了容易烙煳。"少添柴，勤翻动，往两边扒拉，不然锅底太热，月饼煳了就不好看啦。"母亲一边嘱咐着，一边往锅里放月饼、翻月饼，不时掂量着，把烙熟的月饼挑出来，放到簸箕里。

土月饼烙完了，仔细数数，落在人头上少得可怜。分月饼也是件不容易的事情，这时，父亲严肃的眼神聚焦在那筐月饼上，按着月饼个头儿大小和图案的不同均衡搭配，每人一份，唯独没有了大人的份。年年烙月饼，从没见父亲吃过，母亲最多像"质检员"那样，只是尝尝熟不熟。

月饼终于到手了，吃两口，刚尝出滋味儿来，半块月饼就没影了。剩下的几块各自存放。我拿着属于自己的那一份，翻来覆去看个够。个儿大的是圆圆的月亮，玉兔卧中央；个儿小的，有蝙蝠、蜜桃。我把图案有些模糊的挑出来再吃上一口，好看的用报纸卷起来，一口气跑到姥姥住过的窑洞，边藏边看有没有人跟踪。

中秋的夜是恬静的，全家围坐在空气清新、洁净的院子里，父亲吸着旱烟袋，我和弟弟盼着月亮早点儿出来，心里越着急，就觉得月亮出来得越慢。当我们把又大又圆的月亮盼出来的时候，母亲也早已把饭桌子放在了院子中央，在桌上摆放了几个大碗，装着月饼和几个苹果，还有一碗热腾腾的水饺，然后点着一炷香，旁边放着一碗清水，母亲说那是给月中玉兔吃的。父亲母亲跪在桌子后面，朝着月亮磕了三个头。母亲还小声在嘴里叨念着什么，我们谁也没有听清，大概是祈祷来年的丰收。紧接着，母亲催促我们兄弟姊妹去给月亮磕头。用不了多大时辰，月亮挂在天幕的正中央，家家户户都开始敲脸盆，全村很快陷入一阵剧烈的轰鸣声中……

进城上中学读书的时候，我住在姑姑家里，姑父月月有工资，生活比我家富裕许多。有一年在姑姑家过中秋节，一顿能吃上六样菜，鸡鱼肉蛋全都有，这在村里是想都不敢想的事情。当然，也少不了月饼，我好奇的是没有看见姑姑家做月饼，桌上却摆着形状不同的月饼。正当我发愣的时候，姑姑递给我两块，说道："没有见过吧？这个是提浆月饼。"外色不像家里做出来油浸浸的，看似没有油，姑姑说味道极好。我捧着月饼不撒手。姑姑看出了我的心思，甩手又递给我一块，我把一块月饼装进口袋里，准备放假时带给弟弟，紧接着一口气吃了两块月饼，终因消化不良伤了肠胃，呕吐不止，两天之后才见好转。

　　眷顾童年并不是放弃对美好生活的珍惜，很多时候，自然的就是最好的，追求高贵恐怕会陷入浪费的旋涡。家乡的土月饼尽管没有列入名贵之列，但土得掉渣的味道却能让都市里的朋友满嘴留恋，成为令人心醉的牵挂。

家 门

—

赵继平

一个人无论身在何地，心中难以忘怀的是故乡；无论走得多远，都会有归家的梦。

离开母亲生活了三十多年，母亲想我的时候，常常会站在门口的白杨树下，偷偷地抹眼泪。即使是一片枯黄的秋冬季节，在她的眼里也是最美的风景。那棵白杨树，是我读初中的时候亲手种下的。我把最后一锹土撒进树坑的时候，掏出那把用了七八年的铅笔刀，悄悄地在树干的中央刻下了我的名字。那年回家时发现，当年的小白杨已经长得比我腰还粗，刻着名字的老皮虽已撕裂，但名字依然清晰。

写过一篇《家乡的土月饼》，文章被《新华日报》副刊头条刊用后，引起了一阵骚动，不少朋友向我讨要土月饼，消息传递到母亲的耳朵里，母亲的视频通话里说了一句："回来过十五吧，三十多年了，你都没有陪妈过中秋节，妈想你了！"母亲说完后失声哭了起来。放下电话，我的心是碎的，隔着距离看城市的繁华，无论如何也找不到那份美景，想起那条和记忆相连的山村小路，心里的温暖就会泛滥。妻子说，回去吧，天平平衡是靠支点的，小家和大家是连在一起的。

回家的路是艰辛的，无论多远、多难，也要计算着赶回去，还要选择合适的时间赶回去。在数得清的回家路途记忆中，有过风，有过雪，有过尘土飞扬，可在每次收拾好行囊、准备启程的心里，那条路上始终有最美的风景。因为那条路的尽头，是安放我疲惫也接纳我忧伤的地方，是给予我温暖也抚慰我心灵的地方。

母亲确认我回家的那一天，把自己打扮得像个姑娘，她不想让我看到她的衰老。还不到我回家的时刻，母亲就趴在窗户上，隔着玻璃目不转睛地盯着窗外的动向。又过了几个时辰，母亲终于看着我下车的影子，便再也按捺不住自己的心情，连鞋子都顾不得穿就下了地，早早地把门打开，蹲在一旁等待我的到来。我进门的一刹那，母亲老泪纵横，伸出那双密密麻麻、沟壑交错的手。她的手心没有多少温度，但触碰的是母亲延续的爱。和母亲紧紧相拥的那一刻，我激动地说："妈，我回来了。"母亲拉着我的手，半天没有松开，直到她的心情稍稍平静，才说："妈没有怪你，妈知道你在外打拼不容易。"

哥嫂把早已做好的饭菜端到了炕桌，豆芽菜拌粉条、油炸土豆片，还有自我记事以来用来迎客的油炸糕，菜的数目不多但都是我喜好的。大哥已是年近七十的老人了，两鬓斑白，头顶中间光秃秃的，周围只剩下几根稀疏的头发。我的到来，让他平素紫黑的脸上都泛起了红光。他激动地要拿出压在箱底多年的老酒，说要和我喝上几杯，这也是我们兄弟间见面的礼数。他还不停地往我碗里夹菜，我招呼着一旁忙碌的嫂子同喝，还给母亲的小杯里斟满酒，一家人都沉浸在幸福的世界里，那个沉寂的夜晚早就被打破。

喝酒让嫂子兴奋了起来，她趁着酒劲想起了一件事情，刚说出半句就被大哥的眼神瞪了回去。我再三追问，她才道出原委。原来，母亲在两个月前因担心二哥暑假回去时偷跑突然晕厥两个多小时，险些丧了命，事情发生在大姐家里。

母亲对子女的爱是没有高低贵贱的，在她的眼里弱者永远是她帮扶的对象。大姐是文盲，孩子又多，母亲庇护的事情也很多。大姐日子好起来，也常把母亲接到自己的家里尽孝。两个月前，母亲住进大姐家没有几天就犯了病，大姐没有一点医学常识，被母亲的病吓傻了，恍惚中想到了掐人中之类的土办法，母亲的嘴唇被掐得乌紫也无济于事，幸好哥嫂有经验，把母亲送进了医院，母亲才渐渐缓了过来。母亲的晕厥病与年轻时劳累过度有关，生育子女多、劳动强度大、营养不良，落下了贫血后遗症，血压供不上来是常有的事情。大哥不想把母亲住院的事情告诉我，生怕影响我的工作。在他看来，我是国家的人，家里再大的事情也是小事。

母亲用身心养育了我，我却不能永远属于母亲。我离开家乡后，母亲拥有的是无尽的牵挂和悠长的思念。年少时，躺在山沟里打猪草，我总是向往着远方的风景，想着能有一天离开家，而且离得越远越好，仿佛只有这样才意味着自我的独立。直到家人把我送到了部队，又考进了军校，我就真的离开了家，如同断线的风筝开始飘荡，游离于"忠孝"二字之间，才真正理解了"家"的实际意义。

生活在都市多年，总觉得自己是个没根的人。每每想起故乡，才发现那里的一切都成为独有的回忆。外面的风景再美，也敌不过回家的那条路。回家的路一直都在，每次都被工作和生活的节奏打破，那个遥远的窑洞，永远是我最后的灵魂归宿。路走得多远，我都不是无根的浮萍。

中秋节过后的第二天，恰逢是外甥朱伟举行结婚典礼的日子，又是母亲和大姐的生日，这恐怕是数年不遇的日子。头几天我就和母亲打过"预防针"，喜事办完我就得赶路，母亲勉强答应了，但心里装着不舍。二姐怕婚礼闹腾得太长，索性先办起了寿宴，外甥女二杏花很机警，主持起了生日宴会。呈现在母亲面前的是长孙买来的蛋糕，还有餐桌上那散发着清香的康乃馨，几根燃起的蜡烛，火苗发出"吱吱"的响声，母亲坐在桌前，被幸福笼罩的脸上绽开了笑容，仿佛做梦一般。二杏花亲着母亲的额头说："姥娘许个愿吧！"母亲稳定了一下情绪，双手合十，微闭双眼，嘴角微微翘起，轻轻说道："愿我们这个大家庭平安幸福美满！"大家齐声唱起《祝你生日快乐》，动人的旋律萦绕耳际。

送站的汽车不停地按着喇叭催促，我起身走出包间，发现蹲在走廊的母亲。母亲愣了半天，一句话也讲不出来，只是用两只涨红的眼睛看着我，憋着嘴挤出几个字："妈怕你偷跑了。"我顿时想起二哥"偷跑"让母亲伤心晕厥的事情，觉得那张返程的飞机票，变得愈加沉重。岁月能改变人的模样，不能变的是初心。想想当年，我还是个刚懂事的孩子，依偎在母亲怀里，眼下母亲已是步履蹒跚；曾经向往生活的轰轰烈烈，如今，只求一份踏实安稳。我再也不能伤害母亲，答应母亲再陪一天，母亲笑了，她的笑，如同孩子得到了渴望已久的满足。

　　渐行渐远的时光中，我成了赶路的人，无论有多少经历，有多少美好，都会被岁月涤荡，只剩下一些苍老的回忆。三哥说，既然回来就到地头上看看丰收的庄稼。三哥已经尝到种粮的甜头，忙碌了大半年，只有秋天才能享受到丰收的喜悦。今年的荞麦喜人，打出的颗粒饱满，半月前就卖成了钞票，数着自己用汗水换来的钱，老两口说赶上了好时代。三哥带我走进一片土豆地，藤子早已枯黄，再也没有了生机，但挖出来的土豆如碗口大，金黄金黄的。

　　我对土豆的钟情早已胜过了肉食，选土豆、吃土豆不亚于种土豆的三哥。南方生活了几十年，顿顿吃土豆都不厌，女儿说我就是个"土人"，妻子说我是个"北方佬"，无论谁说，本性难移，土豆仍然是我生命中最热爱的食物。物资匮乏的年代，土豆是最有效的填充物，肚子饿了没有充饥的东西，跑到生产队的饲养院里偷吃喂牛的土豆，明知是从老黄牛的嘴里抢食，但在饥饿面前藏起了尊严，一直到土地回归到家里，才把那种贫穷的恶习扔掉。那时，每到秋收，大人们都会堂堂正正地点起一堆柴火，趁着火焰烧得正旺，把一大筐的土豆放进火里，就听得土豆发出"吱溜，吱溜"的响声，土豆似乎在高温的灰渣里跳舞，用不了多久，土豆被烧得面目全非，成了黑炭。我会学着大人的样子，把滚烫的土豆在石头上摩擦，露出黄灿灿的本来面貌。

　　眼前这堆馋人的土豆，很快就勾起我的欲望，还没等我多想，不远处就冒起了浓浓的青烟，火是姐夫亲手点燃的，他知道我最想吃的就是烧土豆。姐夫是看着我长大的，年龄相差很大，每次见到我像对待自己的孩子，想吃啥只要家里有的都会抖搂出来。

　　姐夫把滚烫的土豆从火堆里掏出来，手里一秒钟的工夫都停留不得，两只手倒来倒去，烫得直跺脚也不肯丢下，迫不及待地递给我，大声吼道："吃哇，不比你们南方河里捞出的鱼那个新鲜味差。"

家是以爱为圆心、幸福为半径的一个圆。几间破旧的窑洞，都是祖辈用爱心建造出来的，窑洞不停地传递着爱的接力，家人的微笑给我不尽的财富，家人的关怀给我无限的力量，不仅缓解了冬天的寒意，还带来我心灵的慰藉。

女儿生在南方，她在窑洞里只住过几天，我最担心的是她会忘记家门。妻子很疼爱女儿，哪怕是自己扎紧嘴巴也要随大流把女儿送出国门，人家都说走出国门就是荣光。我打断了女儿出国的梦，在国内读了几年大学，她心情郁闷时，总是一脸的理怨。我承诺女儿出国读研究生，想让她体会我的"危言耸听"：若干年后蓝眼睛大鼻子的人会抢着学汉语。女儿学成归来上班不久遇到了新冠肺炎疫情，她密切关注国内外疫情防控事态，一位和她相处甚好的同学向她求救，说当地政府面对疫情束手无策，还把疫情的根源归结于国内。女儿给国外的朋友邮寄了口罩，坐在车上不止一次地告诉我，爸爸，疫情让我懂得了大国的情怀。家庭是小家，国家才是大家，只有中国才能做得到。

鲁迅说，无穷的远方，无数的人们，都和我有关。无论什么时代，没有人可以说，国家存亡与我无关，军队兴衰与我无关，牺牲奉献与我无关。家门是培育一个人良知和道德的基石，一个民族有大批关注国门的人，才有美好希望。

也许家乡不比城市的热闹繁华，但却从不寂寞，因为那个偏远的山村承载着我的思念和家人的期盼。也许国内还并不富庶，但追求小康生活的脚步一刻都没有停止，因为，那是十四亿国人的梦想。

格桑花开正当时

赵继平

没有谁能回到过去重新开始，但是每个人都能从今天开始并创造一个新的结局。每次想起这句话，我就会把它和三哥联系在一起，也不知道是三哥娶了三嫂才改变了生活态度，还是三嫂进了家门给全家带来了福气，谁也说不清楚。

谈起三哥，父亲是没有什么好的言语对他，好像他来自冰山，来自深海，来自无人的深谷，骨子里透着的都是冰冷和孤独。当然，父亲对三哥的冷酷也是被他叛逆的行为逼出来的，他十五岁就离家出走，过起了流浪生活，如同《平凡世界》里的逛鬼王满银，别人想不到的事情，他都做全了，到口外学过擀毡，掏过煤炭，没有饭吃时也沿街乞讨过。三哥离家出走，最伤心的是奶奶，一年后，奶奶眼睛哭瞎了，倒在了炕上，悲愤地离开了人世。估计父亲对三哥也彻底绝望了，他不止一次和母亲说，家门的孝道规矩恐怕要毁灭在三哥身上。父亲是担心母亲遭罪。

父亲终究也没有见证到三哥成人，在父亲看来，这个儿子成不了气候。

真正改变三哥生活态度的是两个人，一个是大哥，另外一个就是三嫂。农村实行家庭联产承包责任制后，大哥把三哥捆在了自家的农田里，每天下地干活都死盯着他，经常用那句祖辈留下的话教育他，"人哄地皮，地哄肚皮"，言外之意，庄稼人得靠勤奋改变生活，来不得半点虚假。三哥信了大哥的话，慢慢成为大哥的帮手。两年的工夫，家里发生了根本性变化，不但可以鼓起肚子吃饭，还能把吃不完的粮食卖到粮库换钱。三哥改掉了懒惰的毛病，但染上了赌瘾，他不敢大赌，小赌是不断的。为了锁住他，母亲不敢有多的言语，唯一的办法是把卖粮食的钱藏得很深，深到三哥没有办法找到。最后，他只好欠下赌债。母亲耗尽全部的热情，想把他的一颗心焐热，却发现一切都是徒劳的。三哥在村里混得没有好名声，眼看就要过了结婚的年龄也没有谁上门提过亲，母亲急得团团转。

三哥毕竟是"见过世面"的人，他早就听说川西南一带多的就是女孩子，隔壁邻村也有从外省成功引进媳妇的例子，有四川的，有云南的，还有贵州的。那些年，西北的汉子在当地娶不到老婆，都到大西南去讨老婆，脑子活套的人还做起了牵线搭桥的生意，更有甚者变成了"人贩子"，不少人吃上了官司，蹲进了班房。三哥从小胆子大，他决定自己闯出一片天地。

那年农忙过后不久，三哥突然消失在母亲的视线中，只不过不同的是，他这次出走的目的很明确。到了西安后，三哥写信报了平安，还寄来一张骑着大马、戴着墨镜的照片，这一切，证明他不是盲流。

三哥漂流到川南，正赶上当地格桑花盛开的季节。他没有见过这些美景，也说不出花的名目，几乎每天都逗留在那片花的海洋中。每当大雨过后，天空放晴，五颜六色的格桑花争相绽放，红的、白的、粉的、黄的，美得让人沉醉。

一个月后，三哥回到了村里，身后还跟着一群人，其中就有三嫂。三嫂是格桑花开的时候结识的三哥，她是被三哥那副打扮吸引住了。三哥告诉她，家乡漫山遍野的野菊花，还有牵牛花、喇叭花。三嫂从小就喜欢花，她对三哥的话深信不疑，跟着三哥坐了三天三夜的火车来到了家乡，母亲喜得直掉泪。那年，三嫂只有十六岁。

三嫂进村的那天，院子里炸了不少炮仗，惊扰得左邻右舍的土狗一阵狂吠，来家里看热闹的、耍笑的踢断了门槛，那些光棍汉陡然泛滥起了荷尔蒙，让本来看不见的光明，全都在黑暗中蠢蠢欲动。

三哥自己讨来了媳妇，就凭这点，村里人谁都不敢小瞧他，母亲理所当然不敢怠慢。三嫂从小吃的是大米饭，她对家乡的面食是无法接受的。家里没有大米，母亲就把粮食运到粮库换来大米，母亲没有做过大米饭，就跑到村里有头有脸的人家中讨教米饭的做法。做一碗米饭不值得粘大锅，母亲就在蒸莜面的笼屉里装大半碗的大米，再加上足够的水。每次我放学刚刚走进院子，总是能闻到一股扑鼻的大米清香。母亲把一大碗白花花的大米饭端在三嫂的面前，还配有下饭的菜肴，真叫人垂涎欲滴。再看看自己碗里黑漆漆的面食，我和弟弟心里难免萌生嫉妒的杂念。母亲像是看出我们内心的不平，总是说"赶紧吃，吃慢了肚子要遭殃！"其实，我是惦记三嫂会不会有那么大的饭量。但我的这种想法是多余的，即使米饭剩下，母亲也会留着给三嫂下顿吃。

母亲疼爱三嫂有她的道理，三嫂远隔千山万水来到我们这穷乡僻壤，看起来脸上有快乐，但心里是个啥想法谁知道哩。母亲也听说过，外村有从云贵地区娶来的媳妇偷跑的故事，有卷着钱跑的，也有生了娃还跑的。亲戚邻居没少和母亲咬耳朵，劝她还是提防着点好，也有人出主意说，下地劳动也要把三嫂带着。母亲不舍得让西北风吹黑三嫂的脸，啥活都不允许她干。在母亲的心里，三嫂和自己闺女没什么两样，绝对不能做有悖于常理的事情。三嫂从母亲的身上得到了母爱，她很快融入了大家庭，不到一年的工夫学会了家乡话，还试着吃上了家乡饭。

三嫂嫁给三哥，像是开启了一次长途旅程，在平静的山村里，穿过温暖湿润的春天，跃过寒风凛冽的冬天，呼吸着清新的空气，沐浴着自然的风雨，汲取着大地的灵气，粗茶淡饭也觉得香甜，不管未来往哪个方向漂泊，她相信人生没有对错，只有选择后的坚持，不后悔，走下去，就是对的。若干年后，她吃着家乡的饭，说的是家乡的话，很难分辨出她是外乡人。她认定三哥不是欠缺改变现状的能力，而是因为懒惰。她接过母亲用过的镰刀、锄头，在自家的土地上营务起农活，她相信，土地是不会哄骗勤快人的。三嫂在那片黄土地上抛洒了几十年汗水，还养过一大群的羊……

三嫂是三哥浑浑噩噩生活中的一盏灯。他娶了三嫂，生了几个孩子，才懂得了"责任"二字。因为三嫂，他甚至戒了赌瘾，正儿八经地当上土地的主人。

自从三嫂进了我家门，就始终钉在了黄土地里。那田地边成片的野菊花，经常会勾起三嫂对格桑花的念想。她常说，格桑花装点着她的生活，伴随着她成长，让她慢慢学会了体贴，学会关心人。她的家乡有种传说，只要找到了八瓣格桑花，就找到了幸福。她第一次见到三哥时碰巧看到了八瓣格桑花，她信了命。三嫂如同圣洁的格桑花陪伴着三哥，手连手地搀扶下去，组成新的生命桥。

我离开家乡的时候，三嫂还处在追梦的年龄，她追逐梦想并没有轰轰烈烈，实现梦想也是默默无闻。因为她知道，梦想不是现实的欲求，而是精神的归宿，简单而唯美，一如童话。如今，她也是年过半百的老人，两颊刻满了岁月的沧桑，黑发夹带着银丝。三嫂延续了母亲的多子多福，她和母亲一样，不但有儿女，还有一群侄男外孙，她同样把母亲的慈善和家族的孝道融化在与后代的日常相处中。

三嫂学会了种地，她从黄土地上找到了自己的归宿。自己的地不够她耕种，就想着法子租了几十亩的土地，还用上了现代化的手段。每年秋收过后，都能吃到她黄灿灿的小米，煮一碗粥，飘逸出家乡的味道，倘若再炒一盘香喷喷的莜面窝窝，正是儿时记忆中的父亲这辈子的奢望。他的这种渴望与奢求在那个年代是难以实现的，或者说是根本触摸不到的空想。父亲把梦托给了儿女，只不过没有指望三哥能有多大出息，谁料想，三嫂实现了。

三嫂日子过红火了，兄妹们常说她和三哥的幸福指数最高，尤其羡慕儿女对他们的孝顺。他们的儿女大多不在身边，对他们的关心却是不间断的。媳妇送肉，女儿送纸烟，喜得三哥嘴里叼着纸烟，逢人都夸奖儿女的好，村里的人除了羡慕就是嫉妒，三哥再次成为村里的焦点人物。

每到腊月，三嫂就把炕烧得滚烫，吸引不少男女老少来串门，有打扑克逗乐的，也有蹭吃蹭喝的，男人们吸着三哥的纸烟，女人们东拉西扯地谈论着她们的福气，几支烟的工夫，窑洞弥漫起呛人的烟雾。烟圈静静地飘动，抽烟的人也静静地沉思，几个老汉虽然内心可能是翻江倒海、思潮如涌，但却利用抽烟来压制情感，给人一种运筹帷幄之中、决胜千里之外的镇定与沉着。对于村里人来串门，三嫂一点都不嫌弃，反倒觉得有人气，能给村里提升和谐的指数。

家乡有句土俗的话："人是从上往下亲。"三嫂体会得更深，她在村里生活了三十多年，很少回川南老家，但对远离家乡的儿女少不了惦记。二强在南京生活，离家也最远，只要三嫂他们到来，二强的家里就像过年一样热闹。三嫂这次是打着瞧病的主意来南京的，小孙子梓健头几天还有点陌生感，但很快就黏着奶奶不撒手。眼看春节就要到来，电视上播放着各地防控疫情的消息，二强怕耽误儿子读书，就打消了和母亲一起回老家过年的念头，劝母亲留在他身边过年。三嫂明白儿子的意思，但嘴里一直念叨着三哥，她不放心三哥一个人过年，直到从视频里看着家里灶火冒出的红火焰，还有热炕上的一群串门的人，多少才有点安慰。

春节刚过完，疫情也有所好转，三嫂就闹腾着要走，临走时还不忘给我包顿饺子。俗话说，"好吃不如饺子，舒服不过倒着"，北方人对饺子的喜爱可见一斑了，包饺子也最能体现一家人的温馨与亲昵。三嫂和面很讲究，冷水搅拌均匀，还要适当加点盐，这样煮出的饺子不易烂皮，说是从母亲的手法中学来的。三嫂的手细长灵活，只是粗活干得太多，完全没有城里女人那样柔美光滑。她熟练地揉着面团，从左往右，从上至下，从里到外，从四面八方柔软而游刃有余地使着劲，那双沾满面粉的手在阳光下显得格外神圣。三嫂包着饺子想着自己的心事，嘴里不停地说，开春了，就要忙地里的事，一大堆农活等着呢，那一缕一缕的情思尽在圆圆的面片和饺馅之中。包好的饺子就像打南边来的一群鹅，噼里啪啦地滚下了河，先沉底后漂着，变成弯弯的月亮。

梓健惦记着奶奶是晚上的火车，一大早起来就形影不离。三嫂来我家包饺子，他也尾随了过来，承诺父母在奶奶旁边写寒假作业，只要写完作业就和爸爸妈妈一道去火车站送奶奶。但他直到晚上也没有写完，因为他的心思根本就不在作业本上，他舍不得奶奶走，他心里也很明白，下次见到奶奶还不知道得过多长时间。他越想越不是个滋味，看着奶奶包饺子，躲在沙发的角落偷偷地落泪。他不敢正眼看奶奶，故意把视线转移到电视屏幕上，佯装出天真的笑容。

三嫂离开家的时候，梓健把自己关在房间，哭成了泪人。人的一生，要经历多少次离别，才能习惯身边的人来来去去，才能明白没有永远的相聚，才能看淡世事变迁？小家伙还真的延续了家门子孝的美德。

离别的火车上，三嫂突然发现，自己在不知不觉中已被时间推着向前走了很远，不舍悄然在心里扎着根，泪花在她坚毅的眼眸里打着转，将顺着睫毛滑下，又被她狠心地收回，但终于还是没有抵挡得住……谁也没有看见她感伤的一面。她下意识地从背包里掏出纸巾，想要擦去眼角的泪水，无意中发现五张崭新的钱。原来，小孙子梓健偷偷把自己的压岁钱塞进了奶奶的包里，他没能送成奶奶，却把自己的心装在了包里。

火车驶出站台，她想起了孙子、孙女，想起了三十多年前那趟执着的旅行，想起了一大家子的福分……长长的铁轨一头连接着责任，一头连接着幸福。透过车窗，三嫂模糊的视线中仿佛看到一簇格桑花，那些花儿，经历过寒冬，身躯却在雨雪霜剑的磨难中依然挺拔。

格桑花开，风柔情长，她不想在泪水中错过美好……

我的父亲

———

宋芋蓉

我的父亲叫宋起龙，说到自己的大名，父亲很是自豪地讲述了名字的由来。他刚上一年级时，小学课本有一段"起来早，早早起，早早起来上学去"的文字，父亲为鼓励自己早点起床上学，他将"起"字刻在书桌，并用在自己名字中，又因属相为"龙"故取名"宋起龙"。

父亲当年是我们这边的高才生，就读于山西省农业机械化学校（校址在当地平遥县城），赶上时局动荡没等拿到毕业证学校就解散了。

父亲后来在本村中学临时任教，工资不高，不足以养活人口逐渐增多的小家，更无法承担盖房的重任。当时农村的房屋都是土木结构，房顶少有瓦房，父亲寻思如何减少房屋地震坍塌时造成的损失，就外出学了一门捏瓦的手艺，这在村里还是一项新技术，听说我们家的三间祖屋就是父亲一双手拍瓦拍出来的。

后来父亲陆续收了五个穷苦人家的孩子当徒弟，将这个技术传给了他们，让他们养家糊口。这种手工制瓦工艺可算作是一项非物质文化遗产了。它写入了父亲的青春年华，造就了我们第一个新家。

新家是三间砖瓦房，这在当年很养眼，父母在院子里栽种了一棵柳树和四棵枣树。当我懵懂的时候知道了四棵枣树分别已成了四个哥哥的私有财产，每人一棵。我会嗔怪父亲的不公平，为什么没有我的小枣树，父亲摸摸我的小脑袋说，"有爸爸吃的，就有你吃的"，这句话支撑了我一生的幸福时光。

1981 年作为党员的父亲被选为村委主任。在国家实行家庭联产承包责任制初期，父亲第一个引进薄膜覆盖的种植技术，种植棉花、西瓜、花生等，从县技术指导站引进新品种第一家搞试验，引进小籽西瓜，这比以往传统种植的西瓜产量高，日期短，皮儿薄，口感沙甜。这些技术在当地的推广和运营，极大程度地提高了百姓的经济收入。

1984 年作为村委主任的父亲响应党的富民强农政策，积极筹措资金修路、修学校、修水塔，家家通自来水，解决了村民的吃水问题，还重新修建戏台活跃村里的文化生活。

1985 年父亲带头搞汽车运输业，很快村里涌现出多家汽车运输专业户，汽车运输行业四通八达，村民们迈出了改革开放以来走出农村的第一步。

改革的春风吹拂神州大地，父亲敢为人先，开创了可以影响我们这一块地方的行业，成为一名德高望重的私营企业家。

1987年父亲看到村上农业生产形势一片大好，准备向工业这个方向发展。村上有一废弃的铁厂，有小型冲天炉，有厂棚，父亲和队上三个人合计着启动厂子。众人拾柴火焰高，工厂折腾得办起来了，可是没有业务，没有订单，四个人中三个人都不识斗大字，还有一个没上过学的。父亲打听到乡上机械厂有这方面的业务，咨询后知道南方有电机壳的需求，在母亲的鼓励下背着干粮揣着一点钱和粮票，拿着人生的第一张火车票到杭州找市场。机遇总是留给有准备的人，父亲带回了第一笔订单，崛起了第一个铸造厂，取厂名为"平遥县北三狼村铸造厂"，给家乡输入了新鲜的血液。

1990年父亲在连任九年村委主任后，辞职专心经商。当铸造厂技术、工艺、业务都趋于稳定时，父亲主动出让股份交给另外三个股东经营，自己又带领孩子们搞起了运输业，后来又转型烧土焦炭。

1993年父亲创立"北三狼联营铸造厂"，1996年正式更名为"山西省平遥县永华铸造厂"，后又改为股份制公司，命名为"山西省平遥县永华铸造有限公司"，在父亲的领导和哥哥们的努力下，公司突飞猛进地发展，成为全县铸造行业排名第一的纳税大户。

后来父亲又创建集团公司，旗下有四个子公司，他在七十二岁时退居二线，将接力棒分别交给四个儿子经营管理，近二十年来村上铸造业如雨后春笋般涌现，我们公司铸造的电机壳走向全国各地，甚至出口马来西亚、韩国等周边国家。20世纪80年代前城里人问："你是哪里人？"我呢喃说："北三狼村。北，东南西北的北；三，一二三的三；狼，狼狗的狼。"我会费劲描述这三个字，因其地理位置偏远，好多乡下人城里人都不知道。而今，我和我的后辈们都会自豪地回答"北三狼",无须更多的解释,全县人都知道,那可是真正的"平遥第一村",因为那三个字是父辈们用心血铸就的,用诚信经营赢得的口碑。

父亲不忘这片养育了自己的热土,想要全村人致富,必须先修路。

2002年父亲筹出五十万元铺出了一条贯穿全村南北的水泥路,衔接了平汾公路省道,犹如疏通了心脏的主动脉,方便了大小车辆的通行。当时我们兄妹几个因为孩子在县城上学房子都是租的,父亲竟也没舍得为子女在县城买过一套房子,在大家和小家之间,父亲毅然选择为村民谋幸福。

2013年父亲经董事会商议在当地第一家引进绿色环保的消失模铸造工艺。万事开头难,公司专程从南方高薪聘请专业技术人员,搭建新型车间,购进新型材料,这对传统的铸造理念是一种挑战,不仅需要财力的支持,还需要付出巨大的心血。当年父亲以厂为家,每当吃饭时分找不见父亲,母亲断言人又在车间了。父亲会拿一个笔记本记录每天的成功与失败,从中比对原材料、铁水温度、砂土湿度,找出其中的原因。父亲鼓励大家"南方人能做到的,北方人也能做成",功夫不负有心人,经过三年的潜心研发,终于一步步取得了成果。

消失模铸造是一种近无余量、精确成形的新技术,它不需要合箱取模,使用无黏结剂的干砂造型,减少了污染,并且降低了劳动成本,妇女们都可以掌握一项技能,成品率高,外观造型美观。这项技术的成功运作对父亲几十年的创业画上了完美的句号!

2017年已退休的父亲又拿出一百多万元,重新铺了村里的几条主干道,并为村民增加了下水道。村民们为感激父亲,将村南的路命名为"永华路"。

2018 年父亲八十寿辰之际朋友写来贺词:

起家立业兴千载

龙跃凤鸣乐八旬

这对父亲是一种祝福,更多的是一种认可,也应了他的口头禅"雁过留痕,人过留名",人活着就是要有一种精气神!

我送孙子上初中

杨　青

八月的最后一天，孙子初中报名，九月一日开学。

连日来，先是等录取结果，再是等分班结果，身为家长甚是焦灼。当分班消息公布在校园橱窗里，前去查看，因人扎堆挤不进。人散了，近前又因字小看不清。心里有他名字，眼前密密麻麻的字迹都是乱影。

我劝自己不急，我们就居住在学区范围内，本就是水到渠成的事，为这事急赤白脸的犯不着。

一会儿，孙子说找着了。呵呵，我顿生欣喜，离遥远的北大清华，仿佛又近了一步。

一

相比孙子上初中的"挤"，几十年前我上初中时不挤。小学三年级以后，每学期开学总是少几个人。小学毕业季有一批同学能挣工分了，便再也没来上学。

儿子上初中时，挤不挤，记不得了。我忙，他妈妈知道。

我是在村中上的。

儿子在镇上上的。

孙子在县里上的。

二

孙子班级一共有七十四名同学。

当我在拥挤的队伍中汗流浃背时，看到了报名登记的二维码。

问老师有哪些费用，老师说："学费、书本费早就取消了，不用缴任何费用。"

真好！

报到完毕，老师指挥坐好位置的同学分别将课桌或后拽或前移，教室内再安排一排座位。

挤！我的心情不爽。

心想，座位空间都小到无法转身了！真心疼这些个子蹿得很高的孩子们。

转念想，舍不得又有什么用？我们不仅要享受宽松还要感受拥挤。何况，他是从村里从乡里接力一步步地"挤"进城里来的。

让他在拥挤中体会宽松吧，比如高考、竞岗，比如人生。

三

中午，雨，学校门口，各式车子塞满了道路，动弹不得，接受暴雨洗礼。

在心的牵引下，为让孩子少遭一滴雨少迎一阵风，宁愿自己早早来等候二三十分钟。摩肩接踵的人流，把斯文挤得消失了踪影。

人在伞下蠕动，齐刷刷地望着门口。

看到学生们出来了，一阵骚动一阵惊喜。

一眼见到自己的孩子，比看到位高权重的大领导更高兴，比见到久别重逢的故交、知己还亲热。

雨打湿了大半截身子，可还有点儿不放心身旁穿着雨披的他有没有浸雨的地方。

四

孙子有一把崭新的伞。

一把吗？我细数之，不止。

我们都是他的伞。

我担心的是，伞多了，会遮住视线。阻碍他认清"秋"字，还有秋风、秋雨、秋潇潇……

五

昨晚，瞄到孙子一道题目：小明长到姐姐这么大时 22 岁，姐姐说我在你这个岁数时你才 10 岁，问小明多少岁？

我算得出来，我没算，由他去算吧。不过，这题目出得我挺伤感的。

我的脑子里立马浮现了另一道题，待他工作后，我多少岁了？不去想了，健康生活每一天！

六

易中天这一句我读懂了："一代人有一代人的生活方式和价值观念，我们就不要自作多情了。"

又说："长江后浪推前浪，前浪何必回头望。云帆高挂任他行，收起你的指挥棒。"

七

我爱孙子。他有许多好的习惯，比如打小学起作业不做完坚决不玩，比如津津有味地阅读，比如和我们在一起能很友善地问候客人……

我爱孙子。他忽然长大了，不告诉我他的小心事了。也罢，我不能因关爱而成为一个唠叨的老家伙。他的路还很长，只有他自己的羽毛才能感受风雨，只有他自己的翅膀才能自由飞翔。

我的指挥棒画了一个抛物线，一下落在自己头上。还是适当地关照一下自己吧！愉快地生活，健康地活着。趁孙子学习时，作为爷爷，把自己也乔装打扮成学生的样子，写几行字包装包装自己，别让他看到我身上也有许多不尽人意之处。

忆杨家大塘

杨　青

　　岁月流逝，人也青丝变白发，唯一不变的是记忆。

　　弹指之间，几十年晃过。近期常于梦中流连忘返于老家那见首不见尾的村庄、冬暖夏凉的土屋、门前屋后的杂树，还有那一丛一丛长不高的嫩竹，尤以庄子东面碧波荡漾的杨家大塘，在记忆深处自然泛起少时欢娱的时光。

　　说起杨家大塘，那是三四十年前，一个由百多户人家组成的村庄，人畜共同饮水的地方。庄子里，有徐姓、蒯姓、刘姓、屈姓等好些个家族，因杨姓人家紧邻大塘，而称之为杨家大塘。

　　大塘水引于射阳河支流篆河。塘宽约百步远，长约三倍于宽。塘的东西两侧的水码头，由一节一节的青石板垒成。潮起潮落，或一级或多级露于水面。依水而立的大柳树，洋洋洒洒的枝叶，婀娜多姿地悬挂在塘面上。

酷暑天，庄上的小伙伴们都会不约而同地来到这里，脱个精光，一声叫喊，齐刷刷地跃入塘中。扎猛子、打嘭嘭、甩污泥、打水仗不亦乐乎。大柳树树荫下水面格外清凉，是玩伴们必争的地方。记得某年暑假期间，上海小亲戚胡家兄弟来乡下，整天在水里游玩，太阳落山了，在大人的连催带训之下才闷闷不乐地上岸。寒冬季，虽说是冰天雪地，这里更是好玩去处。周末假日或早或晚，我们庄子上的小伙伴们，不约而同地来到这大自然赐予的溜冰场。用自制的铁环在平如镜面的冰上时而转圈打转，时而脱钩追跑，一个个戏逐得神采飞扬。还有人扬起陀螺的鞭子，"啪，啪，啪"的几声脆响，只见陀螺在冰面上高速旋转，经久不停，有时两三个陀螺碰撞，才戛然而止……要是遇上一夜大雪，这里就更成了我们欢乐的海洋，堆雪人、打雪仗不是小男孩的专场，小妹妹们也参与其中，浑身沾雪，像小圣诞老人一样。即使春秋季节，这里也不消停，石板码头两边，小鱼儿、小蝌蚪成群结队，不知谁"嘘"了一声，鱼群立马分崩瓦解四下急逃。这时，水若不是太冷，将小手伸进石板入水一面，还能逮到呆头呆脑的虎头鲨……

大塘不仅是我们的游乐园，也是与我们生活紧密相连的地方。

每天清晨，大人们来塘口挑上一家当日够用的河水。我们也学着他们的样儿，或早或晚兄弟俩抬个大桶，初时力气小只能抬回半桶，渐渐地抬得动满桶水，再进一步练就挑起两桶水。女孩子帮家里淘米、洗菜、洗漂衣裳，天天如此，年复一年。

在这儿还能感受到大人们的心思，偶尔还能听到大人们对自己的夸奖。伯伯、叔叔们干完农活在这里洗脸洗脚，一小把乱稻草当搓布，一庄人共享。奶奶、婶婶们在这里有洗不完的衣裳，更有说不完的家长里短，人情世话，有时也会夸夸谁家的孩子勤快，说说谁家小子捣蛋，成绩好的听话的孩子常常在这里得到表扬……

这恍如昨天的事，如梦如幻，勾起我多少年少时的遐想。时光如能倒流，真的不愿改变童真无邪的模样。

杨家大塘，封存在我的记忆里，在我的血液中流淌。信手翻起，甜甜地、美美地伴我进入梦乡……

野炊记

赵春辉

初夏时节，一场久逢的小雨过后，地处古浪县马路滩林场的沙漠里便活泛起来，各种沙生植物铆足了劲，争先恐后地探出了头，不几日就伸展着腰身跳起了舞，沙葱更是长势喜人，呈现出一派生机勃勃、绿意撩人的景色。

多日不见的好友，相聚于双休日，决定去郊外沙漠搞一次野炊活动，以享受大自然的恩赐。说走就走，王哥负责购买了野炊用的食材和水果，老雷则把户外必需的装备、盛满水的塑料水桶等装了车。几辆越野车沐浴着明媚的阳光，朝东驶出了市区，穿过美丽的天马湖，沿着新修的金色大道，径直向目的地——马路滩沙漠出发了。

老雷是一名户外活动爱好者，经常组织各种户外自驾游活动，对户外出游有着丰富的经验，并且自备有户外活动的各种设备，包括帐篷、桌椅、炊具、水桶等。老雷其实不老，今年还不到五十岁，尽管年龄上小于我们几岁，但由于他在每次的户外游中展示的出色组织能力，我们习惯在外出时尊称他为老雷。

车队在老雷先头车的引导下，不到一小时便沿着宽阔的公路到了沙漠边缘，经过几个小沙丘，在一块长条状较为平坦的沙地，车子停了下来。下车后极目远眺，两边绵延着低矮的沙丘，绿意点缀的植物一簇簇。这里不仅有沙葱、金铁锁、骆驼蒿，还有合头草、冷蒿等沙生植物，它们在干旱酷热的沙漠里，顽强地生长着，并成长为防风固沙的忠实卫士。

近十人的户外活动群体，目的很明确，在沙漠里采摘天然沙葱，体验户外野炊的乐趣。大家择地卸车，简单分工后，老雷等人开始搭遮阳帐篷，其他的人则四散开来，沿着沙丘寻找着天然生长的沙葱。沙葱，又叫野沙葱，是沙漠草甸植物的伴生植物，常生于海拔较高的沙壤戈壁中，因其形似幼葱，故称沙葱。沙葱可做各种佳肴，还有一定的药用价值。近年来，凉拌沙葱已成为当地的必备时令凉菜，它色泽碧绿、味道香醇，食之爽口、野味十足，是真正的绿色食品。作为一种地域特色沙生植物，但凡有外地朋友来访，都是必点菜品。

老雷反复叮嘱我们，拔沙葱时千万不能连根拔出，只需抓住沙葱叶鞘下部距地面一到三厘米处，轻轻拔下饱满灰绿的葱叶即可，这样既收获了沙葱叶子，又保证沙葱根系的生长，只要逢了甘霖，便可再次生长，防风又固沙。我们躬着腰，寻找着长势茂盛的沙葱，一丛一把，不一会儿，短短粗粗、滴着汁叶、透着清香的沙葱叶，就装满了塑料袋。

王哥、老雷他们几个也一起动手，把分散的帐篷架杆、篷布从布套里取出，很快拼装搭起了帆布帐篷、架起了灶具，并支起简易方桌。点燃了自带的液化气灶具，熬起了茯茶，待茶水煮好后，老张给每人先沏一杯茶。老雷又将新鲜羊肉剁块清洗干净，放入了铁桶内，搭到炉盘上开始煮羊肉。这应该是今天的第一道美食了。

陆总是我们公认的大厨，做得一手好饭菜。在我们拔沙葱时，他早已将羊肉剁成了碎馅，等我们把散发着新鲜气味的沙葱汇拢在一起，拿来后，他很快地在水盆里冲洗了两遍，之后便用干毛巾把沙葱上的水擦净，切成了细末，与羊肉拌在一起使劲绞，这样拌的馅儿，包好了以后不出水而出味。饺子皮是超市现买的，擅长包饺子、自感有手艺的同伴们迅速围在一起，表演起了包饺子。拿起饺子皮，加上馅料，薄皮大馅，看谁包得好，包得快。而那边铁桶里羊肉的醇香味已经弥漫在旷野中。待饺子包完，冒着热气的手抓羊肉已经端上了简易方桌。老程也早已把带来的水果等食品装盘摆放，大家围拢过来，你一块，我一块，不一会儿，几盘手抓羊肉早已成为肚中餐。

爱打牌的人围在一起翻起了纸牌。老雷又在忙着操练他的拿手好菜——铁板肥肠。他在一个小沙包旁边挖出一个小坑，支上他带来的一块圆铁板，下面用找来的干草根作燃料，点燃后很快铁板就发热，他熟练地将清油倒在铁板上，待油烟冒起，迅速将切成小段的肥肠放到铁板上，添加调料，翻炒几下后，再加入青椒丝，几分钟后，一盘冒着热气的青椒肥肠就出锅了。打牌的同伴们纷纷放下手中的牌，拿起筷子吃了起来，大呼味道不错。

看着天色还早，大家也都垫了肚子，或打牌，或喝酒，或聊天。置身在帐篷里的我们，任沙漠里的微风吹拂着脸庞，尽情享受着旷野里的宁静和清幽。由于老雷经常来户外活动，他对这里的情况比较熟悉。他介绍说离这儿不远便是古浪县马路滩林场，过去曾经是"沙上墙，驴上房"的荒凉景象，现已被林场职工建成了"瀚海明珠，大漠乐园"的"沙漠聚宝盆"，封沙育草，固沙造林，营造农田防护林，已有效控制了近百公里的风沙线。这里的沙葱之所以生长茂盛，也得益于多年来的沙漠治理。

有人说古浪县是甘肃省的缩影，北有大漠、中有绿洲、南有山区。因其北临腾格里沙漠，当地农民多年来发扬"困难面前不低头、敢把沙漠变绿洲"的精神，创造了荒漠变绿洲的奇迹，涌现出了全国"时代楷模"的八步沙"六老汉"三代人治沙先进群体，也可以说古浪县的历史就是一部改造自然防风治沙的征战史。

随着太阳的西斜，大家开始期待已经包好的沙葱水饺了。老雷小心地将水饺下入了已开的铁桶，用勺轻轻从桶里舀舀，以防沉底粘连，水饺很快就漂浮起来。煮了大约五分钟，老雷舀起一个水饺，摁了摁皮说，可以出锅了。当大盘水饺一上桌，大家便迫不及待地拿起筷子送入口中，那碎碎的羊肉丁，鲜鲜的姜片末，细细的沙葱叶……煮熟后咬上的滋味，只能在心中赞叹了！正宗的野生沙葱水饺，滋味独好！每个人都忍不住地，吃了一个又一个，无不为其鲜香而称好叫绝。大家尽情在这广阔的漠野里享受着天然的美味佳肴，片刻间便来它个风卷残云杯盘尽，就让我们的味蕾醉倒在这鲜美的纯天然绿色食品的滋味中吧！

不觉已到黄昏时分，落日的余晖铺洒在沙丘上，给沙漠增添了几分神秘的色彩，每个人脸上都洋溢着愉快的笑容。野炊活动结束，大家一边拆除帐篷，收拾东西，一边不忘清理活动区域的包装袋。带走垃圾，保护环境，这样的户外野炊行动，使大家既体味着个人劳作的辛苦，又感受着野外就餐的乐趣，在休闲中度过了难忘而欢乐的一天。

如果你热爱生活，就一定不要辜负时光。在适宜季节，约好友知己，亲近自然，拥抱自然，来一次别样的野炊之行吧！

故居文脉润凉州

赵春辉

如果说铜奔马是武威出土的国之瑰宝，那么散落在古城街巷中的李铭汉故居，则是这座历史文化名城名人遗址里的一颗璀璨明珠，熠熠生辉，散发着传承古城文脉、彰显文化底蕴的光芒。

听说李铭汉故居修复改造后已开放数月了，在一个天蓝气爽的周日，我慕名来到了位于武威凉州城区达府巷东口的故居原址，想一睹这处代表凉州古城人文精神、文化气息的名人宅院，在经过近一年保护性修复后的真面目。

李铭汉故居，其前身是明代万历年间"边将之冠"、甘肃镇总兵达云的"宫保第"。历经明代万历、天启、崇祯三朝，南北两座"宫保第"已成为凉州城的重要建筑群。清代道光年间，武威副贡生李铭汉从达云后代处购买达氏"帅邸楼"和花园部分，进行翻修，改为精巧宅院。因这个院落里出了位翰林，老百姓亦称之为"李翰林院"。

斗转星移，时代更迭。1927年农历四月，凉州一带发生里氏7.75级强烈地震，造成空前大破坏，李铭汉故居严重受损。后虽然进行了续建，但其院门已荡然无存，只保留了后院、过厅等。1958年，武威市区房屋改造时，此院又划归房管部门管理，将后院改成了粮站使用。风雨飘摇几百年之后，借助打造文化旅游名市契机，2018年底，又迎来"修旧如故"的保护修复工程，恢复了清代武威民居的原状陈设，再现了李氏三代著书立说育人的生活场景，故居旧貌换新颜。

漫步来到故居大门口，新复原的歇山式大门保持木质本色，没有上漆，却也古色古香。一幅醒目的大红对联映入眼帘，上联是"三代耆儒学者府"，下联为"一朝进士翰林家"。据说是特意请当地著名文化学者冯田民先生撰写，凉州区书协主席赵长军先生郑重书写，气势磅礴，清新隽永。细品这副对联，把李铭汉一家祖孙三代孜孜不倦读书，功成名就举荐耆儒，其子由进士"选馆"入翰林院的史事刻画得入木三分，让人肃然起敬。

故居坐南朝北，为二进院落，分前院和后院。因为疫情仍没有结束，经过简单登记及体温测量后，我从左侧边门入口处步入院内，一处布局严谨、古朴典雅的清代建筑便展现在眼前，散发着底蕴深厚的凉州历史文化味道。院内整洁幽静，东西厢房遥相对应，过厅处一个大陶瓷缸内，一簇萍蓬草下，漂游着几条红色金鲤鱼，顿为小院平添了几份雅趣。东厢房展示了李铭汉故居平面图，迎面展台上是李铭汉孙李鼎文《我家三世简史》手稿复印件，正面墙上采用书画形式，展示了李氏三代"勤学好古""传道授业""家国情怀""风骨劲节""学术传承"等优良的家风学风、严谨的治学精神、深厚炽热的家国情怀和正直立身的可贵品行。

据史料记载，李氏三代，为"凉州世家，族望通明。茂苑仪型，门风清邵"。李铭汉（1809—1891），字云章，受业于名流，"虽布衣终身，但因德行高尚，学问渊博，负重望于乡邦"。道光二十九年（1849年），已四十岁的他考上副贡生，以教书为业，先后主讲凉州雍凉书院、甘州甘泉书院。致力于经学研究，颇有造诣。学使胡景桂上疏推荐为陇上耆儒，光绪下令加国子监学正衔，遂成清代著名学者。

李铭汉除研修精通经史之外，还旁及天文、算术、舆地、军事、农业。尤其精于训诂学，著有《尔雅声类》四卷，并用几十年时间潜心创作《续通鉴纪事本末》。这是一部继宋代司马光《资治通鉴》、清代毕沅《续资治通鉴》之后的别具一格的纪事本末体史书，具有很高的学术价值。但直到去世前，该书只完成八十九卷。

李于锴（1863—1923），字叔坚，为李铭汉先生次子，"致力于志士、循吏、学人三种境界，均有突出业绩"。作为光绪帝点的翰林院庶吉士，继承父亲遗愿，在山东蓬莱当官闲暇之余，奋力创作，终于完成了后二十一卷。光绪三十二年（1806年）《续通鉴纪事本末》终刊刻问世。

李于锴有两个儿子，长子李鼎超（1894—1931），潜心研究国学。1929年春，任甘肃省通志局分纂。其后，又在兰州中山大学讲授文字学。著有《陇右方言》。次子李鼎文（1919—2014）在西北师院任教，对故乡充满着深深的感情，一生撰写了不少考证故乡文史的文章。李氏三代主人，其传奇式的人生经历令"翰林故居"这座古建筑院落充满神秘色彩。有人曾发感慨：李氏三代，乃真正的学人也。

西厢房内主要陈列了李氏第四代捐赠的一些老式家具，在正面墙一张长方形双扇木柜上，一块"惠及桑梓"的题匾十分醒目，是武威市委、市政府于1986年题赠李鼎文先生，以感谢先生1956年和1960年先后两次为原县文化馆捐赠书画文物共一千二百册的慷慨之举。木柜两旁是两把木质官帽椅，上有一台旧式收音机。左右两侧摆有木质碗柜、木桌、木质火盆架、脸盆架、风箱、木斗、青瓷碗、砂锅等旧式家用物品四十多件。

宽敞高大的过厅分别建有文创轩和品茗斋，目前暂没有开放。廊柱两侧悬挂有"鸾凤和鸣龟占昌后，兰芝挺秀瑞应生孙"楹联，系李于锴题写。鸾凤和鸣，语出《左传》"是谓凤凰于飞，和鸣锵锵"，意喻夫妻之间相亲相爱；兰芝挺秀，指兰芝挺拔秀丽，长势喜人。该楹联反映出李于锴希望家族内夫妻和美，子孙满堂之意。在品茗斋和文创轩上方悬挂有"赋去烦重""棠阴榆社"两匾。据说是故居在复修期间征集文物时，由受惠之人后代捐赠。匾文反映了李于锴先生去世后，因感其在任山东沂州知府时曾用薪禄银圆二千元买过两年"更名粮"，减免武威县王、吴、宋府赋税一千八百石之举。

穿过厅到后院，这里主要有古槐堂、日知斋和味檗斋三所古建筑。"古槐堂"又称上堂屋，坐南朝北，是李铭汉故居的中心建筑。而所谓的古槐堂，源于李铭汉后院里一棵高大的明代古槐。夏天李铭汉祖孙几代都在院子中乘凉歇息，这棵古槐陪伴了李氏几代人的成长、衰老，他们对这棵槐树怀有深深的感情。李铭汉将李氏堂屋取名为"古槐堂"，也是以此教导李氏后人要如这棵槐树般正直做人。

古槐堂左右两侧廊柱上为李于锴的篆体楹联："勤旧学不解，辟新智见闻。"这里的"解"通"懈"，"智"通"知"，意思是对于传统知识要勤奋好学，不懈怠，而在遇到新的知识时又要很有见地，视野开阔，就会有新的收获。正中间为李铭汉会客的场所，摆有书画中堂、木质供案、插屏、八仙桌、太师椅、围椅等；西侧为卧室，有雕绘人物花卉大床、木质博古架、长方形三屉木柜、木衣架等；东侧为书房，同样置有木质书案、官帽椅、书架、琴桌等，力求再现李铭汉会客、创作、休息起居的场景。

东厢房，又名"日知斋"，是李铭汉的书斋。跨入门内上墙悬挂着李铭汉黑白画像，省书协副主席、市书协主席翟相永先生隶书联曰"实事求是斯哉，学以致用是也"分挂左右。左侧李铭汉端坐案前的蜡像栩栩如生，室内陈列着木质长条案、插屏、高足方形茶桌、太师椅、书架及藏书等，再现了李铭汉祖孙三代教书育人、传道授业的场景。"日知"出自《论语》孔子弟子子夏曰："日知其所亡，月无忘其所能，可谓好学也已矣。"意思是说：每天知道一些过去所不知道的知识，每月不要忘记那些已经掌握的新内容，这样日积月累就可以成为一个真正好学、知识渊博的人了。"日知"二字正是李铭汉一生的座右铭。由于家境的原因，李铭汉十岁才开始读书识字，但他努力进取，其刻苦、认真的精神得到了武威名师尹世阿、张澍以及陈世镕的赏识，他们曾先后收他为弟子，传授学业。经过数十年的不断努力，李铭汉最终成为一位学识渊博的史学大家。

西厢房，又名"味檗斋"，是李于锴的书斋。室内悬挂有李于锴彩色画像，亦展示有李于锴立身蜡像，其他展品类似于东厢房，主要再现了李氏家族传承家风、勤奋学习的场景。檗，指黄柏，其味苦，这里是说读书之人明知读书清苦，但更要激励自己坚持下去的决心。"味檗斋"原为明代万历年间名臣赵南星的书斋名。赵南星一生为官清正廉明，他始终以天下为己任，日夜操劳国事，受到了后世的敬仰。李于锴将自己的书斋命名为"味檗斋"，除有激励自身努力学习之意外，还在于仰慕赵南星的品行，并以他作为自己立身的榜样。

光绪二十一年（1895年），三十二岁的李于锴考中进士，以后选为翰林院庶吉士，去北京参加会试留住北京，参加著名的"公车上书"运动。甘肃应试举人七十六人联名上书，李于锴亲自起草《甘肃举人呈请政府废除马关条约呈文》，也是第一个签名者，拟送都察院转呈光绪帝，后因条约已获批，只得作罢。

从光绪二十四年（1898年）起，李于锴在山东为官十四载，历任蓬莱、武城、泰安等地县令，调任山东大学堂监督，后官至山东沂州知府。在山东为官时他体恤民情，政绩卓然，在当地有"贤太"之称。辛亥革命后返回故里。

李于锴晚年闭户读书，终老乡里。故居修复之际，市作协主席李学辉先生曾受命撰写了"赋去烦重济世心，公车上书家国情"的对联，挂于画像两侧，高度概括了李于锴清心为民、忧思为国的为官品质和气节。

上堂屋后新建的后花园内一派生机盎然。曲折鹅卵石小路和大圆石铺就的甬道尽头，又连接着一处小院，门前置上刻"槐阴满庭"巨石。围绕甬道四周，高低不平散种着一些花草树木，高大挺拔的早园竹、山楂树、苹果树等，低矮茂盛的芍药、冬青卫矛、金叶榆等，匍匐丛生的黄杨、砂引草、钻地风等植被……高高低低，稀稀疏疏，水井、石景等点缀其中，园林般意境顿生，亦增添无限情趣！堪作休憩读书幽静之地。

故居不大，但文脉根深。这个南北长四十五米，东西宽三十米，占地约两千余平方米的县级文物保护单位，遵循"修旧如故"原则，着力保护历史风貌、保存传统格局、延续城市记忆，传承了历史文化根脉，体现了"文城"武威，以文取胜的文化元素。漫步在李铭汉故居，细细品味李氏三代那种心怀天下的博大胸怀，造福桑梓的款款深情，教书育人的炽热情怀，无不让人沉醉。

从后花园边门移步出故居，东侧正在修建的翰林园已初具规模。新移植栽种的花草树木，叶绿枝嫩，春色撩人，显露出一派生机勃勃、欣欣向荣的美丽景象。青砖小道，曲径环绕，巧妙地将半廊、仿古亭、水井等与南城门广场相连。古朴雄伟的南城门楼静静地守望着这座古城，俯视着修缮开放、焕发新韵的故居，而在其左右五百米开外，百年名校武威一中，"陇右学宫之冠"武威文庙赓续的文脉，润泽着这座曾经的五凉古都，悠扬而绵长。

重庆"三感"

张守权

重庆给人的感觉，不仅于外地人，对本地人也不例外，就是——山多。山孕育了这座城，养育了这里的人，构成了这座城市的文化，故此叫"山城"。

山，孕育水；水，拥着山；山水相拥，难割难舍。且长江、嘉陵江在这座城市中交汇，故又称"江城"。

山裹挟着这座城，风不易侵犯，空气流通缓慢；水簇拥着这座城，水蒸气不易飘散，形成了雾。这雾来多去少，大雾弥漫时，烟波浩浩，物像缥缈，又冠以"雾都"。

由于河流贯穿城市，要想通衢顺畅，便要有桥连接。这河流上一座又一座作用极为重要的桥，则构成了别名"桥城"。

除此，火锅之都、温泉之都、会展名城等美誉，也是这座城市的熠熠光环。

2019 年 4 月下旬，老糊涂有幸在此停留了四十个小时。美景也好，美誉也罢，若全部领悟则是天方夜谭，所以，除了那钻天入地的路和车，感受最深的就是一个字："热"。这就印证了重庆的又一个名称——火城。不过，我体会到的热更多的不是来自于体表，而是内心。

感 怀

还未进入 5 月，最高气温 35 度。当地人都感觉不可思议的天气，碰巧被我赶上了。

偌大重庆，只有一天的自由时间能逛到啥地步？除非坐飞机巡视。可飞机给你的不过是鸟瞰，要看到实质性的东西，恐怕不付出点辛苦办不到。按常理，走几步路算不上什么，但如此高温，对我这纯正的北方人无疑是严峻考验，真打怵出了宾馆会是啥感受。

"苦不苦，想想红军两万五；累不累，想想革命老前辈。"不知何故，当去红岩村、渣滓洞瞻仰烈士们的决定形成的时候，这句话突然从脑海里冒了出来。还犹豫什么，挎上相机，背上水杯，出发！

渣滓洞，白公馆，红岩魂陈列馆，烈士诗碑林，道路边，一尊尊烈士的雕塑，一通通刻着烈士豪言的石雕，一个个烈士的名字，刺激我的脑浆剧烈翻腾，搜寻着、感念着先烈们慷慨赴死的一幕幕壮烈场面……

此处的山叫"歌乐山"。歌，怎能不让人想起"红岩上红梅开，千里冰霜脚下踩，三九严寒何所惧，一片丹心向阳开……唤醒百花齐开放，高歌欢庆新春来"。乐，这首歌悠扬舒展的曲调和赞颂红梅傲视严寒的品格，不正是烈士们为追求光明和正义而迸发出来的乐观主义情怀吗？山的伟岸和庄严，则恰好呼应了英雄们慷慨壮烈的革命英雄主义气概。

我在想，也许我的脚下，就曾是烈士们鲜血流淌的地方。当他们面对敌人枪口，呼喊出"中国共产党万岁！"并随枪声倒下的时候，他们的热血和灵魂，已与鲜红的旗帜融在了一起，与这片土地融在了一起，与千千万万站起来的中国人融在了一起！

此时的我，尽管脚步是沉重的，但心情是激昂的，血液是沸腾的。

感　动

被汗渍浸过的衣服不洗怎行，就算不注重形象，也要考虑别人的感受不是。可出门在外，谁会准备得那么齐全，洗衣服的肥皂或洗衣粉总是要用的，出去买浪费时间也浪费钱，天生小气的我哪舍得用过一次就扔掉，只好求助宾馆总台。服务员二话不说，回身到后面拎出一大袋子洗衣液，递给我的同时不失真诚地说："不如你把衣服拿到这来，我给你用洗衣机洗。"我赶紧回应"不用，不用，我自己手洗就行"，并连声谢谢。

坐在椅子上小憩，看到一位手拎竹篮、年龄和我相仿的男士向我走来，来到近前止步并主动和我搭腔。先是问我从哪来，又问我多大岁数，在重庆都看了哪些地方，然后自我介绍他1957年出生，已退休两年，家住附近，每天下午都要专门准备好两份食物到这儿来。说到这他突然停顿，好像故意等着我发问。拿食物干什么？给谁吃？又是每天必来，莫不是为游客？今天碰巧遇到了我，让我享受如此口福？看我一脸狐疑，他笑了笑说："这是给狗狗吃的。"随后用手一指，"你看，就在那边"。顺手指方向，不远处有一道施工用的围栏，围栏里还有露出的破败的房屋。他随之介绍：一年前一个施工队在此拆房，计划搞服务设施，结果出了事故死了人，老板躲避责任跑了，把当时放这儿看家护院的狗抛弃在此。之后，这条失去主人的狗，就成了他的惦记。想不到这条狗还有了爱情，而且生产出爱的信物，两份食物则一份给狗妈妈，另一份给狗娃娃。嘿嘿，老糊涂的份儿，只能是非分之想了。

保温杯里没了水，恰好看到路对面便民亭有烧水的快壶，便过去讨要。店里是一对五十岁上下的夫妻，明白来意后，男士痛快接过我的杯子，用暖水瓶里的开水给我补满。要付钱给他们，夫妻俩异口同声地说："么要得，么得收钱。出门在外，谁会么得需要帮助撒。"难怪亭子上写着"便民"二字，名副其实。

事都不大，若把它们串联起来，却让人心里暖暖的。它彰显了人们善良、热情、乐于助人的良好品德和人心向好的社会风貌，与某些肆意诋毁我们社会的，或只看黑暗而无视光明的现象相比，恰好形成了鲜明的界限。

感　想

当参观完景点，来到歌乐山下一处树荫遮掩的休息点，坐在椅子上拿出水杯喝水时，才发觉水已经喝干。摘下遮阳帽一看，帽边四周也完全被汗水浸透，早上刚换的 T 恤前后心处也都出现地图图案。不知何故，这些情况在山上时竟毫无察觉。

抬头，树荫下一位四十岁左右、身材长相堪称标致的女士，如同变魔术般手拿一瓶矿泉水出现在跟前（注意：此地除了她，只有我）。"买水吗？一块钱。"温润轻柔的声音分明提示我："大哥（或大叔），不要害怕，我不会伤害你。"不管是水还是药，反正哥不喝矿泉水，婉言谢绝便是。当我仰望周边山峦并拿起相机拍照结束，回神搜寻那位女士，奇也！偌大场地竟只剩我一人，莫不是遇到了"白骨精"？

上述插曲权当笑谈，老糊涂我在重庆还真的见到了一位十分可爱的好女孩。

女孩瑶，二十刚刚出头，就读于重庆某大学，家乡是盛产榨菜的涪陵。她外表清秀，身材匀称，衣着得体，行为恬静，是位典型的知识型、智慧型女孩。如果简单形容她的性格特征，也许用聪颖、内敛、执着、勤奋八个字比较合适。

认识她是在一个网络文学平台上，初踏文学领地的我看到一篇描写军旅生活的文章，读过为之感动，作者就是瑶。后了解她是在校大学生参军，再后来通过不断沟通，知其勤奋，晓其聪颖，佩其才气。此次荣临重庆，与其一见果不其然。略显稚气的面容蕴含内敛，谈吐自如的话语饱含诗书，执着追求的性格彰显坚韧，面对现实的态度尽显成熟，让高出她两倍年龄、空活六十多年的老糊涂自愧不如。边吃边谈，两个小时匆匆而过，她还要在熄灯前赶回校舍，只好作别。

小瑶，按照年龄差我们是爷孙辈分，实属忘年。可你没有嫌弃老朽，还在紧张的学业中抽出时间与我一见，这让我十分感激，也深切地祝福你学业有成，事业顺佳，未来与光明和快乐携程。

淅淅沥沥的雨滴，已将昨日的热浪驱逐，雾气并不凝重，也许是为了照顾初来乍到不识路的糊涂先生不至走失。这小雨陪伴着我在寻找出发集合地点的路上，在穿行于上上下下的台阶中，在不时被施工围栏阻隔折返重新找寻出路时。冥冥之中似有好多只手拉扯我，让我不要急于告别……

人生有很多际遇，过眼烟云甚之，能留下记忆痕迹的少之又少，能让你牵挂和铭记于心的更少。什么样的人才值得你牵挂，什么样的事才让你铭记呢？个人觉得，人，除了至亲，就是在你心中值得留驻的；事，无疑是意义深刻、难以抹除的。那么，仅仅停留了四十个小时的重庆，你给我留下了什么？不是山水，不是美食，而是一幅幅暖心的画面，一曲曲壮怀的赞歌。故而，此行无憾。

化作春泥更护花

——

张守权

　　早上起床后，从客厅望向窗外，窗外一片白色。雪已停，太阳虽未漫过前面的楼顶，却早已把她的光线渗透到各个角落，让一切都暴露无遗。天空格外清爽，大气好像被过滤了一样，显得特别剔透；地面和屋面上新覆盖的雪，仿佛少女身穿刚刚漂洗过的白色的衣裳，美丽、洁白、纯净。

　　我打开窗，趴在窗口深吸了几口气，复又转回屋内，仍坚持不下楼，算来这已是第二十三天把自己困在屋子里。故意不刮的胡须，差不多也有五厘米长了，用手一捋，还真捋出点"髯须公"的味道来。管他自我安慰还是自嘲，这二十多天"躲进小楼成一统"的感觉并不孤独。再者，封锁得那么严密的武汉都不是一座孤城，咱被困的小城，充其量只能算一个小岛，何况粮草充足呢！

昨夜的雪，好像是在我睡觉前开始下的。记录完一天所闻，抬头看一眼墙上的石英表，时针刚好指向十一点。关掉客厅灯，像往常一样轻轻踱步走向卧室（老伴早已入睡）。无意间望见厨房窗外有雪花飘落，便不由自主地走到窗前，凝神向外观看。没有一丝风，雪是垂直于地面下落的，透过对面窗口投射过来的光，一片片雪花闪烁着晶莹的身躯，浓密的、尤若一根根银线般向下垂落。就那么静静地、悄无声息地向下垂落着，生怕搅醒了熟睡的人们。是啊，你本来就是这样的品格！当你在天空聚集时，我们感受不到黑云压顶的恐怖；当你挣脱云层束缚时，我们听不到惊天的炸雷；当你在天空中飘洒时，我们看到的是一个个舞动的精灵；当你落在地面时，我们享受着你的温柔和清白。你就是这样恬静，这样低调，静静地，悄无声息地来，用你的洁净过滤污浊，用你的纯白安抚大地。

我也静静地、悄无声息地站在窗前，细细品味着，努力搜索着。在几十年的生涯中，那无数次境遇里的雪，究竟意味着什么？一种幻梦般的冲动瞬间在心里升腾！突然，对面的灯光熄灭了，那一根根银线随之在视线中消失，外面留给我的，只是漫天飞舞的雪花衬托下的一片灰白……

回到卧室，钻进被窝平躺下来。室内静寂无声，听到的只有自己咕咚咕咚并不十分规律的心跳。我努力调整呼吸，让心跳平和下来。刚才雪花飘落的情景又回到了脑海。不，不是脑海，分明就在眼前！那一根根、一束束，静静地、悄无声息地垂落着的雪花，像一条白色的飘带舞动着升腾，升腾！幻化出无数色彩斑斓的花朵，盛开在美丽的山川大地上，释放着迷人的馨香……

　　我被这神秘的景象裹挟着，被这白色的飘带牵引着，一个个满身洁白的身影渐渐地，渐渐地清晰。多么熟悉，多么亲切的身影啊！就是这些身影，此时正在忙碌着，正在分分秒秒地忙碌着，奔跑着……为了抢救命悬一线的患者，他们正用戴着三层防护手套的双手，紧紧抓住手术刀；圆睁着被咸涩汗水浸泡又不能擦拭的双眼，全神贯注地俯下身子，靠近，再靠近……可知，那喷射出来的都是最最可恶的恶魔呀！护目罩上，手套上，防护服上，哪怕有丁点的破损，其后果都不敢想象……但是，他们没有躲避，没有退缩，只有一个信念，一定要把病人救活！

　　这样的场面又有多少次上演，这样的情景又怎不叫人揪心、动魄！

　　都说你们是天使，我要说，你们比天使还要美丽；都说你们是中坚，这话怎么讲都不过分，谁敢说，你们不是抗击疫情、挽救生命的中坚力量；白衣战士，白衣勇士，谁不说，你们都是英雄！

　　正因为有了你们逆行，有了你们的坚守，有了你们这些生命的守护神，才让更多的患者从死亡线上回归，让更多的病人走出恐惧，走出病房，走向希望，走向曙光！

　　正是因为有千千万万坚守在一线的白衣战士，有耄耋之年的钟南山、李兰娟院士带领的专家团队，有整日与病毒打交道的科研团队，有坚强的后勤补给团队，有强有力的国家领导，有全国人民齐心协力，攻坚克难。

　　当今天新的疫情通报传来，除湖北外，全国各省市新增病例下降到个位数的时候，谁又能不说，我们已经取得了阶段性的胜利，最后的胜利距离我们还会远吗！

　　此刻，我要高喊，那些战斗在一线因感染病毒而倒下的勇士们：你们没有死，还在和战友们一起战斗！你们的灵魂，已经化作一片片晶莹的雪花，串连成一根根银线向世间洒落。人们终将放心地摘下口罩，尽情地呼吸，尽情地呐喊，尽情地观看山川大地繁花似锦，炫彩如画！

三粒纽扣

邬晓华

母亲是在深秋时节去世的。那年，我十四岁，上初中三年级，最小的妹妹五岁。

我原来是有两件褂子的，城里人叫外套吧，一件青色的，一件绛色的。

母亲去世后，家里没人会洗衣服了。我人生第一次下河洗衣服，一不小心，居然把青色褂子让湍急的溪水冲走了。父亲见我内疚，安慰我道：等屋里有钱了，我给你再置一件。

我只剩下一件绛色褂子了。

这是我最珍爱的一件衣服，是母亲专门请裁缝到我们家做的，我们兄妹五人各做了一件衣服。裁缝给我量腰围时，母亲说，孩子在发育，做宽大些，还可多穿些时光。其实，我那时还没有发育，村上跟我同岁的伙伴们都发育了，颈脖子上有突出的硬结，而我没有。伙伴们告诉我，他们每个人都吃了一只大公鸡。据说雄鸡是催促男孩发育的。我家没钱，别说吃一只雄鸡，我一块雄鸡肉也都没吃过。我是高一下学期才开始发育的。

我天天穿着这件绛色褂子，心里头珍爱得不得了。

但是，粗心是我永远的毛病。

母亲去世的时候，衣服还是齐齐整整的五粒纽扣。一个月后，便剩下两粒了，究竟什么时候掉的，掉到哪里去了，竟然一点也不知道，我心里那个疼啊，真是无以言表。

我翻遍了家里的每个角落，四处寻找纽扣，绛色的、暗红色的或黄色的，能跟原来的纽扣颜色和大小相近的一粒也没找到，心头十分地失望。

最后，我只得从父亲无法再穿的破衣上，扯下了仅剩的两粒又黑又大的纽扣。父亲患有视网膜色素变性，双目已近失明，别说穿针引线，下田地干活都困难了。我们家又是缺粮户，家里确实穷得连买纽扣的钱都没有了。

我找了一根针和零碎线头，人生第一次缀纽扣，花了九牛二虎之力，才笨拙地把黑纽扣钉上。

那个时候的我，尽管身体没有发育，但也知道害羞。穷和脏是不怕的，最怕的是见到女同学。特别是两个黑纽扣与两个绛色纽扣连在一起，衣服穿出来是要有勇气的。这下，遇到女同学，我便勾着头走路了。

由于纽扣最后的结没有钉紧，没过几天，黑纽扣又不知道掉到哪里去了。于是，我干脆不管它，将就着两个纽扣裹紧身子对付着。

　　我是走读生，家里离学校还不到一华里，吃住都在家，每天来回八个单趟。入冬的风啊，真冷！就像刀子、锥子一样刮在我的脸上、侵入我瘦弱的胸腔。我还有一件黑棉袄，是爷爷去世后留下来给我穿的，本来是可以挡寒的，但我告诉自己，暂时还不能穿棉袄，否则，到下雪最冷的时候，就没衣服添了。这是我人生最怕冷的一段日子。

　　一个缺少母爱的孩子，往往是灵魂不全的人。那时，我基本处于魂不守舍的状态，自卑已到了极致。

　　上课，不敢正眼看老师，生怕老师叫我站起来回答问题，因为站起来，我要用手捂住没有纽扣的衣襟下摆。

　　母亲的音容笑貌，包括对我的疼爱以及打骂，在我心头挥之不去。为此，我上课经常走神，看着课本发愣，盯着教室窗外的麻雀发呆。

　　学习成绩更是一落千丈。我们三塘中学教学质量在全县有名，我是以全公社总分第五名、语文第一名的成绩考进初中的。到初三母亲去世后，在全年级近百名同学中我已经排到五十多名了。我想，大概没有一个老师对我抱有希望吧。

　　一天下午，第一节课课间休息，冬日的暖阳没有一丝一毫激发我户外活动的兴致，我照旧蜷缩在课桌上发呆。

　　这时，只见我的英语老师——肖玉梅老师微笑着向我走来，轻柔地叫我："邬晓华，把上衣脱下来，我帮你钉纽扣！"

　　我真不敢相信自己的耳朵，但我真真切切地听到肖老师甜美地呼唤我的声音了！在我看来，肖老师的声音，是我所听到过的这个世界里最甜美的声音！

　　只见肖老师手上拿着穿好的针线和纽扣，亲切地挨着我坐下来。肖老师身上散发出的亲切、亲近、亲和气息，让我无法拒绝。肖老师还是个年轻漂亮的大姑娘呢，我实在难为情地当着她的面脱下了褂子，身上的汗馊味连我自己也都闻出来了。可是，肖老师并没有顾及我身上的难闻怪味，接过我的褂子，笑着对我说："一会儿就好！"

肖老师戴着一副我觉得很智慧的眼镜。只见她把我褂子里子朝上，左手托着衣服，右手拿着针线，几个灵巧翻转，一个纽扣便钉好了，神情是那么地怡然、专注。我在晚上看肖老师批改我们作业时，看到过这种神情。

这时，有几个同学围过来看热闹，称赞肖老师女红功夫好。我根本没有看清他们的面容，因为我眼里闪动的全都是幸福的泪花！

一会儿工夫，三粒纽扣缝好。肖老师招呼我赶紧把衣服穿上，当心感冒。我穿好衣服，扣好纽扣，向肖老师深鞠一躬。肖老师拍了拍我的肩膀，嘱咐我衣服不要敞开，注意保暖。我频频点头，控制自己不哭。

肖老师离开教室后，我认真打量了这三粒新纽扣，哎呀，怎么和我衣服原来的纽扣一模一样！这让我大吃一惊。

肖玉梅老师是省会大城市的人，刚刚大学毕业，就主动申请来我们乡村中学当老师。我这纽扣，肖老师肯定已经观察很久了，要不然式样不会选得这么准。那时交通不便，肖老师刚到我们学校不久，又没自行车，她该走了多少路，转了多少店啊，我至今不得而知。这是我失去母爱后，收到的人生第一份沉甸甸的母爱般的关怀！

我英语成绩不太好。心底暗暗发誓：只有学好英语，才算师恩不忘，才能回报肖老师给我钉纽扣！当年军校考试，英语总分三十分，我得了二十分，尽管不算优秀，但在全市考生中已算高分了，最终顺利考上陆军院校。我想，这多少可以算作对肖老师特殊关爱的一个回报吧！

我这件绛色褂子，一直穿到我高中毕业、参军入伍，五粒纽扣，一粒没少！

爷爷的提醒

——谨以此文悼念敬爱的爷爷

邬晓华

爷爷九十九岁时走的，走了五年，我总觉得他没走。当我愁眉求解人生难题时，总会习惯地抬头向天空仰望。我笃信：天空就是天堂！爷爷一定站在天堂最敞亮的当口，朝着我微笑。我不需要爷爷给我明示或暗示，就一个微笑足够了，足够支撑我驱除心头的阴霾！因为我珍藏，珍藏了爷爷生前给我的若干个"提醒"的锦囊！

一个人的精神，是从头上开始的

我这辈子，剃了两次光头。在新兵训练期间，好奇心驱使我理了人生第一个光头；在军校时，为配合同学练习理发，试验不成功，被迫剃了人生第二个光头。除此以外，入伍后的三十五年来，我始终是理平顶头，标准大都在一寸以内，俗称"板寸头"。习惯是我自当兵就养成的，标准却得益于爷爷的提醒。

记得在团里兼任新闻干事的时候，一次野外驻训二十多天后回家，爷爷微笑着把我叫到身边，告诉我："头发有点长了。"我答道："部队外训条件差，荒山野岭找不到理发店！"爷爷对我的回答，似乎不太满意，让我去卫生间照个镜子。我之前是从来不照镜子的，这下往镜中一瞧，哎呀！我的头发怎么这德行呀？活像一把用了很长时间的刷子，毛发直撅撅地往上翘，且东倒一片，西凹一块，真是难看极了。

爷爷看到我难为情的样子，便轻声细语地对我说："一个人的精神，是从头上开始的。只有你自己精神了，别人看你才精神！"

爷爷的这番话，听得我全身通透、舒坦。我就想：过去，连首长也多次要求我们注意军容风纪，为什么战友们就听不进去呢？细品，原来连首长讲的是大道理，爷爷讲的是小道理，头发虽小见精神，难道你不想精神？反正我是无法拒绝的。

走，理发去！爷爷很是高兴地领着我到村上理发。村里蛮大，有百多户人家。从家到理发店，只六十米左右路程，沿着村里的小河走到尽头便到。村里有两个理发师，平顶头技术和刮胡子服务都是一流。路上，我牵着爷爷的手，一边跟爷爷说说话儿，一边跟村上的人打招呼。我那时没有便装，出行都着军装，咱爷孙俩一出门，许是村里的一道风景吧。一路上，村里人个个和爷爷打招呼，爷爷的好口碑，确实是十里八村都称道的。这时候，凡遇见男人，反正都是长辈；比我小的，也要叫阿舅呢！我就乐呵呵地掏出香烟分散发，遇到扎堆的，半包香烟一会儿工夫便没了，好在我香烟备得足，一般都揣两包出门。不太熟的，爷爷便停下来，热心地介绍我的身份，但从来不介绍我的职务。

村上后来有个评价，说是女婿当中，我是唯一从村头到村尾散发香烟的一个人。再后来，逢节日回家，我故意把头发蓄得稍长一点，专门到村上去理发，主要目的还是想跟爷爷一路上说说话儿，心理上早已把理发作为陪伴爷爷的一种特殊方式，一份特别的心意。

我当上团职干部后，仍然保留着这个习惯。从此，我的平顶头在爷爷眼里全面合格。及至我转业至地方工作，理平顶头的习惯也从未改变，爷爷对我的头发予以终极"免检"。

一个人认得路，才可少走弯路不走错路

当年，爷爷作为无锡地区考生，以在江苏全省排名第五的优异成绩，考入当时的南京栖霞师范，1937年毕业，终身从事教育事业，常年担任乡村小学校长，八十四岁时，还在村小帮老师代过课。爷爷当校长，主持学校全面工作，按理不用上课，但学校的地理课，历年都是他主动提出承包的。我有些想不明白，问爷爷为什么自讨苦吃。爷爷告诉我，教学生地理，一是可激发学生从小热爱祖国大好河山的热情；二是教学生识图走路，增强生存本领和生活能力。我终于领会爷爷的用心。爷爷的地理知识叫我佩服，中国地图，一笔画下去，一只大公鸡便在图上跳了出来，省市区点位一会儿就标好。至于地形地貌、山川河流、矿产特产、风景名胜，只要你问到哪里他就讲到哪里，好像真的到过那里一样。

村上有人要出远门，都会提前拜会爷爷，爷爷便不厌其烦地指图引路，用白纸画好一张小地图，东南西北方位标好，以备友邻急需。不好意思说，我过去其实是个路盲，军校军事地形学是蒙混过

关的。爷爷没有直接批评我，而是提醒我："一个人只有认得路，才能少走弯路、避免走错路！"说得我脸上火辣辣地烫。爷爷还特地交代我，到一座新的城市，第一件事要买一张地图。爷爷的这些话我听进去了！因为有购买地图的习惯，养成提前做功课的自觉，可以欣慰地告诉爷爷，本人出省出国尚没有出大的洋相或差错。特别是当连指导员后，爷爷专门叮嘱我，要像粟裕大将学习，热爱地图，研究地图，避免野营拉练把部队带错路。正因为我们连干部都喜欢看图，全团行军拉练时，我们按团里命令提前顺利返回营区。爷爷教我的一些地理知识也派上了用场，我们团作战室的作战地图，就是我当年配合集团军炮兵指挥部的一位高参绘制的。爷爷教我看地图、认道路，其实还有一层引申义。

我军旅生涯有过两次小的挫折，爷爷没向我深究原因。第一次很平静地告诉我，只要是没走歪路邪路，年轻的时候走了一小段弯路，没多大事，不要太过放在心上。爷爷的理解和包容，增添了我战胜挫折的勇气。第二次是我在正团岗位主动提出转业想法时，我最大的顾虑是爷爷，爷爷是铁杆支持我安心于部队工作的，而爷爷此时已九十四岁高龄，真担心爷爷替我忧心，于是让岳父母侧面做些工作。不承想，爷爷听完我的思想汇报后，十分开明地说："自己选准的路，坚定走下去就行！"爷爷又一次为我人生引路导航。

一个人心生"贪"念，那就真正地"贫"了

爷爷最担心我犯错误。特别是在我转业地方，担任区住建局党委副书记、副局长以后，老人家自此多了一桩心事，也多做了一件事情——剪贴报纸。爷爷常年订了两份报纸，一份是《中国老年报》，一份是《中国剪报》，只要是写反腐倡廉的文章，老人家都

方方正正地一一剪下来，等我回家见了爷爷，爷爷第一件事便是把剪报拿给我看，跟我讨论文章的思想观点，特别是分析案例。每次总有十来篇反腐文章，可谓用心良苦。爷爷提醒我说："贪和贫是一对兄弟，贪念一起，注定赤贫！"乍一听，没懂。爷爷古文知识深厚，便头头是道地给我说文解字。听爷爷通俗解释，我为爷爷的精辟思想深深打动，频频点头。好几次，爷爷的剪贴里，居然是我工作地的反面教材。每次，爷爷对里面的情况，问得很细。表面上的情况，我知道个大概，但深层的东西，并不清楚。这个时候，我心里明白，爷爷要给我设关过关的。爷爷问，你们局里招投标是怎么个程序？工程款项是怎么拨付的？内控机制是怎么设的？你签字是怎么签的？我在住建局工作四年，一支笔签字签了三年多。在党委书记、局长的充分信任和有力领导下，始终是如履薄冰、如临深渊履职，公与私自认为分得清清爽爽。但我知道，爷爷在这个问题上，从未给我打过高分，从未表扬过我半句，这恰是爷爷心头的挂牵。对于落实中央八项规定精神，爷爷举双手拥护。

有一次，我跟小侄女聊天，一高兴便吹起牛皮，邀请她到我们家来做客，带她上新华书店，并告诉她，我有一张一千元的书卡，随她挑书。爷爷离我们蛮远呢！哪知爷爷耳朵这么尖，把我们的对话听得一清二楚。立马，爷爷把我叫到身边，追问卡的来路。我知道嘴快失言了，忙告诉爷爷，是购书卡，不是银行卡，也不是购物卡，不是受贿来的，是我调研文章获奖的奖品。我解释好一会儿，爱人又赶来解围，爷爷还是满脸疑惑。无奈，第二周周末一大早，我和爱人、女儿驱车一百六十多公里赶回家。我恭恭敬敬地把我十八本获奖证书，呈到爷爷面前，爷爷一本一本地认真翻看，最后，露出了会心的微笑，心里头的结才顺畅打开。

一个人身体不好，要多从锻炼上检讨

现在的人啊，生活这么好，没理由不长寿、不健康！这是爷爷时常挂在嘴边的一句话，提醒我们加强锻炼。爷爷活了九十九岁，如果不是帕金森综合征，造成爷爷最后的日子食道吞咽困难，活上一百岁没有一点问题。爷爷九十多岁的时候，腰杆还很挺拔，生人见了都猜八十来岁。九十岁的那年，爷爷在我们家小住了几天，从一楼上到六楼，一步不歇。我们夫妻俩上班，他老人家在我岳母的陪伴下，居然按地图行进，在西湖边走了一圈，来回少说也有十公里，爷爷一点没事，我岳母大人回到家里倒累得散了架。

锻炼身体，爷爷有自己的一套秘诀。他几十年如一日，每天坚持太阳穴、额头、膝盖、足底等部位按摩，早晚各一次，每次几百下，直到过世。爷爷不抽烟不打牌，三个儿子也都不抽烟不打牌，但爷爷每天午餐、晚餐，都要抿点红酒或黄酒，每顿量不多，只一杯。我特别佩服爷爷的眼睛，总是那么地有神，而且视力极好，报纸上的五号字，看得清清楚楚，我倒眼花得三号字看着也吃力。一次，爷爷给我看反腐文章，看了两三篇后，眼睛便模糊了。这时，只见爷爷拿出了一个放大镜，那是二十多年前，我在解放军报社实习时给爷爷买的。爷爷笑着说，你给我买的，我一直没用上，现在你倒可以派上用场了。真是百感交集、惭愧之至。

十一年前，单位给我配了工作专用小车。有一次，我对乌龟不动哲学表示了赞赏，爷爷听后不高兴了。听岳父母说，爷爷为此念叨了好些天，说我生活态度不积极，有贪图安逸思想，并希望单位车改。这件事后，我再也没有在爷爷面前讲过乌龟。还别说，真被爷爷准确预判，两年后，我们单位就车改了。我改成走路上下班，每天坚持走一万步左右，爷爷对我坚持运动表示了欣慰。小舅子医院工作较忙，生活没规律，有时晚上还参加应酬喝酒，身体一度发福。爷爷对小舅子方方面面都挺满意，唯一不满意的是胖。为了让爷爷有个好心情，小舅子每天走路上下班不说，而且经常不吃晚饭，但块头摆在那里，肥是减了些，重量老是降不下来。爷爷盘问的时候，没办法，小舅子总要违心地少说几斤。

一个人只有先积德，才能后增寿

爷爷中等身材，温和儒雅，头发纹丝不乱，常年穿中山装，风纪扣扣得严实，冬天在棉衣外面，总要系一条浅灰色的围巾。任何时候，他都是精神十足，一副师者形象。九十大寿那天，我对爷爷的好福气表示由衷祝愿。看着四世同堂，一族四十五口齐整到堂，五个子女及五个儿媳、女婿健健康康，也都安享着幸福晚年生活；儿孙辈七个上了大学，曾孙辈大的大学毕业，小的都是学习尖子，拍全家福照片的时候，爷爷笑得合不拢嘴。我敬爷爷酒："祝爷爷健康长寿！"爷爷边说好好，抿了一口酒，边站了起来，对着桌上的众亲说："我今天活到九十岁，送大家六个字，积德方能增寿！"大家纷纷鼓掌。那天家里摆了六桌酒席，老人家这句话传的是家训呀！爷爷修养极好，说话总是轻声细语。这辈子，我只见过爷爷发过一次脾气。

一次，因小爷爷阻止村里修路，当然也挡住了爷爷家修路，村里人意见大。爷爷便找小爷爷讲理，小爷爷不知咋的心情不好，声音叫得比爷爷还响，我和岳父母赶紧把爷爷劝回家。爷爷真是气坏了，自己的亲弟弟不听话。因我们两家在乡下和城里都有房子，老人两头住，爷爷兄弟俩有好几年没见上面。家族里刚好有个喜事，岳父母和小叔叔讲好，当兄弟俩坐着轮椅相见时，早已哭得像泪人，四只写满沧桑的手，紧紧握在一起，迟迟不肯松开。

爷爷一生做的好事不胜枚举。家族中，姑婆家、小姑妈家生活要困难一些，过年给晚辈的红包，岳母总要添厚一些。开学前，岳母总要到银行去取些钱，红包包好，交到爷爷手上，再由爷爷嘱咐晚辈好生学习。爷爷对岳父母人情上的特殊照顾，提起来总是特别地满意。我还记得，爷爷八十八岁那年，学校组织退休教师赴浙江桐乡乌镇疗养，听说他一路上照顾一位六十八岁、身体较差的男老师，结果景点拥挤的游人把他俩撞了，爷爷紧紧护住了那位老师，自己却伤得膝盖出血。

爷爷知足常乐。一些退得早些的教师，常在爷爷跟前抱怨退休工资少。爷爷总是笑笑，让他们想想过去吃不饱饭的岁月，这么一说，大家便相视一笑，释然如初。去世前的一年，有段时间，爷爷脑子有点似糊非糊，问自己退休工资多少。当时，岳父和伯父、叔叔三兄弟都在场，儿子们告诉他，一天工资一担稻呢。爷爷呵呵一笑，说道，怎么这么多啊？快退一半给政府。三兄弟忙说，好好，马上就办！我在一旁差点笑出眼泪。

这辈子，我的亲人，一个是爷爷，一个是我老父亲，都是以稻子作生活计量单位的人。我不禁想起我的老父亲。一次，我回老家探亲，给我双目失明的父亲点上一支香烟。父亲问，什么烟？我也没多想，脱口说出"红中华"。又问，"多少钱一包？"我答"三十六元"。父亲猛地把香烟掐灭，十分生气地对我说："一支香烟五斤稻，这个烟，我抽了会咳嗽！"说得我无地自容。

爷爷心地善良，他告诉我，这辈子，没有存心地做过一件坏事。就在爷爷离世前不久的三四个月，爷爷突然一天跟岳父母提起他做了一桩坏事，回忆是四十年前，爷爷把一只打破的碗丢到家门口前的河沟里，河沟里现在有位叔叔在养鱼，担心他们下河把脚划破，那就造孽了。岳父母听后没当一回事，以为爷爷说胡话。小舅子来了，爷爷又说了一遍。小舅子让我出个主意，我随口说，你找个破碗糊弄过去就行。纵使神志短暂糊涂，但爷爷岂是我们小辈就能随便糊弄的！小舅子找了一个碗，一破两块，在河边故意打湿高帮雨靴和破碗，便向爷爷报告"找到了"。爷爷一看直摇头，说，不是这只，花纹根本不对。还是岳母有办法，从家中阁楼储存柜里，找到了几只三四十年前用过的碗，打破一只，裂成五六块，边口用水泥还糊了糊，歪打正着，爷爷一阵老泪纵横，口里念道："这下好了，不会造孽伤着人了！"

爷爷于 2015 年 8 月 30 日晚 8 时 50 分，安详离开人世，享年九十九岁。

又是一年春节，岳父母和爱人三姊妹三家子齐聚一堂。吃罢午饭，一家人喝茶，我和连襟想起打牌。往年，爷爷早就把牌准备好。我跟连襟说，爷爷房间一定有牌。果然，连襟在爷爷的抽屉里，找到了两副完完整整的牌，他走到客厅，高高地把牌扬在手上，大声地说："爷爷把扑克牌……"话未说完，屋子里，岳母第一个哭了起来，岳父背过身去抹着眼泪，爱人三姊妹和我们的三个小孩也都哽咽低泣……爷爷分明没有走，爷爷永远活在我们心间！

爷爷，给我一个梦吧！我不忍在梦境里打搅您老时间太长。要不，带我去村上的理发店剃头；要不，就辅导我看看您的反腐剪报……

军旅好主任

———

邬晓华

文一凡的故事在"冬歌文苑"连载后，好多人打电话、发微信问我，你们团政治处主任咋这么缺德，这么差劲呢！原来，他们都把我当成"文一凡"了，为"我"遭遇到团政治处主任的种种不公，表达着同情和不满。

我听后，哈哈大笑；看后，忍俊不禁。我说，兄弟们，你们误会了！我的历任团政治处主任对我都好，他们都是我生命中的贵人、恩师！

这里，重点说一说，我遇到的第一位团政治处主任——张三旺。

1985 年 11 月 3 日，我参军来到驻扎在江苏省宜兴县川埠乡蒋立村龙头山脚下的新兵教导团，团里刚刚由步兵团改编，团政治处主任张三旺，1972 年入伍，河南省伊川县人，爱人在杜康酒厂工作，参加老山前线作战胜利后，到我们团任政治处主任。

其时，团以上干部穿的是马裤呢制服，看着特别威严。我当兵见到的第一个团首长，就是张三旺主任。

我来到部队一个月左右，张三旺主任在团报道组组长、1979 年参加对越自卫反击战的老大哥袁帮生的陪同下，到了我们新兵六连，专程来看望我。是文书陈水明，把我从大操场叫到连部的。尽管我们连长肖世忠、指导员文畅夫（老山前线参战）都在场，但突然见到这么大的首长，我心里仍然紧张。张主任十分和蔼地问起我的经历、家庭情况、发表的新闻稿件，特别亲切，就跟我的长辈一样温和。我紧张的情绪，一会儿便消失得无影无踪了。

张主任对我发表的新闻稿件兴趣很浓，我向首长重点汇报。当兵前，我在乡工业办公室当会计（同时兼任乡团委副书记、乡政法委委员），在县广播站发表了十二篇广播稿，被聘为特约通讯员。当时，我所在的江西省丰城县段潭乡的乡办企业很是火红，羽绒厂、建筑队在县里颇有名气，十多家乡办企业也都蓬勃向上，还有少许的村办企业。至今清楚记得，1984 年 10 月，我写的第一篇广播稿——《石头打开致富路》，讲的是我们三塘村委会村办企业开山挖石的故事，那时的政策是鼓励靠山吃山的，当然，现在是不允许破坏生态环境了。稿子发出第三天，吃过晚饭，与乡政府几个同事一道散步，突然听到县广播站女播音员甜美的声音，响亮飘荡在清水湾的大道上："本站通讯员邬晓华报道：《石头打开致富路》……"平生第一次在广播里听到自己的名字，我高兴得蹦了起来。这一蹦，从此便决定了我人生的走向。试想，如果没有这第一篇稿子，没有新闻经历，当兵就不可能进团报道组，也就没有我后来的兼职新闻干事，组织干事、副科长、副处长、处长。

张三旺主任看了县广播站颁发给我的特约通讯员证书，鼓励我多写连队官兵事迹。这时，连队训练结束，副连长周国平、排长叶松田（他们都是从老山前线打仗归来的功臣，我至今与他们保持着亲密的联系），也都闻讯赶来陪同张主任。他们平时十分爱护我这个喜欢写字、写作的新兵。这会儿，特意向张主任介绍了我的综合表现及训练情况。连领导又介绍起我会写毛笔字的特长。张主任一听，饶有兴致，让我现场演示。我在一张白纸上，挥笔写下"我爱军营"柳体楷书大字。首长连声叫好！一会儿，张主任提起毛笔，给我题写："当个好兵！"这四个字苍劲有力，大气飘逸，以示对我的鼓励，还落了款，唯欠一枚印章。首长书法功底深厚，可惜我不懂得收藏。也许这件作品，被我们心细的文书藏了起来。我想，这极有可能。前年，我跟文书一块儿聚了三天，下次再见他，记得向他讨字。

新训半年结束，只一两天工夫，全团一千五百多号新兵，除留团里的三十几个新兵外，全都被集团军所属战斗部队接走。顿时，团里空荡了起来，我被留下。

一个礼拜后，我接到人生第一个调令，调团政治处电影组。背包都打好了，指导员正要送我去报到，袁帮生老大哥走了过来，告诉我，调令暂收回。新兵连里，我们学过保密守则，不该问的坚决不问，心里却在打鼓，难道调政治处要泡汤了？后来得知，如果调电影组，新放映员都必须去师电影队培训学习，张三旺主任担心把我送过去了，就回不来。师电影队队长确实在半个月前，来连队看过我，有要调我的意思。同时，张主任心里还是倾向我进报道组，这是后来张主任亲自给我解的密。

第二天，1986年5月17日，仍旧是袁帮生大哥过来的，送来第二个调令，调我进团政治处报道组，这其实是我内心最向往的地方。我生怕又有什么变故，三下五除二，立即打好背包，竟忘了跟连队首长一一告别，就开赴团报道组了。

张三旺主任因夫妻分居两地，业余时间充裕。晚上，张主任经常来我们报道组，谈稿，也谈心，时常坐在我的床铺上，兴奋起来，有时还脱掉鞋子，盘腿而坐，一副轻松怡然的样子。

我们团报道组共四个人。组长袁帮生，湖南省城步苗族自治县人，其时当排长已经八年整了，一直编外，为人老实厚道，重情讲义，甘于吃亏，擅写通讯，摄影水平尤佳；班长王泽胜，安徽省寿县人，城市兵，写稿不多，但有质量，我调报道组当年，他便退伍回家分配工作了。和我同时调入团报道组的，是新兵曹振乾，安徽省宿县人，父亲乡干部，当兵前在报纸上发表过三篇像模像样的新闻消息，起点比我高，上进心也挺强。我和曹振乾携手共进，合作了不少稿件，基本上每天，我俩写稿要写到凌晨2时左右，之后才肯睡觉。

张三旺主任首先教我们做人。张主任年少丧父的苦难，年迈老母的坚强，中学求学的艰辛，老师同学的友情，老山参战的英勇，一桩桩、一件件，都深深烙在我灵魂深处。

我进报道组后急于见报，一度采访作风浮飘，通讯中写三个故事两个是真的，一个是自己瞎编的。张主任一眼洞穿，对我严肃批评，叮嘱我立即下连补充采访，否则，稿子坚决不发。

我烟瘾很重，一天要抽两包，那时每月津贴只有十二元，小口袋月月紧张。地方小报发表作品容易，而且稿费比部队高好几倍，诱惑力很大。为有效补充我的烟资，一段时间，我沉醉于写军民共建，屡试不爽。张主任发现我的苗头不对，提醒我说："报道员姓军，不姓民，要对好镜头，用心讴歌部队、宣扬官兵！"

张主任亲自给我改过几次新闻稿。内容已记不太清了，印象最深的是改标点符号。刚进报道组那会儿，我书写速度较快，标点符号写得很小，有时候逗号、顿号就不太分。有个稿子，张主任一个字未改，光改标点符号，我数了一下，改了八十多处。特别是每个逗号，在我看来，就像一颗颗有生命的豆芽，生动、端庄。张主任告诉我，弄错标点符号，打官司的事情常有；报道员不能只当记者，指望着编辑去改稿，而要当编辑，一字一标点都不能错，既是尊重编辑，也是锤炼严谨作风。张主任对我的教诲，可谓用心良苦！从此，我注意端端正正用楷书抄稿，写好每个标点符号，给编辑留下深刻印象。南京军区《人民前线》报社编辑吴晓阳，1990年7月份到我们团蹲点，专门向团长、政委打听我的下落。我刚从南昌陆军学院毕业分到部队报到，见了吴晓阳编辑。在兴奋的同时，我问吴编辑，全军区那么多报道员，我用的稿子并不算多，也从未与您谋面，您怎么记得我的名字，还记得起我的部队？吴编辑对我说了一句话："你是通讯员当中，字写得最认真，标点符号标得最认真，当然也是我见到的写字最好的一个！"至今，让我难以忘怀。这得感谢张三旺主任，当年给我上了"标点符号"的生动一课。

还有两件事，这辈子没有勇气启齿，我想利用这个机会，给张三旺主任郑重道个歉。一次，《解放军报内参》给我寄来十五元稿费，但没注明录用了什么稿件。就在我们看稿费单的时候，张主任进门来了，问我什么情况，写了什么问题稿。张主任告诉我们，《解放军报内参》都是反映部队问题的，只有军队军以上高级将领才能看到。这么一说，真把我吓坏了。我慌忙表白，绝没有写过一个问题稿。于是，把过去写的所有底稿（张主任要求我们每篇留底稿）一叠一叠地抱出来。其实，我心里也没底。张主任真认真啊，一篇一篇地检查，我紧张得大气都不敢出。但庆幸的是，没找到问题稿。张主任带着一脸的疑惑，离开了报道组。我终于逃过一关。直到上军校前两天，我把所有稿件烧了，这才想起，有两个问题稿原来没留底稿，当时是寄给《解放军报内参》读者来信专栏的，一篇是反映基层部队团组织建设形同虚设问题，另一篇是反映沿海战士捎带电子产品到部队推销现象。这倒不是我要小心眼，我这辈子还没这情商，而是我觉得，读者来信不属新闻之列，故未存稿。《解放军报内参》登的稿子，应在其中。2009 年春节，张主任带全家来杭州看我，晚饭前，想好要当面向他道个歉，但饭桌上氛围那么好，又给忘了。

另一件事，我内心一直愧疚。张三旺主任特别信任我，让我兼任团政治处文书，管了政治处的公章。一次，我即将转业的老教导员找到我，让我盖两张空白政治处介绍信，以备在物件托运的时候急需，说是张主任已经同意了。我没有深想，也没有去请示张主任，便自作主张地盖了章。事后得知，张主任并没同意教导员的不合理要求。因此，张主任对我擅自违反组织原则的行为，十分气愤。张主任的批评，是我这辈子接受到的最严厉批评！我觉得委屈，思想上一下子失控，竟然当面顶撞了张主任。此事，在我心底压了三十多年，是该给张主任正式道个歉了。

在写稿方面，张三旺主任手把手地教我。我认真学习过张三旺主任的两篇文章。一篇是发表在 1985 年 5 月 24 日《河南日报》上的报告文学，题目是《国魂乡情战功》。是张三旺主任任集团军党委秘书时，在老山前线轰隆的炮声中，在三个战友荷枪实弹、自愿警戒的情况下，在一辆汽车里，点着蜡烛、眼噙热泪、一晚通宵写就的一个战斗鸿篇，讲述河南籍官兵老山前线英勇杀敌的事迹，我看得掉了眼泪。还有一篇是通讯故事——《寒潮来时》，是张三旺主任当战士时候写的，描写细腻生动，画面感、现场感强，十分感人，堪称范文。

慢慢地，在张三旺主任的教导下，我写新闻摸着点门道。有阵子，台湾作家柏杨《丑陋的中国人》一书，流传军营。张主任很敏锐，组织力量专门作调查，开座谈会批判。我据此写了篇团政治处组织评论会，批判柏杨历史虚无主义、弘扬中华优秀传统文化的报道，很快在军区报纸刊登。张主任很高兴，让我们报道组袁帮生、王泽胜、曹振乾和我，晚上打好饭到他家吃饭，说是给我们加餐。原来，下午，张主任看到我到报道组两个月后，发表在军队报纸上的这第一篇消息，非常高兴，为给我加油，自己掏工资，让公务班小刘，到街上买了一条三斤多重的黑鱼，平时不怎么开伙的张主任，下班后亲自下厨。这个黑鱼，是我人生中，吃的最有味道的黑鱼！

此后，我基本上每月有一至两篇稿子在军区报纸发表。后来，张主任因我们报道组发表作品，又请我们报道组同志到他家吃过两次大餐。那时的官兵关系、上下级关系、战友情谊，真是纯净如水、纯洁如雪，战友情深金不换啊！

1987年5月19日，集团军政治部干部处借调我出公差。刚开始，是想借调我的书法老师、团政治处宣传股干事杨兆飞的，但团长、政委舍不得放，临时想出一个替代、折中方案，推选我这个战士去。干部处副处长王和知，此时正在团里检查工作，据说是他让团政治处干部股干事陈建忠通知我，叫我写一幅书法作品，我一切都被蒙在鼓里。不承想，王副处长一看，满意，把我的字带回去。处长成永秀看后，觉得还行。就这样，我当时心里并不太情愿地去军部出公差了。张三旺主任也不愿放我，但组织安排，必须服从。

借调前，说好三个月，主要任务是手抄集团军正营职以上干部花名册。我过去后，花名册两个月后就抄好、校好、印好。但是，集团军干部成批量的调整很快，处领导说，有首长又提出要造新的花名册了。然后，我出公差的撤退时间，就此没人再提起。其间，有件事，我至今倍感荣光。集团军军长李乾元（后任兰州军区司令员），有次去干部处办公室，跟我这个小战士竟然聊得很欢，攀谈了一个多钟头。后来在军部大院，有两三次，李军长老远就喊我这个小鬼头的名字，有时还亲切地拍拍我的肩膀，让旁边的处长们刮目相看。那时，我确实被幸福感紧紧包围。干部处全处领导和同志们都把我当作自己的人、自己的兵，我也悠然自得，帮助内勤吴立军干事一道整整档案，偶尔也帮助任免干事戴勇、葛汉林誊抄干部考核材料，有时也给调配干事梅水芳、王标及联系老干部工作的欧阳干事打打下手，业余有空写点报道、言论、随笔之类的小稿子。

日子过得很快，转眼就到1988年了。我下决心要报考军校，向成处、王副处长提出回团里复习迎考请求。过完春节，团首长参加集团军党委扩大会议，我去招待所看望张三旺主任，张主任赞同我报考军校的志愿，开完会便用吉普车捎上我回到团里了。

我没想到，会后不久，张三旺主任便确定转业，即将离开他挚爱的人民军队！张主任在最后一个处务会上，向政治处全体干部郑重提出："我转业前，要办的最后一件事：让报道组邬晓华同志入党。"

　　凡中国人民解放军的报道组，都是没有正式户口的。我因为编制和档案，一直还在新兵时的六连，团政治处给我记的两个嘉奖，没法进档。1988 年 4 月，政治处已召开支部党员大会，通过了我的入党申请，但是无效。我只好又一次向六连党支部提出申请。说来也巧，我的报道组长袁帮生老大哥此时恰好在六连任指导员，他主动提出当我的入党介绍人，因而，讨论通过比较顺利。我的两次不寻常"入党"经历，教会我的是：一个人任何时候，都要牢记组织，感恩领导！

　　我上军校后，记得给张三旺主任写过一两封信，寄过一次明信片。快毕业的时候，收到张主任给我寄的一张贺卡，上面写道："晓华同志：提干以后，要全心全意为人民服务！"一些同学觉得好笑，感到奇怪。我告诉他们，这一点也不奇怪，我敬爱的张三旺主任，一贯就是这样一个高度自觉的共产主义的信仰者，坚定不移的毛泽东思想的传播者，我人生的永远导师！

　　对了，领导我的第二位团政治处主任叫衣学领，河南驻马店人，政治工作经验丰富，在部队干到师政治委员转业，现定居苏州。尽管我在首长手下只当了短短几个月的兵（考军校前），但首长的领导魅力，给我教益很深。

　　我的第三位团政治处主任叫樊月江，河南洛阳人，热心、豪爽、爱才，善于调动部属积极性。我在他手下当干事，快乐并幸福。樊主任视我为小弟弟，无微不至地关心我的工作、生活和进步。他去福建担任师里的接兵团政委，点名让我当干事，四十多天的日夜相伴，使我们结下深厚战友情谊！

　　第四位领导我的团政治处主任，叫王跃明，老家山东潍坊，正气、率直、认真，是教我写材料的老师之一。他当团政治处主任时，我在连队当指导员，对我工作、学习关怀备至。1999年，部队赴广东海关执勤，王跃明同志已升任团政治委员，我作为师政治部组织科副科长，伴随首长近半年时光，收获颇丰。首长现退休，居无锡。请原谅我的有限眼力，窃以为，王跃明同志的毛体书法，是我至今看到的最优秀的书法！

岳 母

刘景岗

2003 年春天，一个风和日丽的早上，阳光映照在开满油菜花的金灿灿原野。送岳母出殡的队伍开始向丁刘村墓地前行，整个村庄顿时沸腾起来。锣鼓声、仪仗队奏出的沉重的哀乐声、家家户户点燃的鞭炮声交织在一起，似乎要把对岳母逝去的追思与悲痛尽情地，争先恐后地倾诉出来。更为壮观的是随着出殡队伍的缓缓前行，自发尾随的乡村邻里把出殡的队伍越拉越长，远远望去，那支队伍长度不下三百米，这意味着整个村庄的男女老少都加入了这个出殡的行列，他们中多数人脸上写满了庄严与肃穆，也有人在不停地抽泣与呜咽。

我的岳母是一个一字不识的文盲，也是一个被裹过足从旧时代走过来的小脚女人，就这么一个再平凡不过的农村妇女，靠什么力量能让她去世后将这么多的人凝聚在一起，共同追念她，哀悼她，依依不舍地为她送上一程？

她的慷慨大度、乐善好施是一般人不能想象的！

城里人聚会，不择时间，只是找一个由头开一个 party，在吃喝玩乐中办完要办的事，很功利。而乡里人聚会只可能是逢年过节，一般在清明、端午、中秋、春节，在这四个传统节假日里，在外工作的亲人带着儿女回到老家探亲访友，欢聚一场。

这一年中的几个节日，是我岳母最期盼的日子，因为她知道，亲人们都会陆陆续续地回到这个小村子啦！早早几天她就开始忙上忙下，首先是备足酒肉鲜鱼和各类菜肴，然后将存放了多日的锅碗瓢盆全部搬出来，洗个干干净净，再将屋里屋外打扫个干干净净。第一次到她家的时候，我心里还犯嘀咕，一家就一桌人，何必摆这么大的阵式，后来我才知道，岳母家是节日里回家探访亲人们的中转站、固定进餐点。我岳父在这个村里是大姓，他有两个姐姐，一个妹妹、一个哥哥。五姊妹的子嗣很兴旺，每到节日，家族一般有二三十人回家过节，多的时候甚至超过四十人，这些人只是到大伯家报个到，送点节礼，一转身就到岳母家了。大家都亲切地叫岳母为二婶娘（我岳父在家兄弟排行老二）。记得岳母老家故居是两栋两间瓦房，还算宽敞，每到节日，异常热闹，有打麻将的，有聊天的，有小孩玩游戏的。岳母满脸写着兴奋与快乐，穿梭于人群中，一会儿提桶水，一会儿从后院子里摘一篮菜，一会儿切肉、杀鱼，忙得不亦乐乎。在那饥荒的年代，人们要饱餐一顿，享受一顿美食，是需要大量的肉鱼饭菜的，这一点在场的客人都十分自信，二婶娘做的饭菜不仅美味，更重要的是丰盛，保证所有的客人吃完还有剩的。在我的记忆中，每到节日，这里一般要摆三桌，有时是四桌宴席，一摆不是两天就是三天，而岳母最担心的不是人来多了，招呼不住，而是担心他们有人会说二婶娘今日的酒宴没让他们吃饱喝足。也许是因为在这里更可以找到一种其乐融融的亲情，多少年来，亲人们这种约定俗成的聚集方式持续了许多年。

　　即将过春节前的腊月，是岳母最忙的一个月，在这个传统节日即将到来的时节，岳母总在腌鱼、腌肉，暴晒炒米的饭甑子，打糍粑……她总将这些年关物资备得十分充足，其实，家里除了她以外，加上大哥大嫂一家人在内不过八个人，而且，大嫂也跟她一样准备了很多年关物资，她干吗要花那么个功夫呢？后来我明白了，岳母在这个五十来户人家的小村落里是慈善与大方的代名词，一年四季，无论是隔壁左右还是村前村后，哪家的小孩中午放学没吃的，就拿上碗来到岳母家，那绝对不是乞讨，他们自然得像在自家一样，泡上一碗白花花、香酥酥的炒米，吃几口精致的腌菜，腆着鼓胀的肚子，抹一抹嘴上残留的食渣，又心满意足地上学去了。可以说，这个村子的每一户几乎都多多少少得到过岳母的恩惠。

　　岳母家有别于其他农户的原因在于岳父在外工作，所以岳母手里总有些活钱。20世纪80年代农村开始大量使用农药化肥，那不仅要计划，而且都是要用现金买的。乡亲邻里，购买这些农资，只要差现金，就自然想到二婶娘，而且只要开口，二婶娘一般是不会让人失望的。因此，每年下来，家里总有些欠账摆着，记得有一次舅兄要去收，岳母说："钱借出去就不要催别人还，他们有钱自然会还，没钱还他就再也不会向我借钱了。"从此舅兄再也不提收账的事了。

　　妻子家里的人还给我讲过许多岳母乐善好施的故事，印象最深的是妻子家的大姑妈新中国成立前嫁到一个非常显赫的家庭，新中国成立后陷入贫困潦倒的境地。大表哥念书很厉害，但家里无钱，小学、初中、高中岳母全程资助。50年代初考入一所大学，窘迫的家庭，已让他放弃了再继续读书的念头，并将弃学的想法告诉了岳母。岳母听罢，用坚定的口气对他说："孩子，考上大学机会难得，读书的花费你就不用操心了，我为你想办法！"就这样，她节衣缩食、含辛茹苦，圆了大表哥的大学梦。

她的睿智聪慧、通晓大义是出人意料的！

她没读过书，却明白知识改变命运的道理。当年，她膝下有三个儿子、一个女儿，家里她种点责任田，岳父在仙桃一个镇上的食品所（后来改为食品公司）负点小责，工资收入每月不过四十多元，家里不算宽裕，但她义无反顾地将一个个孩子都送到学校，读完小学读初中，读完初中读高中。

70年代初，农村能读到高中的女生可谓凤毛麟角，一个五六十人的班级，女生往往不到十分之一。1972年我的妻子就读了高中，这种做法打破了村里女孩教育的平衡，当时，来自外部的阻力还是挺大的，村里很多人开始上门劝告：一个女孩子让她读那么多书干什么，嫁出去就是别人家的人了。岳母回答：我们家的姑娘儿子一样都是要读书的。劝起不了作用，就在村子里造舆论，造氛围，抱怨岳母不识时务，不识趣，岳母也不予理会，最后，连家族内的人也开始反对。当时农活是很累人的，因为岳父不在家，儿女们都读书去了，农活落在了岳母一个人的身上，重活累活，往往靠家族和邻里的男壮劳力帮衬一下。自从我妻子上高中后，他们集体抵制，不再帮助岳母干繁重的农活了，他们说：这么好的劳力，她都养着护着，我们为什么帮她？岳母无怨无悔，自己一个人硬是将那些繁重的农活扛了下来。

作为地道的农村妇女，她没有过参加社会活动的机会和经历，但她却鼓励儿女积极参加社会活动，丰富自己的人生。我的妻子1974 年高中毕业，当时女高中生少得可怜，一回村，村里就要她去大队做村官，又遭惹村里一些人的闲言碎语。岳母对她说："他们爱怎么说就怎么说，别理睬他们，好好工作，把控好自己做人做事的分寸就行了，我相信你！"

岳母坚持让儿女读书的主见，让她的几个孩子都获得中专以上的学历，不仅两个儿子都参加了工作，有一个还走上了领导岗位，她的女儿也十分出色，做了不到三年的村官，参加了 1977 年的高考，录取大中专，成为全村唯一一位恢复高考制度后被录取的幸运之星。而三年的村官经历，为她参加工作之后成为一名行政管理干部奠定了坚实的基础。正是岳母的开明与睿智，改变了一个农村女孩的命运。从此，村里人上上下下，对岳母刮目相看，他们从开始的不理解到认同，最后上升到钦佩！

她直面苦难、坚韧不拔的意志品质更是惊天动地。

1966 年，中国大地上流行一场大瘟疫——脑膜炎。这场灾难不知夺走了多少无辜的生命，也不知让多少人留下无法治愈的后遗症。这场灾难无情地落入岳母家，她膝下的两个儿子国权和国荣都患上了脑膜炎。她的小儿子经过治疗康复了，二儿子国权通过治疗保住了生命，却留下可怕的后遗症，痴呆了！

一个聪明可爱、健康活泼的孩子突然间痴呆了，这对一个母亲来说，无疑是晴天霹雳！我相信，她心中一定有着漫长而痛苦的煎熬，首先是无法接受现实，然后是思索怎样去面对这个无法逃避的灾难，放弃吗？那是一个鲜活的生命；坚守？有多难只有天知道！岳母义无反顾地选择了坚守，她用她那孱弱的肩头，扛起了服侍这个痴呆儿的重担。从此，无论春暖花开还是天寒地冻，她总陪在他身边，精心呵护着，耐心守候着。有时她像一名护士，为他擦洗在外跌倒和误伤的伤口；有时，她像一名保姆，为他洗漱，修剪凌乱的头发，整理杂乱的房间，清洗脏乱的衣物；有时，她像一名教师，不厌其烦地教育他不能骂人、打人、主动去招惹他人……她始终就是一位慈母，时刻都在抚慰着他，用温暖的母爱去焐热他那冷漠的心。在她精心的调教下，我的这位舅兄除了智商仍如未成年的外，没有暴力倾向，没有对人说过不逊的语言，没有过一次在外面招惹是非的记录。记得我每次到她家，这位舅兄对我都是笑脸相迎，十分绅士，相信他内心一定没有多少痛苦，他只是与世无争地生活着，享受着母爱的温暖。试想，将一个痴呆儿培养成这个模样，一个母亲，该遇到了多少迷茫与失落，经历了多少痛苦与折磨，付出了多少精力与代价！

艰难的时光就这样缓缓流淌着，突然有一天，岳母出门办点事，回来就不见二儿子的踪影，直到晚上仍不见他回家。全家上下及村里立马派人到处找寻，两天以后，终于找到了他的尸体，他是溺水而亡。至今无法解释，他是怎么溺水的，死去的样子仿佛还很安详。我想，是否有可能是我的这位舅兄那天突然良心发现，认为自己再也不能这样折磨母亲了，觉得自己死了，对自己尤其对母亲是一种解脱，进而慷慨赴死。送葬的那天，痛失儿子的岳母哭得呼天抢地，那种发自内心的悲鸣使周围的人都随她一同流泪。

我原以为舅兄的去世终于使岳母解脱，从此，她可以有一种轻松的活法了，出乎意料的是生活对岳母异常残酷，就在我舅兄去世不到两年，我的岳父因脑溢血中风偏瘫了。照顾偏瘫丈夫的重担又责无旁贷地落在了岳母的肩上。

岳父虽然偏瘫，但神志清醒，他非常讲究卫生，每天得洗澡、换衣服，大小便也要人帮助。当时，我和妻子想到岳母太累，就将岳父接到我们家，这样我和妻子下班后可以帮助照顾一下，分担一下岳母的负担。住了不到半年，岳母不肯再连累我们，坚决不同意住在我这里，又搬回那个曾经让她受尽磨难的丁刘老家了。

由于岳父有病，我们回老家就频繁一点，每次回去岳父都穿戴整齐，看上去很精神、很快乐，完全找不到病痛压抑下的消沉。他通常是坐在老屋门口沐浴着温暖的阳光，戴着老花镜读书看报。那时我刚调入市委办公室，我将我写的一些在省级报刊上发表的文章给他老人家看，他十分认真地看着，岳母用餐巾纸不停地为他擦拭着不断流出的口水。他开始十分快乐地笑着，接着又哭了起来，我诧异地问岳母这是怎么啦？岳母笑着对我说："你爸爸现在碰到特别高兴的事都是先笑后哭。"

岳父先于我岳母离别人世，他走得很安详。尽管中风偏瘫，但我岳父的晚年在我岳母的精心照顾下是幸福的，不仅身体得到较好的看护，他的精神也是饱满而充实的！有这个结果岳母当然功不可没！

我不能想象照顾我岳父这十三年，我的岳母经历过多少磨难！但我从来没有在我岳母身上看到她的沮丧与悲愁，她总是那么精神矍铄，以乐观向上的姿态示人。我时常百思不得其解，其实岳母的身材十分瘦小，一双小脚连走起路来都是一颠一颠的，而就是在这瘦小的身躯里却释放出了一种无比巨大的能量，令人佩服，让人敬仰！

岳母以善待人，修得高寿，她去世时八十三岁。去世的那天我在她身边，看着她合上眼，安详地离开这个世界。我在她的床边长跪不起，泪止不住地流淌，我在想世上很多流芳千古的母亲是成功地哺育出了达官、显贵、巨商、名流的女性，我的岳母与她们相比定也毫不逊色。我又在想，中华民族之所以能矗立于世界之林，与有很多像我岳母一样的母亲密不可分，是她们撑起了这个民族一片蔚蓝的天！

心中的灯

——

刘景岗

今天说灯，也许大家能数落出无数的灯：有日光灯、节能灯、白炽灯、太阳能灯、台灯、二极管灯……不一而足、不胜枚举，应该说今天的年轻人不知道，过去没有今天你们看到的、用到的、如此多种类的灯。

童年与少年的记忆多半已随时间的流逝而消失，但对灯的记忆却无法抹去。我的童年只有一种灯，那就是用劣质油点亮黑暗的灯。

每当夜幕降临，做作业、阅读功课，我们一家几个读书的孩子就聚集在一张简陋的饭桌上。母亲用洋火小心翼翼地点燃那盏劣质煤油为能源、用手搓成的棉条作为灯芯的灯，灯光昏黄暗淡，火苗尖流淌着一脉粗粗的黑烟。我们做完功课，背完老师规定的书，再吹灭灯就去休息了。第二天早上，起床洗漱赶到学校，随便擤一泡鼻涕都是漆黑漆黑的，随口吐出的痰也是一口黑痰。这就是我们当年的灯，它伴随我慢慢地求知，慢慢地长大，慢慢地懂事，我想是否有一天我能够摆脱这个既依赖又怨恨的灯呢！

记忆中应该是 1968 年，我及全家终于结束了用这种劣质灯的历史，我们用到了电灯。当时看到那贼亮贼亮的白炽灯，一片眼前与心中的光明，那是我少年的一个梦，一个对人生产生更高期待的梦。

当时少年的我笃定，这片光明是父亲送给我的！

我的父亲是湖南汨罗人，早年，他曾历练过，通过努力，作为一名普通的士兵赴国民党部队办的南京汽车学校学习，成为中国国内第一代汽车司机；他潇洒过，如果他没有一个男子汉过人的魅力，作为一个一名不文的士兵不可能让我的母亲——一个有丫鬟侍候的富家小姐义无反顾地跟随他居无定所、浪迹天涯；他曾抗争过，他从国民党军队投诚到人民，解放军复员回到家乡湖南后，发现在家乡肯定前途渺茫，明智而毅然地离开家乡，赴长沙重新寻求自己人生的路径，国家建设在招募有一技之长的人才时，他作为有技能者，被统一调配到湖北；他曾风光过，50 年代开始，国家发展农业机械，他被选派到湖北省沔阳县，至今沔阳县农机史仍口耳相传的泰斗式人物——三刘一黄中就有一位是我的父亲，他对柴油机驾驭的熟练程度惊人，我听过他的很多徒弟讲，他在老远的地方，只要听到柴油机的声音就知道故障在哪里，只要看到柴油机排气管排出来油烟的颜色就知道车子的故障在哪里，对柴油机，他像一个良医，只要动口指挥徒弟，再大的故障都可以手到病除；他曾辉煌过，50 年代末 60 年代初，他的足迹遍及沔阳县水势低洼的乡镇，作为技术主持，他建立了张沟旭湾抽水机站、沙湖余场抽水机站、沙湖群兴抽水机站，培养了一大批像郭孝新、涂开源等在沔阳县农机战线叱咤风云的能人；他曾拔尖过，1964年沔阳县组建彭场机械学校，经全县精心挑选，只有小学三年级文化程度的父亲被选中为中专学校唯一的一名实习教师，在学校一展技术高手的风采！

然而，这些都是我从亲人和过去我父亲的老同事口中得到的一个开拓进取、事业有成的父亲形象。从我有记忆开始，在我眼中年近半百的父亲身上似乎很难找到那种百折不挠、积极进取的元素，我看到的是一位佝偻着腰，对任何人都唯唯诺诺且脸上始终保持着一种和蔼笑容的老人形象，父亲如此巨大的反差从何而来？现在很容易明白了，时代的变迁，"文化大革命"的狂澜，改写了他的人生。

作为一个具有国民党员、国民党军人双重身份的人，在当时是有不良历史记录在案的另类。可能是因为他不讨人厌烦，他们对他没有大动干戈，只是不再让他从事他所擅长的技术工作，将他边缘化。记忆中调整后他的第一份工作是做仓库保管，主要职责是收发拖拉机零配件，给拖拉机加油。到1968年，又为他安排了一项新的工作——发电。当时，沙湖公社准备开始用电灯照明了，派谁到机房发电呢？首先，这个人必须在机房里长期忍受一百二十匹马力柴油机高分贝的轰鸣，其次要随时能发现机车的故障，并及时排除，更让人难以接受的是每天必须熬到深夜十一点以后才能回家休息，白天还必须对柴油机进行适度保养。这种活路，组织上自然想起了我的父亲，父亲哪能有什么选择，自然是无条件地接受了。

就此，父亲走上了这个新的工作岗位。当时，少年的我曾与父亲一道来过他工作的车间，走进那个充满柴油气味的机房，只见他熟练地将启动柴油机的绿色按钮轻轻一按，柴油机轰隆隆地响了起来。他让柴油机运行一会儿，到七点整他将配电柜的闸刀——推上去，送电了！于是，一度狭窄悠长而黑暗的街道因路灯而点亮了，百家千户因有一盏或两盏闪烁的电灯而使房屋内的空间豁然开朗，窗明几净的教室也因为有了贼亮贼亮的日光灯，使晚自习的读书声更流畅，更俊朗……那时我多想骄傲地对同学说我的父亲是光明的使者！日复一日，年复一年，我想象着父亲不怨天尤人，一个人默默地坐在那震耳欲聋的机房里，用心观察着机车的运行。这份躁动而又寂寞的工作，他是靠着一种什么样的力量支撑着，熬过来的呢？

当时，在沙湖那座小镇上，人们一到晚上就在期盼七点钟那机房的欢叫声，大家知道，这个时候，光明就来了。然而最失望的时候就是到了十点四十五分，父亲将发电机的油门有节奏地减小，让电灯忽闪忽闪三下，那是在告诉人们再过一刻钟，电将停，整个夜晚将恢复到黑暗。

但在我的记忆中，这个约定俗成的规则也有打破的时候。印象最深的是有一天凌晨一点钟左右，我在睡梦中被一阵急促的拍门声惊醒，好像是电工老甘，将父亲叫起床，赶到发电房，父亲走了不大一会儿，家里的电灯又亮了起来，知道是父亲又开始发电了，一下子我睡意全无。直到深夜三点钟，父亲才回家，他看上去并不疲惫，还带着几分兴奋，见一家人都没睡，便笑着对我们说："丰医生抢救一个病人，做手术需要照明，今天救了一个人的命，又积了一分阴德！"

此后，父亲一年总是有十多次工作到深夜或整个通宵，以他的理解，那不是在发电，那是在赋予一个人新的生命，是把一个人从黑暗带向光明与永生！

我的父亲从这个工作岗位上一直干到离开单位，组织上并没有等他到退休年龄就强行让他离开了工作岗位，因为要他将编制让出来给一位有关系的临时工。那个时候有子女接班的惯例，父亲没有提这个要求，他内心是有这种想法的，但他压根儿不敢提。退下来后，他更消瘦，更佝偻，更矮小了，六十不到就满头白发，脸上可能是因为要长期保持着笑容而布满皱纹。

在我成人并能独立思考后，我曾经认真解读过我的父亲，开始我想，他干吗要那么窝囊，那么憋屈，真有点哀其不幸，怒其不争。但随着时光的流逝，心智的成熟，我越来越理解并钦佩我的父亲。在那个时代，他的逆来顺受，曲意逢迎，博得了周边人的理解与同情。我曾与父亲的同事谈及此事，他们异口同声地说："你的父亲是个好人，即便有人想整他也下不去手。"他的这份隐忍无疑是大爱与大智慧，正是靠他的这份隐忍，他的儿女生存与发展的空间才陡然变得大起来！尽管有这种家庭背景，我家没有被全家下放农村，兄弟姐妹读小学、初中、高中也没有受阻。

但我深信，父亲十多年的那种忍耐给他的心灵深处带来的创伤是一般人难以承受的，每每闪现他老人家用和蔼的笑容面对这个世界的样子，我都不禁潸然泪下，思念深处我心中的那盏灯又亮起来。父亲，我敬爱的父亲，您就是我心中那盏永不熄灭的灯！

岁月如歌

———

刘景岗

一

　　易老师接到沙河中学六十周年校庆的邀请函后，双眼模糊了，泪先是充满眼眶，随之夺眶而出。沙河中学，那个让他刻骨铭心魂牵梦绕的地方又在召唤他了。

　　人的命运，有时就像一粒尘埃被历史的巨浪裹挟着，跌跌宕宕，起起伏伏，时而被托举向巅峰，时而被抛入深深谷底。

　　易老师人生最辉煌的时刻应该是1955年，他那时刚十六岁，以优异的成绩考入武汉大学中文系，翩翩少年，意气风发，辉煌人生的红地毯已向这位天之骄子铺就。

他一米八的个子，戴一副深度近视眼镜，留一头随风飘逸的长发，看上去就是一文学青年，一口湖南尾音很重的普通话，中气十足，具有超强的鼓动力。

少年得志的他完全就是一个在象牙塔里的书生，豪情万丈，意气风发，驰骋在他理想的王国里。初入大学，他写作的才华就锋芒毕露，陆续在《收获》杂志、《长江日报》副刊上发表多篇诗歌和散文。然而他既没有世俗的经验，更丝毫不懂政治，在那个大鸣大放的时代，他像一匹脱缰的野马，与那个时代的导向走得太偏太远，于是，刚过二十的他被打成"右派"，发落到江汉平原一个偏僻角落的农场进行劳动改造。转瞬之间，他从人生的高峰跌入谷底，从天之骄子变成了阶下囚。

十多年的劳动改造，并没有将他彻底击垮，生活反而给予他优厚的馈赠，他娶了一个美丽、善良的河南农工为妻，并生得一女。1969 年，组织上认为他在改造中表现良好，可以摘掉帽子，解除改造，分配一份工作。读了那么多书，加上当时教书这个职业为社会最不齿，就安排他教书吧。当然这个思想有问题摘帽的"右派"肯定不能到大中城市，应该在最底层，他带着妻子儿女来到沙河中学。

二

沙河公社地处沔州县最为偏僻的南端，与洪湖和汉南接壤，是血吸虫病重灾区，因地势低洼，常年被水患困扰，因此，这里相对沔州县其他公社，既贫瘠，又闭塞，可谓沔州县的西伯利亚。

正是这样条件不堪的区位造就了沙河中学。在知识越多越反动的年代，沙河中学顺理成章地接受了一批被流放的名校高才生。他们中有清华大学、复旦大学、武汉大学、华中科技大学、北京邮电大学、华中师范大学、武汉师范学院等毕业生，这些当年风华正茂的精英都被安排在这里任教。

当年，按照"五七"指示，学校教育学生应开门办学，学工、学农、学医为主，高中教育不再以学知识为主，设置了学工班、学农班、学医班。这些班除了开设了政治、语文、数学、物理、化学、外语等普通知识课外，还开设了工业基础知识、农业基础知识、赤脚医生手册等主要课程。当时的教育从上至下都要求开门办学，各学校联系一个工厂或一个大队、农场，要求这些高中生到农村去，到工厂去，在工作实际中接受工人农民的教育。

尽管上面要求如此，但在沙河中学，这里学生的主旋律仍然是学知识、学文化、学普通课程，不少的教师压根儿不能接受学生去工厂、农村的教育方式，历经挫折与坎坷的这一群人的思想和灵魂始终没有被摧毁，他们不懈地努力，使这所学校没有多折腾，学生依然可以正常地学习知识。

正是这个远离喧嚣恰似世外桃源的环境使易老师在这里重新找到了自我，他一度压抑的青春热血又开始沸腾；他一度紧绷的神经开始放松；他一度埋没的才华又开始绽放。

他在学校组织诗朗诵活动，带头上台朗诵自己在大学期间创作的诗歌：

快扬起满帆，摆正船头，
江风，已伸出一只有力的手，
把理想升到桅杆顶端吧。
船就要驶进云外的码头。

哀怨悔叹的泪，只会被波涛卷走，

无畏的船帆，最好和逆风交结朋友，

拼命摇桨猛力撑篙吧，

在奋斗者心里，何曾有抛锚的港口！

在校园里他创办文学杂志社——春笛社，以季刊的形式不断推出学生的佳作，鼓励扶持学生创作优秀作品。

在校园里，他组织文艺宣传队，自编、自导、自演、自奏，把一台台戏编导得生动活泼，有模有样。在当时各种文艺汇演中，沙河中学文艺宣传队每次都可以轻松地从镇上演到县里，从县里演到地区。

他像一股清新的旋风，一扫那个时代的沉闷与窒息，带给学生无限的憧憬与期待，成为许多学生心中的明灯，人生的导师。

三

他的奋进与活跃已经有人开始关注了，毕竟是个大摘帽右派，哪能让他有这么大的舞台与空间呢？学校组织了一场阶级斗争新动向座谈会，找了二十多名学生代表，要求大家揭发学校内存在阶级斗争的新动向。这期间，有一个高二曾姓学生发言了，他说："我们学校的易老师在打成右派时名叫光黎，现在摘帽后写作品居然署名叫天朗，这岂不是说打成右派阳光就离开了他，天空变得昏暗，摘帽后天空就晴朗了，变成了阳光灿烂。从这名字在不同时期的变化，表明这名老师对社会的不满，对伟大的反右斗争充满敌意，这是典型的阶级斗争的新动向！"这段说辞一经抛出，马上得到座谈主持人的附和，这时，一个名叫文京的学生站出来，他理直气壮地说："光黎是易老师父母起的名字，天朗是易老师文学作品一直采用的笔名，这些都与时代和运动扯不上关系，如果我们将封建时代的文字狱搬到今天我们堂堂社会主义的校园，这是中了封建思想的毒，我们绝不容忍，坚决反对！"文京的一番义正辞严立即引起了全体座谈会师生的共鸣，大家纷纷发言表示对文京说法的支持与认同，座谈会组织者见与会者思想如此统一，就放弃了将此作为阶级斗争新动向的念头，这件事就不了了之了。

文京并不是易老师班上的学生，他只是易老师的一名粉丝，非常敬重崇拜易老师。他爱好文学，经常在易老师主办的季刊上发表作品，易老师也特别喜欢他，经常帮他修改评点作文，他还将自己原来在大学创作的几本诗歌（在笔记本上写的）送给他看，而且，还冒着极大的风险，不断地给这位间接的学生提供古今中外的世界名著让他阅读。那些年，能看到的长篇小说只有浩然的《金光大道》，金敬迈的《欧阳海之歌》，高玉宝的自传小说《高玉宝》等为数不多的几本。但易老师却敢于冒天下之大不韪，像地下工作者一般，神秘兮兮地从他那个看上去十分破旧的箱子里拿出《林海雪原》《三家巷》《红旗谱》《野火春风斗古城》《普希金诗选》《复活》《巴黎圣母院》等，一本一本地给文京阅读，那时的文京像个饥渴的文化乞丐，在易老师的精心哺育下，健康地成长，并深深地播下了热爱文学的种子。

与文京交往深处，易老师甚至讲到他最伤心处。那是 1957 年元旦前后，康生、陆定一、周扬来武大视察，一位经济学的同学正在读陆定一写的《百花齐放，百家争鸣》。康生指着陆定一笑着对该生说："他就是文章作者，你有不同意见可以和他当面辩论。"果不其然，1957 年春，各级党团组织多方动员，号召带头鸣放，易老师这等热血青年成为鸣放的先锋。到 1957 年 9 月，易老师就被点名为右派急先锋。有一天，湖北省团委书记找他谈话，要他揭发吴 XX（一位正直的教授），争取宽大处理，他断然拒绝，结果他与那位团委书记谈话的内容成为定他为"右派"的证据，而且在他的结论材料上写着"情节严重，态度特别恶劣，开除学籍，劳动改造处分"。每当谈到此处，他便对文京说："尽管我已离人生的理想渐行渐远，但我不后悔，因为我没有做错什么。文京，不管世道如何变迁，你始终记住，不要人云亦云，随波逐流，你一定要有思想，用自己的头脑去思考，用自己的眼光去判断，用自己的作为来体现担当！"

四

易老师在沙河中学的粉丝众多，他总是那么热心快肠，那么诲人不倦。尽管有过灰暗的经历，但在他身上看不到颓废与潦倒，他的意志依然像钢铁般硬朗与坚强！

在沙河中学，在那个年代，易老师的这种活跃是有土壤的，在这所学校，有着崇尚知识的风气，有着鼓励独立思考的氛围，有一群不畏高压的老师，有一拨嗷嗷待哺的学生，这种可贵的坚持终于让他们看到了曙光，收获了累累硕果。1977 年恢复高考，这个贫瘠而又偏远的小镇，出人意料地考上了二十三名大学生，有中国人民大学、武汉大学、哈尔滨工业大学、华南理工大学、华南师范大学、武汉医学院等。以后连续几年高考，捷报频传，在当时的沔州县名列前茅！高考的成功，使这批另类的老师立刻华丽转身成为香饽饽，到 20 世纪 80 年代中期，这批曾经被绳索捆绑翅膀的大雁，飞向了大城市，多数步入大学讲坛，也有一部分成为省级重点中学骨干教师。易老师回到湖南，成为一名大学教授。

五

易老师踏上了从湖南开向湖北的列车，他在思念着那块土地，想念着那些曾与他相濡以沫的老同事，牵挂着那些他曾付出过心血与汗水的学生。临行前，他还收到了校庆组织者之一的文京给他的一封信，他安顿好行李，打开信封，一字一句地默读起来。

敬爱的易老师：

您好！十分想念，一想到校庆会能见到您，激动万分，期待着这次的相逢！

大学毕业后，尽管职业几经辗转，我仍在笔耕，我十分难忘那个年代，那所学校，还有以您为代表的那一群老师。怀着一颗感恩的心，我不能不向您倾诉我发自内心的感受，因为有了您及那批老师，我们这些莘莘学子才在当年那文化沙漠上看到了一片绿洲，找到了我们的精神家园，我们在你们撑起的知识殿堂里，享受了文化的佳肴，更品尝了思想的盛宴！是你们打开了我们心灵的窗，让我们看到了生活的阳光，找到了人生的支点，使我们在走向人生的奋斗场上，燃起了如火的热情和永不衰竭的斗志！是您及那批恩师，启迪了我们的思维，让我们懂得了知识固然重要，比知识更重要的是用自己的眼光去看这个世界，用自己的脑子去判断这个世界，用自己的思想去演绎这个世界，这就是我们在这个精神家园里最大的收获！

永远尊敬您的文京

列车以其不变的节奏在前行，从列车的广播里传出列车员职业却不乏温柔的提示：天源南站到了，请到站的旅客准备下车。易老师开始清点自己的行李，他知道，文京在车站口等着他。列车缓缓地进站了，老远他看到了昔日英姿勃发，现仍然神采奕奕的文京向他招手，他的眼睛又一次模糊了，他向文京挥了挥手，他知道，在这所学校，还有他牵挂着的同事和许多学生在等着他。还没有走出过道，另两名已叫不出名的学生已抢过他手中的行李搀扶着他上了车。这些学生告诉他，过去的同事，清华的季老师、复旦的杜老师……都已在学校等着他，还有一大批从这个温馨摇篮里孕育出来的精英也在门口迎候，他们中有省部级干部、有中国文物拍卖的泰斗、中国保险业的精英、中国作协的会员、国企的董事长……

踏上沙河中学这块土地，树木已凋零，依然是几栋破旧不堪的平房，不规整地摆布其间，原来的厨房竟然被一家化工厂所替代。易老师没有被围着的同事、学生的热情左右，他只顾着围着校园走，泪不停地流，他想用自己的双手拥抱这个学校，也想写一首激情的诗来讴歌这所学校，更想立一座碑来纪念这所学校……

他的同事们都懂易老师此刻的心情，知道这份情的分量有多重。易老师还有与他相濡以沫的同事们一道用自己人生最闪亮的部分在这里写下了一首浩瀚的诗，诗中有悲有喜，有血有肉，有情有义，有爱有恨，读起来令人荡气回肠，回味无穷，感慨万千！

年　猪

——

艾　平

　　20 世纪 70 年代初，我家从醴陵乡下迁居到岳阳城郊天灯咀，妈妈成了生产队里的一名菜农。分田到户单干以后，除了种菜卖菜，妈妈通常还会养几只猪。从年头到岁尾，待到存栏猪膘肥体壮，妈妈便会把这些猪，"吊"（方言，"吊猪"等同于"卖猪"）给上门收猪的猪贩子，换些钱回来贴补家用。当然，为了照顾全家人的口福，热热闹闹过上一个好年，也会留下一只一百千克左右的"架子猪"——已长大却并未催肥的猪。这留下的那只就是所谓的年猪了。

　　作为年龄最小的家庭成员，尽管那会儿我才十几岁，可在妈妈养猪的伟大事业中，绝无可能置身事外袖手旁观。

　　猪是食量很大的家畜，妈妈每天摘菜剩下的菜叶少得可怜，塞猪的牙缝都不够。每次煮猪潲时，必须添加大量的野菜野草。于是，貌似轻松的寻猪草任务，毫无意外落定在我的头上。

　　可怜那个年纪的我，正是贪玩的时候，一大早提着空篮子出去，只要途中碰到个把"鬼叫伴的"，便野得不见了人影。等到断黑回家，我手里的竹篮仍是空空如也。为这事，暴脾气的妈妈修理起我来，可是一点都不含糊的。

　　那时我最喜欢夏天。因为我家就住在湖边，出门往南走二百米，就可以亲近波光粼粼的南湖。湖水照得见人影，东南风掀起的阵阵波浪，将湖中的水草打到岸边。这种窄窄的长条形的水草，像极了海带，本地老乡称之为"扁担草"，是猪仔们喜食的青饲料。对于老天爷的这份馈赠，我至今心存感激，因它确确实实消除了我寻猪草而不得的许多烦恼。我可以背着背篓去捞取之不尽的扁担草，一天往返几趟，顺便还可以光着腚在湖里玩玩，独自畅享被湖水按摩的快感。

　　就这样，我渐渐地长大了，参与养猪事务的力度也随之加大。

　　大约每年三月间，妈妈就会派我会同村里的几位叔伯一道，租辆三轮摩托车去长沙捞刀河捉猪仔，每次捉五六只回来，圈在猪栏屋里喂养。记得那时每逢单位周休日，我都会依照妈妈的吩咐，和爸爸一起到吕仙观附近的酒厂去挑酒糟，或者去学坡的豆制品厂买豆渣。糯米酒糟和豆渣都是小猪爱吃的食物，除此之外，妈妈还用青饲料加碾碎的米糠煮成猪潲，以补充小猪生长所需的维生素。

　　现在回想起来那些猪宝宝真的很可爱，并不比当今一些人养的猫狗等萌宠差多少。每餐饱食之后，猪仔们腆着浑圆的肚子齐刷刷地头靠墙根横躺着，不久便呼呼睡去。当它们熟睡的时候，我就趁机跳进猪圈，俯身摸一摸它们身上泛着油光有些卷曲的绒毛以及粉嫩又微红的皮肤。有意思的是，这些猪仔经过调教，变得很爱干净，连拉屎撒尿都知道去排粪口附近处理，如此一来，它们睡觉的稻草窝就显得干爽而又整洁。人人都骂它们是"蠢猪"，可我觉得它们一点也不蠢，甚至有时候还很通人性。每当我提着潲桶给它们喂食时，只要口里"啰啰啰"地叫唤几声，它们就会朝我奔跑过来，用它们的前腿趴在围栏上，一只只对着我摇头晃脑，一双双黑黑的眼睛盯着我看，有的索性伸出舌头在我手上狂舔。它们对主人的热情劲儿，着实令我感动。

然而，猪的命运注定悲哀。那只年猪长到六七个月时，便会被妈妈从猪群里"请"出来，单独分栏圈养，不再喂给精饲料。这样做的目的是控制它长膘，让它多长一些瘦肉。

本地方言挺有意思，杀年猪被替换成"动年猪"，不单规避了那个不太吉利的"杀"字，让年节少了些许血腥之气，而且听起来也十分顺耳。冬至以后就是动年猪的好时节。我家动年猪向来省事，因为隔壁老刘刚好是屠夫。定好哪天动年猪，只要和老刘提前知会一声。到了那天，妈妈早起烧滚一大锅水，老刘找一帮手个把钟头就能把年猪收拾停当。

午时，妈妈总会选一块上好的肉，取年猪的心、舌、肝、肺、肠、肚，猪血豆腐，或炖或炒，办一桌饭招待亲友和邻舍。原来年猪的味道如此鲜美，肥而不腻，带一点本色的甜。

年猪的主要用途是熏制腊肉。可别小看这腊肉，它已存世数千年！从春秋时期开始，它就成了农耕文明的一部分。腊肉，采用一种科学储存肉类的经典方法而制成，能够使家人均衡获取营养，尤其在灾荒之年作用愈加显著，体现了祖先的智慧。

吃过午饭，送走客人，妈妈又忙开了。她从箩筐中精选几块年猪肉，挨家挨户上门送给近邻尝尝鲜；又到对面山坡那屋里，叫出已分家单过的我哥，吩咐他"拿"几十斤肉回去。接下来，剩余的百来斤肉就该制作腊肉了。

妈妈制作腊肉的方法很传统，第一道工序：热锅烙毛；一般情况下，都是我给妈妈打下手。我只负责在灶屋里生火添柴，待炒锅烧得通红，妈妈双手并用，分别捏住一块肉的两端，将带皮的那一面贴锅刮擦，只听得锅内"哧哧"作响，霎时腾起一股青烟，焦煳且带着腥臭的味儿随即钻入我的鼻孔，隐隐地有些反胃。烙掉猪毛以后，妈妈会用磨得锋利的菜刀，刮去猪肉表面的那层焦皮，然后打热水将其一块块洗净晾干。第二道工序：抹盐上缸；按照十斤肉半斤盐的配比，妈妈把盐均匀地涂抹在那些猪肉上，之后码放于陶缸中腌渍一周。第三道工序：沐浴阳光；一周之后，肉缸里盐分已化开，妈妈就会趁一个好天气，将腌肉挂出，在阳光下晾晒两三天。最后一道工序：烟熏火燎。我家熏肉向来都是爸爸的"业务"，没人跟他争功。那时候老爷子头脑还很清醒，做事非常细心。他用红砖搭建了一个围炉，炉口设有固定的木架，待熏的年猪肉可以安稳地摆放在木架上。老头儿常用刨花引火，火燃起后用锯木灰覆盖，上面再堆一层瓜子花生壳以及橘子皮。只有这样的烟子熏出来的腊肉才够味儿。我家熏好的腊肉最终吊挂在灶火口上方，经年累月的烟熏火燎，能够确保腊肉不生霉不变质。

作为一名农家子弟，我从小就学会了做饭，厨艺水平还凑合，尤其是做腊肉还真有一些心得。首先，取一块腊肉下来，洗净后拿刀切成几段，放盆里加温水泡半日，漂去肉里多余的盐分；而后，将几块大肉上高压锅压十分钟。出锅后迅速用冷水喷淋，使之急剧冷却，如此切片切丁要顺利得多。准备工作完成后，我可以做出大蒜炒腊肉、堤蒿炒腊肉、冬笋炒腊肉、腊肉蒸腊八豆、腊肉腊鱼混蒸、腊肉豆腐炖泥鳅等菜品。不跟您瞎吹，俺家的腊肉切成薄片炒成菜之后，肥的晶莹剔透，瘦的红若玫瑰，闻之浓香扑鼻，食之满口留香。列位看官，您读了俺的拙文，没准就得流口水。嗨，甭说是您，俺自个儿都有些 hold 不住。为啥呢？因为俺家阔别土地都快二十年了，养年猪亦成久远的记忆了……

快 乐

艾 平

　　人生苦短，打拼不易。如果再失去快乐，我不知道生命还有多大的意义。崇尚奋斗的热血男儿啊，千万不要忽略内心越积越多的伤痛。多出去走一走吧！偶尔放飞一下灵魂，顺道把快乐娶回家。

——题记

一

你快乐吗

我很快乐

只要大家和我们一起唱

快乐其实也没有什么道理

告诉你

快乐就是这么容易的东西

　　这是哈林（庾澄庆）的经典作品《快乐颂》里面的一小段歌词。如果你有幸能到现场欣赏哈林的表演，你一定会被他劲歌热舞嗨翻全场的范儿所吸引，以致情不自禁地跟着手舞足蹈起来，而这正是音乐的魔力所在。就如同你在剧院观看喜剧或者相声时，演员在台上抖响"包袱"一样，你也会不由自主地随着大家开怀大笑。

　　然而，快乐真的如歌中所唱的那样，是一件很容易得到的东西吗？事实并非如此。

　　在我看来，快乐不是人生的常态。因为人生在不同的阶段和不同的角色上都有太多的负累，有大量的必答题等着你逐个去解答。不然，怎么去理解"人生不如意事十之有八九"这句话呢？拿我们这些60后来说吧，读书时无奈碰到"教育要革命，学制要缩短"，从小学到中学该念十二年，结果我们只念了十年；好不容易熬到高考，却遇到一道升学率只有百分之四的高门槛，大多数被挡在大学校门之外，随之而来的就业难题压得人喘不过气来。尤其是我们这些平民子弟，不得不从社会最底层开始打拼，而后，结婚、生子、教育小孩、赡养老人、改善居住环境……时光宛如白驹过隙，蓦然回首，忽然发现自己不知何时有了斑白的头发。我们当中的一些人身体被拖垮，或者长期处于亚健康状态，而"上有老下有小"的境况并没有多大的改变。快乐于我们而言竟如高端奢侈品一般，可遇不可求。

快乐，单从字面上好理解，它指的是那种愉快、欢乐的主观感受。但是，仔细思量，它又确实是一种非常奇妙的东西，无法用任何语言来准确描述；也找不到合适的标准来作数据统计。

快乐与否和财富多少无关。如果你贪心不止想法太多，纵然坐拥金山银山，你也换不来一刻的快乐；倘若你心态平和易于满足，即使一文不名，你也能乐在其中。我们司空见惯的现象是，身家过亿的土豪终日里眉头紧锁，而菜市场里摆摊的小贩却往往能够谈笑风生。

快乐不是商品，无法在市场上标价买卖。周幽王千金难买美人一笑，便自导自演了"烽火戏诸侯"的荒诞剧，玩笑开过了头，结局就是乐极生悲。

世界上根本不存在所谓的"快乐工厂"，大凡喜剧、相声、脱口秀等都只是不同的艺术形式而已，那些包袱段子笑料都是演员们预先精心设计的，它能带给你短暂的欢愉，却无法使你长期快乐。即使卓别林大师再世，"憨豆先生"驾临，也绝对做不到这一点。强作欢颜，皮笑肉不笑不是真正的快乐；玩世不恭，花天酒地找乐子，最终也找不到自己内心想要的快乐。

只有心灵上的快乐，才是人生真正的快乐。

二

中国农历的"二十四节气"被联合国教科文组织列入世界非物质文化遗产保护名录。这是我国劳动人民对自然规律的把握和认知，被媒体称之为中国人对世界的"第五大发明"。譬如"春分""秋分"这天昼夜时间平分；"立春、立夏、立秋、立冬"明确区分一年当中的四个季节；"小暑、大暑、小寒、大寒"强调人体对野外温度感知的差异……

民间一直有利用节气指导农业生产的传统。湖广地区是我国水稻主产区，两广种双季（早稻和晚稻），两湖以种一季（中稻）为主。要是在头年"大雪"这天下了一场大雪，有经验的农家大伯便会认为老天爷应了"节气"，这时候他一定会自言自语地说："今年这场雪下得好哇，大雪兆丰年，明年获得好收成保准错不了。"于是大伯心里开始盘算来年怎样不误农时精耕细作的事情。随后一家人渐渐忙碌起来，备足种子和肥料，把耕牛养壮，家里所有男劳力养精蓄锐准备大干一场。"清明"浸种，"谷雨"育秧，到了"芒种"的时候，布谷鸟飞来"布谷布谷"地叫唤，一声声催促人们赶紧下田插秧……

待到秋收的时候，大伯走在田埂上，望着田里一片金黄的谷子，心里美滋滋的，随手扯下一根穗子，放在嘴里嚼两下，当他感觉到谷子颗粒饱满时，那张刻满风霜的脸上就会绽放灿烂的笑容，这样的笑容没有任何做作，成为摄影师争相捕捉的珍贵镜头。

三

快乐如疾风，来来去去影无踪；快乐似浮云，云卷云舒看不真；快乐像梦幻，轻盈飘忽抓不住。

把握当下，快乐生活，这是人们一直以来的良好愿望。可现实中永远是说易行难。所以要创造条件搞几次"说走就走"的旅行，真正把自己融入大自然中，从而感知生命存在的意义，提升人生境界，找到快乐的真谛。

深秋时节，当你来到雄伟壮丽的青藏高原，你会看见一座座巍峨耸立终年不化的皑皑雪山，强烈的阳光从苍穹穿透云层，在凸起的雪峰上反射出钻石般晶莹剔透的光芒。而这种大美的景色已经存在亿万年以上，会让你顷刻间体会到在大自然的鬼斧神工面前，人类何其渺小、生命何其脆弱！

炎炎夏日，当你走进呼伦贝尔大草原，你不但可以在此避暑，还可以欣赏草原独特的风光；眼前是一望无际的繁茂的草场，如同一张绿色的巨毯延展到远方的天际；头顶是湛蓝澄净的天空，几朵淡淡的白云随风飘动；极目远眺，星星点点如蘑菇状散布在牧场周围的是蓝白相间的蒙古包，模模糊糊在视线中蠕动的是成群结队的牛羊。夜阑人静时走出毡房，独自一人席地而坐，你会惊讶地发现蒙古高原的夜色如此令人难忘：天和地粘连在一起，星星和月亮仿佛伸手可摘……很久以来，你就渴望有一个可以倾诉的对象，就在今夜、就在此时，老天给你提供了一次酣畅淋漓的对话机会。

寒冬腊月，当你伫立在海南三亚的海边，从大海深处吹来的阵阵暖风，一定可以驱散你心中的阴霾。大海的胸怀最是宽广，容得下狂风暴雨，看得惯潮起潮落。海水时而咆哮，时而奔放；时而喧嚣，时而宁静。如果能够拥有大海一样的胸襟，你就能够平抑人生中的起起伏伏，时刻保有平和谦卑的心态。

冰雪消融的早春，当你置身于三江源国家湿地公园，你会看见那些仪态万千略显高冷的候鸟，天鹅、大雁、灰鹤，等等。天空多么辽阔，鸟儿就多么自由。这些候鸟真的让我们人类羡慕呀！它们没有固定的居所，也无须为食物发愁，仅仅凭一双强健而有力的翅膀就可以连续飞行数千公里，在全球各栖息地之间不断转场迁徙。鸟儿启发你尽快挣脱心灵的枷锁，让已囚禁太久的一颗心重归自由，这样你的生命才能勃发新的活力。

柏垭兴场那些事

黄伟民

2020 年 3 月，我两次受邀参加柏垭乡政府召开的行政区划调整座谈会。面对柏垭乡将被撤并的现实，人在会议室，思绪却飞扬着，有关柏垭的往事在脑海里翻腾起来。

柏垭乡始建于 1953 年，大部分村组由木马乡分出。1992 年撤乡建镇时，柏垭乡与木马乡合并建立了木马镇。1995 年，柏垭乡又从木马镇分出。

柏垭建乡之初，乡政府所在地所谓的老街长不过三十米，只有十多户人家居住，后来逐步增加了学校、医院、兽防站；公营单位供销社、信用社、食品站；集体单位综合商店。乘着 1984 年全国小集镇建设的东风，柏垭一下子有一百多户人家建街房。由于没有集市，直到 1992 年，那些街房还是空空如也，门可罗雀。街道上仍保持着耕地原状，种着粮食和蔬菜。

建镇时，我担任了木马镇党委副书记。经镇长提议，由我兼管场镇建设，获得党委通过。

我决心把柏垭集贸市场搞起来，盘算着以下几项工作必须抓紧做：一、做好场镇建设十年规划和长期规划，把场镇建设纳入法制轨道有序发展。二、平整街道，挖运近千方积土废石。三、将经过街道的云顶水库集雨渠、云顶四组生产用水渠，由明改暗。四、新建生猪交易市场。五、补齐固定店铺经营门类，重点是饭馆、旅店、服务业。六、扩大场镇规模。这些前期准备工作既要投入人力，又要投入资金。估计要三年时间才能完成。唉，兴场要是一句话的生意，柏垭建乡四十年，不早就兴起了吗？

我分别向书记张再、镇长张仕先提出柏垭兴场的三年计划。书记说："一定支持。"镇长说："放手干就行。"但是二人均表达了一个意思：场镇建设不要指望财政资金投入。虽然资金无着落，兴场计划在实施中却是一路绿灯。副镇长魏仲文知道后对我说："柏垭兴场不能少了我哟。"就这样，我和魏仲文、农房员郭次培三人自然形成了柏垭兴场的组织力量。

请来县建设规划局做好规划后，1992 年冬，开始实施场镇土石方挖运工程。在全镇冬春碎修公路动员会后，我将原柏垭乡所辖八个村的村干部留下来，开了一个特别会议。把云顶村的公路碎修任务分解到另七个村分担，由云顶村承担街道公共区域土石方挖运工程，一定三年不变。同时动员所有住户平整门前街道，按统一标准扎好街沿。

要求别人做到的，我家带头做到。清运积土，扎好街沿。原本准备在木马场办小卖部，租用门面都谈好了，后又改变主意在柏垭办。把土木结构的门面整理好。那时真的很穷，贷款两千五百元进来一些货物，稀稀洒洒摆在木架上。有位送货的女老板见了笑得腰都直不起来："这也叫商店？哈哈哈哈……"没有集市，营业额很低，通常每天只有四十至六十元。家属很努力，每天从七点守到晚上九点，甚至十点钟。他说："我每天晚上等啊等啊，总想等够六十元。"

明渠改暗渠工程，新建猪市工程也先后上马。这两项工程都由专业石工队承包。仅建猪市就要扎一道四米高、二十多米长的石保坎，还要解决用地补偿支出，几项工程需用近两万元资金。哪里去找这些钱呢？只好打以场养场的主意。趁着兴场的东风扩大场镇规模，动员四十多户人上街建房，动员供销社建起了加油站。将各种审批收费中按规定留镇的部分全部投入工程，不足的部分，从建房超占面积、多砍树木的罚没中解决。

我与魏仲文、郭次培三人常常忙得团团转，并不是因为明面的工作量，而是陷入那些纷繁、复杂、多样的矛盾纠葛和利益冲突调解中。原土地林山承包人与建房户的界线纠纷，住户之间的排水纠纷、通行纠纷、采光纠纷，住户与公共用地界别划分，等等。甚至在协商猪市用地补偿时，出现了我们三人均未谈妥的窘况，只好请书记张再出面协商。经过三年的努力，兴场的前期准备工作基本就绪，正式赶场提上议事日程。这时，拿出一个在春节前，商贸交易旺季开场的方案至关重要。我们在原柏垭乡广播站内，召开了原柏垭乡所辖村村支书、村主任会议。大家热情高涨，可行的意见和建议不断提出，最后确定逢2、5、8赶场，1995年1月2日开场。

兴场方案很快在党委会上通过，建立了兴场领导小组，我任组长，魏仲文任副组长，郭次培和原柏垭乡各村支部书记、村主任任成员。《关于设立云顶村村级集贸市场的报告》得到县级有关部门顺利批复。

我们三人分工行动。由我负责筹集兴场资金；发动群众赶场，并进行蔬菜、鸡蛋等农副产品交易；做好场上固定经营门类拾遗补阙工作。魏副镇长负责协调工商、税务、兽防部门大力支持兴场工作，具体做到两年内免收工商管理费、营业税、生猪市场检疫费；负责开场节目表演和舞台搭建；负责邀请县级有关部门和友邻乡镇代表参加开场仪式。郭次培负责街道公共场所平整收尾工作和摊位设置；负责动员邻近场镇流动商贩到柏垭摆摊；负责组织生猪上市交易。最难的工作又该是筹款了，我们采用动员捐款的方式解决。每村捐两百元，镇单位部门捐三百、四百元不等，在社会上开展捐助活动，共筹资一万多元。

开场仪式确定由我主持，班子成员全部参加，书记的讲话稿也由我起草。县委检查组的到来恰与我们的开场撞了车，只好由党委书记和我接受检查组检查，镇长张仕先作开场讲话，副镇长魏仲文主持开场仪式。事后魏副镇长对我说："你为兴场做了那么多事，开场都没有露面，委屈了。"说得我心里暖烘烘的。我说："场兴起来就好。"

开场表演了川剧，木马中学和柏垭小学表演了歌舞节目，外来货摊有四十多个，赶场群众在千人以上，真的是热闹非凡，物畅其流，市场繁荣，然而这种景象差点就如昙花一现。1月4日晚上的一场大雪把场打回了原形，摆摊的不摆了，赶场的不赶了。1月5日，我和魏仲文、郭次培在场上转来转去，真是急得团团转。临时商议补救措施：通知各村动员群众1月8日上街赶场，无事也到场上转；联系县老龄协会演出队1月8日到场友情演出歌舞节目；给摆摊商贩补贴两个月单程车费。由于筹集资金用光，第三项措施只兑现了一个月。

1月8日，赶场的群众来了，摆摊的商贩来了，却也出现了一个新问题：商贩们都要求解决货摊。因为赶场带货又带摊不但麻烦，客车还拒载。我们当即安排每个村做七个木条摊，五十六个木条摊三天就收齐了。这些摊子都由郭次培保管，早发晚收。为调动流动商贩的积极性，我们承诺：在柏垭摆摊一月之内不缺场的，赠送一个木条摊。

场稳定了，我们也不用场场到场。3月的一场，云顶村干部魏建初骑着自行车火急火燎地找到我："黄书记，有几个人喝酒打架，这阵又在闹事，谨防把场打垮了。"我立即通知派出所岺所长到场处理，经过批评教育和处罚，过后再也无人闹事。

1995年9月，柏垭乡和木马镇又分家时，我和魏仲文都走上了新的工作岗位，魏仲文当任了柏垭乡党委书记。

柏垭如今已是邻近乡镇的交通枢纽、输电中心和治安中心，柏垭集贸市场也必然千秋万代造福一方百姓。二十六年过去，每每走在柏垭街道上，那一丝丝的满足便充实着内心。无须别人记着，就图自己拥有那份成就感。我深深感到，只要有一份为群众办事的热心肠，就能把群众的事办好。

巧夺不可得太平

黄伟民

　　兔儿山刘氏四合院是常见的一进四合院。在龙门（院内人家的共用通道）巷上起了个小楼，龙门一下子显得低矮小气。院里的人或者跳龙门的愿望不够强烈，或者认为根本就没有跳龙门的希望，他们只需要这片小天地，欢乐于斯，争斗于斯。

　　冉氏是八抬大轿，吹吹打打，明媒正娶嫁进刘家的。被送进那间龙门楼后，冉氏的春夏秋冬，喜怒哀乐，均与小楼息息相关。甜蜜的二人世界，幸福的三人天地。无论三餐是否饥饱均匀，无论寒暑是否穿着得体，进入小楼，总是温馨着，幸福着。就这样五十多个春秋已成过眼烟云，悲泪送老头子上山，喜泪送闺女出嫁。冉氏古稀之年孑然一身独居，小楼就是她的寄托和依靠，她要伴着小楼走完人生。

忽然有一天，六十多岁的小叔子告诉她："这楼是我的。"她惊出了一身冷汗，感到天要塌下来了。自己怎么离得开小楼？老了还要成为孤魂野鬼不成？她逢人便说："小楼是我的，我嫁进刘家就住在小楼。"驻村干部小武也成为冉氏的哭诉对象。孀妇、弱势群体，如此受人欺负，天理难容。小武的同情之意速浓，小武的愤怒之火渐烈，决心还她一个公道。

对堂之时，冉氏仍然只有祥林嫂式的那句话："小楼是我的，我嫁进刘家就住在小楼。"证据，关键是证据啊。千呼万唤，一证皆无，真急人！平时斯斯文文、子曰不离口的小叔子，不慌不忙地出示了分家文书。两家房产以小叔子猪圈墙为界。现场查看，猪圈在离住房一丈远的地方，上边墙与冉氏一边龙门墙正好能连成一线。看来铁证如山，这小楼非小叔子莫属。

"子曰，'不及不过之为庸'，我不会过分的，嫂子可以住到她正寝以后。"小叔子不但有凭有据，说话还特有人情味。小武顿时傻了眼，短暂的沉默中终于憋出一条撤退之路："今天我们初步了解了解情况，还要进一步核实。"

要得好，问三老。小武的走访可不止三老。所见到的人都摇头叹气，说年代久远记不清，说冉氏太可怜。希望只好寄托在最后要走访的对象上。他是曾经的老支书，年近八旬。老支书明白小武一行的意图后沉思良久，然后缓缓而谈："都怕得罪人遭报复。我是共产党员，不能让可怜的人儿更可怜。"

四面建房合围起来即成四合院，上方正面建有堂屋，那是全院开展庆祝或祭祀活动的公共场所。堂屋一排的房子称作正房。两边排列的房屋叫横房。堂屋对面的房屋叫对庭。转阁房分布于四只角。四合院便于邻里互相关照，便于防盗和团结对抗抢劫，给人以最大限度的安全感。刘氏四合院成型于新中国成立前。新中国成立后社会安定了，防盗抗暴没多少必要，逐渐有人拆迁独户建房，便于种菜栽果，发展庭院经济。老支书就是1962年拆去对庭另外建房的。院内人从对庭出入直上大路十分便捷，往右横出的龙门通道就闲置起来。

我怎么没想到呢？龙门通道不闲置怎么可能建猪圈？"看来小叔子侵占冉氏房产从改建猪圈时就开始谋划了。"小武想。

当把冉氏和小叔子再次请到一起时，小武开门见山："根据我和村、组干部一起深入调查，原来的猪圈连着住房，并且上方墙和小叔子那一边的龙门墙直接连成一条线。"

小叔子自知理亏，急忙抢过小武的话头："我就打开天窗说亮话，嫂子迟早要归山，侄女又已出嫁。肥水不流外人田，这些产业理所当然应该始终姓刘。"

都啥年代了，还有如此重男轻女思想。好在此纠纷没有兑现的压力，小武的政策法规讲解就不留情面。小叔子真是机关算尽，反误了好名声。

其实，冉氏那点产业对温饱有余的女儿也并不重要，小叔子要得到也不是不可能，你至少要善待人家吧。仁义方能得天下，巧夺不可得太平。

故乡的土坯房

——

李文龙

　　大概是年纪大了容易怀旧，最近总是在梦里思念家乡那个土坯房子，即使大白天那个土坯房子也时而在脑海里浮现。尽管那是个很破旧很简陋的房子，别说今天，就是在当时也不值几个钱，但那个土坯房子却在我的心中始终占有重要的位置。

　　因为它不仅是遮风挡雨的地方，也是家人亲情凝聚和自己成长的港湾。如果拿那个房子与如今所居住的高楼大厦比较起来，我感觉一点也不逊色。土坯房伴随我度过了苦涩的童年和青年的初期阶段。现在回想起来，那段已逝去的岁月，虽然是贫穷和酸楚的，但也有不少温馨与快乐。

　　我刚刚五岁的时候，就跟随父母从繁华的大都市沈阳，回到了冀中平原那个偏僻落后、一贫如洗的乡下农村老家。爸爸是独生子，爷爷唯恐无人为他养老送终，非得让我们回到老家来陪伴照顾他。尽管爸爸很早就给爷爷寄来了建新房子的钱，但染上了赌博坏习惯的爷爷根本就没把此事放在心上。待我们一家回来后，只好住进了家族遗留下来无人居住的那个破旧房子里。在那里，我们一住就是十多年。随着时光的流逝，我们姐弟慢慢长大，两个姐姐先后出嫁了。我与弟弟分别在那里读完了小学和初中，接下来，我第一个走出了家门，到遥远的地方去当兵，后来在异地城市工作。弟弟考上了外地一所中专，毕业后留在异乡上班。我们都开始了在外漂泊的生活。其间，我们敬爱的父亲不幸在此房子去世，他仅仅在世上活了四十一个春秋。后来，母亲跟随儿女生活，活到七十岁也告别了人世。

老家那个旧居是个不大的院子，正房北屋为两间，其实按实际标准面积算下来也就一间半房而已。北屋的一间主要为家人的卧室兼客厅，另一间为厨房兼餐厅。开始建有东厢房两小间，后倒塌了改建为西厢房两小间，主要存放些粮食、柴草与杂物。还有与正房对面相同面积的两间南屋。其中有一间作为家人出入与外界通行的大门与门洞，另一间也当卧室住人。院子中间种有两棵树，一棵是枣树，一棵是槐树，长得高大茂盛。尤其是那棵枣树，每年都结满了甘甜的脆枣，吸引街坊四邻前来我家品尝。那棵槐树根深叶茂，腰身粗大笔挺，后来，请木工师傅锯倒做了一套简单家具和乡村用来运送庄稼肥料的小推车，一直使用了很多年。由于有两棵大树，夏天知了就在树上不停地歌唱，巨大的树荫倒映，显得这个院子生机勃勃，人与自然十分和谐。

其实这个小院子并不大，土坯房也很破旧，但母亲每天都将家里的几件陈旧家具擦洗得一尘不染，地面打扫得干干净净，卧室和厨房的物品摆放得整整齐齐，室外的杂物堆放得井然有序。甚至连当年饲养的猪羊鸡鸭也都很讲究，它们的居住与饮食都是分开的，并不显得很脏乱。所以，不论谁来串门，都夸我家是个卫生之家。当然，这得归功于母亲的勤奋与辛劳。最为温馨的时刻，就是夏季全家人围坐在院子里乘凉，泡上一壶茶水，一边饮茶，一边聊天，十分凉爽怡人。母亲总是摇着一把芭蕉扇，为我们驱赶蚊蝇，有时我们就躺在母亲的怀里睡着了。

我家居住的那个土坯房年久失修，其实是个危房，几次地震险些倒塌。听老人们说那是当年家族的一个牲畜棚，根本无人居住，夏天漏雨，冬天透风，土坯堆砌的墙体早已腐蚀，经不起风吹雨打，尤其是暴风骤雨的洗礼。每次下大雨，家里就摆满了大盆小盆，外面的雨不下了，家里还滴滴答答流个不停。由于屋顶墙体破旧透风，每年冬天显得格外寒冷，次日起床，发现后墙体都结了一层白色的冰霜。记忆最深的是，有一年夏天午夜下大雨，我们都还沉睡在梦乡，忽然一声霹雳震天响，我家的整个后墙体随之轰然倒塌，疾风暴雨立刻包围了进来，那种恐怖与惊吓是我这辈子都不会忘记的。全家人急忙穿衣起来，十分惶恐地仔细观察整个房屋，发现还没有到全部坍塌的境况，于是，找来一张破炕席遮挡风雨，躺下来继续休息。现在想起来都有些后怕，也为那时的愚昧无知感叹，怎么还敢继续住在那里呢？简直连生命都无所顾忌了！实际上父母也是无可奈何，深更半夜的不在那里居住去哪里呢？我第一次感受到人世间的悲哀与凄凉。后来，父亲又求人脱坯补修后墙，终于赶在冬季到来之前得以竣工，才使我们没有再遭受冰雪严寒的袭击。但是，拖欠人家的工钱却无力支付，一直到半年之后快过春节了才想方设法还给人家。那些也很贫穷的父老乡亲都非常善良厚道，没有一个人来家里催促讨要工钱的。

不幸的事情一件接一件地发生。先是奶奶和爷爷相继去世，后是爸爸不堪生活与工作的重负病倒了。他究竟患的是一种什么病，到现在我也闹不清，只晓得他大概是肺病，每隔一个月就犯病一次，非常痛苦。他就这样苦苦支撑了四五年，在一个异常寒冷的冬夜，带着对妻儿的无尽牵挂和忧思走了。那天母亲哭得死去活来，而我们几个还年幼的姐弟几乎都被这突如其来的灾难吓傻了。那时的家真是贫到了山穷水尽的地步。父亲去世，甚至连埋葬他的一副棺木都买不起，只好东拼西凑地借钱买了一副农村人家里习惯使用的旧躺柜，再请木工临时加工改做了一口简易棺材下葬。在去往墓地的路上，我想，自己作为长子，却无能力孝敬父亲，无能力给他治病和送终，真是一辈子的耻辱，也是天大的遗憾！这些不幸都发生在那个土坯房子里。所以，留给我的记忆非常地深刻。其间，还有一个小弟弟不幸患病死亡，他才一岁，尚未看清这个世界的模样就离去了。当他稚嫩的遗体被送出去埋葬的时候，全家人都流下了伤心的眼泪。短短几年时间，我家老少四条生命就这样远离我们而去，多么令人揪心呀！

人生美好的时刻悄悄来临。一个偶然的机会，我被公社机关的几位领导同志选中，他们推荐我到公社当钻井队的会计，并兼任公社机关其他一些部门的职务，如公社通讯组报道员、武装部和团委的办事员。虽然不属于国家行政事业编制，更不是什么干部，但每月还发给我三十元工资，在当时那可是了不起的事情，曾经吸引了很多人的羡慕眼光，因为当年的公社党委书记这样级别的国家干部月薪才四五十元呀。我在那里兢兢业业地工作奉献，深得公社党委书记、革委会主任以及其他干部的喜爱，经常带我下乡调研，参加中心工作，为基层群众服务。每天工作得十分开心，微笑挂在脸上，歌声发自心窝。尤其是每天回到家里那个破旧土坯房子，见到了妈妈、姐姐、弟弟，都感到生活很温馨很温暖很甜美。每月当我把自己那份薪水交给妈妈的时候，就感受到了全家人的喜悦心情。妈妈还用我的工资买了一台收音机，每天可以收听新闻广播，欣赏歌曲戏剧，家里洋溢着欢快的氛围。这种美好的生活一直延续到我参军离开家乡。

当兵后有一年出差顺便回家，同学给我介绍对象，也是在那个破旧的土坯房里见面。妈妈担忧人家见到如此破旧的住房而使婚事告吹，尽最大努力热情地接待了女方，出乎意料的是人家并未提出异议。妈妈真是喜出望外，如同度过了一个盛大节日。我明白无误地告知母亲，人家看中的是我的发展前景，不可能挑剔咱的住房。妈妈与千千万万个农村老人一样，盼望着儿子尽快结婚生子，延续自家的香火。妈妈还曾与我商量，暂时把这个破旧的土坯房子收拾一下，找个合适的时间把婚事办了，以了却老人家的美好心愿。我懂得妈妈的想法，也了解乡间老年人的心愿。

我的母亲始终对我寄予厚望，希望我在军队有所发展，但由于部队缩编，我的结局让她失望了。

亲爱的妈妈遇到悲欢离合的事情就喜欢哭泣，甚至茶饭不思，彻夜难眠。在那个破旧的土坯房子里，不知母亲为生活为儿女，流下了多少凄苦的泪水。

后来，母亲得知我退役后在城市安置了工作，心情无比喜悦。那些日子，她始终是喜笑颜开的，逢人就讲我家儿子上班了，她就像是个小孩子那样无比激动。我让母亲离开了那个破旧的土坯房，

随我一起来到我工作的那个省会城市生活，妈妈这才结束了过去
"夏天漏雨、冬天透风"的苦难的住房经历。那是 1978 年末，中国
社会开始进入了改革开放的大好时期。从此，我们家人彻底告别了
那个生活了很多年的破旧土坯房。但是，发生在土坯房里的历历往
事，却永远深深铭记在我的心中。

沙湖印象

———

李品刚

十几年前，我和几位同事曾到沙湖一游，至今印象深刻。

沙湖生态旅游区原是银川平原西大滩的一片碟形洼地，早在公元 407 年就有了屯垦戍边的记录，清代初期又得到较大规模开发。解放初期，部队农建一师官兵，在这里创建了一个初具规模的国营前进农场。

导游的介绍，让我们对一代又一代屯垦戍边人们的敬意油然而生，是他们的艰辛付出，在塞北大漠创造出"风景这边独好"的美妙之地，为后来人提供了丰富多彩的游乐空间。

改革开放以来的进一步开发建设，沙湖生态旅游区以其独特的旅游资源，成为西北地区集风景游览、观光娱乐、体育竞技、疗养避暑、休闲度假、旅游购物、生物观赏、养殖生产为一体的生态旅游胜地，"水绕沙丘天下绝"就是对沙湖景区的真实写照。

那一天，我们一行兴致勃勃地来到景区。大家在景区大门前一下车，拍照的拍照，观赏的观赏。导游的一句"你们看出沙湖两个字有什么问题吗？"立即吸引了大家的注意力。正在大家议论纷纷时，导游煞有介事地娓娓道来：这是党和国家最高领导人当年视察沙湖景区后，提笔写下的"沙湖"二字。当自治区领导商议制作挂牌的时候，有人提出"沙"字是否漏写了右边那一点，这样展示出去是否会影响领袖形象。一位头脑灵活的领导立马来了"灵感"，向大家解释道：这是领袖对宁夏的期待，希望我们好好治理沙漠，让绿色多起来，让风沙少一点。颇为入情入理的解释，消除了大家的顾虑，牌匾就这样向人们展示着宁夏人民改造大自然的斗志和成果。

又是一阵欣赏，又是一番笑谈，我们依序登上游艇，沿着湖水前行。放眼望去，难见湖面尽头；左右展望，只见碧绿茂盛的芦苇，一丛丛一簇簇，随风摇曳起舞，好一幅"芦苇萧萧吹晚风，画船长在雨声中"的美景。

我的家乡在长江沿岸，我对芦苇再熟悉不过了。由于芦苇的茎可以通气，我们小时候潜水游玩时，就折一节放入口中，另一头露出水面，通过芦苇茎呼吸，比赛谁的潜水时间长。那份一争高低的冒险和快意，是难忘的儿时生活的一部分。

生长于江河湖泽、池塘沟渠沿岸和低湿地的芦苇，最为人们观赏的时候是它的开花季节。每到夏末秋初，芦苇便开始开花，那毛茸茸的芦苇花，远看是一片雪白，近看颜色却不尽相同。一阵微风吹来，那如细碎棉絮的芦苇花，便在空间轻盈飘逸。有人这样赞美道："它们纷飞，如冬日的小雪，却比雪更优雅；它们纷飞，如迷你的小伞，却比小伞更可爱；它们纷飞，如秋天的落叶，却比落叶更轻巧。"

我们游玩沙湖时已是季夏时节，虽然不再呈现"春夏之交，候鸟南来，鹳鸣鹤舞，天鹅翔集，百鸟争鸣，声闻数里。众鸟飞时，声如轻雷，盘旋回折，遮天蔽日；群鸟落处，形似云布，枝头水面，无可数计"的奇异景象，但游艇在芦苇丛穿行时，总是惊起几只飞鸟直冲碧空，游客们抑制不住欣喜，狂呼欢叫声又惊起周围芦苇丛里飞出更多的飞鸟，不仅为静静的湖水增添了几分灵动的色彩，更是让来自祖国各地的游客们，沉醉在塞上江南的美妙享受中。

欣赏着，遐思着，远处一抹黄色映入眼帘。我们移步上岸，漫步在绵长的沙丘上，举目四望，湖水、沙山、芦苇、飞鸟尽收眼底；犹如长龙的沙丘上，人们尽情游玩着，水上飞机、水上跳伞、水上摩托等项目，把观赏的人们看得心惊肉跳。滑沙索道、骑骆驼、沙漠越野车、沙漠卡丁车等别具特色的项目，让人们体验着在沙漠中驰骋纵横的感觉。可谓妙趣天成，场面壮观，形成一幅绝无仅有的胜地沙湖画面。

来到塞北大漠的沙湖，竟然欣赏到如此壮观的美景，确实令我惊羡不已，仅此"管中窥豹"，我对塞北江南的赞誉有了一些直观的感受，并产生了莫大的喜爱和难以忘怀的思念。

一个鸡蛋的故事

李品刚

又是一年生日时，一位乡友执意要为我办生日宴，还特地煮了一盘炊蛋。

炊蛋是我们老家的一种特色饮食，制作方法独特：先将鸡蛋在清水中煮熟，然后添加茶叶、五香、枫球等佐料，用微火慢慢炊（慢煮的意思）入味。

酒席伊始，一盘盘具有家乡特色的美味佳肴上桌。当服务员将一盘炊蛋端到大转盘上，没有吃过这种煮鸡蛋的朋友觉得很新奇，听说这是我们老家生日宴必有的特色，意即圆圆满满，一个个伸手拿上一个吃起来，咂巴着嘴觉得味道还不错。

目睹着这样热热闹闹的情景，不由得让我想起吃鸡蛋的一件件往事。

孩童时期，每年快到过生日的时候，我就缠着母亲问哪天过生日，为的是生日那天可以吃到一个煮鸡蛋。

生日那天一大早，母亲把一个鸡蛋放入稀饭锅里一起煮，煮好后捞起来放在凉水中降降温，然后小心翼翼地递给我，推搡着我马上躲到房门后面去吃，说是"这样可以长记性"。

待我长大后才恍然大悟，哪里是什么长记性哟！原来在那个年代，鸡蛋是贴补家用的重要来源。在母亲眼里，一个鸡蛋就是一份奢侈品，就是可以拿到街镇上换回一包咸盐或针头线脑的钞票。让过生日的孩子躲在门后吃，最直接最真实的原因只有一个，为的是不让其他孩子发现而吵闹。是那个年代逼迫着母亲，用如此善良的欺骗让孩子偷偷享受着一个生日鸡蛋。

在那个年代，农村家家户户都要喂养几只鸡。阳春三月，是开始孵化小鸡的时候。发现母鸡抱窝，母亲精心地在光线暗淡与安静的墙角，用砖头围出一个鸡窝，铺入适量的稻草，待母鸡定窝后，放入先前准备的鸡蛋，让母鸡孵化小鸡。每天定时给这只母鸡喂食稻谷和清水，让它排排便，扑扇着翅膀活动一下。

种蛋入孵一周时间后，母亲在黑暗的夜晚，从母鸡肚皮下摸出一个个鸡蛋，放在煤油灯光下，检查蛋的受精率和胚胎发育情况，过一周时间又要检查一次。如果发现寡鸡蛋（未受精，或虽然受精但因母鸡孵化的温度不均匀，导致死胚的鸡蛋），就要赶快拿出来。按照现在的饮食原则，这种寡鸡蛋是不适宜食用的，尤其对青少年的生长发育不利。但是，在物质极其匮乏的年代，充饥饱食是第一选择。母亲从菜地割回一小把韭菜，炒出香喷喷的鸡蛋，我们吃得津津有味。

礼待来客是世代传承的习俗。稀客（间隔时间较久没有互相走动的亲友），或者辈尊年长者来到家里，如果办完事就要回去而无法留餐招待，母亲一定会点火烧灶，待清水烧沸时，将三个鸡蛋逐一敲破溜进锅里，煮熟后加入一勺红糖，做成一碗溏心蛋请客人食用，以此聊表心意。每逢这个时候，我们小孩子会守在门口，任凭母亲如何暗示和支使，也绝不离开一步，馋巴巴地看着客人一边客套地推辞着，一边乐滋滋地享用。客人一般都会留下一个给我们这些小孩子，母亲假嗔实喜地分给我们。

一个鸡蛋，折射着社会的进步，时代的发展。生活在小康社会的人们，鸡蛋已是饭桌上的一道家常菜，水煮蛋、荷包蛋、摊鸡蛋、煎鸡蛋、蛋花汤、蒸鸡蛋、冲蛋花、蛋炒饭，各显烹饪神通，味美营养可人。

一个鸡蛋，曾经是招待客人的高档食品，曾经是寻常日子难得享用的美味，这是今天的孩子们难以理解的。正因如此，撰此文以示生活在幸福中的孩子们，应当珍惜今天的美好岁月。

小院如歌

———

周功民

　　"不识庐山真面目，只缘身在此山中。"有时真觉得苏轼这诗句，好像是在调侃我。

　　仔细想想，搬迁到新家，已经七八个年头，还真是从来没有认真注意房前屋后的环境，每天忙忙碌碌的，实在是没有多少空闲时间。

　　今年春节前，武汉发现新冠病毒，并迅速向全国蔓延。疫情期间，举国防控，闭门隔离。十几天不出门，就到自家小院房前屋后四处转转。经过早、中、晚不同时间段的散步观察，慢慢地感受到，自家的小院，虽然不是什么皇宫、官府、豪宅、花园，却也有着自己的独特的亮点。在有限的空间环境里，是有山有水、有树有花、有鱼有鸟、有情有景、有动有静、有歌有诗的。

早晨起来，到院里走走，看到不同的花草，耳畔似乎就会响起不同的歌声，并会触景生情，浮想联翩。见到槟榔树，我想起湖南民歌《采槟榔》；看见茶花，我想起邓丽君演唱的《山茶花》；看到葡萄，我想起关牧村演唱的《吐鲁番的葡萄熟了》；看到桂花，我想起民歌《八月桂花遍地开》；看见凤尾竹，我的耳边好像响起了《月光下的凤尾竹》的葫芦丝的美妙音色；看见榕树，邓丽君甜美的歌声《榕树下》仿佛飘荡在美妙的清晨院落；看见绿篱，我想起影视插曲《篱笆墙的影子》；看到人工河，我想起民歌《小河淌水》，如此等等，不一而足。

午后起床，到院里走走，看到后院的假山，看见院中鱼池中的景观鱼，都给人以恬静与悠然的静谧之美。

每当清晨和黄昏，还能直接欣赏到百鸟归林的壮观场面。

我越来越喜欢我的小院了，有此家宅、有此院落、有此环境，应该知足，应该满足，应该珍惜。这是改革开放让老百姓过上小康生活的一个缩影，这是伟大祖国欣欣向荣的一幅画卷。

亲历长征八号火箭首飞升空

——

徐恒裕

几天前，我从电视里看到嫦娥五号探月返回器在内蒙古四子王旗顺利着陆，带着月球上的"宝贝"回家，内心兴奋不已。今天又在海南文昌航天发射中心，现场观看了长征八号遥一运载火箭首飞，发射技术超越七号卫星，激动之情更是溢于言表。

火箭发射原定于两天前，由于气象原因，推迟至今天。一大早，我就与家人、朋友乘车从海口出发，沿高速公路直奔文昌市。此时虽是寒冬时节，然海南气候却温暖如春，沿途绿树成荫、鲜花着景，让人如沐春风，心怀愉悦。两个小时的行程被沿途风景缩短，转眼便到达了文昌航天发射中心。上午十时开始，通往发射中心的道路便实施了封闭管制。参观发射中心检查非常严格，须提前提交身份证、车牌号等，才能办理通行证。前来参观发射的宾客很多，发射中心门前各型车辆纷至沓来。由于火箭发射塔高大，周边地势平缓，附近的山头、海滩和酒店高楼也成了观景点。

文昌航天发射中心位于文昌市龙楼镇，东临大海，占地面积达一万八千余亩，是继酒泉、太原、西昌之后我国第四大航天发射中心，也是世界上为数不多的低纬度发射场之一。航天中心于2009年9月开工建设，2014年10月基本竣工，2015年11月3日担负首次发射任务。航天中心靠近赤道，利用地球自转速率可节约发射能耗百分之十，同等级火箭能发射更大质量的低倾角航天器，航天器寿命也延长两年以上。发射场临近大海，减少了火箭残骸坠落带来的风险，大大提高了发射安全性，加之海上运输便捷，降低了运输成本。早在我国建立航天发射中心之初，就曾考虑过在海南等地建设，由于当时国家面临复杂安全环境，只好选在了内陆山区。

进入发射中心，航天大道宽敞整洁，两侧椰树成排，给人美的享受。发射中心分为装备技术区、发射区和生活区。装备技术区除指挥控制中心大楼外，另有两栋高楼均为钢铁架构，分别为长征五号、长征七号、长征八号垂直测试厂房，火箭在这里安装、检测、加注、加罩、竖立，然后沿着约三公里轨道运往发射塔。两座发射塔高约九十五米，右侧的五号发射塔从外观上看，比七、八号发射塔宽厚，显得胖乎乎的，大家称之为"胖五"。这次长征八号火箭是几天前安装到发射塔的，一切就绪后即关闭了发射塔。

我们一行人被安排在距发射塔三公里外观看，来自各地的数百名宾客聚集在这里，现场设有巨大的电视屏幕及广播喇叭，既能直接观看发射全景，又能从屏幕上近观发射细节。我被安排在另一处更佳的观景点，站在平台之上，视野更为开阔。望着远处发射塔平静而又伟岸的身姿，一股豪迈之感油然而生。

十二时十分，发射塔缓缓打开，白色火箭露出真容，倚靠塔台傲然矗立。十二时三十七分，激动人心的时刻到了，大家都屏息凝神，听着从指挥控制室传出口令："十、九、八、七、六、五、四、三、二、一，点火！"火箭经几秒钟排氢、预冷后，箭底燃起橘红色烈焰，翻滚升腾，冲击四周升起蘑菇状烟云，随即传来排山倒海的巨响，让人感受到强烈的震感。在场人群顿时欢呼起来，纷纷举起相机和手机，抓拍发射的壮景。火箭平稳地徐徐升起，拖着长长的尾焰越飞越快，挣脱地心引力的羁绊。当时云层很低，大约十几秒后，火箭直插云层瞬间消失，而低沉的轰鸣声仍不绝于耳。大家静静地眺望长空，颇有意犹未尽之感。我伫立凝望，心潮澎湃，感慨我国航天事业的迅猛发展。每一个华夏儿女都会为此感到自豪，中国航天加油，希望你越飞越高！

黑格尔说，一个民族有一些关注天空的人，他们才有希望；一个民族只是关注脚下的事情，注定没有未来。几十年来，我国航天人传承"两弹一星"精神，遵循周总理提出的"严肃认真，周到细致，稳妥可靠，万无一失"十六字方针，以"颗颗螺钉连着航天事业，小小按钮维系民族尊严"的使命担当，直面浩瀚天宇尚荒芜、迢迢银河令人愁的状况，不懈创新，不懈奋斗，从东方红一号高歌云霄，到航天员遨游太空、嫦娥五号取样"回家"，一项项成就让人目不暇接，把欲上青天揽明月的浪漫遥想变为现实。往昔惊叹加加林、阿姆斯特朗，如今看我中华航天人。

这次在发射中心给我们介绍情况的是位年轻同志，毕业于国防科技大学，现已成为发射中心的中坚力量，他的几位同事也都很年轻。据说，现在航天技术骨干在三十五岁以下的约占百分之八十五，可谓是大鹏一日同风起，扶摇直上九万里；中华儿女多壮志，敢教日月换新天。正是一代代航天人怀揣飞天梦想，一批批优秀航天英才接续努力，我国航天事业才不断刷新中国高度，不断创造更多的中国奇迹。

忆花博汇同学游

廖生斌

　　"三八"妇女节前一天，武昌的老同学彩云在微信朋友圈写道："好想再去一次花博汇。"

　　我心想，武汉花博汇就在武汉的西北边，我的老家——蔡甸区大集街境内，又不远，又有私家车，为何发出如此的感叹？原来是因为去冬今春的疫情宅在斗室里，闷久了而发出的祈求之声，去一趟花博汇如今成了一种奢望。

　　花博汇所在地原本只是武汉近郊普通的农村，房屋破旧、道路狭窄、田园荒芜、村容村貌破败。2017年，在武汉市实施的"市民下乡、能人回乡、企业兴乡"（简称"三乡工程"）推动下，有企业在不改变农民宅基地所有权的前提下，对村里的闲置住房进行个性化改造，将天星村改造成为一个集花卉旅游观光、创意农业体验、美丽乡村体验于一体的田园综合体。

从武昌出发开车到花博汇最多只要五十分钟，如果不开车选择地铁，大概需要一个多小时。

2019 年 11 月初，第七届世界军人运动会刚刚闭幕不久，我高中同学组织了一次毕业 40 周年小型聚会活动，就在花博汇。

我记得，彩云和班长都是住在武汉长江大桥与鹦鹉洲长江大桥的中间，张之洞路附近，彩云的儿子开车送她们俩。

彩云一上车给班长讲，我们走鹦鹉洲长江大桥吧？儿子按照妈妈的指令从复兴路匝道上了桥，一上桥儿子就边开边介绍。鹦鹉洲长江大桥位于武汉长江大桥上游不足三千米处，采用三塔四跨钢混结合加劲梁悬索桥结构形式，塔高适中，与武汉长江大桥景观相协调。主缆起伏的外形富有韵律美，桥塔稳重的气势与浩瀚的长江相呼应，三塔耸立，寓意武汉三镇全面协调可持续均衡蓬勃发展。桥身涂装时尚的国际"橘"红色与钢板梁相协调。最显眼的莫过于它的颜色，通体是橘红色。这也使之成为武汉八座跨江大桥中最显眼的一座，从它的年龄上看也符合它的气质：充满年轻与活力。

2018 年 8 月，《长江经济带》特种邮票发行，作为长江经济带上的重要城市，邮票第二图《综合立体交通走廊》以鹦鹉洲长江大桥作为主图，向世人展示武汉建设成就。

鹦鹉洲长江大桥是武汉二环线重要的组成部分，与武汉长江二桥形成新的城市内环线，把汉口、汉阳和武昌三镇的核心区都涵盖进来。

跨越鹦鹉洲长江大桥迅速进入东风高架桥，从沌口体育中心下高架十分钟就到达位于后观湖畔的武汉花博汇。

先到的同学们都在园区入口静候，彩云和班长下车了，班长一身修长奶白色风衣，格外打眼。我在墙角边随手摘了一朵小花，大步走上前去打招呼："班长您好！"将手中的花递到她手上。班长说："信你的邪，这是什么鬼东西，莫把我的衣服弄脏了。"旁边同学大笑起来，说应该送玫瑰花。

到了验票口，十几个同学直接进去了，没验票，我问："你们为什么不要票，我们为什么要票？"同学们异口同声地说："蔡甸区居民凭身份证免票。"哦！我不是，只好掏钱买票。

园区比我想象的要大很多，刚进去的时候看到的园区并不算大，以为洋房就是园区的界限，园区工作人员介绍蓝白教堂的后面还有一大片花田，在里面可以逛四五个小时。那里漫山的马鞭草，远看上去像一片紫色的花海，各色的百合花，夹杂其中美不胜收。

园区内有一片小洋房，风格各异，被开发成各种主题餐厅、咖啡吧和甜品屋。

花博汇以"源自法国、花慢人生"为理念，以花卉景观为主体，花卉旅游观光、创业农业体验、田园养生度假、亲子休闲娱乐、美丽乡村体验、文创产业传承在这里完美融合。

春季是郁金香绽放的时节，每年的 2 月到 4 月，花博汇百亩"四季花海"都会被郁金香"淹没"，如彩带般的五颜六色，纵横在园区的每个角落，组成了世上独一无二的美丽画卷！郁金香，不仅仅是一种花，更是优雅、庄严的象征。

走近了看，一朵朵娇艳艳的郁金香纵情怒放，整朵花好像嫩得就要滴出水一样。在三五片宽带状的叶中央伸出亭亭玉立的花骨朵，花瓣重重叠叠，中间有着白色的花蕊，或如酒杯，或如尖荷，清新雅丽，光彩照人。郁金香不仅花色缤纷而且每个品种都有着美妙动听的名字：像烈焰般炽热鲜红的叫斯巴达克，如黑夜般神秘幽深的叫夜皇后……

一边欣赏一边走，一块坡地的郁金香中间有一铁制双人椅，地标牌上写着：情人椅。有一男同学提议，四十年前同过桌的在这里留个影，一群同学说：好呀！好呀！来我们照一张。大家回忆着，男生主动拉着女生在情人椅上坐下，咔！咔！四十多个同学都照了，轮到我照，可我的同桌，她不在了……

她叫仙娜，是我初中老师的姑娘，一笑一个酒窝，谁叫她，她都是一个笑脸。她读书非常认真，回家还帮家里做农活，是一个心地特别善良的女孩。高中毕业后我报名参军了，就和她再也没见过面，我探亲时听村里人讲，她生孩子时，血崩死了。说她先生了两个姑娘，第三胎想生个儿子，连名字都起好了，叫李享。在临产前，由于农村劳动过于劳累，营养跟不上，血压过低，生产时又得知是女孩，情绪异常波动，手脚乱动，导致大出血，生命永远定格在了二十八岁。

虽然她不在了，但我还是拍了一张同桌照，我坐在情人椅的一端，把印有花博汇宣传画的手提袋放在另一端，照了一张永远思念的合影。

沿着园区的绿荫小道走，到了空中玻璃栈桥。玻璃栈桥长二百八十米，距离地面四十米。同学依次爬了上去，栈桥受风的影响，左右摇摆，我的心怦怦直跳，女同学的尖叫声，吓得我不敢迈步。在同学的鼓励和搀扶下，我碎步移动起来，走过两米后，就自然了。我抬头望了望右侧的后官湖，映入眼帘的是无边无际的湖水，湖水是那么地宁静，从桥上眺望那湖水像是一块无瑕的翡翠，清澈得能望见湖底的石头。游人坐在船上，划动桨儿，耳边听见桨儿划动湖面的"哗——哗——"声，时间好像停止在那一秒钟，我认真地、仔细地倾听，似乎听到了湖水清脆悦耳的吟唱。

湖中心架起一座大桥，即武汉四环线后官湖特大桥，远远望去，大桥仿佛一条巨龙嬉戏湖中。大桥全长约5100米，桥面宽40.5米，双向8车道，设计车速100公里/小时，是国内目前最长的跨湖大桥。为了使桥面在水上呈现出的形态更美，桥身平面线形采用"S"形，浪漫跨越后官湖。从高空俯瞰，如藏龙卧波，开车如在水上漂。

我伫立在栈桥左侧的钢缆边，看那美丽的后官湖湿地公园。

后官湖湿地公园旖旎在美丽的知音湖畔，马鞍山脚下。这里依托后官湖郊野绿道生态资源景观打造了以"山水相融，田园相映，林城相依，知音文化"为主要特色的生态郊野绿道。这里一年四季风采各异——春天踏青，夏天采莲，秋天观芦苇，冬天赏梅花。

一边远眺一边移步，半天的时间就这样一晃而去，同学们收获满满，喜悦地离开了花博汇。

今春花博汇园区的鲜花继续绽放着，但因园区主人被隔离，花朵自由任意地生长，满地的野草无拘无束地扩张，大门的铁锁也都生锈了。

过不了几时，体育中心的方舱医院休舱，支援湖北的医护人员将在后观湖度假村就地隔离十四天，届时，花博汇将展开双臂，欢迎新时代最可爱的人——白衣天使。

将爱留在春天里

——献给支援湖北的医护人员

米军良

在"嘀嗒"不停的几百万秒当中，那些白衣天使，勇敢逆行；爱的暖流，随驰援武汉的医护人员，悄悄地留在江城大地上，温暖着武汉的春天。白衣天使的爱心援助，把感染病毒的人，从死亡线上拉了回来，减轻了许多人的伤痛，让光明与希望重返人间。

从庚子新年的除夕，最早支援武汉，至3月17日首批救援人员平安凯旋，整整五十四天的时间里，白衣天使在武汉以死拼搏，以命奋斗！谢谢你们，为武汉，为湖北，为这个国家，拼过命。你们的大爱情怀，永远地留在这个春天里。

为打赢这场战疫，挽救被感染的病人，全国346支医疗队，4

万多名医护人员支援湖北。医护人员的身后是 4 万多个家庭，他们
是战士，也是父母、伴侣和儿女。白衣天使以赤诚的爱，驱除病毒
的阴霾，温暖着武汉的春暖花开，温暖着湖北人民的心，也温暖着
祖国 960 万平方公里的每一寸土地。

从白衣天使踏上逆行征程的那一刻起，一句句离别的不舍，
一声声关爱的呼唤，就成了我们对所有驰援湖北的医护人员，最
大的祝福和牵挂。

春风浩荡，荡漾着中国的爱心力量。一个个白衣天使，以丰
满的羽翼，医者仁心的大爱，拯救感染的病人，让生命得以延续，
托起了一道道生命的彩虹！面对猖狂的病毒，医护人员挺身而出，
坚守岗位，用人间大爱的情怀，诠释着"救死扶伤，医者仁心"
的内涵与意义。

没有从天而降的英雄，只有挺身而出的英雄。在病毒蔓延的
危急时刻，钟南山院士告诉我们，不要去武汉，但为了阻击病毒
的传播，他却毅然去了武汉，为我们的国家，挑起了使命与担当，
撒播着春天的希望。

因为这场疫情，我们忍受离别的伤痛、重负荷的惊慌。对于
身处抗疫一线的医护人员，这种感觉要比我们宅家的人深百倍。
医院 ICU 里的医护人员，衣服要穿四层，厚重的防护设备，遮住
了他们的面庞，留给世界的只有美丽的背影。援助武汉的 ICU 主
任胡明，得知同行好友因连日救治重症患者，而被感染，且病情
发展迅速，顿时泣不成声。但她很快忍住悲痛，继续战斗。火神
山医院护士吴亚玲，母亲突发疾病过世，远在武汉的她泪如雨下，
却只能面朝家的方向三鞠躬，怀念去世的母亲。这一刻，感动着
无数人！

谁不知道平安的可贵，谁不珍惜自己的生命，医护人员明明知道有被病毒感染的风险，但仍然坚守职责，不顾自身安危，奋勇向前。为了挽救我们的同胞，救治感染的病人，三千多名医护人员被感染。他们冒着生命危险，以"救死扶伤，医者仁心"的崇高精神，把一个个生命从病毒的深渊里打捞起来！黄文军、夏思思、彭银华、李文亮、肖俊、梅仲明、柳帆……一个又一个鲜活的生命倒了下去，永远留在了黎明之前，他们以血肉之躯，让我们看到真正的民族脊梁！因感染而殉职的白衣天使，用生命争取时间，换来了无数普通人的幸存。感恩你们以博大的爱，捡拾生命的重生，温暖着一个特殊而漫长的春天。

抗疫前线捷报频传，我们仿佛看到了胜利的曙光，但战"疫"却远远没有结束。海外疫情的日益严重，境外输入病例的增多，让我们警醒，不能疏忽大意，不能让我们数日来的付出、我们的牺牲付之东流！相信只要我们继续严防严守，保护好抗疫成果，这注定是一场必胜的战"疫"。

草木蔓发，春山可望。待到明天，春风香甜，让我们踏进满眼春色，用希望装点白衣天使的脚步，写一篇春天的英雄故事，唱一首祖国的赞歌！

仰望五星红旗迎风飘扬，胜利的歌声终将唱响。当胜利那天来临的时候，我们不能只看到激动，只听到欢呼，还应该有沉痛的哀悼与追思，也更应该有问责与反醒，这样，我们的爱，我们的牺牲才不会被辜负，我们的苦难才不会白白承受。

每一个平凡的逆行者都是英雄，你们来时迅速又安静，离别时有序而从容；你们用大爱，驱除病毒的阴霾，温暖了这个季节的春暖花开。

　　说不完恩情，道不尽感恩。谢谢驰援湖北的医护人员，感恩你们，把博大的爱，留在这个春天，守护我们的生命，让我们的国家，拥有明媚的阳光，绽放春天的芬芳！

执子之手感君于怀

——读夫君《尘封的知青记忆》有感

摩　涅

2020 年 1 月 8 日，注定是让一代人难以忘怀的日子。五十年前的今天，江苏省重点中学——徐州一中，第一批插队老三届踏上征程，迈出了知青生涯的第一步。半个世纪的记忆，半个世纪的沧桑，在每一位知青的人生中都是浓墨重彩的历史篇章。

夫君新作《尘封的知青记忆》，如实再现了他刻骨铭心的插队经历，是他青春足迹和岁月情怀的真切写照，沉实厚重，读来令人慨叹，内心无法平静……

1970 年 1 月 8 日，夫君建藩，一个天资聪慧的初二学生，像众多同龄人一样，脱离了家庭师长的管束，开始了人生启蒙期的精神漫游。

眼前浮现出，他背着行囊奔赴广阔天地的身影。仿佛看见家里借钱买的那个柳条箱，看见他手里的网兜，网兜里的洗脸盆和热水瓶；看见简陋的候车室里，老父亲眼里闪烁的泪光；仿佛听见火车一声鸣笛，车头吼叫着，缓缓启动，站台上哥哥、嫂嫂、姐姐哭喊着"小弟！小弟！"车下车上，一片悲声。读到当年亲人离别的情景，禁不住潸然泪下……

插队第二天，建藩即到黑马河上修涵洞，做小闸工。每天抬大石头，累得浑身像散架了一样，回来倒头就睡。后来去小朱庄挖河，站在刺骨的泥浆里，抡起足有三四十斤重、粗得像擀面杖似的两股铁叉，拼尽全力撬出砂礓。他还干过拆山沟、锄地、挑粪、种玉米、收鸡蛋、孵小鸡。睡的是冰冷的茅屋地铺，每天只吃两顿饭，一年只挣五块钱……忧愁缠满全身，痛苦飘洒一地。他累，却从不止歇；他苦，却无法回避。文章以叙事为主，穿插了议论、描写、抒情，连贯一气，互相衬托。五十年前的春夏秋冬、生而为人坚守的精神信念跃然纸上。非亲历者，无以提笔成章；没有深刻的洞察力，没有积极进取的生活态度，无以描绘出如此细致醇厚的画面。这是一代知青皮肉煎熬的生命赞歌，建藩把自己的灵魂祭奠在了那片辽阔的土地上。

"回城干临时工"一节越发沉重，真真切切，可歌可泣。广山采石场、电业局食堂、孟家沟农药厂，处处有他生活的印迹，孤独而苍凉。建藩以多彩的文字反刍生活百味，写出了矛盾，写出了生活中的"真"和"深"。一个有骨气的知青，一个体谅父亲的儿子，一个不愿打扰哥哥、姐姐家正常生活的小弟弟，拼尽全力颤巍巍地挺立在自己坚守的人生战场上。再苦再难，不向亲人伸手，坚持自己养活自己。酸甜苦辣调和了他人生的匆忙，苦与泪交织的经历打造了他挺直的脊梁。这是骨子里的修养。

"爬车逃票"直面真实，以一种客观开阔的心态，表现出特殊年代知识青年的喜怒哀乐和具体困难。那些身无分文的大男孩们卑微、尴尬、纠结、矛盾的精神世界，在他笔下入木三分，无论是表现人物形象，还是烘托人物心情都准确鲜活，起到深刻揭示主题的效果。这哪里是抖落当年学子们的不堪啊，分明是在拷问人性，分明是把荒诞的闹剧、争议和政治文化史巧妙地联系在了一起。该章节有强烈的感染力，看似不着痕迹，褒贬尽在不言中。

建藩并不拘泥于灰扑扑的生命表象，当青春正盛、志在千里时，矛与盾同向共力，必将有双手丈量天地、沛然莫之能御的力量。他先后被选入路线教育宣传队、毛泽东思想宣传队、贫下中农宣传队。《老两口学毛选》排练时，朱美的"头巾"渲染气氛，逼真现实；《沙家浜》演出中，何霞"说错台词"写得有声有色，让人哑然失笑；巡演《打牙祭》寥寥几句，轻松有趣；《突袭敌军司令部》舞台上的几个"侧手翻"，箱子底下珍藏的那副新四军"绑腿"……足见这位热血男儿曾经的激情，曾经的矫健，曾经的多才多艺。作者酣畅淋漓地抒发着对贫下中农的深情，对表演艺术的热爱，对"大戏班子"——徐州一中高才生们的赞美，是那么活灵活现！读后扼腕长叹，五味杂陈……

人生是种种矛盾的综合体，生命从来不曾离开过孤独而独立存在。建藩学会了怎样在逆境中生存，在坎坷中奔跑，在挫折里涅槃。1973年，建藩被选为"知青标兵"出席全县知青代表大会，同年，在县批林批孔大会上代表知青重点发言《父母在不远游》并向全县广播，包括"知青茅屋"里的"粗杠子""农药喷雾器"等诸多故事细节，充盈着对岁月荒唐的妥协和叹息……矛盾的，才是两难的，才是令人唏嘘的，才有需要读者去填补想象的空间，才会对作品念念不忘。神奇的是，建藩能在妥协和叹息中留给人们一双透视现实的心灵之眼，重新审视世界和生命的真实。他艰难地趄行在人生这个亘古的旅途中，顽强地活着。也只有活着，才能走出泥泞，迎来一片属于自己的新天地。冷静、沉稳伴随着他的激情播音，令人刮目相看。

刊登在《新沂文艺》1974 年第一期上的《新苗茁壮》，是一首反映知青成长的诗歌，约两三千字，16K 两个版面，为建藩原创。1973 年底在"新沂剧场"全县文艺会演时由作者本人表演朗诵，一时好评如潮。文中提到这首诗歌的创作过程、县里推选的原因、会演时的精彩细节和各方的评价，历历如绘，丝丝缕缕挥洒着他对知青文化、诗歌、剧本的浓厚兴趣和细腻深情，我沉浸在他的喜悦中⋯⋯

喜欢质朴、有血有肉的文字。跟随他行云流水般的笔触，走进时集街上"2 里长的高考考场"。在那条决定作者命运的 2 里长的土路上，我看到他面对机遇全力冲刺的实力和机敏。尤其难得的是，建藩写出了 1974 年"文革"背景下的考试细节：如何计算"电线杆"的高度，"粪堆"的体积，"河坡"的斜度等，面对实物现场解题⋯⋯叙述不蔓不枝，读来如临其境。这是"特殊家庭出身"知青的求学路，写满了他的上下求索，步履沧桑。结果是，高考成绩名列前茅且表现突出却只能上中师，还是县里把仅有的两个"可以教育好的子女"名额之一分配给了他，他才从农村考回城里，继而又一步一个脚印地读完大学。文中细致地刻画了众多饱满的人物形象，讲述了这段跌宕起伏的生存故事。写得沉着、从容、理智、平静而富有内涵，像山涧的溪水，弯弯曲曲，潺潺流过心头⋯⋯

历史为人们留下太多需要重新认识的东西。在农村一下子待四年绝对不是他的愿望，更不是为了当什么"先进"或"知青标兵"，个人在那个岁月是没有选择的。他干活卖力，生活上唯恐不"农民化"。他为人真诚随和，贫下中农都善待于他，认为他是"好人"。回城以后，新沂老乡还和他有联系。

20世纪80年代中期，王宪洪妻姐去新疆，在新沂买不上火车票，几经徐州到我们家落脚，请建藩帮助买票。每次来都带些煎饼、杂粮或自家腌制的萝卜干，他妻子还给我和孩子做布鞋，当亲戚走动。说来好笑，有一次，量了小儿的小脚尺寸，拿回去做棉鞋，半年后做好送来时，小儿的脚已经长大了，穿不下去了！那双小鞋三新里面，黑灯芯绒"三块瓦"式样，鞋底纳得密密麻麻，手工十分精致，我一直珍藏着。

王宪洪夫妇曾对我说，"队里差不多所有的农活儿，建藩都干过，干什么像什么！乡里平时闲谈免不了张家长李家短，插科打诨讲黄段子，建藩从不参与。建藩走正道，可信赖，队里有事都愿意托付给他。一句话，建藩不油，在农村连抽烟都没学会！"

太史公曰："此人皆意有所郁结，不得通其道，故述往事，思来者。"50年代出生的人历经政治运动，多有宏大关怀和使命感，《尘封的知青记忆》反映的固然是建藩自己的独特人生，通篇却凝聚着他对于社会、对于人生的深刻感悟和晚年思考。

起初，建藩并不愿意回忆知青岁月，怎奈我从历史学、文学、档案学的高度动之以情，晓之以理，软缠硬磨，他才沉重地敲起键盘来"应付"我一番。

这几天，跟随建藩的思绪一起"飞"回到当年他插队的地方——新沂县时集公社明甫大队南头生产队，陪他一起"跳"进那片泥淖里"滚爬",一起哭,一起笑,一起感动。他敲完最后一个字的时候,风雨掠过芳华呼啸而去,建藩不觉走过了青年、中年,已到了晚年。蓦然回首,昔日所有的坎坷与磨难,今天看来都是生命历程中弥足珍贵的篇章!

感谢建藩清晰的思维和超强的记忆力。半个世纪前的点点滴滴,他所经历的情与痛、人和事,竟能一一准确地写出来龙去脉,时间、地点、人物、事件娓娓道来,让我惊讶。他文笔波澜老成,因节制越发饱满,因平淡而更为深切,给我许多启发。

五十年历史长河里,有建藩青春的梦在流淌。《尘封的知青记忆》便是那一潮汹涌的、不可替代的波涛,激荡着他青春时代朝气蓬勃的浪花。它是一幅飘落异乡的生动画卷,展现了夫君在上山下乡独特环境中的不屈和抗争。

我的两个战友

马显祥

我们在相遇之前素不相识，甚至都不知晓彼此的存在。

我们相识了，就是相见的第一天，那是 2012 年 2 月 8 日下午，承德大剧院门前。

我们相识是因一项政治任务，河北省组织万人下基层到五千零一十个村开展加强基层建设年活动，于是我们三人组成了市教育局派驻村的工作组。就这样，经过一年的白银沟战斗，我们成了战友。

战友 A：老姜。他来自市招生办公室，承德县人，1984 年于承德财校毕业，同隆化的张勇、辛占栓、梅国江、苗桂清等是一个班的同学，在校时就是体育活跃分子，大概担任体育委员。毕业后分配到承德市教育局做财务工作，四年后调整到招生办公室，一直工作至今，不入党不提干就是不离招生办。这次驻村，常说的口头禅：基层支部非党也将就了。魏局长临阵任命他为工作组副组长，加强了工作组的领导力量，他本人也终于挂上了"长"字头衔，负责工作组后勤保障和财务工作。

老姜年近半百，从相貌上看也就三十多岁，因为他喜好运动，乒乓球、篮球、羽毛球样样精通，在同市局申请物品时，提出捐赠幼儿园乒乓球案子，被魏局长"幼儿园孩子不打乒乓球"一句话委婉拒绝了，以后每想起打乒乓球之事，就会顺口说出这句话。老姜在工作里准确的职务是"伙头军"。刚到村，没经费，在乡政府食堂就餐，经费落实后雇幼儿园陈师傅做了一个月饭，后来老姜主动挑起了炊事员这一苦差事。他确实非同一般，厨艺是一般厨师不能比，讲究营养餐，研究色香味，诸如，炖肉不能用高压锅，买黄瓜不要顶花戴刺，所有瓜果都是瓜熟蒂落，有花肯定没熟而是用激素催的，木耳葱头有降血脂功效，等等。而且经常告诫我和小朱要注意食疗，中央电视台播放的《舌尖上的中国》他是集集必看，谈论起来也会眉飞色舞。

老姜朋友很多，一个个也是热心肠。他在市里有几个很铁的哥们，还有八姐九妹，到村里亲自看他的就有老大张志伟、金小星、洪德利、崔妹、隋姐、小刘、小张，县里开博雅楼的张燕夫妇带许多礼品到工作组，并接工作组全体成员到县城改善伙食。在慰问贫困户时，老姜不时露出怜悯之心，第一次慰问，当场就掏钱要给刘宝印父子两人；他把家里和亲朋的半新衣服全部拿到村里，捐给当地百姓，在张老师涮碗收拾桌子时，他反复说张老师是好人，不容易，总是帮张老师收拾，还把自己认为较好的衣物赠给张老师……

老姜富于正义感，经过招生办的历练，工作认真负责。他父亲是 20 世纪的总校校长，这种人生态度与其家庭教育有着密切关系，他们弟兄四人还有一个妹妹，母亲已故，对父亲都非常孝顺。朋友给他的称谓有"将军""姜四""老四"，他长兄在秦皇岛，二哥在承德县。刚入村不到一个月，他父亲就住院并且做手术，为了不影响入户走访和调查，他瞒着单位和工作组，就是不请假，直到圆满完成村情民情调查。在他的积极争取和努力工作下，市招办更换下来的十台微机全部捐给了偏坡营中心小学，并创造了市局机关第二党支部全体党员到帮扶村开展活动的机会。他也得到重用，由负责社考变成主管高考。

战友 B：小朱。他来自市教育局师教科，安徽省天长市人，行武出身，曾在丰宁、承德县、上板城武警中队任过职，大家都称呼他朱营长。刚入伍在北京武警，后考入军校，毕业后来到承德，娶了妻安了家，2009 年转业到市教育局工作，小朱身上有军人的作风和军人品质——干净利落，尤其生炉时，一天扫八遍地，行李叠得整整齐齐，专注的眼神，让人们联想到当今年轻人共有的特长。他打一手好呼噜，让同室的老姜形成零点之前不能入睡的生物钟。所谓日有所思，夜有所梦，小朱有时说梦话，诸如："降温了，撤！""我抓捕你""那个姑娘怎么总是看着我"，等等。小朱负责组内的信息材料和档案管理。

小朱三十多岁不到四十，年轻是他最大的本钱，家有年轻漂亮的妻子和天真可爱的儿子，在村里持续住上几天十几天，他会不自主地想老婆想孩子。他喜欢上网，爱网上聊天，多数是和部队的战友，在承德除了妻子的亲属，他的社会交往对象就是战友，工作的同事也是到市教育局以后才逐渐接触的，有些关系也特别好。比如，隆化进修学校的孙成华，不但亲自带领学校班子成员到村送米面油和二十件玉宴酒，还请工作组到隆化，由县委常委、武装部长李全盛作陪举办晚宴；还有县教育局的白建民，大庙小学校长和水泉沟小学校长，他们都很熟。小朱办事时常说一句话："走一步看一步"，这和他的部队生涯不无关系。

小朱很有上进心，特别关注每个人的成长，每当遇到有提拔可能的人，他都会详细探讨和认真研究。这次下基层，也有锻炼干部、选拔人才的任务。

小朱很敬业，把工作组档案整理得井井有条，还经常同营子区工作组、宽城县工作组交流工作体会，向上反馈也及时。工作组在《承德日报》发布消息五条，市县电视台报道一次。小朱带动全组成员天天写民情日记，一天不写就好像缺点什么，养成写日记的良好习惯也是基层建设年工作中的重大收获之一，使人受益终身，对年龄大的人来讲更为宝贵。市旅游学院组织师生为白银沟捐赠一车的衣物也是由小朱牵线搭桥才促成的。驻村期间，小朱不忘单位工作，特别是对特岗教师和办教师资格证的来电，每问必答，耐心细致，仅此项就多开支手机费上百元。在承德考录教师审查时，小朱被丁然局长称为"黑脸包公"，严肃认真、爱岗敬业成为同志们对小朱的高度评价。当然，对于工作上的事，他总是热心办、马上办、办得好。隆化一小刘全铮，偏坡营幼儿园高小翠、小闫、小常，他都热心帮忙，特别是马文金考录双桥区东园林小学一事他立了大功，这些也是他在驻村期间为民造福、为老师分忧立下的功绩。

小朱老家离南京、滁州较近，经济繁荣，地区富裕，当地以民营企业居多，有很多生产电缆的厂家。他家改革开放之初就搞运输，他父亲的驾驶技术已达炉火纯青的地步，所以小朱会开车，在部队时常驾驶。小朱转业留在承德也算支援贫困地区了。刚到村，还是冬季，冷的夜间懒得去厕所，人们宽慰小朱，到了夏季就好了。夏季到了，苍蝇蚊子又开始"嗡嗡"作响。小朱坐在院子里自言自语，"春夏秋冬，酸甜苦辣""春夏秋冬，酸甜苦辣"，反复说了五六遍，好像从中悟出了深奥而神奇的大道理。

冬季睡觉不能脱衣，夏季蚊虫来袭，做饭烟熏火燎……两个战友都默默克服，让困难成为工作的动力。我们不仅结下了深厚友谊，增加人生幸福指数，而且也实实在在地得到锻炼，受到教育，我们的足迹留在白银沟大地，这是一段难忘的经历。

我的两个战友，特点都很明显，一个是地道的承德人，长相却极似维吾尔族人；一个长得像本地人，说起话来一听就是外地人，不熟悉他俩的，都认为来了两个外地人，"两个外地人"在白银沟生活战斗一年，便成了与群众融为一体的白银沟荣誉村民。

留恋军营思念战友

封金花

　　终生不悔是军人身份，终生难忘是战友深情。军队这所大学校，培养军人锻炼成长；军营这个大家庭，兄弟姐妹情深意长。然而军人毕竟不是终身职业，战友再亲也要各奔东西。铁打的营盘流水的兵，天下没有不散的筵席。但每每战友离别，都会让人难分难舍，黯然神伤。

　　最为难忘的是1983年那次饯行晚筵，当时地勤单位有徒弟王振起和同批弟兄等十余人转退。那些日子里，营区的气氛异常沉闷。篮球场、排球场上没有了平时龙腾虎跃、呐喊助威的生气，变得冷冷清清。尽管经验丰富的炊事班张班长，特地把伙食安排得很好，可是那些人高马大的吃货们面对美味佳肴却异常秀气，好似集体味觉失灵。因为人们的心里溢满了别恨离愁。

想想也是，我们这些热血青年，远离故乡，相聚连队许多年，朝夕相处，亲如兄弟。战友一块学习训练，一块执行任务，生活上相互照应，私下里无话不谈。过惯了团结紧张的军营生活，突然间要改弦易辙，天各一方，心里翻江倒海是必然的。别说是战友，就是家属，也非常不舍。那些天，我四岁的儿子人气很旺，这个过来摸摸头，那个过来亲亲脸，问他，"想叔叔吗？""想伯伯吗？"小家伙似懂非懂连连点头，回答"想"。是啊，人非草木，哪能不想？他来时才四十天，是在军叔军伯的手心里长大的。他哭闹时，只要小王叔叔亮开嗓子一唱，便神奇地破涕为笑。节假日的聚会别提多热闹了，把几家的煤炉提到乒乓球室，在球台上亮开架势包饺子。形状各异的水饺敞开吃，大瓶的散酒放量喝，酒醇饭香，情深意长。

分别的前夜，我喝醉了，下楼方便时躺在院子里迷迷糊糊睡着了，是战友发觉后把我架上楼的。记得那天十几个人在卧室喝酒，开始都不敢谈及正题，怕把控不住。几杯酒下肚，酒后吐真言，都哭了，有好几个歪倒在床上或床边，脸上挂着泪痕，口中念念有词……

第二天送别场面，如节庆般热闹非凡，估计大院里的人都出动了。当官的当兵的，空勤地勤后勤的，还有许许多多的家属，站在通道的两边，一排转退战友走在中间。哪里挪得动啊！走走停停，拉拉这个，搂搂那个，十八相送似的。个个脸上挂满泪痕，有的紧紧相拥失声痛哭，炽热场面感人至深。触景生情，于是我想：军队大熔炉铸就了壮士的铮铮铁骨，和谐大家庭的氛围滋润了军人的侠肝义胆。而这些"硬件"和"软件"，既是人民军队克敌制胜的法宝，也是每个军人终身受用的宝贵财富！

别看难分难舍时，信誓旦旦，呼着喊着表示会尽快再相见。可真正天各一方，实际情况却是，分别时难，重逢更难啊！就拿我那个徒弟小王来说，复员回天津后，开始几年还有书信来往，并夹带着漂亮小女儿的照片。后来也只是从武汉的天津兵那里，间接地了解到有关他的一些信息，再后来联系就中断了。可我们一直惦记着他，战友聚会时，许多相熟的人提到他，都非常关注。算来当年的帅小伙，也已六十多岁了，不知他生活得怎样？身体可好？有什么喜讯可与战友分享，有什么难处需要弟兄分担！唏嘘间，恨不得到中央电视台《等着我》栏目去寻人，因为小伙子太招人喜爱，也太让人挂牵了。

留队的，或者城市兵，相对而言，见面的机会多一些，或者出差时"公私兼顾"，或者旅游顺路，或者各种聚会得以相见。我调来海口以后，前后接待了不少亲朋好友，其中有一位"不速之客"令我没齿不忘。那是我刚搬来不久，山东籍战友刘玉山忽然从沙市飞过来。我们以为他是出公差，回话说不是。他专门请了两天事假，飞越万水千山，只是因为和别人闲谈时，得知我爱人情绪不怎么好，放心不下，过来看看我们。简单话语，轻松表述，说得我和爱人心里发暖，眼睛发热。这就是亲战友，亲兄弟！即使一奶同胞，也不一定这样暖心暖肺！

今年回家聚会，见到了机务的袁玉起夫妇和医务室的于风海夫妇。他们是专门从山东开车过来看望大家的，小于的爱人晕车呕吐，脸色蜡黄。我们河北六家战友尽地主之谊，热情招待。分别三十多年，风华青年已是满脸沧桑，须发斑白。亲人相拥，泪流满面，有说不完的知心话，道不完的离别情。深夜子时，劳累一天该休息了，但大家全无睡意，并排坐床边接着讲。第二天天不亮，再凑到一个房间，或站或坐，谈话继续。那架势，像是要把几十年日思夜想憋在心里的话，来个竹筒倒豆子，问完说完。战友袁玉起，是张桂丰接的兵，而张已于几年前病故了。他心心念念，提出要去墓地看望老排长。于是买了中华烟、老窖酒，由我们开车陪同前往。在野外土坟前，他长跪不起，大哭一场，边哭边讲。以至于返回的路上，还在滔滔不绝、千恩万谢地述说故人对他的栽培，对他的恩惠。

提及战友张桂丰，可谓德才兼备，很有发展前途，只是在农村的家属偷着生了第二胎，那时政策严，他胆小怕受处分，先自罚，违心地申请转业，离开所热爱的飞机维修职业。他回去后在公社任职，工资不高，老父偏瘫，哥哥出车祸，入不敷出，导致急火攻心，年纪不大得了脑血栓，先是"栓"住嘴巴，说话不利索，后来又"栓"住一只眼，半失明，遭遇很惨。屋漏偏遇连夜雨，听说下雨时他们家的屋顶像筛子底，一家几口只能蜷缩在土炕一角。多亏桂丰为人厚道，很讲义气，交往了不少挚友。危难时刻，是他的亲戚、朋友、同事主持着，为他家盖了几间砖房，且不用他本人操心费力出钱。1997 年春我去看望他，得知其不幸遭遇，硬是塞给他几千块钱。他病故时，我正探亲在家，接到战友通知，得以见他最后一面，送他最后一程……

回忆翻篇，泪眼婆娑中，我很钦佩袁玉起知恩图报的义举，也很欣赏张桂丰的人格魅力。觉得桂丰一生积善积德，可亲可敬，在他生前或去后，有那么多人感念他的厚德，他在天之灵也应感到欣慰了。

袁玉起讲述战友刘坤山的事情，也是言者动情闻者落泪。刘复员回山东后，被安排到滨州地区某银行。前几年体检，查出肺癌。自知来日不多，想去当年的营地看看，并且通知了不少人。亲人们都一呼百应，想帮他了却这个心愿。不想，天不遂人愿，他病情恶化，未能成行。病入膏肓时，刘急于要做的，是面见战友。家人不想让他折腾，可他态度坚决，执意要挣扎着爬出门。拗不过他，只好按名单一个个告知，让战友到他家中见面。到不了的，不得已用车拉着他，一个不落地登门拜访。想必此情只应军中有，怎能不令人动容？办完这些事，于那年的腊月二十几，他撒手人寰。听人讲，他身后，家人生活条件并不好。他身处信贷主任的位置，长期和钱打交道，却没有沾染铜臭，洁身自好，足以证明他是一个好党员、好干部，是部队培养的优秀军人。

人生苦短，友谊情长。走在岁月的路上，我们要倍加珍惜亲情、爱情、友情。如果想谁了，想去哪儿玩了，不要犹豫，拔腿就走，因为年事渐高，所谓的来日方长，有时并不长。刘坤山、张桂丰等终去时带走了遗憾，也给人们提了一个醒。于是2014年的春天，我们七家同乡战友，从五湖四海，聚集海口，纪念参军四十五周年。火山口、万绿园、东郊椰林、南国木棉，兴之所至，有点乐不思蜀。分手时相约2019年，参军五十周年时，老家再聚，一起去看沧州的狮子、景州的塔、衡水湖的荷花……

信守诺言是军人的特质。2019年春暖花开时，齐聚家乡，而且是近百人的大团聚，盛况空前。在衡水湖游玩时，巧遇同年参军分到上海的那批战友，他们也是在聚会。"两军"人马，分别五十年，在家乡不期而遇，不谋而合，充满喜剧色彩。双喜临门，摄像留影，意义非凡。

庆典仪式令聚会高潮迭起，播放自制短片，回忆青春年华；

文艺轻骑载歌载舞，魅力不减当年；频频举杯致意，祝福祈愿满满——共同祝福祖国繁荣昌盛，祝福战友健康平安，期盼多多聚会经常见面。

那是人生最幸福的时刻，是弥足珍贵的永久纪念！

卖蛇记

衡锁鱼

我的家乡蛇少，毒蛇更少。至今，我只见过菜花蛇和土条蛇两种。家乡人大都闻蛇色变，见蛇就要退三步。我的发小江福从小胆儿肥，不怕蛇。我们几个小伙伴还曾随他卖过一次蛇呢！

时间调到 20 世纪 80 年代初的一天，我们村里来了三位耍蛇人。他们开着一辆小型客货两用汽车，车上装着几个塑料桶和铁笼子。塑料桶里装的是泡着蛇的蛇酒，说是可以用来治疗关节痛、腰椎痛及风湿病。

三个铁笼子分别装着一些活蛇。一位年龄大约六十岁的耍蛇人，从一个铁笼子抱出一条大蟒蛇盘在脖子上。大蟒蛇吐着蛇信子，头慢慢扬起，在耍蛇人脸上爬来爬去。耍蛇人说，遇到大蟒蛇缠住人时，不能硬掰，越掰它缠得越紧。唯一的办法是不要紧张，用力地捏住蛇的七寸，不超五分钟，大蟒蛇就不能呼吸了，没力气了，身体也自然松弛了，耍蛇人边说边当场演示。村里人很少见到蛇，更未见过这种场面，不由得鼓起掌来。

接着，一位四十多岁的耍蛇人，从另一个铁笼子里抓起几条颜色各异的蛇。两条分别缠在左右胳膊上，一条缠在脖子上，一条直接装入贴身的背心里，另外两条拿在手里很随意地玩起来，任由它们吐着蛇信子在身上爬来爬去。

观众都觉得很好奇——为什么在他们手中的蛇就那么听话呢？我想，大概是人家胆子大、手段高吧！

最后一位耍蛇人也出场了，是位腼腆的少年。他从另一个小铁笼子提出一条黑色的蛇，有一米多长。少年说那是一条生性凶猛且有剧毒的眼镜蛇，一旦被它所咬，必死无疑。

少年把眼镜蛇放在地上，蛇头仰得高高的，前半个身子直直立着，呼呼地吐着长长的蛇信子。蛇头不停地左右转动，显得非常灵动，而且蛇头变成了扁薄的椭圆形。围观者听说那蛇有剧毒，迅速向后退了好几步，并发出一片啧啧声。

少年得意地笑着，低头弯腰，一伸手，准确地抓住眼镜蛇的七寸，将其提了起来，笑嘻嘻地向观众走去。观众急忙后退，少年又笑着说："现在它就是一条麻绳而已，不会咬人的。"少年接着说："蛇是冷血动物，身体可凉快了！"并示意观众可以用手摸一摸，体验一下。

听到这儿，胆大的江福上前就要去摸。少年突然把蛇迅速向江福递了过去，江福吓得"啊"一声向后退了好几步，少年大笑，江福轻轻摸了一下蛇："真的好凉快！"

过了一会儿，他们把大大小小的蛇捞到塑料盆里，用一个小碗盛出蛇酒，认真地讲起蛇酒的医用价值来。

围观的人越来越多，个个都跃跃欲试，有的抹在肩部或腰间，有的涂在膝盖或太阳穴上，都说凉爽舒服。少年说蛇酒每两价格五毛钱，但买的人却不多。只听得村里的李伯说："一瓶西凤酒才一块二毛钱，散装的西凤酒一斤还不值五毛钱，你这蛇酒也太贵了！"

后来，耍蛇人将价格降到了四毛钱，但买的人还是很少。耍蛇人无奈地收摊走人，但留下话儿："从明天开始到县城大操场的物资交流大会连上五天，节目更精彩，并且在演出现场买蛇，每条一百元。"人们开始私下议论：十年八年也见不到一条蛇，哪来的蛇卖呀？

人世间，有些事儿就是赶巧。第二天中午，村东头的阿金家，正吃饭，突然一条土条蛇从草棚顶上掉了下来，吓得一家人四处乱跑。阿金急忙操起烧火棍，想把蛇挑出屋去，并让儿子小金拿来背篓，将蛇装进背篓送到野外放生（我们家乡称土条蛇为土地神，不会打死，一般都要送走放生）。

谁知这条蛇很不听话，阿金稍一松劲，蛇又挣脱了，反反复复。阿金无计可施，满头大汗。正当人蛇斗争最激烈的时候，江福赶到了。

江福胆大心细，左手拿起烧火棍，小心翼翼地把蛇头狠狠压住，然后用右手捏住蛇尾巴边抖边把蛇身提了起来，最后从左肩上拽下一个布袋把蛇装进去，笑着说："咱们到县城卖蛇去！"我们几个小伙伴，嘻嘻哈哈地相随直奔县城而去。

县城的大操场能容纳十万人，人山人海。两个舞台同时唱戏，也叫斗台戏。操场四周搭起不同颜色的帐篷，各种小摊依次摆开。我们径直向东南角耍蛇的场子走去。三辆相同的客货两用小汽车依次摆开，箱板放下来，搭成了一个小舞台。耍蛇人在台上表演，内容大致和在我们村里演出时相同。但这次耍蛇人多了，观众更多，里三层外三层把舞台紧紧围在中间。

表演间隙，江福提着布袋走上舞台，耍蛇人一时不知道是怎么回事，还以为他是来买蛇酒的观众，急忙请江福到舞台中央。江福上台后也不言语，提起布袋一角把蛇倒了出来。谁也没想到，把蛇当玩物并扬言要收购蛇的耍蛇人"啊"地大叫一声，急忙后退。

江福很淡定地说："你们不是要收蛇吗？我是卖蛇的。"耍蛇人悟出了原委，相互交换眼神。一位年轻人边拽江福的衣角边小声说："兄弟，请把蛇收起来吧，我们也不容易啊！"又偷偷给江福裤兜里塞了十块钱。江福反倒不解了，心想：你收蛇我卖蛇有错吗？怎么能说话不算话呢？江福很无奈地把蛇收入布袋中，我们一同离开大操场，回家的路上把蛇放生了。

几十年过去了，回想起那一次，也是唯一的一次卖蛇经历，还是有点儿感慨。现实生活中，耍蛇本来就是为了促销蛇酒，收蛇更是噱头，而当时的我们却信以为真了。

爬山虎

衡锁鱼

　　雨过天晴，密匝匝的爬山虎叶子上晶莹剔透的水珠映着阳光，闪闪烁烁地跳动着，折射出五光十色——小小院落竟然会有这样一幅美丽的图画。

　　思绪回到了 20 世纪 80 年代初，在外地读书，回家、返校都途经北京，转车时总要等几个小时甚至小半天。这当儿，我会到火车站附近或者天安门广场漫步，有时还会欣赏一下首都的美丽街景，喝口大碗茶，吃碗炸酱面，打发孤独的候车时间，也从心里感到不虚此行。

　　漫步中，我发现好多建筑外墙，密密麻麻地爬满了绿色的植物。来自大西北的我对这种绿色植物感到十分新奇，它们是怎么爬上去的呢？当时并不知道这就是爬山虎。

虽然是匆匆过客，这种植物的形象还是深深地印在脑海里。我经常想起那爬满墙壁的绿色，想弄明白它是怎么爬上去的。我想到了葡萄藤沿着架上的铁丝慢慢延伸的情景……

然而，十年前的亲眼所见，打破了我的臆想。

当时，刚搬进新小区，路面已完成硬化，工人师傅们正在栽花、植树、种草。他们在高高的护坡下挖了数十个大约五十厘米见方、深不到三十厘米的小坑，坑里挖出来不少石头、砖块及石灰渣。我好奇地问师傅："挖坑干什么？""栽爬山虎。""这种土质能活吗？""能！爬山虎好活。"我笑了笑，离开了。

半个月后，护坡下的爬山虎，已经长到大约三十厘米高，倚墙而上，不但棵棵成活，而且活得旺盛、精神抖擞。爬山虎的生命力真顽强！我对自己的无知感到惭愧。

过了三年多，高高的护坡已被爬山虎遮挡得不到三分之一。难道它们能自己爬上去吗？带着疑惑，我来到了护坡下，仔细地观察起来：深绿色的叶子厚厚实实，叶脉向外延伸。爬山虎的叶子，大多是五片，也有三片的，叶子呈卵形，边缘有锯齿。我用手拨开茂密的叶子，发现藤条大多为紫红色，也有灰色的，粗粗壮壮。枝上长满弯弯曲曲的须，是嫩嫩的青绿色，毛茸茸的。藤条分枝很多，卷须互相缠绕，犹如织成的网。每个卷须的顶端有一个小小的吸盘，紧紧地吸附在水泥护坡上……

收回思绪，远远地望着闪闪发光的爬山虎，敬重之情油然而生。它虽然毫不起眼，却很有性格。它不用人工修剪，成千上万的绿叶却彼此谦让。它永远奋发向上，柔软而强健的身体里，蕴含着坚强的毅力和无限生机。看着它们，我仿佛看到了自己的影子。

桃花开了

——

衡锁鱼

路边护坡上的几棵桃树终于开花了，我的心顿然欢喜，于是停住脚步仔细地欣赏起桃花来。

淡淡的白色桃花星星点点挂在枝上，很是典雅别致。枝头上还有紫红色的花蕾静静地坚守着、等待着。我急忙摘去口罩细细呼吸，淡淡的清香迅速沁入我心脾，冲走了鼻腔残留的药味。

仔细观察，每朵桃花基本都由五个勺状花瓣均匀而巧妙地排列组合，形成一个特别的五角星图案来，圆润而精巧。花蕊中的花丝或者花柱是浅黄色的，这种花丝也叫腺体。细看会发现，每朵桃花的花丝数量不大相同，有五根也有六根，还有数十根的，但形状基本相同，一样都是细如毫发。

　　远看桃花的花瓣是淡淡的白色，但近看才知道每个花瓣的颜色都略有不同，特别是花瓣边沿的颜色差异很大，有深红、浅红、淡黄，甚至浅蓝。白、红、黄这三种颜色我能想得到，没有想到的是还有浅蓝色。我只记得牵牛花是蓝色的，今天才发现有的桃花瓣还带有一丝浅蓝色，而这种浅蓝色尤其提神养眼。

　　转眼又发现无数小蜜蜂正自由自在地飞来飞去，它们时而盘旋在花瓣周围，时而悬停在花蕊之上。我想它们应该是在仔细侦察采花的最佳路径，准备抢占有利地形吧。这些小精灵总是朝气蓬勃，不知疲倦地为甜蜜事业而忙碌着。一只小蜜蜂停卧在一片花瓣上，旁若无人、聚精会神地吸纳咀嚼花药。哎，这些小家伙怎么会知道桃花开了呢！

　　一阵微风吹过，数片花瓣飘飘悠悠落到地上，桃树下犹如展开了一把巨大的桃花扇。这几棵桃树其实是没有经过嫁接也无人修剪的，任其自由疯长，因而开的花朵也特别小。既然这样的"野桃树"都已经开出了一片春色，那么桃花园里或者桃林中，更应该是万紫千红了吧！

空 杯

——

栗 梅

一个杯子如果装满水，便再也无法容纳它物，如果硬想放点东西进去，水就会溢出来，湿了旁边的物品，伤到无辜。

人如杯子，如果总是感觉自己满满的了不起，自然心怀狭隘难容它物，致使自己停止不前。

适时将杯子放空是为了不断进步，汲取来自各方面的营养，经常放空自己，能有更大的空间去学别人之长补己之短。

带着求学的心理，我走进了一位老师的三天书画课堂。培训第二天放学，遇到一个朋友，她见到我大吃一惊，说："你画画都可以当他老师了，还来培训？这个老师是哪里的老师？水平怎么样？"我说："我不知道他哪里人，也不知道他在哪教学，我只知道他书法写得比我好，书法方面完全可以教我。"她听完我的回答似乎无法理解。

这个朋友的想法其实是社会的通病，其实在你想学一项本领时只需要你学习对象的这项本领超越你、可以让你学到东西就好了，何必瞻前顾后？三人行必有我师焉，哪怕是一个小学生，都有可学之处，何况是专业人士。

经常放空自己，带着求知状态接纳世界，你的世界才会越来越精彩，知识和经验才会积累得越来越多。放空自己不是心里啥也不装，而是为了迎接更好的未来，把心变小，小到只能容下知识，容不下不该存放的人和物。

浪漫的小雨

石 瑛

　　早上五点多我从睡梦中醒来，听到了屋外沙沙的下雨声，天气预报看来很准，说今天有小雨，这不就下起来了。

　　既然知道了下雨，也就知道了路上的交通会因为下雨而变得更加拥堵，所以六点半就出了家门。走出家门后，小风吹到身上，我感受到了丝丝的凉意，我也添加了衣服，所以感觉还好。坐上车以后，望着车窗外的雨越下越大，心里做好了堵车的准备。我看着雨中的情景，想了很多……

　　我喜欢小雨，浪漫的小雨，温柔的小雨，雨天正是恋人们约会的好时候，年轻人都喜欢浪漫。我觉得浪漫的气息不只是属于年轻人，还应该属于中年人和老年人，因为爱情是需要保鲜的，婚姻也是需要保鲜的，所以该浪漫的时候还是应该浪漫的。都说是开门七件事：柴、米、油、盐、酱、醋、茶，有人会说，夫妻间过日子就应该平平淡淡的，哪还需要那么多的浪漫呢？但在七夕节、结婚纪念日和对方过生日的时候，你要是给你的另一半一个惊喜，绝对会得到意想不到的收获。我想对方在高兴的同时，会非常欣慰地感受到你对他（她）的爱，也会想到今后生命的旅途中有了你的相伴，生活会更加地多姿多彩！也许有的人会说，夫妻之间还需要浪漫吗？我觉得在适当的时候是很有必要的，那样既可以调节夫妻间的疲惫感，还可以缓解工作和生活带给我们的压力，促使夫妻之间的感情更加深厚。

我们在生活当中会遇到很多的困难，和你同甘共苦的还是与你携手一生的那个人，但是夫妻间的感情靠什么来维系呢？靠的是和谐的夫妻生活，靠的是两个人的默契，靠的是小小的浪漫，靠的是相互的理解……

随着时间的推移，我该下车了，路上确实很堵，来到公司的时候已经是八点四十分了。这只是我在雨天的一些想法，希望和大家共同探讨！祝大家都有一个好的心情！

家乡的"大河"

———

田志坤

　　家乡的河叫卡岔河，是松花江支流拉林河的一条支流。称之为"大河"，是因为这是我十六岁以前家乡老人、大人和孩子们对这条河的统一称谓，在那以前的人们从未见过有比这条河再大的河流。

　　离开家乡已有四十个年头，走过长江，跨过黄河，漫步在松花江两岸，才清楚卡岔河与这些大江大河相比，是一条小得不能再小的河流。几近花甲之年的我，愈发思念故乡，怀念伴我度过快乐童年和长成少年的"大"河……

　　卡岔河满语的意思是：汇流的河。由上游响水河、天德河、上二道河等汇流而成，故得名卡岔河。它发源于舒兰市老爷岭山西麓朱家小院屯西南沟，与天德河汇合，经亮甲山水库拦蓄后泄入卡岔河主河道；贯穿榆树市南北，于大岭镇义山村龙家亮子注入拉林河。卡岔河河道全长 192.6 公里，流域面积 3156 平方公里。我的家乡就在这条河的左岸台地上，河道两岸平原清一色的油黑油黑的黑土地，肥沃得流油，盛产水稻、大豆和高粱。就是这条家乡的"大河"，也是榆树市的"母亲河"，灌溉着土地，滋养着鱼虾，养育着榆树市勤劳的百万儿女。

当和煦的春风吹来，河两岸的柳条冒出绿芽。我和小伙伴们到河边割下柳条，用柳条皮做成口哨，细的吹出高音，粗的吹出低音，吹出《北风吹》和《北京的金山上》等一曲曲动人的曲调。我们在河岸两边草丛中寻找柳蒿芽、婆婆丁、小根蒜、芨芨菜等各种野菜；在柳条丛中捡野鸭蛋；用野花野草编成花环，戴在头上互相追逐嬉戏，有时还弄得灰头土脸，仍不时传出欢笑声，与"哗哗"的流水声、大人们的播种声、鸟儿的鸣叫声互相交织在一起，简直就像开一场音乐会。由此成就了我们乐观向上的生活态度。

当盛夏季节来临，降雨逐渐增多，河面变得宽阔起来。平时在屯前泡子里游泳的我们便不再满足，纷纷跑去"大河"的流水里搏击。有时顺流而下，有时逆流而上，各展风采。不知是这条母亲河"呵护"的原因，还是我们游泳技术水平高的原因，尽管大人们吓唬我们说"大河"中有淹死鬼，随时将人拉进河里淹死喂鱼，但谁也没有被水淹过，还锻炼出我们男子汉不畏艰险的胆识、健康的体魄以及不达目的不罢休的性格。

当初秋来临的时候，雨季刚刚过去。多条小河、小沟流着清水注入"大河"。小伙伴们开始捉鱼摸虾，下河摸河蚌，用八号铁线制作铁钎子捉青蛙，是一年中最解馋的日子。将小河沟两侧填筑土堆，中间留下流水的豁口，放上柳条编织的须笼，遵循"七上八下"的原则，也就是七月鱼顺水流向上游（去水温高的地方产卵），八月鱼顺水流向下游（去深水处越冬）。每隔一段时间去起须笼，总会有所收获，泥鳅、鲫鱼、老头鱼几小时就装一渔篓。一家人蒸上一锅小米饭，吃上一顿鲜鲜的酱焖活鱼，甭提有多惬意了。

深秋的季节更令人难忘！泛黄的河水变得蔚蓝；屯前的玉米，像哨兵一样高高地立着；红色的高粱穗，像一束束直直的火炬；屯后岗地的黄色谷穗，像镰刀一样弯下腰。俗话说"三春不如一秋忙"，当大人们带着喜悦的心情和笑容，忙着收获一年的丰硕成果，个个累得汗流浃背的时候，我们小伙伴们却围着谷垛捉迷藏。有时结队去地里拣拾遗落的庄稼，拣到黄豆就拢火烧着吃，那才叫个香呢！

清楚记得我们去"大河"对岸生产队，仅有的几亩稻田地里拣稻穗。过河的"桥"是用四根铁索铺上木板而成，是那种许多年后在旅游景区才看到过的悠荡桥，胆小的伙伴不敢过，我们几个胆大，过河进入稻田中拣稻穗。在那一年中也吃不上几顿白米饭的年代，大人们将水稻收割得很仔细，一个下午仅仅拣到二十多颗稻穗。回到家用手一粒一粒扒开，奶奶用搪瓷杯在火盆中熬熟了大米粥，几个孩子每人分到半小碗，就着酱缸咸菜稀里呼噜喝光，至今仍回味无穷。要知道，这是我有生之年吃过的最香的大米粥啊！

飘雪的冬天更别有一番风趣。我和小伙伴们在河床冰面上抽冰猴、打雪仗，一不小心会摔个大跟头，根本不感觉到疼，爬起来仍旧疯玩。同哥哥们在冰面穿冰窟窿，用捞箩子捕鱼，有时穿完冰窟窿鱼会自动蹿出水面，我就在一边捡，高兴得跳起来。

然而，"大河"也有发脾气的时候，《水利志》记载，最大流量曾经达到 545 立方米每秒。记得小时候河水漫堤，屯子下坎一片汪洋，没过窗台，灌进水井，半个月吃不到井水。大人们忙着去堵决口，我们小伙伴们光着脚丫在水里捉鱼，可谓是"少年不知愁滋味"。

离开家乡从事水利工作，已经有四十多年了。前几天有机会回到家乡，迫不及待跑到大河边，眼前曾经令我魂牵梦绕的家乡"大河"，早已变了模样。主河槽两岸密密麻麻的柳条丛，被人们开垦种植了庄稼，长满野花野草的滩地也栽种了水稻。许许多多"叽叽喳喳"地叫的野鸭、野鸟也不见了踪迹。河水由于生活和工业污染，变得混浊不堪，河里的鱼虾也少得可怜，心口不免有些莫名的痛。留在童年、少年美好记忆里的家乡"大河"只能在梦中出现了！似乎只有那音乐般潺潺流水声，才能唤起我对幸福童年、快乐少年的回忆……

南疆木棉花吐艳

——歌曲《相会在攀枝花下》欣赏体会

胡建国

去年这个日子，我在广西龙州，携堂弟到龙州烈士陵园为堂哥扫墓，一周年了，历历在目。此刻，不知南疆是否春雨婆娑？ 3 月 16 日，是四十一年前对越自卫反击战凯旋之日，偶尔翻阅到腾讯视频一部电影《自豪吧，母亲》，其中的插曲《相会在攀枝花下》激起了我心中阵阵的涟漪。当年对越自卫反击战在我心中烙下了永不磨灭的印记，为了追随堂哥的脚步，我入伍到了陆军步兵某部，追寻心中的同一方圣地的梦想。

电影《自豪吧，母亲》主要讲述 1979 年对越自卫反击战我边防部队向边境开进，为大部队扫清道路奋勇排雷的故事，穿插了一些其他故事情节，使不同人物形象在严酷的战争环境下得到了升华。导演李光惠、白德彰，编剧是张天民，主要演员有汪宝生、宫喜斌、张百爽等人。插曲《相会在攀枝花下》由张天民作词、高凤作曲，女高音歌唱家朱逢博独唱。可能是那个年代入伍的时代印痕和堂哥光荣牺牲对我的激烈震撼缘故，这首歌我百听不厌，陶醉不已，甚至引起了强烈共鸣，留下了深刻的印象。

词作者和电影编剧为同一人，体现出不凡的驾驭能力和水准。张天民所写歌词精练、优美、贴切、通俗，语句、段落对称，文字的鼓动和情感张力大，如"你看那山岭上的一片红霞，那不是红霞，是火红的攀枝花"，抓住了南疆特有的木棉花鲜艳的花朵颜色，赋予战士鲜活的生命力和旺盛的战斗意志。"青春的花，美丽的生命，灿烂的年华；英雄的花，不灭的火焰，胜利的火把"，"当你浴血奋战的时候，勿忘家乡的攀枝花；当你凯旋的时候，我们相会在攀枝花下"，寄托着亲人、恋人和祖国对年轻战士的厚望和不舍、深情与思念，就像《雁南归》一样，让人完全置身于情景之中不可自拔。这样的歌词，激昂振奋，与音乐旋律相得益彰，随音像画面呈现，产生了无与伦比的意境力度。

作曲家和歌唱家都是大手笔、大家风范。出于对一首歌曲的喜爱，我认真地了解了词曲作者。百度介绍，作曲家高凤，回族，20世纪30年代出生，目前已去世，原长影厂乐团电影作曲家，50年代起即先后任作曲、指挥、大提琴首席，80年代参与创作的作品达二十几部，其中有不少拿过大奖。其作品的特点是抒情、激昂，富有感染力。此曲采用F大调，用四分音符为一拍，每小节两拍子，节拍速率120。此歌由长影乐团伴奏、朱逢博独唱。朱逢博是耳熟能详的歌唱家，久负盛名。朱逢博歌声甜美、空灵、圆润、飘逸，音域宽广，穿透力强，声线鲜明，吐字清晰，银铃般的嗓音有"夜莺"美誉。我的音乐知识肤浅，无法更加深入地去阐述这首歌的美妙，可能是 70 年代那场战争感染了我，以致对其如此钟情。

视频的视觉感染和冲击力巨大。这首歌的画面，搭配的是部队的开拔和一对恋人的分别，内容包括战场的残酷，胜利后的喜悦重逢，英雄花的娇艳，前后方的惦念，画面虽短，但反映的内涵丰富。尤其是画面里的攀枝花，娇艳欲滴，火红芬芳。攀枝花即木棉、红棉，盛产于南方，3—4 月开花，先开花后长叶，其花朵红艳、躯干壮硕，又因 1979 年那场对越自卫反击战波澜壮阔，其色彩犹如壮士的风骨，而被赞为英雄花，成为一种精神力量的象征。这首歌巧妙地把爱情、亲情和友情融为一体，既是插曲，也体现了电影主题。节奏舒缓、中速，亲切深情，似一股清泉汩汩流淌，抑扬顿挫、高昂铿锵，张弛有度。

《相会在攀枝花下》歌词诠释了军人的豪情，旋律镌刻着英雄的豪迈，无疑是我心中久藏的一首经典美作。

家有孙女初入园

何秀华

孙女二十九个月，准备上幼儿园小小班了，开学前半个月，一家人就开始忙活，选小书包、小水杯、小拖鞋、一次性小围嘴、印制小朋友名字的小标贴，洗小园服，晒小被子，等等。

学校要求30号把备用物品送过去，我们提前一天就带孩子去熟悉环境，参观了教室、食堂，查看了午休的小床、卫生间，玩了一把游戏迷宫，也体验了一下拼图墙的拆搭。30号去送生活用品，办理报到手续的时候，因为有家人陪伴，在娱乐区，她和小朋友们玩得高高兴兴，没看出不安和焦虑情绪，我们吊着的心放下了一大半。

正式开学那天，梳洗、吃饭完毕已经八点多了，天气湿漉漉的，淅淅沥沥下着秋雨，我开车带着她来到幼儿园楼下。一楼正门大厅，负责签接宝宝的老师，告知我新芽芽小小班的宝宝，从二楼的后门直接进去，有老师接待。推开小门，红色地毯直达小小班门口，我敲敲门，老师没听见，估计是怕孩子自己跑出来，把门反锁上了，我们只好在走廊上等着，尽管门外音响播放的儿童歌曲声音比较大，但从紧闭的前后门里，仍然传出哇声一片。

我家宝贝的两只小手，紧紧地抓住我的衣服，泪眼婆娑地恳求：奶奶，我们回家，我们回家。这时，过来了一个保育阿姨，刚要伸手抱她，宝贝就搂紧了我的脖子，全身肌肉紧张，号啕大哭起来。我哄了有半个小时，宝贝的心情也不能平复。老师说交给她们吧，总要有个适应过程的。我想想也是，分离必须下狠心，只有交出去，她才能摆脱依恋，独立坚韧起来。不过，孩子被抱走时那撕心裂肺的哭声，还是打碎了我的一颗玻璃心。我在教室门口站了足足一个小时，门内传出任何一个孩子的哭声，感觉都像我孙女的声音。后来看到老师在群里发照片，大多数小朋友适应了，不哭了，我家宝贝也安静了，我才带着空荡荡的心回到家里。

我们的眼睛，时刻关注着小小班的群信息，老师发出来的每一张照片，都仔细查找我们家的那个宝，每一张照片上，都看到她紧紧抓着从家里带去的小水杯，包括睡觉的时候也是搂在怀里的，那是她第一次分离，唯一带在身边的家的依恋。下午四点半接孩子，但我因牵挂孩子，午饭没吃、午休没睡，两点半就到了幼儿园。从二楼的后窗口，可以看到食堂的阿姨在准备下午的点心。小卫生间的窗户，也能看到午休起床的孩子陆续进出。

孩子入园六个小时，就像经历了六个世纪那么漫长，从穿梭的小人堆里，我一眼就瞥到了我们家的宝。三点钟刚过，我就征得了老师的同意，提前接宝宝回家。孩子看到我的那一刻，幸福得语无伦次，要表达的内容井喷式往外冒，因为哭，再加上急切的表达，嗓子有点哑了，我赶紧给她喝点水，并给予奶片以示奖励。

后来的几天时间里，孩子每天夜里睡觉都哭醒，说不想上幼儿园。我认真查看一下幼儿园的视频，发现孩子的游戏时间有点少，互相之间的玩伴关系还没有建立起来。好奇好动、爱探索是孩子的天性，长时间坐在桌子上，估计孩子就会感到无聊和无趣。我仍然坚持每天送她入园，她就跟我有了情感上的疏远，以前非常依恋我，一天到晚奶奶、奶奶叫不停，后来就因为怕我送她上幼儿园，既不跟我下楼，也不坐我的车，一到上学时间，就黏着爷爷出去溜达溜达。儿子说不能让宝宝跟奶奶产生隔阂，以后早上由爸爸妈妈送，下午奶奶负责接回来。可爸爸刚送了一次，孩子就感冒并发起了高烧，就跟宝贝说，学校装修啦，要放几天假呢，你在家里安心休息，养足精神，打败感冒病毒这个淘气鬼。

每一个人来到这个世上，都有四个家，第一个是妈妈的腹腔，温暖的家；第二个是原生家庭，安全的家；第三个是内心世界，自强自立的家；第四个是团队集体，实现自我价值的家。宝贝现在要从前两个家，向第三四个家过渡，必须要经历分离的苦痛，没有分离就学不会自理，也就无法自立。幼儿园是孩子的第一个集体，不经过小小团队的锻炼，老是在父母和爷爷奶奶的包容、代办下生活，就无法独立处理真实的人际关系，跟着家长虽然安全，可没有锻炼机会，就失去了长本领的机缘。

分离是一种撕扯，孩子痛，家长更痛！如果我们放下了，或许就没有撕扯了，这种分离焦虑就会早一点过去。上幼儿园和上学，是孩子不可避免的人生经历，是去学知识、学本领、学规则的，目的是为将来实现更好的自己做准备。在那个陌生的环境，被小朋友推了也好，受到老师批评也罢，这些都是她成长的过程，我们能做的是，教给她遇到问题的解决方法，然后慢慢放手，远远地看着，该出手时再出手。回头看一看，孩子的分离焦虑，许多是来自家长的感染和传递，我们放开了，阳光了，孩子感受到的就不是焦虑了。孩子本身没那么脆弱，是家长的焦虑和过分担忧恐惧，投射并传递给孩子，暗示她一些不好、不快乐的情绪，过度感受会让孩子产生受害者模式。

上过几天学，我们宝贝还真的长了新本事、新本领了，自己的事自己做，自己的饭自己吃，睡午觉自己躺好，穿袜子、脱外套麻利利，上下楼梯主动牵着我的手，说奶奶我来照顾你。但愿宝宝国庆节后，喜欢去幼儿园，沐浴老师阳光般的温暖，感受小朋友间亲密的美好，在她人生的第一个小集体中，早日茁壮成长起来。

奶奶陪练娃哈哈

何秀华

　　儿子将近而立之年，才迎来天使孙女降临我家，全家人的喜悦心情，无法用语言来表达。虽然我曾经是个儿科主治医师，但为了更好、更专业地照顾好儿媳和孙女，还是不惜开销，请来金牌月嫂——梅姐，帮忙照料母女二人的生活起居，并且从常规的二十六天，延长到了四十天，这样一来，儿媳恢复得就更好，宝贝也更加强壮一些。

　　宝贝属狗狗，初来乍到之时，对大千世界没有印象，还比较腼腆，除了吃就是睡。环境熟悉之后，就开始高调表达她的情感和需求，不会说话，但不影响她下达指令。她会用高、低、疾、徐不同的啼哭，安民告示：她饿了、困了、冷了、热了、害怕了、寂寞了……在那些特殊日子里，她就是我们家的最高指挥官，她的一颦一笑牵动全家，一家人的眼睛、耳朵和腿脚，随时随地被她的"哨声"所召唤。小东西机灵着呢，只要一睁眼，吃饱喝足了，眼睛就滴溜溜尾随着大人，小嘴巴一张一合，逗着我们跟她鹅啊鸭的，不知不觉误入动物世界。

古代称儿科医生为"哑医"，奶奶我中医药大学毕业，早年有十五载的"哑医"经历，虽然后期不干临床了，但功底还在呢！对于孙女的那点小脑筋，开启"呀呀"对话之门，基础还是很扎实的。老是"啊儿啊"的，太单调了。无意间，我念叨几句《笠翁对韵》："天对地，雨对风，大陆对长空"，这丫头，头一回听到有节律的声音，高兴得手舞足蹈，两眼亮晶晶的，盯着我看，我用更夸张的表情问她："开心吗？""喜欢吗？"她就把小腿一撑，小肚肚一挺，以示回应。看来，这个小不点，还是挺喜欢奶奶变着花样和她插呱的，要求挺高哦！

在宝贝到来的前一年，奶奶我就开始做功课，学习汉语拼音啦！刚开始前后鼻音不分，翘不翘舌不懂，心里没底，拿到文章就低着嗓子轻轻地读。儿子说："妈，你读书跟唱歌一样，老跑偏，也不在调上。"我说："妈用的是假嗓子，弦子没调好。"等到使用丹田之气，大声朗读时，估计儿媳是实在听不下去啦，主动帮助指导纠错。儿媳妇是个音乐老师，发音清晰，声调音阶把握准确，耳朵特别敏感。我一读错就被发现，立即纠正。几天下来，就记住了常错的同一类型的好多字词发音。现在，跟孙女交流起来，我是自信满满，一是普通话确实有点进步，二是孙女还小，优劣还不能分辨。她只是喜欢奶奶绽开的笑容、亲切的召唤、温暖的怀抱，音准如何，忽略不计。

在孙女面前，我是一个十足的唠叨奶奶，她的眼睛看到哪里，我就像接到指令的电子阅读器，立即发出比较标准、相当温柔的解说：门、灯、桌子……我抱着小小的她，做上面、下面、左面、右面、前边、后边的游戏，她就高兴地咯咯咯笑个不停。我抓着她的小手，指认奶奶的眼睛、鼻子、耳朵；她好像知道，这些器官是限量版的不好配置，因此显得异常认真和专注。

有时候，宝贝该睡午觉却坚决不睡，贪玩耍赖兴趣不减，奶奶我就拿"家法伺候"，给她说说《弟子规》！儿子一看，笑歪了嘴说："妈，你孙女那么小，你给她说《弟子规》，不是对牛弹琴吗？"我说："你不懂，六个月以内的小婴儿，几乎每分钟就增加脑细胞二十万个，从出生到一岁，脑重量平均每天几乎以一千毫克的速度增加，比出生时要增长百分之一百七十五，不给她弹琴，错过机会多可惜呀，况且，她开心，我高兴，才不管小牛还是小狗呢！"

宝宝不懂，奶奶跟她爸爸说的什么牛呀琴的，眨巴着好奇的小眼睛，尽情吸收着一切好听的声音，好看的景物，努力记忆着，认真学习着，然后一点一点进步。到六个月零两天的时候，就明明白白地开口叫妈妈，眼睛追随着妈妈，反反复复呼唤好多遍的那种哦！实践证明，对牛弹琴还是有好处的。我越发"好为人师"，看见花儿草儿树儿，都不忘跟孙女重复个十遍八遍，碰到蚂蚁搬家和蟋蟀躲在草丛里唧唧，肯定是要蹲在地上一起观看聆听，然后声情并茂，教她对物发音。

有谚语说：贵人语迟。可我家的宝贝，早早开口说话。现在，每天像小八哥一样，有十万个为什么要追问，好长的句子，也能完整地表达出来。奶奶我，好想把自己知道的，一点不留地告诉她，不求未来大富大贵，只希望她知道美丑，识得善恶，学会避险，懂得感恩，健健康康，快快乐乐地长大成人，长命百岁，一生平安！

我与《岳阳楼记》的情与缘

————

徐进成

　　那天晚上，刚刚打开电视机，正巧碰上央视《经典咏流传》节目刚刚开播，由中央电视台四位著名主持人担任经典传唱人。四人轮流演唱的不是经典歌曲，而是在流行音乐的伴奏下演唱经典散文《岳阳楼记》。我立马端坐在电视机前侧耳聆听，整个演唱过程时而高亢豪迈，时而优雅婉转，时而激情澎湃，时而流水潺潺。给我的感觉是"此曲只应天上有，人生难得几回闻"！让我再一次从歌声中聆听到古典文学作品的典雅庄重，感受到古人先贤胸怀的浩瀚广博。配上"四大名嘴"的精彩演绎，既有话剧的生动逼真，也有曲艺的幽默风趣，还有民歌的乡土气息，更有国粹京剧那样的有板有眼。加之旋律优美的音乐伴奏，悦耳动听，扣人心弦，真是文唱合一，珠联璧合，彰显正能量，催人再奋进。于我而言，通过银屏观看演唱经典古典散文这还是大姑娘坐轿头一回，不仅让我眼界大开，拍手叫绝，还勾起我许多和《岳阳楼记》相关联的美好回忆。

1969年，我进入"戴帽子"七年制农村学校的初中班读书，正好遇上"学制要缩短，教育要革命"的"特殊年代"，两年制初中语文新课本上都是"红文""檄文"，唯独没有古文。"文革"前的初中二年级语文老课本上是有《岳阳楼记》的，现已被删除，让我错失了在初中和《岳阳楼记》首次相遇的机会。

1992年全国农村开展社会主义教育运动，当地政府抽调乡镇、县级企事业单位干部组成工作组，到农村参加社会主义教育运动。我有幸被选中参加，我所在的工作组组长正是当年七年制学校的老校长。一次，同老校长闲聊读书时代背书、演算类之旧事，老校长指着墙上范仲淹"先天下之忧而忧，后天下之乐而乐"的条幅问我："进成，《岳阳楼记》还记得吗？"我告诉他，当年的初中语文课本上没有《岳阳楼记》，他觉得很惋惜，关照我如有可能将原文找来读几遍，会让我受益匪浅。他还讲了《岳阳楼记》的通假字的认识和使用方法，讲了作者写景物、写情感、写抱负的写作方法，整个文章不但有可叙之事，情感真挚，哲理深刻，典故丰富，而且自然美景、人文意蕴特别丰厚。作者文章的深度、高度达到史上文学家、政治家的思想和艺术的最高境界，人们都说《岳阳楼记》是散文中的经典、经典中的精粹。说着说着，年过五十五岁的老校长竟然眯起眼睛，摇头晃脑地背了起来。虽说不上娴熟，但也一字不落地背了一遍。我非常佩服老校长在学生时代所花的功夫，真是了得。出于好奇和欣赏，我真去找了一本初中语文课本，十分工整地抄写了《岳阳楼记》，全篇共六段，三百六十八个字，我花了四五个早晨的工夫，终于啃通背熟。又像当年的学生一样，跑去背给老校长听了一遍。老校长听后十分满意，说我年近不惑，还利用悠闲时间补上学生时代所缺的"这一课"，值得肯定和表扬。但我知道这是对我的勉励。老校长平易近人、十分谦和地又和我聊了起来。说中国五千年历史中立德立功立言者范仲淹和曾国藩两人当为一流人物。古典优秀散文博大精深，鸿篇历历。《岳阳楼记》是千古经典，此文问世几乎成了天下才子和普通文化人必读的名篇，激励着一代又一代仁人志士"先天下之忧而忧，后天下之乐而乐"。老校长还就散文的文体、内容、形式和风格等，建议我今后多读经典散文：形不散神散的首推范仲淹的《岳阳楼记》、形散神不散的要数欧阳修的《醉翁亭记》、形散神也散的当属庄子的《逍遥游》、形神均不散的当推郦道元的《三峡》。这四篇散文，在写作风格上各具特色，尤其是范仲淹的《岳阳楼记》，全文记叙、写景、议论融为一体，动静相生，明暗相衬。作者打破单一视角，特别是景物对比，创新排偶，语言生动，言简意赅，立意高远，字字千钧，在人生不同阶段品读，感受体会各不相同。年少时读，感觉文字优美，朗朗上口，情景交融，让你立志拼搏，奠定人生之基；中年时读，感觉文意境界高远，思想深邃，让你德以高超，人品上乘。"先天下之忧而忧，后天下之乐而乐"的士大夫情怀前无古人，后无来者；年老时再读，才能真正体悟出该文流芳百世并成为千古绝唱的真正缘由，在华美语言之下包裹着的是闪烁着金子般光辉的思想，文中的许多名句成了无数文人骚客和执政者的座右铭及标杆。这也是我首次与《岳阳楼记》邂逅所得到的收获。

背上《岳阳楼记》，又得到老校长的夸奖，我有些沾沾自喜。我的堂哥于 20 世纪 60 年代初高中毕业，后自学汉语言古典文学函授大专毕业，担任过中小学校长，同我家前后相邻而住。一天，我俩相遇，我故意扯起话题，谈及《岳阳楼记》。我提起话头，他就滔滔不绝，讲起范仲淹《岳阳楼记》的写作背景，说起范公出生于苏北徐州，并担任过兴化县令，在担任泰州西溪盐仓监官员时，组织四万百姓修筑黄海沿岸"范公堤"三百公里，如今我们苏北盐阜地区滨海海岸至南通的海堤基础都是当年范公的为政丰碑，他不仅是文学家，还是水利专家、政治家、教育家、军事家，真是文韬武略，智慧过人。他略作停顿时，我便来了个突然袭击"考"他一下。问他几十年了，还能否背得出？谁知，我话音一落，他就有节奏地背起：庆历四年春，滕子京谪守巴陵郡……虽不能说是滚瓜烂熟，但仍一口气背到底。他将《岳阳楼记》讲得头头是道，脱口而出的都是"鸿篇大论"，我听得如痴如醉，也佩服得五体投地。《岳阳楼记》如此深入人心，让我再一次受到了深深的震撼！

现今，各类新媒体层出不穷，知识的传播方式也多种多样。央视采用歌唱的方式来演绎《岳阳楼记》，形象生动，感染力特强。连我这样年过六旬之人也被深深打动。我相信，通过媒体的春风化雨，在千千万万个孩子的心中从小播下经典的种子，让他们认识经典、爱上经典，未来就能创造经典、传播经典。同时，《岳阳楼记》中丰富的思想内涵，诸如："不以物喜，不以己悲""居庙堂之高则忧其民，处江湖之远则忧其君""先天下之忧而忧，后天下之乐而乐"，千年易过，好文难寻。有人说，不知《出师表》，不知何为忠，不读《陈情表》，不知何为孝。我说啊，不背《岳阳楼记》，不知古典散文美，不知理念是啥样。《岳阳楼记》结情缘，范公美德永传承。通过银屏传播，使美德在孩子的心中生根发芽、茁壮成长，就能够构建起属于新时期中国人的精神信念和崇高信仰。

　　《岳阳楼记》像洞庭湖的山水，永远给人以美好的记忆。"阳和不择地，海角亦逢春。忆得上林色，相看如故人。"范仲淹的诗句，展示出他的远大志向以及不论身处何处，都能为民请命、敢于担当的广阔胸怀。只有将《岳阳楼记》所倡导的精神付诸实际行动，《岳阳楼记》的历史和人文价值才能得到真正体现！

　　致敬，《岳阳楼记》！

　　致敬，中央电视台！

窗外春风千万枝

覃金诚

已经第三个春天住在这个小山坡上。我习惯伫立窗前，看窗外的山，看窗外的海。我住四楼的宿舍，有一扇向南开的小窗，窗前有一个篮球场，周围密布灌木丛林，再向外是一处海湾，海的那头是山，山的外头还是海。看不了那么远，但我知道，海的外面还有几个岛。

我特别爱惜今年的春天，所以在窗前看得认真。几棵大芒果树排列篮球场两边，树干高与窗户平齐，老家那边的芒果树就很矮小，跟这里不一样。芒果树最顶层是春天里换的新叶，嫩绿色的，特别衬托出芒果树褐色的花粉。芒果树的花在12月份就开始发了，经过风雨的蹂躏，坚持到了春天，现在有的已经挂果子，虽有些小，却有几只调皮的麻雀开始偷食了。旁边的灌木丛里还有龙眼树、相思树和一些不知名的树。树是窗前的主角，树的叶子在春天里增添了不少新鲜的绿，层次分明，别有韵味。但最醒目的还是一种叫三角梅的花，生长在篮球场最远的一个角落，藤蔓披满一片，天暖时就会开出紫色的花，看它不像花，更像叶子，一片一片的，冬天里也会开，只要天气晴暖，一年四季都有。我每次看到它，感觉暖暖的。在这春天里，映着山的颜色，映着海的颜色，就特别有春暖花开的样子。

我喜欢伫立窗前，并不是陶醉于眼前的风景，而是沉醉于远方的思绪。以前总觉得，远方是用来眺望的，现在才体会到，远方也是用来回望的。人生路上，走着走着，把故乡留在了身后很远的远方。在我心里，春暖花开的地方，是我永远思念的那个故乡。我想象得到，母亲也会在窗前张望吧，窗前总比门前看得更远一些。那边春天也有枝繁叶茂的树，也有开着花的果树，还有一些野花野草；那边没有海，却有一片水汪汪的田，水田里有清明节前刚插上的禾苗。清明节我同家里打视频电话，母亲说，她同我有心灵感应，叫我不要担心家里。我看到母亲衰老的样子，心里一阵酸楚，眼前浮现以前和母亲一起插秧的情景，母亲那时还笑我插得歪歪扭扭。而此时，我和母亲在窗前交集的春天，已过去了二十多年。

故乡的雨下在清明节，我这边的雨却下在谷雨的时候。春雨是缠绵的，也是多情的。我看见雨，滴落在窗前的树叶上，不见了影子，每片叶子都点点头，好像把雨都收进了心里。淅淅沥沥的声音，如它们的交谈。听得出来，它们心里美滋滋的。妻子说过，她也喜欢在窗前听雨，春雨最让人陶醉。愿这雨声，也能把我的心声在窗前倾诉。我打电话给妻子说："下雨了。"她说："是啊，听见了。"雨晴后，山和海都洗得一个清爽，我的心灵也被洗涤了一次。在窗前，彼此的思绪清澈得像这敞亮的天地。

每天清晨将醒未醒的时候，听到窗外嘤嘤鸟叫声，好像有人与你在梦中对话。若在家里，一岁的女儿就会在这时候醒来，指着外面，要你带她去外面。最近忙累的妻子，周末就特别埋怨没有睡好觉。只是她不知道，小女儿爱听窗外的鸟叫声。要是我在家里，就会带她出去。不怎么会走路的她，会在公园里小跑起来，会捡一些小石块，会捡一些掉落的花瓣……我已三个多月没有回家了，她定也想我了。这个春天，还没来得及分享，它就要过去了。

这个春天，让人更加向往窗外的世界。

这个春天，让人更加怀念从前的日子。

这个春天，让人更加思念窗前的人。

春风吹过来，窗前的人最容易动情了。从远方、从大海、从高山、从绿野吹过来，带着颜色、带着声音、带着芬芳，慢慢地靠近你，轻轻地拥抱你。这时候，似乎有人与你在窗台轻声细语。站在窗前，风被一点一点地收集，时光被一点一点地对焦。此窗前看着彼窗前，今日之窗前看着昨日之窗前，昨日之窗前看着未来之窗前。

每一个房都开一扇窗，每一扇窗都住一颗心。窗前有不同的风景，也有不同的人生。

老娘的菜园子

——

修焕龙

　　老娘今年八十二岁，老爹去世后，她一个人生活在农村老家里。我和妻子几次动员她来天津和我们一起生活，但她老说："住楼房不习惯，城市生活不自在。"其实我们明白，她是不愿意给孩子们添麻烦。哥姐跟老娘住得不远，都不想让她独自生活，她却说："自己过日子自由，和你们住一块都不舒服。"孩子们都清楚，老娘是看儿女平时忙，不想给他们增加负担。就这样，老娘始终独立地生活着，偶尔到子女家里串串门。

　　老娘是个地地道道的庄稼人，特别珍惜土地，打心眼里喜欢种粮种菜。家里养着一只小猫和一只小狗，狗叫豆豆，猫叫苗苗，连猫狗的名字都带着浓浓的菜粮味。

老娘家住在城中村，村里的耕地并不多，房前屋后的空地自然成了"自留地"，老娘开荒种上了葱、韭菜、蒿子杆等蔬菜。老家还有一处老宅子，空闲多年没人住，老娘很有创意，用了五六天时间把整个院子里的石头砖块清走，又从别处推来土，经反复平整，愣在院里整了个蔬菜大棚，种上了西红柿、黄瓜、小白菜、草莓等十几样蔬菜瓜果。有了这个大棚，老娘四季都吃新鲜菜，也不再花菜钱了。

老娘对种菜特别上心。当然，蔬菜对她的辛劳也给予了热烈回报。菜多了经常吃不完，左邻右舍、亲属朋友就跟着沾光。有人建议老娘把菜拿到市场可以卖不少钱，老娘却说："值啥钱？找个乐吧。"妻子跟老娘开玩笑说："你是现代版的活雷锋，新时代的篱笆女人和狗。"老娘说："一辈子面朝黄土背朝天，干点活，累不着，送人家点菜又算啥。"看得出来，与泥土打交道，老娘是快乐的，给人家送菜也是发自内心的。

其实老娘根本用不着种菜，姐姐姐夫干蔬菜批发生意已经二十多年，保障老娘吃菜再简单不过了，帮老娘卖掉种下的菜更是顺手之劳，但老娘依旧喜欢打理她的菜园子，送着她的菜。每逢有亲朋好友来家里，老娘就领着人家到菜园里先转上一圈，让人家参观参观，摘点瓜果尝个鲜，临走时再给带上一包，这样做老娘特有成就感，开心得像小孩一样。时间长了，亲朋好友们有些不好意思，来看老娘时不忘带点礼品，老娘却坚持不要，她说："种菜是锻炼身体，吃菜说明大家有口福，拿了你们的东西，心里就不太舒服。"

不过种菜的确是个苦差事，需要浇水、施肥、锄草、灭虫，还要掌握好节气，管理起来也很麻烦，特别是弄个蔬菜大棚，更费心耗力。干这种差事我想想都头痛，老娘却津津乐道，只当作是茶余饭后的身体锻炼，每天大清早四五点起床后就开始浇水、锄草、整秧子，等别人起床的时候，她已把活干完了。

我经常问老娘这样忙活累不累？她笑话我："你们城里人就是矫情，这点活在农村算什么？"

我瞪大眼："我也是农村人啊？"

"你是脚上不沾泥土的农村人。"老娘半开玩笑地嘲弄我。

是啊，我是生在农村长在农村，但从小读书上学很少干农活，十八岁参军离开家乡，确实没干过庄稼活。至于按节气播种，我更是两眼摸黑。老娘虽没上过一天学，但对节气的把握特别准，亲朋好友经常会享受到老娘的"时令菜"。

老娘七十六岁那年得了脑出血，昏迷了一天一夜，得知消息后我连夜飞回老家。老娘已经不能说话，但意识还算清醒，我握住她手的时候，见她两眼泪水直流。老娘很少流泪，这让我心里特别难过。当时医生给出了三种治疗方案：保守治疗，省钱但结果要听天由命；开颅手术，岁数大有风险可能要留后遗症；请专家进行微创手术，效果好但手术费要十八万元。抢救母亲我们兄弟姐妹竭尽全力，简单通气后便决定从青岛请专家进行微创手术。手术后母亲身体恢复得特别好，不到三个月就"满血复活"，又开始侍弄她的菜园子了。从此以后，老娘常对人说："我这条老命是儿女们给的，活一天赚一天了。"

老娘这把年纪了，又得过这场大病，平时我非常担心她的身体，妻子也常劝她：辛苦了一辈子，该享享清福了。但老娘就像上紧了的发条，根本就闲不下来。我变了个"法子"，动员她："别种菜了，种点花草多好。"她说："土地就是种粮菜的，我们农村人把土地看成宝，城里人才有闲心看花赏草呢。"不幸我又被教育了一把。我不服气，拿大话来压她："习主席说了，人要与大自然和谐相处，绿水青山就是金山银山。"老娘没吭声，我以为她没听懂，不过没几天院子里确实多了些花花草草。我乐了，问老娘怎么改变主意了。老娘说："你不是说习主席让人和自然好好相处吗？"看来老娘是从内心里愿意听习主席的话。

今年春节赶上了新冠肺炎疫情，村村被封闭，吃菜自然成了难题，对于以吃葱姜蒜而闻名的山东人来说，老娘大棚里的蔬菜简直就成了抢手货，谁家包个饺子、做个包子需要点大葱、韭菜，都让老娘从大棚里搞点，老娘从来不犹豫，总是有求必应。后来，她索性把大棚的门锁打开了，让大哥在大棚里立个牌子："摘大留小，再种还长。"就这样大棚里的菜被邻居们有序地采摘着，新菜新苗也在一天天地不断生长着，该浇水的时候，不知道谁给灌溉了；该施肥的时候又不知道哪家给追上肥了，这个大棚俨然成了共有的菜园子，新鲜的蔬菜源源不断。

女儿跟老娘开玩笑："奶奶你太没经济头脑了，疫情期间这菜可贵了。"老娘乐了，还是那句话："这点菜不值钱，左邻右舍的行个方便吧，吃完了我再种，反正我这老太婆的功夫不值钱。"这老娘，不声不响地又给上大学的女儿上了一课。女儿小声跟我说："老爸，我终于知道你为什么不贪财了，原来是遗传。""不，这叫舍得，有舍才有得。"女儿看看我："原来都挺有文化的。"我挺满足，这点家风真的遗传下来了。

"雪儿，别光听你奶奶说好听的，你奶奶还有个外号叫'老财迷'。"旁边的姐姐突然对女儿冒出这么一句话。我们都瞪大眼，等着姐姐爆料……

老家是一个优美的海边城市，村里有两个冷库，海产品冷藏加工，需要人工来分拣装箱，并按斤付给报酬。老娘自然不会放过这挣钱的机会，大清早四五点起床忙乎完那点菜园子，等到冷库开门的时候，早就等在门口了。从早忙到晚，午饭也顾不上吃，一天下来能挣个百八十块钱，村里的大姑娘小媳妇没几个能干过她的。活多的时候，老娘不舍得歇上半天，真是人老身不老，为此别人给她送外号"老财迷"。冷库加工海产品容易受寒着凉，我怕老娘有什么闪失，劝她别再干了，她却总说："能动弹就干点吧，挣一点你们就少分担一些。"其实老娘内心觉得治病花了子女不少钱，不想给我们增添负担。

今年受疫情影响，老娘确实能清闲点，除了管理那点菜园子做不了别的事。突然清闲下来，她感觉浑身不舒服，天天念叨着疫情快点结束吧。

春暖花开了，邻居家的老母鸡孵出不少小鸡，老娘硬要花钱买几只，并告诉我下次探家就能吃上自家的鸡蛋了。我知道老娘又上紧了发条，时钟的"秒针"在永不停息地推动着"分针""时针"有序地转动着。

煮妇之解封手记

刘玺凤

一

今天是城市解封后第十八天。2020 年 4 月 25 日，周六。

窗外阳光格外地明媚灿烂，是那种纯净得没有一点杂质的明媚灿烂，犹如十六岁的花季少女，那没有被尘世烟火浸染的笑容。不用说，这绝对是一个出去郊游野餐的好日子。可是熊孩子说，不想出去，出于安全考虑是一个方面，明天还要上课，心累，不想出去。熊孩子不想出去，我也没有意思一个人出去晃悠。

阳光明媚，微风吹动，阳台上的三角梅开得正艳，粉嫩粉嫩的。每个花骨朵都极力地张开，让花瓣尽情地舒展。这花不但开得艳而盛，还很密集，一朵挨着一朵，挤挤攘攘，好不热闹。说来也怪，这三角梅在疫情期间应该是花期，但它都是枯萎的，蔫头耷脑的样子。你给它浇水，它也是一副要死不活的样子，既不开花也不长新叶，心情不好的模样，就那样无言地静默矗立。然而，城市在4月8号解封以后，慢慢地，我发现冒出了新芽，再然后，开了第一朵花，接着两朵三朵一簇簇，现在，解封后十八天，所有的枝丫上都开了花，一派生机，春光无限。

难道是这花我养了好多年，成精通人性了？我们封城了，它不吐叶不开花；解封了，它使劲地开花长叶，速度还很快。难道是它悲伤着我的悲伤，喜悦着我的喜悦？也许，是相处久了，有了深厚的感情吧。就如人一样，借用一位老乡的个性签名：一切深厚的东西都来自最微小的积累，情感更是如此。我与我的三角梅可能也是这样吧。

站在洒满阳光的阳台上，微风吹动，花儿鲜艳，好不惬意。

此刻，忘记了疫情，忘记了人间尘世。唯有那风吹花舞，春如故。

二

下午时刻，阳光如此好，风儿轻轻吹过，有刚刚开的栀子花香气飘荡。人们衣着整洁，脚步轻盈。有刚下班回来的，有出去郊游回来的，有散步锻炼的。我下楼转一圈，碰到一对情侣，不戴口罩搬行李，我紧张，赶紧躲远点。

现在，戴口罩是主潮流，不戴口罩，则感觉不正常，这就是习惯的力量。就比如一个人一直对你很好，你已经习惯了，当有一天他或者她忽然不对你好了，你会很不习惯，会很难受。

三

　　新闻报道说武汉的最后一个重症患者已经出院。重症患者为零，危重患者为零。我不禁在感叹，生在我们伟大的祖国该是何其幸运。对于患者应收尽收，应治尽治，充分体现了我们国家对人民生命的重视。

　　愿祖国繁荣昌盛，愿山河永无恙。

换　地

———

何声静

　　由于疫情，春节以来我们哥儿仨没在一块儿聚过。偶尔电话一下，算是互报平安。

　　疫情渐渐得到了控制，大家可以相互走动了。我们仨相约，一起到乡下，趁着清明，扫一下墓。一来，探望久别的亲人；二则，释放压抑已久的心情。

　　我们约定，在通往乡村公路交叉口旁边的一香火店集合。购买好相关的纸钱和香火，我们来到了乡下老屋。

　　天空湛蓝，和风习习，花红柳绿，蜂蝶翩跹，好一幅江南清明时节的迷人春色。我们在祖坟前逐个向先人们虔诚地祭拜，望着随风扬起的纸灰，我们的思绪也跟着跃动。

在差不多快要结束的时候，林子二叔手拿着一个空篮子，由东向西走了过来，看样子是去地里摘菜，见到我们，便与我们招呼了起来，抽烟的相互致烟。

我们离开乡下多年了，再见到老家熟人时，那种久违的亲切感，还是会在心里荡起些许的涟漪。

林子二叔两根指头夹着含在嘴里的香烟，用力地猛吸了两口，而后夹起烟蒂，用食指很熟练地弹了弹，望着弹落的烟灰说道："正好，你们哥儿仨都在这里，早就想和你们商量一下换地的事儿……"

我们一见他开口，便会意地相互望了一眼，都明白了是怎么一回事。

村子西头，有一大片的山地，各家的主要蔬菜和农产品都来自这里。在我家山地旁边有一座老坟，这便是林子二叔家的祖坟。

从我记事，我家的地就和他家的老坟紧挨着。父亲在世时，把那片地分成了几块，冲着墓碑的方向，留出了一条宽宽的地沟，便于他们家烧纸和祭拜，如此一直很好，两家相安无事。

记得有一年冬天，快到年边了，大家有忙着置办年货的，也有忙着上腊坟的。那个时候，父亲已经去世半年了，年幼的我，还有更小的弟弟，在懵懂的记忆里，总听到母亲的絮叨："又把我的大白菜活活地烧死了四五棵……"

我跟在母亲身后，正好遇到林子二叔："二爷（二叔），你家上腊坟，不在地沟里烧纸，非得要在菜上面烧，又毁了我好几棵大白菜，是什么意思呀？！"母亲很是生气。"哦——哦，孩子们弄的，回头我骂骂他们……"林子二叔轻描淡写地说说，转身就走了，好像根本就没有发生什么事似的。

从那次跟林子二叔说过之后，母亲就把墓碑前的地让出来一块，够他们烧纸用。没承想，次年清明，他们家还是把菜给糟蹋了一些。

母亲看着被烧的一片菜，喃喃地自语，长长地哀叹，却没有再找过林子二叔了。

随着斑驳的时光逝去，我们的翅膀也渐渐丰满，逐步地离开这个让我又爱又恨的乡下。母亲在我们彻底离开之后，又种了几年庄稼，由于年事已高，在我们的一再劝说下，终于放弃了种地，也彻底地离开了老家。

虽然都离开了，但地还在。跟我们家比较亲近的叔伯们，就和母亲商量，让母亲把家里的地给他们种。母亲答应了，但还是补充着："要是以后国家有什么政策，地还是归我们。"叔伯们也答应着："那是肯定的。"

林子二叔家祖坟边的那片地，就很自然地落在了大伯的手里。

大伯性格刚强，脾气很偏。林子二叔家上坟毁了他的庄稼，他可不答应，跟林子二叔理论了几回，"这地也不是你家的，你说什么说？！"林子二叔这话，可把大伯给怼的，那个气哟！

一不做，二不休，大伯就是大伯，他把中间对着墓碑的地都栽上了巴茅。没承想，这巴茅可厉害了，不几年，就密密麻麻长得满地都是，这巴茅，任你怎么糟蹋，就是没事。巴茅草上全是密密的小齿，张牙舞爪的，稍不注意，就会割出一道血淋淋的大口子。林子二叔，眼瞅着上坟越来越费劲，又不敢和大伯强掰，无奈之下，这不，就找上我们了。

林子二叔的意思，就是用别处的地给我们，把那片地换下来，让我们给个方便。

我们肯定是无所谓了。我哥说："二叔，这拿不拿地换都没什么关系，我们家也没人去种它了，只是现在这地给了我大伯了，你得去跟我大伯商量，好不好？"

其实，我们心里跟明镜儿似的，只是他们家做的事情太过分了，所以我们就不想再掺和了，尽量地推给大伯去处理。

几处墓地祭拜完，我们去了大伯家，和大伯聊起了换地的事。大伯一个劲地把手在空中挥舞："这个事嘛，你们别管了，他们家太欺负人，先前烧你们家菜，后来我种了，他们也一样地糟蹋，现在巴茅长起来了，他们看着烧不死了，就来说换地，他哪是真心的换呀，意思就是让你们白给，本来也没什么，给就给了，可冲着他们家长期以来的那副德行，坚决不给，你们甭管了，我来处理……"

我们笑了笑："唉，都过去了，我们哥儿几个现在也生活得还不错，能让一步就让一步吧，别太纠结了，都这岁数了，弄得意见大了，不值当……""没事没事，我有分寸，先治治他，我就不信，治不了，他要是真心拿地来换再说……"

看大伯把话都说到这份上，我们也就随了大伯的意，交由他去处理好了。

我们回到自家的院子，望着无人居住的房子，那斑驳的墙面，锈迹斑斑的门窗，无处不是的杂草，一股酸愁，难以言表。

花木芳香，草长莺飞，一年一年的清明，一岁一岁的乡情。虽然老家现在不住了，但是对家的情结还是难以割舍。这个时候，总会让人想起逝去的人和过去的事，那些千丝万缕的思念和回忆就装满了心田。

想到以前那困苦的家庭，想到我们兄弟姊妹五人，在母亲一人的拉扯下，艰难地慢慢长大，遭受多少的委屈和痛苦，想到这些，我便有了一丝凉意，有了一汪心泪。

　　乡下的风，是那样地柔，空气，是那样地香，鸡鸣狗叫还是那样地亲切，这儿仍然有我的亲人，这儿永远是我的家！

春节里的春天梦

——

何声静

"就地过年好，一来是对疫情管控的支持，二来也能省下一些费用。其实，过年也就那么几天，不折腾，也好！"

这是新年第一天，我向隔壁大伯问好，聊到他儿子没回来过年时，他老人家表现出来的一种感慨。

大伯近八十岁了，满头白发，面色红润，精神矍铄，身躯曾经的伟岸还隐约显现，因为生活的繁重，抑或年岁的渐大，让大伯没了从前的锐气。总之，身子骨还硬朗，精气神还有。大妈身体也还好，就是耳朵有些不灵便，身材有些弱小了，而且身形还严重弯曲，甚至影响到正常的谈话，总有点用力地仰头，拼命让人感到，她是很在意、很认真地在倾听，在与人交流。

握着大伯大妈的手，有一股油然而生的暖流，在身内迅速涌动。粗糙的手弯曲得那么呆板，条条裂开干干的、有点发黑的口子，甚至有点硌手。硬邦邦的，握住了，就像是走进了大漠，见到了久远的辽阔的荒野。两手一个劲儿地晃着，让我想到了摇篮，想到儿时遇到了难事，总有人起身深吸一口香烟，而后拍拍屁股，很坚定地说上一句：没有克服不了的困难……

大伯和大妈只有一个儿子，远在外地打工，两个孙子都很有出息，双双出国留学。大的有三年没有回来了，小的去年刚出去，也暂时没有回来。

在印象中，大伯家的境况一直很好。大伯身高体壮，干活在行舍力，大妈能吃苦，很会持家。一个儿子，大伯大妈对其很是溺爱，以至于书没有读进多少，恶习倒染上一大堆。抽烟、喝酒，大伯倒是默许了，只是赌博，却是大伯一辈子的心病，无法释然，有段时间，甚至到了断绝父子关系的程度。只是苦了大妈，她真是"老鼠钻进了风箱里，两头受气"。在她的苦劝下，儿子有所收敛，大伯也只有仰天长叹。

大伯一家就这样浑浑噩噩地度日，直到儿子两个相差两岁的孩子到了读书的年龄，大伯一气之下，与儿子分开，让其另立门户，独立生活。举步维艰的他，才开始有所意识，私下里与大妈商量，向大妈保证今后一定脚踏实地，勤奋努力，重新做人。于是，瞒着大伯，夫妇俩人外出打工，把两个孩子交给了家里。大伯在抽了一顿闷烟、向大妈发了一通脾气后，心情反而愉悦了许多，心甘情愿地带起了两个孙子。

要强的大伯，硬是在没有指望儿子的情况下，一心一意地操持着，最终把两个孙子，相继送进了大学，送出了国门。

不过，大伯对儿子，虽然恨铁不成钢，但始终还是有一种深爱，无法割舍，一直隐于内心，而后转化给了孙辈。

儿子常年在外打工，虽然辛苦，毕竟没有特长，所挣寥寥。但是却懂得了生活的不易，懂得了珍惜和节约，期间，也时常寄些钱回去。大伯拿到钱，又是欣喜又是怜爱，再回过头来，望着成绩都很优秀的孙子，和大妈一起，干活更是有了劲头，有了希望。

随着年龄越来越大，大伯对儿子的感情也与日俱增。从开始深深的恨，慢慢地变成浓浓的爱，再到后来的殷殷期盼。儿子这一路走来，也是带着愧疚，带着救赎，努力地打拼，一直在负重前行。

年前，在给大伯大妈的电话里，说出春节不回家的缘由，请求父母原谅的同时，也是心怀感恩，表示熬到两个孩子读完了书，出来工作了，他们就回家，陪伴父母，尽人子之孝，让老人晚年幸福。

硬气的大伯，只轻描淡写地在电话里说了几句：在哪里过年都一样，不回来，对疫情的管控有帮助，还能省一些个费用。另外多和孩子沟通，在外面，都要注意身体，注意安全……

大伯对我说："还能干几年，帮衬帮衬，他们在外面挣钱也辛苦，除去房租和生活开支，余不了多少，孙子在外念书也是不容易，课闲时同样也打着工。我呢，还能动，能搞一点是一点，等他们都工作了，儿子也不用在外打工了，毕竟在外面，不管怎么说，还是没有家里好啊，到那时，我和你大妈也闲下来，该享点清福咯……"

正月十五，元宵节一过，我们又都去向四面八方。回到乡下，再见到大伯时，大伯已进入春耕生产的模式了。他说他早就盼着十五赶紧过完，这样，没有了年的羁绊，就可以甩开手来干活了。

鸟儿在树上嬉戏追逐，用尖尖的鸣叫，剔开对寒冷充满敌意的苞芽。当扇起的双翅，迎来微风，满树有了绿意，满村庄就全是春色。

我想，只有行走在田间地头的时候，才能触碰到春天的脸颊。只有在燃起袅袅炊烟的乡下，才能和春天对话。

元宵节过完，年已结束，春天已开始播撒希望。让我们昂起头，沉下心来与繁重的生活，一起修行！

回军营

周银平

　　时间的列车狂奔，还未来得及欣赏沿途的美景，就到了下一站；青春的步履匆匆，从风华正茂到霜染两鬓，仿佛只是一夜之间。经历了人生的繁华，冷静下来之后，渐感那些记忆深处的往事时常涌上心头。

　　有人说爱上一座城是因为这座城里面有自己喜欢的人，我爱上一座城则是因为这座城里有一道亮丽的风景。张家口这座让我们一生都魂牵梦绕的城市，我们一直对它一往情深，因为那里承载着我们太多太多的情感记忆。

　　2020年9月3日，我们几个战友相约一起走进了张家口、走进了曾经的绿色军营。虽然它早已失去了昔日的威严，人去楼空，断壁残垣，杂草丛生，狼藉一片，但在我们的心目中它依然美丽如初，风光无限。

这里有我们的汗水和泪水，这里有我们的欢乐和悲伤，这里有我们的激情和友谊，这里有我们的青春和梦想……

站在军营里，有回忆、有思念、有感慨、有冲动，在这里我们享受着一种对军营情结的留恋，享受着一种为祖国奉献青春的自豪心境。

站在军营里，我们仿佛又听到了那悦耳动听的军号声、早操时那清脆响亮的喊号声、饭前那铿锵有力的歌声……

走进大操场，老政委宣布进入"临战状态"命令的情景又在脑海里闪现："同志们，你们立功的时候到了……"

在营区里我们诉说着训练和生活的火热场面，念叨着首长和战友们的不了情，回忆着军营里发生的那些故事，感受着岁月里的那份光荣。

四十多年过去了，像大境门、西甸子、高家营，这些符号早已刻在了我们的心灵深处，不管走多远，不管岁数有多大，我们都会永远记着它、爱着它……

我后悔做过一些事，但从不后悔当兵；我淡忘过许多事，但从没淡忘战友情；我去过很多地方，最美的是军营；如果有来生，我们还要选择去当兵。

富贵竹

——

林春国

夜幕降临，白云驮着一钩弯月，悄悄地遨游在长空。一阵沁人心脾的凉风扑面而来，远远的你，从主人期待的目光中脱颖而出。看上你，是彼此的缘分；抚摸着你，为你接风洗尘，是心声的共鸣。你纯净的心灵与高尚的情操，实在令人刮目相看。

接你入"闺"时，你青春靓丽，嫩枝绿叶，人见人爱；你体态挺拔，精神抖擞，平易近人。本期待你落"地"生根，焕发青春魅力，可不到一个月，你却枝枯叶黄，萎靡不振，无精打采，真让人心寒！莫非，新的环境不适合你的舒展，抑或高温给你带来烦躁不安，抑或主人不是你的"菜"？

安心吧，富贵竹，主人会给你最好的养料，为你疗养玉体，使你成为人世间的佼佼者！

由于主人的精心呵护，昂首在房间一隅的你，终于重绿如初，精神焕发。你植根在透明洁净的花瓶里，默默无闻地坚挺着，"吐故纳新"，净化空气。任凭季节更替，冷暖变换，你都能坚定信仰，始终如一。这就是你高尚的品德与无私奉献的精神！

主人呵护、培育了你一年多的光景，终于可以欣然离开你了。你已长大了，无须主人陪伴了，你只管尽情释放吧。主人已将你的终身托付给了另一位护花使者。她能一如既往地保驾护航，使你健康向上，熠熠生辉。你口干了，供你水喝；你身脏了，为你擦洗；你脸憔悴了，给你补充营养！

往后，不管沧海桑田，愿你永葆青春的魅力，与人们为友，同欢乐、共享受，创造更为美好的未来。

母亲的手

王鸿艳

　　母亲的手已经老了。黑瘦的手背上有星星点点的老年斑和几条凸显的青筋，像空旷的原野里，被猎猎秋风扫飞了叶子的葡萄藤，弯弯曲曲，枯寂地匍匐在大地的葡萄架上。手心里的纹路错乱而又清晰地布满手掌，指尖上还长出许多细小的裂口，像被岁月的刻刀用力地雕刻了一下。然而，在母亲老树般的手指上也曾春枝花满，在母亲沟壑交错的手心里也曾绿意满山。

　　母亲是一位新中国成立前出生在小村庄里的女人，过着山村里日出而作、日落而息的恬淡生活，温柔又沉稳，心灵又手巧。母亲就像那些生长在山野里的花朵，芬芳地开着，淡淡地香着。而母亲手臂上那双灵巧而又柔软的手，就像那些在花朵上追逐着香气的彩蝶，在我的记忆深处翩翩起舞，打开了我记忆山谷中的那一片片斑斓色彩。

记忆中母亲的手从来没有停歇的时候，只要我从睡梦中睁开双眼，母亲的手就已经在开始劳作了。房顶上一日三餐的炊烟是她燃起的，家人一年四季的衣服鞋子是她缝制的，大地里与禾苗争夺养分的稗草是她拔掉的，还有邻居家那些大事小情，都被母亲用她那双热情而又灵巧的双手处理得妥帖又得当。在我儿时的印象里，母亲就像孙悟空那样神奇，什么东西都能够变出来。

可是我最喜欢的却是在冬天，母亲坐在夜晚灯下的炕沿上纺麻绳和白天为我缝制鞋子时的那双手。

那时的山村里还没有电灯，母亲会把一盏煤油灯放在炕梢高处的箱子盖上，放在高处的煤油灯的灯花会将原本黑黢黢的小屋照得亮堂堂的。母亲坐在灯下，将粗麻线和纺麻绳用的纺锤挂在幔帐杆上，双手麻利地旋转着纺锤，续着麻线。幔帐杆上的粗麻随着母亲双手的起落越来越少，而纺成的细麻绳却越来越多。母亲那双灵巧的手就像在空中表演着舞蹈，又像皮影戏里的艺人在后台拉扯着玩偶时那般上下舞动，灵巧又轻快。而给这舞蹈伴奏的是母亲嘴里哼出的欢快曲调，还有冬夜里映在结满冰花的老格子窗上，母亲梳着两条长辫子的身影。

天亮的时候，母亲就会把那些破旧、没有用处的碎布头，用糨糊粘好做鞋底，再用她在夜晚纺好的麻绳，给鞋底密密麻麻缝上许多结。这些结手拉着手，一个挨着一个，谁都不会跑丢，就像孩子们要出远门，母亲把千叮咛万嘱咐都缝在了鞋底上一样。缝好了鞋底，母亲再用麻绳把鞋帮和鞋底缝到一起。母亲做鞋的时候总有一些新奇的想法，会让我的鞋上长出几个花朵，或是落上两只蝴蝶，惹得小伙伴们都像小蜜蜂一样围在我的身边……

　　而如今，母亲的手已经老了。抚摸着母亲的手，像是捧着长满结疤的老树根，粗糙干硬；看着掌心里的纹路，又像是一座又一座的山丘，沟壑纵横。

　　然而，这双粗糙干硬的手，就像是挂满了风铃的老树，只要有风起，仍然会发出悦耳的声响，让夜路里行走的人不会迷失方向；这双沟壑纵横的手，就像是一幅写满故事的画卷，展开尽是温暖，永远是远行游子幸福的港湾。

公园散趣

———

井晓云

在我家附近，有个公园，叫安阳河园。名字的由来，我猜想，是因为公园正门临街为安阳路，并且还有一条贯穿公园、从城区自南向北流往松花江的河。

公园里面，有凉亭、广场、座椅，还有很多人工加自然生长的植被。公园里其中的一段河，东侧是高高的土坡，土坡上，除了野蒿杂草，就是林地；河西侧，沿岸边有一条石径，石径西侧边缘连着大坝底端。大坝很高，上面是一条连接荒草和林地、路面比较宽敞、与石径平行的柏油路。这是一个供居民休闲娱乐的极佳场所，也是老年人与孩童的乐园。

我退休前，晚饭后，偶尔会来这个公园散步，而最喜欢的地方，就是河边的石径。

退休后，我把晚上的散步，改到了白天。因为这样，既可以晒太阳又可以饱览四季风光。小麻雀和喜鹊似乎也很喜欢这里，一群一群，叽叽喳喳，似有说不完的话，唱不完的曲。

白天来公园的，老年人居多。有的是给姑娘儿子看孩子的，他们聚在广场上；有的独自坐在长椅上，看着自家的孩子跟小朋友们玩耍；有的大叔大妈们坐在一起，一边看孩子、一边聊天。好动的小孩子，凑到一起，欢跑着、追逐着，滋儿滋儿地尖叫着。偶尔还会听到高嗓门的大妈，毫无顾忌地开怀大笑。偌大的广场总是喧嚣的、沸腾的。

凉亭里或大树下的宽阔平台处，是老年草根艺术家们的乐园。吹拉弹唱，此起彼伏。春天和夏天，树木葱茏，鲜花盛开，他们就像是生活在世外桃源的神仙。你走在公园的某处，忽然就能听到，现场乐队伴奏下，飞扬在空中不同风格的天籁般的歌声。这边是通俗的，那边是民族的，还有唱京剧的。也有初学乐器者，拉着或吹奏着半生不熟的曲子。

深秋的一天，我刚进公园，就听见有人不太熟练地拉着一首名曲——《梁祝》。那时，正好从我对面走过来一对中年夫妇，男的笑着调侃说，还没有拉锯拉得好听呢！虽是这么说，但能够感觉出那男人并无恶意，而是开心地逗个趣而已。无论是那些伴奏的，还是主唱，当你看到他们那种自我陶醉的神态，你就会被他们所感染，会把所有的烦恼与不快都通通丢到脑后。无论遇到表演熟练的，还是不熟练的，每次看到和听到，我都会感到莫名的轻松与快乐，脸上会不自觉地洋溢着发自内心的笑容。

对于这种一走一过的热闹，我很享受，但我更喜欢置身自然花草树木之间的那种感觉。踏着岸边的石径，我几乎每天都要走上一个来回。天气暖和的时候，偶尔会有人像我一样在这石径上来回走走，更多的时候，这里就是我一个人的世界。

从春天冰雪刚刚融化开始，我就在这里寻找生命的迹象，用手机记录着花草萌生至队伍不断壮大的过程。从枯黄萧瑟，到茂密葱茏，再到草木枯竭，百花凋谢，我见证了它们的整个生命历程。它们让我欢喜让我忧，而更震撼我的，还是今年入冬后十天内的场景。一个个弱小的、坚毅的、蓬勃的生命，激励着我，并牵引着我的心。

当无情的秋风，扫去夏的繁华；当冬的寒凉，冻结了草木，而你还能在石缝与枯叶堆里看到绽放的鲜花，你会不会惊讶？而且立冬前后，已经下过了几场雪，有的河水已经结冰。它不是傲雪的寒梅，也不是耐寒的冰凌花，它只是很普通很普通的野花。

自从立冬后，我发现还能在石径处看到盛开着的蒲公英花，我便开始搜寻，每找到一朵，我都会特别兴奋。我俯下身，变换着各种角度给它们拍照，我沉浸在无以名状的快乐里。在大坝上散步的人，有的好奇驻足俯瞰，因为他们离花太远，看不清我在拍啥，就会忍不住询问。当我告诉他们，我在拍蒲公英花的时候，他们也会笑得很灿烂。人们都向往美好，当美好的东西突然出现在你的眼前，你也会感到惊喜，不是吗？

今年十一月七日立冬，十六日我还在石径旁的枯叶堆里，拍到了开得特别娇艳的蒲公英花，难道这不算是奇迹吗？

十七日一场冬雨，十九日又一场暴雪，石径乃至整个城市的地面，都被厚厚的白雪覆盖。我牵挂着石径旁的蒲公英，但我知道，此时的它们，已经盖着厚厚的棉被睡下了。我没有遗憾，它们也没有，因为它们在风雪严寒里战斗过、璀璨过，它们用不屈的生命创造了奇迹，超额完成了自己的使命！

近几日，当我迎着刺骨的寒风，当我面对着白茫茫的雪原，当我走到那条石径前，我都会有梦幻般的感觉，我仿佛进入了一个童话世界——洁白的雪面上，坐落着一排排小小的雪房子，雪房子里透着橘黄的光亮。那光亮，闪烁着、跳跃着，像冬天里的火焰，让人感到快意、幸福而温暖！

心怀家国如前辈　奋发图强趁年少

——

魏嘉晴

　　我记得 2019 年的最后一天，我在日志里这样写下我对即将到来的新年的期待：希望 2020 年的自己能活成预期的样子，万物明朗，万事顺遂，能被这世界温柔以待。写下这句话的时候，新冠未至，家国尚安，如果时光能倒流，我想那天的日志里应当是"国泰民安"四个字！

　　在浓烈的家国教育环境下长大的我，一直认为自己是有着满腔爱国情怀的中华少年，一直幻想着自己也能成为像父辈和爷爷那辈一样的人，可以随时为国为家为人民挺身而出！这种"幻想"的状态一直持续至 2020 年 5 月下旬，学校组织同学们观看了第一期"院士回母校——线上课堂"后，我思考了整整一周，方才从咸发轫院士身上体会到"家国情怀"的真正含义。那天，我在笔记本上工工整整地写下了第一篇"院士回母校——线上课堂"的心得体会。

写下心得体会那天以后，我仿佛找到了一种精神上和行动上的明确方向，每周都心心念念地等待着学院关工委转发新的课堂链接，然后带着一种虔诚的学习态度去观看、去记录，以前辈为榜样，反思自己，然后再用实际行动努力做好自己。我记得特别清楚，观看叶尚福院士那期课堂的时候，我还在暑假见习的工作岗位上，邻座工位上的大哥哥还因为我去追了往期院士的课堂呢！

就这样，不知不觉中，四个月的时间过去了，我已经观看了十八位院士的线上课堂。如果现在有人问我从前辈们那里学到了什么，我会十分坚定地回答："心怀家国如前辈，奋发图强趁年少！"

最初，我怀着一种观看普通视频的态度打开链接，不承想却被戚发轫前辈这样一句话深深感动了："六十年航天历程，我在航天一线奋战了整整五十九年……"听到这句话的时候，我是震惊的，我的脑海里冒出许许多多的问号。我好奇，我疑惑，究竟是怎样一种信仰的力量，使得前辈耗尽大半生的光阴专注于一件事？究竟是怎样一种伟大的情怀，使得前辈数十年如一日坚守一线潜心研究？究竟是怎样一种深刻的经历，使得前辈为国家荣耀奋斗一生？我想找到答案，不仅仅是为了解答自己的疑惑，更是为了给自己树立一个努力向上的榜样。

我在灯光下仔细寻找着，面容祥和的老者，言辞恳切地诉说着曾经的故事，"1933 年到 1945 年，我不知道自己是中国人、是亡国奴""这些伤员都是被美国轰炸机轰炸的，血流成河，伤口惨不忍睹"。听着听着我才意识到，前辈也曾是如我们一般张扬着朝气的年轻人啊！可就是因为目睹了被欺侮的血腥，经历过被压迫的战争，心底的家国情怀才迸发而出，方于年少发奋，誓为中华崛起！

我被戚发轫院士的魄力和精神所震撼，那一刻，我告诉自己：我还年轻，我要做个有担当的中国青年，要努力成为一个走出半生回头望，于己于国于人民都无憾可言的中国人！

而后的时间里，我观看了十八位院士的线上课堂，每一次都像是在读一本写满奋斗历程的传记。十八本传记久读不厌，十八位少年奋发图强，十八个故事深入人心。

"学造船，我可以造军舰，抵御外国人的侵略，保卫我们的海疆""1958 年开始一直到今天没有离开过核潜艇前线，一直坚持下来的，我想大概只有我一个人"。三十年不曾踏进家门，将"韶华献于国家，姓名隐于深海"诠释得淋漓尽致的黄旭华院士，在研究核潜艇这条道路上披荆斩棘，弥补中国核潜艇的空白，铸成而今的碧海之剑，威于世界！先生的赫赫而无名是大写的人生，教我懂得了什么才是真正的坚守，什么才是真正的圆梦。

"我们年轻人能不能为国家未来进入空间时代做一点准备呢？我就是抱着这么一个梦想。"欧阳自远院士的这个梦想成就了中国的航天梦，那是真正意义上的飞天。因为前辈和那一代航天人用坚定的信仰和不懈的奋斗，让中国认识了浩渺的宇宙，让世界重新认识了中国！无数同前辈一般坚守复兴强国一线的长者们，用毕生光阴捍卫着强国的信仰。在前辈身上我领悟到了脚踏实地的真谛，年少奋发，一生为国。还有"献身国防，深藏功名"的黄培康前辈，教会我如何定位自己的人生。是院士告诉我们，要趁年轻打好基础，将来报效祖国，回报社会。"祖国的需要就是我的志愿，党叫到哪儿就到哪儿"的无线电专业第一届毕业生张乃通院士，简单质朴的言语，使人顿悟做人之根本所在……

　　四个月的时间，通过"院士回母校——线上课堂"这一系列采访视频，我看到泱泱中华民族复兴之路上，前辈们作为中国梦的造梦者和追梦者，倾其一生为吾辈树立榜样的漫长历程。而我们，新时代的追梦者，又当如何实现前辈们所期所盼？今天，我有了答案——心怀家国如前辈，奋发图强趁年少！

　　这些榜样，让我越来越有力量，一次又一次为我指引方向；因为读过这样令人动容的传记，我再也没有抱怨过周遭的不幸，多了些许宽容和原谅，我更加热爱自己的集体和所学习的专业！

　　今天，大学二年级的我，有了更为深刻的家国情怀和担当。今天，即将二十岁的我，有了更为明确的梦想和目标，明白少年时应"奋发向上无畏时光逝"，且随时准备挺身而出！

　　我相信自己和新时代的中国青年们都会在未来的路上，时刻以在前路开疆拓土的前辈们为榜样，为祖国贡献自己的力量。如不能同前辈们一般成为国之栋梁，也一定会向前辈学习，胸怀家国、奋发图强，努力成为祖国的有用之才！

腹有诗书气自华

黄泰真

　　"若有诗书藏心中，岁月从不败美人"。是啊，一个女人的花容月貌会被岁月带走，绚烂的青春也会随着时间而流逝，一生都不褪色的唯有那芬芳气质。女人真正的美来源于书卷气，读书的女子，往往心胸开阔，视野通达，灵动秀丽。在中国诗词大会的舞台上，董卿的主持惊艳观众，脱口而出的诗词，一看就是经过长时间的学习积累。人们不禁有些疑虑，若是这舞台上没有了董卿的主持，还会不会是这般美妙？

　　"腹有诗书气自华"的美好形象，哪里是通过短时间的"突击"就能做到的？董卿的努力，在记者对她的采访中再一次展现出来。在幕后，她亲自去了解百人团每一个人的故事和经历，主持的台本背了一遍又一遍。诗词的积累也是从小就开始的，她曾经透露过，在她很小的时候父亲就对她十分严厉，这让她在长大之后受益颇深。她谈起成功经验，给我很大的触动："所有的风格都不是一蹴而就的，一天天、一年年的积累也不明确，甚至很多时候，经历了很多黑暗和迷茫，自己都不知道该往哪条路上走了，才慢慢看到了一点亮光，才找到了那个方向。"不断地学习，持之以恒地读书，使她变得愈加充实，是读书让她成为光彩亮丽的女人。

董卿是我父亲赞不绝口的一位主持人，他曾对着我感慨："泰啊，你长大以后要是能像她一样优秀该有多好啊！"父亲对于我的培养，可谓是倾注了全部的心血。然而，虽是望女成凤，但他却从不"赶鸭子上架"，他更喜欢我自己主动去努力，他常常跟我聊起董卿，应该是希望我把她当成偶像，向她学习吧！我真的这样做了，她散发出来的魅力深深吸引了我，让我为她着迷。

我走在雨后的深秋里，感受着碧云天，黄叶地，秋色连波，波上寒烟翠，心中是如此地愉悦。我喜欢那霜叶红于二月花的最后一抹红，更喜欢那美好的诗词带给我的无穷遐思。

不管是冲着什么样的目标，在这最美好的青春韶华，读书吧，做一个"腹有诗书气自华"的阳光女孩！

山间云雾

——

黄泰真

> 原本，只是一次漫无目的的出行，可没承想，竟然收获了巨大的惊喜！
>
> ——题记

之前，我也偶尔会去爬爬山，散散心，无论是登高望远，还是看一看葳蕤的草木，或是听一听潺潺淙淙的溪流，那都是令人心生愉悦的美事儿。

对于学生时代的我们来说，若有闲暇，约上三两好友一起去爬爬山，还可以排解一下学习上的紧张情绪。或者，如果内心有苦闷，不妨学学古人，困顿之时，放浪形骸，寄情于山水之间。

好几个月前，我去了一趟乌山，行程两天，准备在山上的旅馆静静地住上一宿。

第一天，我们刚到乌山脚下，便感觉空气中仿佛夹有细密的的小水滴，湿湿的、润润的，与自己特别亲密。再抬头往山顶一望，云雾包裹着整座山峰，有如天上的仙女无意间掉落了一件衣裳，把山石与树林都遮掩得朦朦胧胧的。此时，眼前的乌山一点儿也没有雄伟之气，而是温柔极了，云遮雾绕的乌山，神秘得就像人间仙境一般。

因为有久居此地的向导引路，我们没有丝毫的顾忌，只是迫切地一心想往山上走，就像《桃花源记》中的那位武陵人，忘路之远近而"欲穷其林"。

乌山的整个山脉雄伟而绵延，而我们爬的这一座山也很高很陡，当快到达山顶的时候，我侧身俯瞰，觉得自己好像是站到了云巅，视野十分开阔，有种豁然开朗的感觉。眼前所见到的，恰是远山如黛、近水含烟的景象。白云身边绕，薄雾脚下飘，真真切切有远离喧嚣之感。

大自然，果然是有灵性的。

第二天一早，当我缓缓地走出旅馆客房，发现山间的云雾更多了，它们不只是包住了山的某个局部，而是把眼前的一派浓绿全都变成了模糊的淡绿。恍惚间，发现不远处荡过来一幅千尺素帘，袅袅娜娜，影影绰绰，原来是风儿把一帘雨带过来了。接着，又有一帘……太美妙了！确实是太美妙了！这可是我第一次目睹雨帘如此飘荡。随着风向的变化，偶尔还有从背后的山上侧向飘下来的呢，一直飘到我的眼前，再从眼前飘过去。有时候，我将手伸出去，雨打在手中，却打不到身上。

　　或许，这是大自然对我的馈赠吧！——"既然，这次你来，是漫无目的的，那我就给你看些特别的吧！"仿佛有一个声音在对我说。

　　此时，我还听到了一群鸟儿在鸣叫，它们应该不是在嗔怪这云雨天气，而是在欢呼，在歌唱，在赞美！

戏 梦

———

周沛瑶

　　"玉茗堂前朝复暮，红烛迎人，俊得江山助。但是相思莫相负，牡丹亭上三生路。"咿咿呀呀，莺啼燕啭，令人不免心生一念，驻足于此。

　　茶香袅袅，腾起的水汽倏忽间消磨于满楼人声。待锣鼓骤鸣，人声渐止，我才从茶盏间抬眼，江南多情，柔软中带着怨愁，怅然间携着远思，多少人因戏而结缘。

　　这只是一个草台班子，里面的人儿，个个身怀绝技。一个上了年纪的女子，是这个班里的名角，许是看出我对戏曲的热爱，她总爱与我交谈，我便称她为阿姐。

　　阿姐的节目压轴登场，明眸皓齿，一笑浅夕，一颦一笑都夹带着独有的清丽风姿。戏妆浓艳衬得人粉面含春，可谓"天然一段风韵，全在眉梢；平生万种风情，悉堆眼角"。随着伴奏的竹笛声愈来愈哀婉，愈来愈绵长。阿姐修长莹白的手指一点一弄，缭乱若繁花，别有一种浑然天成的风情。而那袅袅的身影在凄冷暗淡的灯光下更似要翩翩起舞，将那故去的丽娘的离愁表现得淋漓尽致。她略一低眉，开口幽怨至极："良辰美景奈何天。"台下有人按捺不住脱口而出："赏心乐事谁家院。"——接着有稀疏的掌声……

　　阿姐谢幕，我跟着她到后台，她梳洗打扮着素裙，绾简约发髻，斜插一枚如意簪，无意精致妆容，亦不涂抹脂粉，铅华洗尽，明澈无尘。看着一群天南海北的朋友相聚于此，阿姐开了口："今天已经有观众有了响应，只要我们坚持，这件事就有意义。"一指嫣红融进冷月莹莹，身躯柔软带了两三娉婷，却又是不屈坚定，我看到大家眼里揉进的是希望的光。这是一颗颗热爱戏曲的初心对文化传统的坚守。阿姐也是坚强的女人，一场旖旎的戏梦，亦成就了一位文化的带头者。

　　我很庆幸能与她相遇，记得有一次我去找阿姐，她正在练曲子，温婉的嗓音依旧摄人心魄，似山间明月下的潺潺溪流，抚平了我浮躁的心，让人忘记呼吸。就一句曲儿，反反复复，她练了几十遍，不知疲倦，脸上永远挂着自信的笑。

　　每天都有同样的几折曲儿，一折《红娘》、一折《玉春堂》、一折《游龙戏凤》、一折《梁祝化蝶》，一折初遇、一折重逢、一折心动、一折别离，有道不尽的戏梦，戏曲到了精彩处，听得入迷的人总会恍惚。

　　有唱戏人的坚守，亦有听戏人的热爱，多希望还能和阿姐一起谈谈杜丽娘与柳梦梅，谈谈生旦净末丑，谈谈舞台的悲欢离合……"若有才华藏于心，岁月从不败美人"，或许这也是人生路上对文化传统的一场戏梦吧！

幸福的模样

——

周沛瑶

风从田垄中轻拂而来，摇响深秋的空气，摇下了烈火涂红的暮色，天地间万物缄默，唯剩一抹夕阳，酝酿着秋的颂歌。阳光柔和地扑落在老人肩上，悄然成为一幅图景，晚风的柔情与老人脸上的惬意定格成一种幸福的模样。

素风田垄旁，我与奶奶分享这引人入胜的风景。她是一个可爱的小老太婆，晚饭后总爱与我手牵着手散步，同儿时一般。她也喜爱诗词，摇头晃脑地诵着"花自飘零水自流，一种相思，两处闲愁"，那声音似秋雨绵绵，似秋风沙沙。我喜欢听她诵读，喜欢看她面向阳光时的坦然，喜欢看她浅浅地笑。任凭熠熠光晕裁下她的剪影，眉眼稍扬，有着岁月的优雅与沉着，我知道，与喜爱的事物相会便是一种幸福，她呀，就是幸福的模样。

我常忆起在她身边时长长短短的光阴。

每年春节回老家，青石板铺就的小路，依旧坑坑洼洼，大街小巷吆喝的，都是家对亲人的呼唤，而奶奶在家门口的眺望，也依旧。这种感觉很奇妙，她仿佛看到了我的挂念和羁绊，晚饭桌上圆圆围满了一家人，丰盛的饭菜弥延开来的是丝丝缕缕的香，这又是何等地温馨与幸福！奶奶老是给我做最爱吃的螃蟹，我也总是缠着她从天南聊到地北。于我而言，她始终是一个很重要的存在，像是我年幼的心窗里最美的风景，只需一望便生温暖。幸福就是这般模样，而奶奶则是幸福本身。

奶奶老了，越来越像个孩子，可是我知道她比我小时候好哄多了。在我的乖巧面前，她总是这个样子——一边说着"瞧！你又该减肥了"一边又把我喜欢的糖醋排骨端在我的跟前；一边数落着我的成绩老上不去，一边又总心疼我学习太累。我最大的幸福就是，以前奶奶能抱着我呵呵笑，如今我能谈笑着挽着她慢慢走。

渐白的发我梳，弯下的腰我扶，粗糙的手我来牵，有时很多东西会被时光带走，但与奶奶相处的幸福时光永远留下了，幸福的模样莫过于此。

岁月的车轮碾过了日日夜夜、春夏秋冬。流年送走了晨露暮霭，似水年华，时光总是步履匆匆，渐渐苍老了她的容颜。我不时回望奶奶，她嘴角的笑意依然盛满幸福与快乐。

愿我最心爱的奶奶年年又岁岁，长命无绝衰，永远保持幸福的模样。待秋风拂去，田垄旁的你我依旧，共吟古今。

让"瑰丽"与"质朴"的文字在文学创作中交相辉映

蔡泗明

一件好的文学作品，诵读之，往往让人陶醉于其美妙之意境；沉吟之，则令人畅想于其思辨之哲理。作品优秀，不仅容易引起读者的共鸣，还常惹人连连拍案叫绝！

同样是文学精品，有的文辞瑰丽斑斓，有的却天然质朴！瑰丽斑斓，如曹植之《洛神赋》、杜牧之《阿房宫赋》、王勃之《滕王阁序》、李白之《梦游天姥吟留别》……天然质朴，如苏轼之《记承天寺夜游》、袁枚之《所好轩记》、巴金之《繁星》、朱自清之《背影》……

文学创作，就好比烹饪，有些食材适合清蒸，而有些食材则适合做得麻辣；有些需要巧妙地装点摆盘，而有些最适合直接上桌手抓。文学创作，又好比女人之打扮，有的适宜浓妆艳抹，锦衣丝履，方能尽显其雍容华贵；有的素颜简装，端庄秀气，如小家碧玉，却依然沉鱼落雁！

文辞瑰丽，如花之牡丹，如夕之红霞，缤纷绚烂，热烈张扬！

记得《洛神赋》中如此描写洛神宓妃——

> 其形也，翩若惊鸿，婉若游龙。荣曜秋菊，华茂春松。髣髴兮若轻云之蔽月，飘飘兮若流风之回雪……

《阿房宫赋》中这般夸张阿房宫宫殿——

> 绿云扰扰，梳晓鬟也。渭流涨腻，弃脂水也。烟斜雾横，焚椒兰也。雷霆乍惊，宫车过也……

《滕王阁序》更为后人留下了"落霞与孤鹜齐飞，秋水共长天一色"的千古名句和"一字千金"的佳话——

> 闲云潭影日悠悠，物换星移几度秋。阁中帝子今何在？槛外长江空自流。

李白在乐府诗《将进酒》中，从头到尾，无一节不极尽其修辞之美和忘我之豪迈——

> 君不见，黄河之水天上来，奔流到海不复回……五花马，

千金裘，呼儿将出换美酒，与尔同销万古愁。

李白的《梦游天姥吟留别》，行文不为律束，杂言其间，笔随兴至，辉煌流丽，尤堪称奇——

云青青兮欲雨，水澹澹兮生烟。列缺霹雳，丘峦崩摧。洞天石扉，訇然中开……霓为衣兮风为马，云之君兮纷纷而来下。虎鼓瑟兮鸾回车，仙之人兮列如麻。忽魂悸以魄动，恍惊起而长嗟……安能摧眉折腰事权贵，使我不得开心颜！

还有！
还有精神突围与瑰丽文辞完美结合之千古绝唱——
苏子在《赤壁赋》中不禁叹曰：

寄蜉蝣于天地，渺沧海之一粟。哀吾生之须臾，羡长江之无穷。挟飞仙以遨游，抱明月而长终。知不可乎骤得，托遗响于悲风。

贾谊在《吊屈原赋》中吁嗟屈原之不幸而自喻——

凤漂漂其高逝兮，固自引而远去。袭九渊之神龙兮，沕深潜以自珍。偭蟂獭以隐处兮，夫岂从虾与蛭蟥？所贵圣人之神德兮，远浊世而自藏。

文辞质朴，如农夫身上之蓑衣、斗笠，如古村落之青石板台阶，似拙，却彰显其自然天成之美！

东坡先生的《记承天寺夜游》，原本就是一篇简单直白的生活日记，寥寥八十五个字，亦为名篇！——"何夜无月？何处无竹柏？但少闲人如吾两人者耳。"至今仍然成为志同道合者和良师益友的最好写照！

现代文学巨匠巴金的《繁星》一样语言质朴——"他用手指着：那四颗明亮的星是头，下面的几颗是身子，这几颗是手，那几颗是腿和脚，还有三颗星算是腰带。经他这一番指点，我果然看清楚了那个天上的巨人。看，那个巨人还在跑呢！"

余秋雨先生在《遥远的绝响》中讲述阮籍、嵇康等魏晋名士，崇敬之情溢于言表。而文章开头恰恰是用了最质朴的文字引出了最沉重的人物——"对于那个时代、那些人物，我一直不敢动笔"。

余先生在《阳关雪》中还这样写道："在别地赶路，总要每一段为自己找一个目标，盯着一棵树，赶过去，然后再盯着一块石头，赶过去。"最质朴的文字，却反映了一个人徒步于沙漠或戈壁之中，在无人倍伴、无可依靠，只有天与地、风与云的处境中奋力前行的意志和心境。同时，又折射出人生在奋斗过程中追求长远目标与设定短期目标的逻辑关系，简单而又深刻！

我能感受得到，这不仅是文字的质朴，更是心灵的质朴！

我记得余秋雨先生说过，在创作《文化苦旅》之前，他不带任何可以接触外界信息的通信工具，一个人走完了许多历史遗迹。这非但不会阻碍他的文学创作，反而更能使他在心灵的净土中获得文学的质朴！李白的"清水出芙蓉，天然去雕饰"不也恰恰道出了质朴文字的特有魅力吗？

文字的瑰丽与质朴，应该是不同作家或不同作品的不同语言风格。如品茗，如酌酒，不同的人有不同的喜好，不同的题材也常选择各异，各得其所，各获其妙！最后，我特别想引用东坡先生《饮湖上初晴后雨》中的"淡妆浓抹总相宜"作为文章的结尾，愿"瑰丽"与"质朴"的文字在文学创作中交相辉映！

心动九寨

———

蔡泗明

2012 年的金秋十月，我们从厦门出发，重庆转程，乘着"银色的神鹰"，与"仙女般的空中小姐"一起翩翩而降，降落黄龙机场，来到神奇的九寨，开始探访这享有"梦幻般童话世界"盛誉的色彩斑斓的古老村庄。

记得余秋雨先生曾经说过一段有趣的话，内容大致是：自古以来，天底下的名山名水往往是由文人发现后写入文章，流传出去，然后引来了世俗的拥挤，破坏了那里的景致。我很赞同这一观点。然而，九寨沟恰恰是个例外。这里，在二十世纪六七十年代被"发现"之前，仿佛与世隔绝。如今闻名于世，每天游客络绎不绝，风景却依然秀美！有一种说法，九寨沟这片圣地，是两名林业工作者在一次外业的艰难跋涉中迷路了，偶然闯入后才意外发现的。当时，他们就被这方耀眼的人间仙境惊呆了。从此，九寨沟逐渐与外界加强了联系。迄今为止，九寨沟的自然生态环境仍然少为人们所破坏，就连因为自然原因而折躺在林中的千年古木也从未被运走。当时，我曾诧异地询问保护区的管理人员："这么大的枯死木为什么没有运出去使用呢？"他不假思索地回答："如果允许枯死木被运出保护区，接下来就很有可能不断出现新的'人为枯死木'。"我似乎能听明白他讲的道理。是啊，"天下熙熙，皆为利来；天下攘攘，皆为利往"。一旦出现利益的契机，有些人确实很难以理智控制欲望。没有人为的破坏，难道不就是最好的保护吗？

踏入深秋的九寨，令人一次次地咋舌！伴随着同行游人的声声赞叹，我陶醉在一片片美丽的七彩林里，陶醉在一个个倒映着七彩林的平静的海子里，也陶醉在亚东与容中尔甲为神奇九寨尽情欢唱的歌声里……

第一次来到九寨，我是兴奋异常的！从飞机即将抵达黄龙机场时空中俯瞰积雪连绵的山脉，到登上超过四千米海拔的黄龙雪山，以至于在返程途中巧遇漫天飞雪，于我这位来自福建东南沿海的游子，都是极其新鲜的事儿！所有这些，令我兴奋到完全忽略了导游的忠告——提前饮用景天红花口服液或临时吸氧，以缓解高原反应。一路上只管"开心"，以为自己的身体倍儿棒，一直到返回下榻酒店晚餐时才发现，自己已经头疼得连一点食欲都没有了。后来，多亏有一漳浦老哥自带的药片救急，一觉睡了十个小时之后才得以恢复。

九寨沟，千百年来隐藏于川西北高原的崇山峻岭之中，几乎与世隔绝，长期过着自给自足的农牧生活，由于山高路远，一向鲜为人知。然而，杂居在这里的藏、羌民族从来就不是天外来客。

九寨沟，位于四川省阿坝藏族羌族自治州九寨沟县境内，地处嘉陵江和岷江上游地区，青藏高原东北边缘向四川盆地过渡地带，是一条纵深 50 余千米的山沟谷地，总面积大约 6.43 万公顷。因沟内有九个藏族村寨坐落在这片高山湖泊群中而得名。里面的九个村寨分别就是：树正寨、荷叶寨、则查洼寨、盘信寨、尖盘寨、彭布寨、黑角寨、盘那亚寨和故洼寨。这里有历史记载的人类活动早至殷商，长期以来都是藏族聚居地。九寨沟内藏族的祖先是生活在甘肃玛曲一带的俄洛部落，原属党项羌弥药支，后被吐蕃臣服。唐初吐蕃东征时，松赞干布以其为先锋，占领松州（松潘）后将其留住当地，其中居于白河畔的俄洛部与白马部结盟，其后裔便是九寨沟中九个寨子的藏胞。九寨沟，在历史上还是民族融合的大走廊，在文化上处于藏区向汉区、牧区向农区过渡地带。因此，其文化呈现出浓郁的边缘文化色彩和博大自由的包容性。藏族同胞一方面保持着自身独特的文化传统，比如神秘的原始宗教，繁复的建筑风格、服饰风格，以及热情奔放的节日盛典；另一方面，他们与周围的羌、回、汉各民族和睦相处，彼此影响和渗透，形成多元的文化格局。勤劳、勇敢、智慧、质朴的藏族人民繁衍生息在这块富饶而又神奇的土地上，创造了辉煌、璀璨的藏族文化，为中华民族文化宝库增添了奇光异彩。

九寨沟，因为地质背景复杂，褶皱断裂、新构造运动强烈、地壳抬升幅度大，多种营力交错复合，造就了多种多样的地貌，发育了大规模喀斯特作用的钙华沉积，形成九寨沟艳丽典雅的群湖，奔泻湍急的溪流，飞珠溅玉的瀑群，古穆幽深的林莽，连绵起伏的雪峰。目前，九寨沟不仅是国家重点风景名胜区、国家 AAAAA 级旅游区和国家级自然保护区，而且也是世界自然遗产、国家地质公园、世界生物圈保护区。就连大型电视连续剧《西游记》（86年版）《神雕侠侣》（2006年版）和电影《自古英雄出少年》《英雄》《神话》，有好多个外景镜头都是在这里取景拍摄。在我的记忆中，《西游记》里唐僧师徒四人从瀑布（诺日朗瀑布）上面走过，孙悟空与蜈蚣精在瀑布（珍珠滩瀑布）中大战的精彩画面，至今都历历在目；这里的盆景滩和水磨房，出现在《自古英雄出少年》中的镜头，印象也特别深刻！

在九寨沟保护区内，森林覆盖率超过80%。这里，不仅有四川红杉、星叶草、三尖杉、白皮杉、麦吊云杉、领春木和连香树等珍稀或濒危的国家级保护植物，而且有冬虫夏草、雪莲、雪茶、川贝母和天麻等多种天然名贵中药材。保护区内还拥有陆栖脊椎动物122种，其中兽类21种，鸟类93种，爬行类4种，两栖类4种。这里的大熊猫、金丝猴、豹、白唇鹿、扭角羚、猕猴、小熊猫、林麝、斑羚、绿尾虹雉、蓝马鸡、红腹锦鸡、红腹角雉、斑尾榛鸡、雉鹑和金雕等，都是珍稀或濒危的国家级保护动物。九寨沟，就是一座巨大的天然动植物宝库。

行走于九寨沟，我们可以陆陆续续看到众多的高山湖泊，它们大部分成群分布，面积大小不同，小的不及半亩，大的则在千亩以上。百余个湖泊，个个古树环绕，奇花簇拥。一条沟有如此之多的高山湖泊，这在全国乃至全世界也是绝无仅有的。这些高山湖泊，在九寨沟叫海子，湖水终年碧蓝澄澈，明丽见底，随着光照变化、季节推移，会呈现不同的色调与水韵，玲珑剔透。我们走过一个个海子，从芦苇海、五花海、箭竹海、熊猫海，到犀牛海、老虎海、长海、镜海，再到盆景滩、珍珠滩……犹如行走在镶嵌于九寨沟里的一块块巨大的宝石边缘。蓝天、云朵与群山、彩林倒映其里，与真正横卧于水中的老树交相辉映，一湖之间常会出现由鹅黄、黛绿、赤褐、绛红、翠碧等色彩组成的不规则图形，相互浸染，斑驳陆离。每当我们在走动，湖中色彩更是随着视角移动而变幻无穷！

穿行于九寨沟，就是穿行于一个瀑布的王国。九寨沟的瀑布全都是从密林里狂奔出来。这里有宽度居全国之冠的诺日朗瀑布，它从高高的翠岩上急泻倾挂，似巨幅晶帘凌空飞落，雄浑壮丽。有的瀑布从山岩上腾越呼啸，几经跌宕，形成叠瀑，远观似群龙竞跃，近听则声若滚雪。它们激溅起无数的小水珠，化作一团团迷雾，在阳光的照射下，浮现绮丽的彩虹，令人赏心悦目，流连忘返。

九寨沟能够盛享"梦幻般童话世界"的美誉，主要归功于这里的彩林吧！九寨沟的彩林覆盖了景区一半以上的面积，两千余种植物，争奇斗艳。金秋十月的九寨，恰似一场彩林盛宴，我们漫步其中，仿佛走进一片彩色的海洋！在这样的季节里，这里到处浮光跃金，群峰漫彩。从谷底到山巅，我们很难看到纯色的红、黄、绿，这里的红有深红、浅红、粉红、紫红，这里的黄有金黄、嫩黄、橘黄、鹅黄，这里的绿有深绿、浅绿、明绿、暗绿，红、黄、绿总是混交相间，如条条彩带，似片片织锦。当我们从彩林走过，又犹如在欣赏着一幅幅天然的巨幅油画，目酣神醉！

据说，每当冬季来临，九寨沟还会凭借陡峭岩壁挂起巨大的天然冰雕，蓝如碧晴，由浅而深，冰清玉洁，奇异多姿。当此时，尤有冰柱、冰球、冰挂和冰幔惊现于前，与璀璨耀眼的冰晶世界融为一体，构成幽蓝澄澈的水体胜境。有一点点遗憾的是，我们此次造访九寨沟的时间是秋季，且不能领略到这里的冰川世界。也许，这就是人们常说的美不能尽全吧！

"金秋访九寨,红叶胜花开。碧海泛五彩,风雪舞剑岩。四顾皆仙界,一步一徘徊。挥手暂相别,相约再重来。"结束了四天的九寨之旅,我们随即开启下一站的长江之行。那时,作别九寨,我们依依不舍!至今,虽已时隔七年,人间天堂一般的九寨沟,依然让我心动神驰!

江辉路上白兰香

蔡泗明

　　云霄县城的北部，有一个比较大的农贸市场，当地群众一般称它为"云霄北市场"。这里，不仅为周边群众连续供应着鱼、肉、蛋及果蔬等日常所需，也是全县最大的蔬菜批发市场。每天清晨，天刚蒙蒙亮，市场里便已人声鼎沸，大货车、小货车、农用车，以及人力三轮车，云合雾集，生意异常红火。

　　紧紧毗邻着"北市场"，其北侧还有一条名为江辉路的比较年轻的街道，本为城关旧区拆建而成，建成至今也不足二十年，东西走向，约七八百米的长度吧。江辉路的沿街两侧，分别种有一行白兰树，株距很合适。那是六七年前的一个植树季，我们林业工人一起种下的。记得当时种的是五年苗，如此算来，这些白兰该有十一二年的树龄了。白兰，是常绿阔叶树种，现如今，一到夏、秋季节，白兰花就开得繁茂。观其貌，郁郁葱葱，映日成华盖；闻其香，芬芳袅袅，香醉往来人。

是啊！一条街道，如果能留足绿化空间，种上适宜的绿植，待到绿树成荫、花开烂漫之时，我想无论是临街店铺的老板，还是路过驻足的行人，都会因为多了一份树荫，多了一缕花香而心生欢喜，如今的江辉路恰恰是这样的！

去年九月，一位老同学在江辉路临街铺面开了一家电动车店。这位老同学人缘特别好，做活细致，服务又周到，生意自然也日益兴隆起来。每有闲暇，我就会去那里寻他泡茶聊天，隔三岔五就奔着这条路来，也就常与这里的白兰树擦肩而过。

今年八月中旬的一天上午，江辉路沿街两侧，突然比往常热闹了许多。

一眼望过去，两行白兰树下，多出了许多的黄线方框，临时摊位整齐划一，黄线之上，是间隔有序的U型挡车护栏。一探究竟，原来是地方党委、政府及时落实惠商利民政策，开始允许一些小商小贩在此临时设点摆摊了。一时间，白兰树下，车来人往，络绎不绝，一片欣欣向荣的景象！

接下来的好几天里，伴随着小摊摊主和顾客的讨价还价声，政府部门的配套服务也一步步地跟上来——每天二十四小时，都可以看见城管工作人员轮流值班的身影。这里的城管，不是来驱逐小摊小贩的，也不是没收摆摊的家伙什的，而是劝导服务、协调左右的。到了上午十点左右，环卫工人再次入场清理摊位垃圾，一轮又一轮。中午时分，清洗街道的水车也来了……一切看上去都是那么地和谐，那么地温馨！

在这里，我们可以看到顾客挑选货物的热闹场面，可以深深体会到小摊摊主赧然而笑的内心知足感。即便是过往的行人，也无不为之称颂！

眼前的这一幕，让我不禁思绪万千……

早在几年前，我就常听一位在城市综合管理部门工作的邻居说，在他们的日常管理工作中，存在着一种十分尴尬的现象，一直让他们感到非常棘手，那就是小商小贩的摆摊设点问题。往往是刚从这条街的街头被劝走了，又在那条街的街尾碰上了，面对同一辆摆满水果的平板车，他们常常是面面相觑，哭笑不得！

他说，为了市容市貌的美观整洁不让他们临街摆摊吧，似乎不够人性化——总不能要求一位想出售点自种水果或蔬菜的农民，去租个店面吧。并且，他们还总喜欢摆在人流量大的地方，人流量大的地方生意才好做嘛！然而，越是人流量大的地方越需要好好管理，但执法力度又不好把控，往往很容易引发矛盾冲突。前一阵子，不是连续发生了好几起影响很大、争议也很大的"城管事件"吗？——有执法过程简单粗暴的，也有个别群众刁蛮耍横的；连执法人员与摊主对跪的怪现象都发生了，真是让人啼笑皆非！

当时，我也曾经一度陷入沉思，出现如此让人感到"无奈"的现象，根源究竟在哪儿呢？一座看不到小摊小贩的城市，能算得上是一座有活力的城市吗？当然，一座环境脏、乱、差的城市，显然不会是百姓心目中理想的城市！

今年八月，江辉路上出现的一幕，无疑是繁荣地摊经济的一个良好开端！也是当地党委、政府贯彻落实中央精神，采取堵疏结合，因势利导，实现定点摆摊、规范管理的一个缩影吧！

但愿，江辉路上的白兰树，花开更盛，香飘益远！但愿，白兰树下的地摊生意，红红火火，笑语盈盈！

船场番茄记

蔡泗明

自古以来，诗言志，文表心声。如果我能将下列的文字写好，给"船场番茄"一个客观准确的定位，让行内人认同，让行外人读懂，那么，无论文字多少，也无论是华丽还是朴实，都算是我对自己心底里的那份认知，有了一个圆满的交代。

一

北宋大文豪欧阳修在他的《洛阳牡丹记》中这样写道："牡丹出丹州、延州，东出青州，南亦出越州。而出洛阳者，今为天下第一。"在他的心目中，洛阳牡丹就是所有牡丹产地中的天下第一。如今我想说的是，位于福建省云霄县东厦镇的船场村，在历经了长达六十几年的番茄种植实践之后，产出来的番茄，品种丰富，口味纯正，品质卓越，也能给予我同样的感受。

我并非从事农业研究的专家，是不宜轻易下结论的。然而，我确实吃过许多不同产地的番茄，再结合一下众人的口碑，大致可以认为，船场番茄就是众多番茄品种中的佼佼者。

自从我记事起，每年的秋冬季节，都可以吃到美味的番茄。原因是，在距离我所居住的村庄不出六公里的船场村，每年都有许多农户规模化种植番茄，近水楼台嘛，自然是得之不难。

也许是因为南方的气候比较暖和吧，番茄虽属凉性食物，但当时的我们大多是拿它来生吃的。番茄生吃，肉质感明显，多汁液，味道酸甜可口，适量食用，有助于消化，还可以补充丰富的维生素。至于拿番茄来炒蛋，或者煮成番茄蛋汤，或在牛肉丸汤里加入切片番茄，那都是后来的事。大概是从 21 世纪初期开始，才听到一些专业人士说起，番茄加热后进一步变酸所产生的物质有益于防癌抗癌，我们才拿它来做菜。接着，番茄做菜的花样越来越多，并且逐渐日常化。

二

其实，在我们村的菜地里，也一直常见番茄苗，但它们只是零零星星地散生于种着其他蔬菜的菜地里，或者长于一块菜地与另一块菜地之间的边角地带，不是专门的规模种植。至于这些散生苗种子的来源，大致也是通过鸟类的粪便传播或是大人们淘大粪浇菜时带过来的。小时候的我们，一看见菜地里偶尔长出一株或者几株番茄苗来，就会央求父母亲千万别把它们当作杂草除去，这样，小孩子们就似乎多了一份期待的喜悦心情，可以期待地看着它们成长，也可以期待得到一份额外的收获。

番茄苗，从小全身就长有黏质腺毛，气味很浓烈，而且是越长大气味越浓烈。长大后，它们的茎很容易倒伏，仿佛藤状，所以想要有点小收成，还得帮它们搭个小竹架子。当时的我们，每天盼呀盼呀，盼着它们开出管状的黄花，盼着它们结出扁球状的果实。

可在船场村，所见的就全然不是这样的景象了。船场村的小孩子，是一定看不上这样的散生番茄苗的，也根本无须这样的一份期盼。因为，在他们的视野里，满眼满眼的，都是整片整片的番茄地，少则三五分地，多则十来亩，一块连着一块，挖深沟，垒高畦，就连为番茄植株所搭的竹架子也都得是"三层楼"的，真可谓繁盛无比。

20 世纪 90 年代初，我正读高中，同班的就有几位同学是船场村的，他们家里的番茄地多呀，而且产量和产值都特别高。他们当时种植的番茄都是大粒番茄，成熟的番茄果大约在四到六两左右，单果上斤的也不罕见，正常的收购价在每斤三四毛钱。这样一亩地种下来，产量可达三万斤左右，亩产值也在万元左右。

20 世纪八九十年代，社会上很流行"万元户"这个叫法，那可是一个象征着富有和快速发展的新兴概念。可见，当年番茄种植的经济效益和船场村的经济发展速度都是非同寻常的。

三

都说，趋利是人类本性中最显露的特征。按理说，船场村的番茄种植效益如此之高，附近村庄的菜农们必是争相效仿而迅速普及才对呀，可事实却不是这样的，为什么呢？

这恐怕得追溯一下番茄的传播和种植历史，以及其后期的选择性发展，才能说得更清楚一些。

　　番茄的种植历史源远流长。据载，番茄原产于南美洲，起源中心是南美洲的安第斯山地带。后来，传入欧洲和一些东南亚国家，之后，于明朝时期传入中国。番茄传入中国后曾有多个别名，有的称之为蕃柿，有的称之为西红柿，有的则称之为洋柿子。然而，由于番茄果实味道特殊，色彩娇艳，人们对它十分警惕，不敢品尝，早期仅仅作为观赏栽培。我国的番茄栽培是从 20 世纪 50 年代才迅速发展起来的。目前，在中国的南方和北方均有广泛栽培，而且已经成为人们的主要果菜之一。

　　不容忽视的是，在此过程中，不同地区的地理气候条件对番茄的种植始终起着影响作用。如今的番茄果，营养十分丰富，且风味独特，不仅可以生食或者煮食，还可以加工成番茄酱、番茄汁，或者整果罐藏，食用方法极为多样。

　　说到对种植地的适应和要求，番茄与船场村独特的地理气候条件，简直就是一对精密度极高的卯眼与榫头——北边有低山丘陵挡护，南边靠近内海滩涂，近千亩"围海造田"而成的改良盐碱地，地势宽广平坦，空气循环通畅，且不受北风侵袭。这里，种植出来的番茄植株染病率相对较低，结出来的番茄果实不易裂果，且酸甜适度，口感极佳。

　　当然，随着番茄种质资源库的不断丰富，近些年来，船场村种植的番茄品种也在逐渐增多。从成熟的果实来看，以个头大小区分：有个头较大的金元宝和绿霸，有个头中等的万粉红与台湾番茄，也有个头比较细小的樱桃番茄与春桃番茄；以外观颜色区分：有青头红腚的一点红，有粉红色的金圣粉钻，有淡黄色的黄金宝，也有紫红色的紫番茄。船场村，不仅能培育出丰富的番茄品种，而且种植优势非常明显。

　　每到采摘季节，若是漫步于船场村的番茄地里，到处都是一片片的翡翠绿和翡翠绿之间的珠光宝气，可谓珠围翠绕，琳琅满目。

　　早些年前，在我们村，以及船场村邻近的其他几个村庄，不乏一些经济头脑活络的菜农，他们都曾陆陆续续跟着尝试种植番茄，但结果皆大为逊色，事倍功半，甚至以失败而告终。究其原因，或是因为种植地周围气流不通畅而导致病虫害多，或是因为备受北风侵袭而导致裂果多，或是因为土壤含水率过高而导致番茄口感平淡……或许还有一些我一时也难以说明白的其他缘故。总之，他们种植出来的番茄，产量和质量都难以达到理想的目标。

四

　　最后，我还想在这里简要记录一下船场番茄种植的物候观察和病虫害防治知识，以及船场番茄能够一直保持品质优异的一些原因。

　　根据清代园艺学专著《广群芳谱》关于"番柿"的记载："一名六月柿，茎似蒿。高四五尺，叶似艾，花似榴，一枝结五实或三四实……草本也，来自西番，故名。"它说的应该是，番茄在农月六月可以采摘。同时，还有其他关于番茄种植的书籍里也说，番茄的花果期为夏秋季。这相比较于船场番茄的实际种植时间和采摘季节，是大有出入的。于是，可以得出一个推论：他们所记载的番茄具体品种可能与船场番茄有所不同，拿来当样本记录的番茄种植地，其地理纬度也可能有所差异。记得海南有一句俗语叫：有雨无雨看龙王爷的，有病没病听郎中哥的。想弄明白船场番茄的种植时间和采摘季节，就得问问船场村的番茄种植大户们。如果只咨询一两位还担心得不到准确的信息，那就得多咨询几位，然后再结合实地观察，相互印证，这也是调查研究的科学方法。

通过多方走访和实地观察，得出的结论是：台湾番茄和黄番茄，播种时间是在阳历八月中旬，育苗时间大约是个把月，定植在九月中旬，一般在定植二十天后陆续开花，开花后四十天左右可以开始摘果；石头番茄，播种时间是在阳历九月中旬；一点红的播种时间还要更晚一些，大约是在十月初才开始播种。整个船场村的番茄采果期大约可以从阳历十月底开始，延续至来年四月份，长达五六个月的时间。

船场村的番茄种植大户们，通过长期的积累，在番茄的病虫害防治方面也积累了十分丰富的经验。他们对经常出现的白粉虱、潜叶蛾、黏虫和菜青虫，会有针对性地使用灭蝇胺、联菊·定虫脒、甲氨基阿维菌素、阿维·辛硫磷或氯氰菊酯等几种低毒、低残留的新型农药；杀菌性的，则一般使用代森猛锌、代森锌或甲基硫菌灵。总之，不仅要达到有效治虫杀菌的效果，更重要的是，要确保安全用药，符合果蔬无公害栽培标准。

船场村的"老农"们，通过多年的种植实践经验，还能更加细致地分辨出不同的田地区域种植出来的不同番茄品质。即使是同在船场村，不同方位的田地，种植出来的番茄口味还是有细微差异的。比如，船场村有一个叫大墩的地方，那里地势相对稍高，但灌溉水源充足，一百多亩的田地，是盐碱地改良后的黏质土，那里种出来的番茄虽然个头偏小，但皮厚肉多，甜中带点儿酸，口感脆爽，品质堪称最上等。村里其他的田地，若是沙、土参半的土质，种植出来的番茄品质就略次等；若是偏沙质土的，再次之。

更值得一提的是，为了继续保持船场番茄的特优品质，目前，船场村仍有许多番茄种植大户拒绝使用大棚种植模式。尽管大棚种植确实更有利于病虫害防治和提高产量，但他们固执地认为：只有种植在旷野之中的番茄，才能尽享阳光雨露，博采日月之精华；只有在日照更加充足，而且昼夜温差较大的环境中种植出来的番茄，才是又酸又甜、香气浓郁的最地道的船场番茄。

修床记

蔡泗明

　　家有老床一张，用材一般，杉木所制，款式简约朴素，没有盖顶，也没有精美的雕饰。然而，老床历经五十载，岁月悠悠，深系亲情！

　　说到老床来历，岳母大人至今仍然津津乐道！每每谈起，总能从她老人家的眉宇之间读出一丝飞扬的神采，我们做晚辈的知道，那是发自于她心底最真实的幸福感觉！

　　老床系先岳父朱武扬结婚时亲手所做。先岳父虽非出身大户，但上一辈的家庭经济还算殷实，床是肯定买得起的。然而，他自小聪颖好学，尤其勤于动手，触类旁通，本不是职业木匠，却能做得一手漂亮的木工活。结婚前，竟自己操刀，做得这张大床。这里面饱含着年轻时浓浓的兴致和激情，是老一辈自由恋爱和爱情甜蜜的见证。

十年前，岳母大人整理老家具时，提出将这张大床留予咱们夫妻俩，也算是一份传承。当时我就非常激动，因为我早就听说过这张大床的来历。

今年五月，承蒙组织厚爱，咱在自己的工作岗位上获得了一份殊荣，省委、省政府发给奖金三千元。咱与妻商量，寻思着：是请客呢，还是用它做一件比较有意义的事情？适逢咱们刚刚卖了居住了十四年的老房子准备装修新房子，得咧！就用这"三千现大洋"重新修整一下这张大床！说来也巧，重修费用就是准准三千元，用的是镭金（花鸟）画工艺。当老油漆师傅报价时，咱似乎有点明白佛家所讲的"顿悟"与"缘"了，一切都是那么地"刚刚好"！

先岳父于三十四年前就因病不幸去世了，当时，咱妻子（在四兄妹中排行最小）才是七岁小囡。今天，将岳父大人亲手所做的这张老床重新修整，传承下来并作为纪念，我觉得很有意义，所以，也将它记写下来。

伟大而柔软的母爱

蔡泗明

妈妈，永远是儿女们口中、心中最柔软的词汇！

在妈妈那里，我们可以让自己的情绪完全放松，可以坐没坐姿，也可以吃无吃相；可以埋头睡上慵懒的一觉，也可以仍然像孩子般撒娇；可以在她耳边私语，也可以大大咧咧。妈妈总会露出慈祥而会心的笑容。可当你保持较长时间的沉默时，妈妈就会走近你，轻声细语地问你："有哪儿不舒服吗？！"

在我们这一辈，我们的"妈妈"大多识不了几个字，只知道起早贪黑、任劳任怨地把自己的孩子们拉扯大。宁愿再苦点、再累点也要让孩子们上学，还常说类似的话："你们千万要珍惜机会，千万不能像我一样不识字，就像牛，只能拉犁，你们一定要更有出息一些，要认真读书，争取过上更好的日子！"虽然妈妈没能用"以国家、民族为己任""敢为天下先"的豪言壮语教育我们，但她的话语却已充分体现了她内心那份满满的朴实的爱和对儿女未来诚挚的期盼！

其实，妈妈也懂得"严父出孝子"的道理，但是，当父亲十分严厉地训斥我们过后，她都会和风细雨地向父亲建议："孩子还小，还不懂事，要慢慢讲。"回过头来再对我们说："爸爸性情比较急，你们千万要听话、要懂事，千万别让父母太操心。"

妈妈的爱常常更像和煦的阳光，而不是炎炎烈日！

在生活中，当父母的也都会有憋屈、不开心的时候。然而，爸爸还可以偶尔用酒和香烟来舒缓一下内心的苦闷！可是妈妈呢？她只能是侧过身去，默默地流泪，还生怕被别人看到！

这就是妈妈给我们的爱，伟大而柔软的母爱！

我的亲家是秀才

——

陈红姐

儿子到了谈婚论嫁的年龄，他会找哪种类型的女朋友？我故意在儿子经常关注的 QQ 留言中说："不管她美不美，我喜欢好学上进的女孩，能找到书香门第的亲家当然更好。"

儿子的缘分降临在我发出 QQ 留言不久，好友介绍的女孩是个能写会算的银行财务人员，准亲家公黄诗人是大学教授，准亲家母陈诗美也是财经学校毕业，还是会写诗的女秀才。

说到秀才，让我想起《再生缘》中，聪慧的孟丽君在花溪畔巧遇了俊朗的总督之子皇甫少华，俩人面对星空定下了一世情缘……而我的准亲家公黄诗人也是才华横溢，准亲家母陈诗美年轻时的音容笑貌胜似孟丽君，一对郎才女貌结合后，在 1989 年的金秋收获季节，喜获千金。

二十八个春秋一转眼过去了，同是八十年代末出生的儿子和儿媳一见钟情，恋爱后不到半年就结婚了……黄诗人和林家兵就这样结成了亲家……

一转眼，三年多过去了。忆起儿子和儿媳妇第一次见面是2017年7月1日那天，在饭桌上，儿子和亲家夫妇边吃饭边聊天……儿子回来对我说他对黄诗人和陈诗美的印象是亲切、随和、通情达理。"妈妈喜欢和这种家长相处，相信以后会有很多共同语言。"我兴高采烈地向儿子表明态度。"妈你别急，我和黄诗人的女儿都还没正式约会呢。"

有期盼的日子过得特别快，儿子和黄诗人的女儿通过几次约会和接触，了解到黄诗人是1977年恢复高考时考上福州大学的，1993年已是集美航海学院的副教授。他的业余爱好是写诗赋词，而陈诗美一边在银行工作，一边夫唱妇随地跟随黄诗人写诗作词。得知未来的亲家是书香门第，我迫不及待地要加他们的微信，可准亲家母陈诗美第一次和我见面有点不给面子，她说自己眼神不好，委婉地拒绝了我的请求。

在与亲家夫妇的闲聊中，我得知黄诗人前两年退休后在厦门老年大学学习声乐和诗词，为了让黄诗人和陈诗美对我早点产生好感，我把以前在报上发表过的诗词和随笔作品发到黄诗人的微信中让他点评，陈诗美从黄诗人的微信中看到我写的《评价老公》，主动请求加我微信……

三人行必有我师，有了共同语言和爱好，陈诗美和我一下子成了好姐妹，我们三个人在同一群里经常聊得热火朝天……陈诗美向我介绍她女儿时说："女儿上初中时，黄诗人不喜欢她晚上做作业很晚休息，我却喜欢先让女儿把老师布置的作业做完，然后再把当天加星号的难题多做几题后去睡。因为在女儿教育上的方法和方式不同，我经常和老黄争论，如果几天不说话，女儿就会在我们桌上各放一张写着'咱们和好吧'的条子，老黄每次都是借着女儿的台阶下来找我和好的……"

黄诗人在厦门老年大学学习三年的声乐和诗词后，写诗作词水平突飞猛进，也开通了微信公众号——锦勋诗稿，很多老师、同事和同学都喜欢看黄诗人写的诗词。2018 年春节过后，黄诗人就被厦门三所老年大学特聘为诗词班的任课老师……

两家结成亲家后，我的爱人林家兵说："孩子们成家后要让他们独立生活，我们大人不要为他们太操心。"黄诗人却说："孩子们每天上班很辛苦，将来如果需要我们照顾，也应该义无反顾地帮他们的忙。"黄诗人遇到林家兵，家教和理念不同也是论不清。我让林家兵看黄诗人写的诗：

佳节迎来好亲家

秋影婆娑待月华，
桂香浮动入新茶。
亲人未到心先到，
白发无加喜有加。
幸得东床好儿子，
欣添内舍小娇娃。
举杯但祝孙枝秀，
他日繁开锦绣葩。

林家兵看完说："黄诗人是秀才，我是一个兵。"

江伊婷你真棒

陈红姐

2020 年 10 月 22 日，全国射击锦标赛（飞碟项目）暨奥运会初步队伍选拔赛女子飞碟双向资格赛 75 靶比赛在山西临汾举行。

"自古英雄出少年，似水红颜惹人怜。"用这句话来形容获得此次预赛第一名、决赛个人第三名、团体第三名的侄孙女江伊婷再贴切不过了。

因父母常年在外打工不在身边，江伊婷一出生就随大嫂生活，阿公（陈柏英）和阿嬷（郑秀云）一手把她抚养长大后，懂事的江伊婷渴望父母能给她一个完整的家，无数次用哀求的眼神想把父母的婚姻保住，结果还是因为生意上的失利而分道扬镳。

每次看到父母在眼前吵架，江伊婷都会偷偷跑到阿公家后门，看着杂草丛生的田野掉眼泪。没有父母的关爱，江伊婷经常对我说："等长大有出息了，我要报答天天买面包给我吃的阿公，还有疼爱我的阿嬷。"缺少父母的爱，即使祖辈的亲情再浓也弥补不了她童年那颗受伤的心。

小学毕业后，妈妈陈静担心江伊婷受到家庭影响，叛逆期会变"小太妹"，通过朋友介绍，陈静认识了在莆田体育公园当射箭教练的李献武。在体育公园的训练场上，陈静把江伊婷拉到李教练面前说："我想让女儿跟你学射箭。"当时虚岁才十二岁的江伊婷瘦小得连弓弦都拉不起来，她小声地在妈妈耳旁说："我不学这个，拉不起来，太重了。"李献武教练看到这小孩对射箭不是很感兴趣，就对陈静说："不要强逼孩子学她不喜欢的东西，应该选她喜欢的项目，她才有兴趣去训练。"

李献武教练带着陈静母女逛了一圈体育公园，当路过射击队看到运动员正在训练步枪时，好奇的江伊婷目不转睛地观看着，场上运动员英姿飒爽的身姿像吸铁石一样把江伊婷的脚步吸在原地，江伊婷悄悄对妈妈说："我想学枪，以后可以像警察叔叔一样保护妈妈。"言者无心，闻者有意，江伊婷说的话被站在旁边的李教练听到了，他对江伊婷说："你终于有喜欢的项目了，这是好事啊！"

看到江伊婷痴迷地观看场上的射击训练时，李教练解说道："这个是射击步枪，学这个打固定靶是没有技术的，学'射击飞碟'把碟飞到空中去打碎才是最难的。一会儿我带你们去见孙教练和宋教练夫妇，他们是从东北引进来的省队知名射击飞碟教练，这对夫妻对运动员严格是出了名的，名师出高徒啊！他们教出了很多射击飞碟的冠军。"

接着江伊婷和她的妈妈就跟着李教练走上飞碟项目的训练基

地。江伊婷的妈妈陈静对李教练开玩笑说："你把我女儿介绍给孙教练夫妇见一面，如果我女儿对射击飞碟感兴趣，孙教练他又乐意教，以后我女儿成了千里马，他们夫妻俩就是伯乐了。"

江伊婷就这样在妈妈的担心和期盼中走上了射击飞碟的训练场。"如果你不好好学射击，我就把你送回学校读初中。"这是妈妈陈静经常对江伊婷说的一句口头语。而江伊婷从好奇到好学，从不会拿枪到射击飞碟的成绩后来者居上，只用了不到两年的时间。

第一年，江伊婷早上去体校上课，下午进行射击飞碟的基础训练。第二年孙教练找江伊婷妈妈说："先把江伊婷学业停一下，进行专业训练，这小孩很听话，将来会有前途的。"江伊婷妈妈对孙教练说："那就听从您的安排吧。"

2019年初，孙教练在训练中发现江伊婷是射击飞碟的好苗子。同年4月份，全国锦标赛在南京举行，十四岁的江伊婷在孙教练的力挺中有幸参赛，令孙教练惊喜的是，江伊婷在比赛中荣获了一枚银牌。

孙教练夫妇发现江伊婷就是他们要找的千里马，下半年直接就把她纳入专业训练的队伍中。2019年8月15日，在山西临汾举行第二届青运会比赛，江伊婷荣获个人冠军，团体第二名。2020年10月22日，在山西临汾举行全国锦标赛射击（飞碟项目）比赛，江伊婷在预赛中很平稳地打出并列第一名的成绩，下午决赛中有点小紧张，但打出个人第三名、团体第三名的好成绩。孙教练说感到很意外，因为本次参赛的冠军魏萌是1989年出生、亚军张冬莲是1982年出生，而江伊婷是2004年出生，她们当运动员时江伊婷都还没有出生呢。青运会江伊婷是和未成年人比赛获得冠军，这次全国锦标赛是和老将们比赛，这个成绩是非常棒的。

　　江伊婷通过这次全国锦标赛射击（飞碟项目）比赛获得第三名，拿到了全运会的席位。未来训练的路还很长，比赛的机会也很多。自古英雄出少年，愿江伊婷今后多为福建人争光，多为莆田的父老乡亲们争荣誉！

剪一段时光给五月

——

琅　琅

　　昨夜，一场淅淅沥沥的小雨，打破了世界的宁静，打湿了花的娇容。在都市中生活久了，很容易在快节奏中忽略身边的一些美景。今日得闲，沏一杯清茶，端坐于迎风的窗口，静静地欣赏着五月的样子。

　　大街上穿梭着来来往往的各样车子，小巷里穿行着忙忙碌碌的各样人影，外卖小哥、快递小哥的身影随处可见……空旷多日的马路，终于热闹起来了；沉寂许久的城市，终于恢复了生机。

　　望着川流不息的车子，望着行色匆匆的人们，我忽然感觉，生活需要宁静。犹记得，疫情刚开始的那段日子，繁华的城市突然像静止了一样，变得十分安静。我的心，似乎也跟着平静了不少。

然而，过了一段时间才发现，这样的感觉并不长久，这样的生活并不美好。失去了自由的安静，最终会勾起更多的躁动不安。所以，这样的生活，并不是人们所向往的。

人是很复杂的，安逸久了容易感到孤独，忙碌久了又会感觉疲惫。就好比路边的树，一直在阳光下暴晒不会茁壮成长，一直在阴雨中也无法长出茂密的叶子。唯有在阳光与雨露的交替中，才能长成参天大树。

想到这里，我内心释然了。眼前的车水马龙，看着也觉得格外亲切。

忽然爱上了眼前的一切，爱上了这飘着淡淡花香的五月。

你看，五月的景色多美啊！绿树成荫、遍地花开；你看，五月的节日多好啊！劳动节、青年节、母亲节……哪个日子不让人心动呢？五月的文字仿佛喝了酒，一落笔，就似落在盛开的花朵上。

远处的桃花，如初长成的俏姑娘，脸上泛着粉粉的红晕，看上去格外娇羞。似与春风结缘，与流水联姻，在夏至未至之时，随着流水去漂泊。离了枝头的花瓣，逐了流水的蝶羽，落了个轻薄的名声。有谁知道它的苦呢，历经了三月的寒，四月的暖，在柔软的五月却要飘零逐水，做一个无缘姹紫嫣红的冤魂；又有谁明白它的恨呢，东风在春寒料峭的时候将它呼唤，却在温暖的五月将它放逐。它在萧素的初春绽放，一点鲜红，明媚一个枝头，和煦一缕春风。让那些名贵的、矜持的、迟疑的、观望的花蕾，有充足的时间酝酿，有足够的理由次第开放，可它却在百花齐放的时候被无情放逐。

恨东风，太薄情，让桃花随流水飘逝成旧梦。

娇嫩柔美的桃花，短暂地停留在这明媚的春天，岂止是为了拯救一个荒凉的早春？仓促地离开，又岂止是为了追逐东逝的春水？它啊，主要是为了留一个枝头给果实，让花朵结成青青的果，亲吻暖暖的阳，好在满园锦绣里长出丰硕的样子。

五月的梨花，每一树都是最美的意象，每一朵都是柔软的文字里最为特别的描写。素雅的色彩、淡淡的花香、繁茂的花朵衬着翠绿的叶片，写在梨花上的文字是一首形神兼备的散文诗，抒发着明丽的春、热烈的夏，还有柔柔的情思、淡淡的愁绪。"梨花院落溶溶月，柳絮池塘淡淡风"。古人的文字总是那么缠绵，让月光融进梨花里，让五月的文字散落在花香里，让阅读的人沉醉在月色清风里。

窗前的丁香，带着一脸愁绪散乱在枝头。如同一首现代诗歌，忽略了格式的平平仄仄，颠倒了句子的长长短短，抒发着一种剪不断理还乱的薄愁。散了，乱了，淡紫色的忧郁，在五月的阳光里，幽幽地散发着孤独的清香。

紫丁香多像那朴素的文字，跳跃在洁净的纸上。那些慕名前来的人，总在错过中被呼唤，被吸引。因为那花香，是那么馥郁，那么强烈。丁香知道，那些和它一同绽放的花朵，可以因形而美，可以用色诱人，它唯有因质朴而美丽，在五月灿烂的阳光下，让朴素的文字缕缕生香。

五月的文字总带着淡淡的忧伤。春天扇动着花朵的翅膀，飞翔在渐渐成熟的土地上。而时光一旦走进五月，那些未经历夏的热烈的花儿们，就在明媚的阳光里黯然飘零，让刚刚写给春天的那些痴情的文字无处安魂。花朵匆匆飘零，是为了追逐一波东逝的春水，还是为了完结一场与春水的姻缘？我想起了荷锄葬花的黛玉，心中很是感伤。而站在五月的蓝天下，看风筝自由自在地飞翔，蓦地想起"落红不是无情物，化作春泥更护花"，这古老的诗句是那样深情，使我心中充满了对于五月鲜花的崇敬，使我重新获得了一种渴望生长的力量和方向感。如同一列火车轰隆隆驶出了黑暗的隧道，眼前豁然一片开朗。

我吹着五月的风，闻着五月的香，写着五月的美，整个人仿佛都陶醉在这温柔的时光里。

真想剪下一段时光，送给这迷人的五月，也送给难得清闲的自己。

文学与70后

————

琅　琅

　　我出生在 20 世纪 70 年代。后来，这个年代出生的人，被人们习惯性地简称为"70 后"。

　　"70 后""80 后""90 后"以至后来的"00 后"的概念，是谁率先提出的？什么时候流行的？没有人去考证。

　　"70 后"，在这个标签之下，不仅仅是出生时间上的区分与归类，其中也包含了主流文坛、前辈作家，甚至整个社会，来自社会学、政治学、经济学，对这一代人的精神状态、生活习惯，以及思维方式、价值取向等的认定与描绘。

　　在"70 后"这个命名之下，整整一代人被贴上了"孤独、自我、叛逆"的统一标签。"70 后"这一代人正赶上计划生育实行得严厉的时期,"只生一个好"成为很多家庭的选择。同时,他们也赶上改革开放转型变轨的新时期,各类思潮涌动,各种社会矛盾纷繁复杂,各阶层民众都还处于一个激动、迷惘的大环境中。这样的环境,给"70后"的成长带来了很多值得思考和磨砺的东西,由此,普遍都有一种沉郁的思想。"70后"作家,是一个不事喧哗的庞大、成熟的群体,其作品自然而然地打上了明显的时代烙印。例如,李师江被视为"继王朔之后最具叙事魅力的小说怪才",作品亦正亦邪,是一位杨过式的人物;冯唐的代表作《万物生长》《十八岁给我一个姑娘》显示出他是一位颇具古典文学修养的作家……这个年代的作品,无论诗歌、散文还是小说,都有一种心灵激扬之后的冷静、深层的思考;都有一种社会责任感,不浮躁,不故作矫情,不虚妄。

作为一名"70后"文学爱好者,我想谈谈自己在阅读与写作方面的一些浅显的观点。

文学阅读至关重要。家中父辈藏书很多,且大都以文艺类为主。受大人影响,我在很小的时候就开始阅读。从《三国演义》《红楼梦》《西游记》到《红岩》《芙蓉镇》《三侠五义》,从《当代》《收获》到《北京文学》《小说月报》。现在回想上学的时候,文学类图书都被认为是无用闲书。有一回,我在课堂上偷偷翻阅《青春之歌》,被数学老师发觉,于是在"学好数理化,走遍天下都不怕"的劝告声中,再也不敢在课堂上"开小差"。尽管如此,仍然没有阻止我课外阅读的兴趣。可以说,阅读一直伴随了我的青少年时代,大大丰盈了一位成长中少年的精神世界。之后,我始终没有放弃阅读这个习惯,阅读俨然成为我生活中,不可或缺的组成部分。当年上大学时,因各种原因没有选择文学专业,毕业之后也没有从事与文学有关的职业，然而这丝毫不影响我对于文学阅读的热爱，因为它早已成为我内心的需要。作为个体，我们从出生那天起，就不得不去面对成长的烦恼，面对生命的荒凉感与孤独感，面对向死而生的恐惧感。而文学，能够给我们提供很好的抵御力量。

"70后"，作为中国第一代独生子女，一边享受着来自家庭与社会空前的关注与宠溺，一边又遭遇着来自时代前所未有的抨击与声讨。在面对更多机会、更多选择、更多自由的同时，也不断彷徨于更多桎梏、更多挤压、更多挑战之中。很多人说，"70后"比"60后"现实多了，文学将死于他们这一代。也难怪，在"70后"中，文学大家、著名作家与之前之后相比，相对少了一些。读书开智，写作明理，我想说，我们这一代人真的更需要关于文学的阅读和写作。

在某种特定的情景下，文学可以是匕首、投枪、号角、呐喊，是经国之大业，是不朽之盛事。文学最本质的东西应该是对人心的理解和体恤，写作者要在那些外在的、简单的是非评定与价值判断之外，看到更多的复杂情境。打破想当然的是非对错和善恶忠奸，努力深入内心、接近灵魂，为人物的言行寻找理由、提供理解。优秀的文学作品，应当包含着对人深刻的理解与深沉的爱。

优秀的文学作品应该是有温度的。文学作品的力量，很大程度上来自写作者的情感态度，来自感染力。一部好的文学作品，一定是通过影响人的情感，进而影响人的理性认知和价值判断。那种片面着力于追求高度与深度，忽略温度的写作，其实是偏离了文学的基本品质的。

优秀的文学作品应该是有痛感的。这是一个浮躁的时代，很多作家，感知疼痛的神经已经麻木了；很多写作，失去了疼痛的愿望与能力。他们津津乐道于斤斤计较，醉心于探讨如何眉高眼低、怎么进退自如，怎样同现实握手言和；没有疼痛，忘记初心，缺乏爱之深。

"70后"，这是一个已经被称呼几十年的命名。如今，最大的"70后"已经进入知天命之年。这一代人，已经担负起国家与社会之重任。作为"70后"的文学创作者，在历史进程中，我们同样肩负使命、责任和担当。只怕心老，不怕路长，活着就一定要有爱，有梦想，有追求，用优秀作品告示世人："70后"，我们行！

岁月，从你到我

——

杨金红

　　夜已深，万籁俱寂，我却丝毫没有困意。合上《人生最美是初心》，心绪无端地澎湃起来，细品书中"心若春旖旎"，到"朝暮守初心"，我确乎看到一段悠长的岁月——在时间的河里，从冬到春，从你到我，一切淡然纯粹，来来往往都是初心的痕迹。

　　少年不识愁滋味，心若百花春旖旎。二十年前，在那个青春洋溢的毕业季，老公怀着满腔热忱投身到淮北矿业祁南煤矿，那是一个充满了浓浓乡味的矿山，陈胜吴广的历史典故激励着一代又一代特别能战斗的祁南人。有人说煤矿的天是灰蒙蒙的，除了煤尘很难呼吸到清新空气；有人说煤矿的地是脏兮兮的，除了煤堆很难看见有颜色的东西；还有人说煤矿人的生活是暗无天日的，除了井下很难看到日出日落的惊喜……但是生活让我深深地扎根在淮北矿业，岁月连着矿山和我，我便无理由地爱上了这片土地。在我眼里，祁南是美丽的，美到春天所到之处，满眼都是缭绕的花朵扭着她们娇羞的腰肢，随处可见的青青绿叶喘着生长的气息，一切都是青春该有的模样；祁南是深邃的，深邃到他的每一根顶梁支架都透着遒劲永恒的力量，每一座建筑都赋予了生命图腾的深意，一切都是欣然蓬勃的景象。最引人注目的是那高昂的井架，似乎是一只健硕的雄鹰在振翅高飞；百米进尺，每天都谱写着滚滚乌金走向新光明的征程。

岁月过驹，人生四季，我所期待的桃红柳绿倾一世温柔并没有出现在生活里，倒是煤机、巷道、薄煤层、安全规程牵着岁月的手与我和女儿日日同行。也许嫁给了矿工，更能体会到矿工与战士的相提并论；也许嫁给了矿工，更能感受到矿工与大禹治水的不二决心；也许嫁给了矿工，更能追寻到二十年婚姻其实就是成就了大哥大的风情……但是就是这黝黑黝黑的煤炭，如期带给了我和美的日子，带给了我家的温馨，我本无忧情，心似百花开，这些足矣！

芳年怜花，清烟携水点羞蕊，中年怜家，落落光阴美。经一世，深爱终不悔。我想，我深爱的应是这无尽的岁月带给我儿女情长的光阴，还有这芳华光阴里从你到我——日日相伴的百米矿山情。

中年识尽愁滋味，朝暮初心终菩提。二十年后，岁月的河流带走了曾经年轻的故事，轻描淡写了光阴不负华年的惊喜，日子在家和矿山间变得匆忙，我对矿山的情感也渐渐厚重。老公依然带领着工友拼搏在生产一线，二十年如一日毫无怨言，从回采工作面到割煤方式的建立，从薄煤层的开采到综采智能现代化的试运行……我见证了祁南生产一线的上下职工舍小家为大家的坚强初心，目睹了祁南综采人日复一日的劳作和艰辛。有人说再黑黑不过煤黑子，有人说再苦苦不过煤矿人。是啊，每个重大的节假日，举国欢庆，万家欢腾，但是生产一线的煤矿人都坚守在自己的岗位上，像一只不知疲倦的老鸟守着襁褓里的雏鹰，煤矿与支架是他们的日落黎明。每季春天的花影、夏天的树丛、秋天的丰盈、冬天的雪花，悄然出现的都是妈妈和孩子成双的身影，而父爱无声，他们隔着矿山、隔着屏幕、隔着微信用特殊的生活轨迹画出了生命里另一种风景。曾几何时，"隐形的单亲妈妈"这个词在矿嫂间悄然盛行，"铁打的女汉子"也在矿嫂间蔚然生根。

草木蔓发，清浅四季，在这个冷暖自知的尘世，孤寂会被岁月抚平，落寞会被尘世洗礼，众生皆苦，世界不会对谁格外眷顾，万众可乐，那定是因为有人在为我们负重前行。陌上花又开，深爱且无痕，日子已深深地让我和矿山难舍难分，我也毫无怨言地爱上了这种黑色的人群。在我眼里，矿工是淳朴敦实的，是他们用坚强的意志在地层深处挥洒青春，谱写了一篇又一篇壮丽的诗魂，让我懂得有梦才能更好地前行；矿工是激昂奋进的，是他们用刚毅的臂膀托起地层深处的光芒，播种下一片又一片新希望，让我懂得有希望才有逐梦的阳光；矿工是卓尔不凡的，是他们用勤劳的双手书写着对企业无限的赤胆和忠诚，是他们用一往无前的力量从地底下采掘光明，把太阳捧给世界！也就是这崇德广业、聚能精进的煤矿人，他们用无上的信念和美好的初心给了我四季如春的家，给了我如火如荼的生活，冬春无异色，朝暮守初心，这些足矣！

细水流年，春苞待发诗成行，人间烟火，漫漫若初见。回首处，终能如心愿。我想，这经年的岁月同行，只是为了遇见，遇见矿山，遇见初心，遇见平凡岁月里从你到我——切切相守的唯美矿工情。

山前花如雪

朱湘山

一

黄昏时的光线有些暗淡。

慵懒的小雨在路灯下轻轻飘过，间或有风，摇动着榕树下几盆孤苦无依的雏菊。灯光飘进屋内，站在窗前时，侧脸照一下镜子，刹那间，竟被镜中的影像吓了一跳，原来，我也老了。

我坐在窗前，心里有着说不出的悲凉。

昨夜又一次梦到父亲。

他坐在瓜地的草棚子里，天上是密集的星星，流萤在眼前飞来飞去，他半闭着眼问我："海南那边的海滩上能种西瓜吗？"我靠在门边，回答说："不能，海滩边上盖的都是酒店。"

"哦。"他好久才很失落地回应我一声。

不知为什么，我看不清他的脸，醒来，我怅然若失，枕头上是湿的。

父亲离开我已经三十年了，一想起父亲，就会想起他在瓜田里干活的样子。

老家在笪家湖，那里有一个小小的村庄，十多户人家都靠着给村里种瓜种菜吃饭，我们家也是。家里管理着队里的好几块地，父亲在其中的一块地上种了很多甜瓜和西瓜。瓜很大，每到瓜熟时，父亲的瓜棚里就充满生机。

父亲也曾有过光荣的历史。早年先是在外地学纺织，战火硝烟打乱了他做一个纺织技工的梦。回到家乡，在抗日政府的安排下，他多次领着村民在南阳到唐河的公路上破坏日寇的交通线，在抗日的战场上也算留有自己的足迹。新中国成立之初，父亲参加了土改工作队，只是在最后决定是否随军南下的时候，为了我奶和我母亲祈求的那份安稳，他脱下令很多人羡慕的军装，选择留在家乡当了农民，痛失获得城镇户口的唯一一次机会，再后来，为了生计，他领着全家迁移到了湖北钟祥的笪家湖。

笪家湖的土地是靠山的生产队在 20 世纪 50 年代后期组织村民从芦苇荡的边上开垦的。开垦之初，芦苇疯长，每年种下的麦子收获的时候就成了一捆捆芦苇。经过年复一年的深耕细作，终于挖尽了芦根，改造成了肥沃的油沙地。除了种植庄稼，还专门留出一块地让父亲为生产队种植瓜菜，收获的季节，生产队就派人把瓜菜运回山里按人头分配给村民。对于种植的瓜菜，父亲只有管理权，没有处置的权利，当然，自家的需求不受影响。

临近瓜田的不远的小河边，有一大片芦苇荡，那是农场专门留下的。秋风一吹，芦花就汇成白茫茫的海洋，如雪似絮，颤巍巍随风飘曳；夏天的时候，经常有皇庄、林集一带的人到芦苇荡割马草，临近中午，那些人又饥又渴，就到父亲瓜棚找水喝。面对着那些金黄的香瓜和绿油油圆滚滚的西瓜，都会露出渴求的眼神，提出"买"个瓜充饥，父亲婉言解释一番，但经不住那些人一遍遍说着好话，特别是有带着小孩的人，父亲不忍看着小孩眼中渴求的目光，就会到瓜地摘几个熟透的香瓜洗干净给他们，但又生怕被人发现，说他"侵吞集体财产"。有的人临走留下个三五毛钱，父亲是绝对不敢要的，那些人就丢下钱赶紧离开，当然为的是下一次再来留下个好印象，父亲捏着那几张毛票，像做了亏心事一样不知所措。

二

父亲是个地道的庄稼人，整天都在地里忙碌。夏天太阳很强烈，他光着膀子整天忙碌在瓜田里，滚烫的阳光落他身上，也落在瓜地的香瓜和西瓜上。我坐在田边的小树底下，笨拙地数着地里那些个大的瓜。

当我数累了，就去看父亲。我总能看到他的汗水顺着黑黄的脸颊吧嗒吧嗒往下滴，那一顶破得漏风的草帽根本遮不住多少阳光。

老家的方言管父亲叫"伯"，这时，我会喊他："伯，我想吃瓜。"他摘下草帽，看着我笑笑，从地里摘下个长得歪瓜裂枣样的小瓜在身上擦擦，再递给我。

生产队里派人协助到湖里干农活的时候，带队的副队长领着两个人来到瓜棚里，对父亲说："西瓜熟了没有，挑个瓜尝尝。"父亲的脸上堆着和善的笑："西瓜还差几天熟，要不吃甜瓜吧。"副队长坚持要吃西瓜，父亲碍于情面，只好到西瓜地里这里敲敲，那里看看，最后摘下一个个儿大的西瓜，从瓜棚里找来瓜刀，当刀锋切下去的瞬间，父亲说："只有八分熟啊。"

果然，瓜的中间露出淡淡的胭脂红，靠近瓜皮的地方还是白生生的，副队长几人在切开的西瓜上咬了几小口，扑哧，扔在脚下，转身就走了。微红的瓜瓤在刺眼的阳光下水光盈盈，我看到一地汁水，又看了看父亲。他皱皱眉，表情难过地摇摇头，眼睛里含着泪水。

这些瓜，都是父亲磨掉了手心里的一层皮才长大的。他爱着它们，心疼着它们。现在，看着脚下被糟践的西瓜，他心里的疼蹿到眉梢，拧成了一个结。

我捡起那些扔在一边没吃完的西瓜，小心地啃着，一边安慰着父亲："伯，瓜很甜。"

父亲深深地叹了一口气。

父亲说，瓜长这么大很不容易，吃的时候一定要啃干净。他总是巴望每个吃瓜的人都能啃净瓜瓤，啃到露出绿色为止。他教我吃瓜的时候，一定要吃到瓜皮薄得透着光亮，轻轻一折就会断掉，这样他才会露出满意的笑容。

晚上，我和他睡在瓜棚里。四周漆黑一片，我数着天上的星星。

"伯，你说队长明天还会来吃瓜吗？"

"不会。"他摇着大蒲扇，很自信地回应。

然后，我们沉默下来，眯眼看着繁星，萤火虫在眼前飞舞，拼尽全力享受着生命的美好和飞翔的尊严。我开始沉沉睡去，他给我扇扇子，一个夏天就过去了。

在我印象中，童年最幸福的时光就是在瓜棚里度过的。

三

父亲读的是私塾，古典文学的功底比我深厚，只是很少显露。有一次，队里把我们住的房子的篱笆墙换成了土坯墙，在鸡笼的上方抹平了一块，有人问写点什么，父亲拿来毛笔，用正宗的颜体字挥笔写下四句诗："江柳影寒新雨地，塞鸿声急欲霜天。愁君独向沙头宿，水绕芦花月满船。"那是白居易的诗句。

或许，父亲苍劲洒脱的字迹后面，隐藏着太多人生的感慨，只是我那时还不太明白。

我去读中学的时候，开始因为办粮油关系诸多不顺，只能先在学校的食堂里搭伙，需要给食堂里交柴火。每次，父亲就挑着一大担棉柴梗从笪家湖送到钟祥一中的食堂。父亲身材高大，一大担子柴火压在肩上有些吃力，走走停停，到学校已是中午，浑身的衣衫被汗水浸透，背上是一道道的盐斑，放下柴火连我的宿舍都没去看一下，就急急忙忙往回走，他是担心自己穿的衣服太过破旧，同学们会笑话我。

我调到荆门工作的第二年，还没有接父亲到我在城里的房子看看，父亲就去世了。他刚刚走过八十四岁的人生门槛，原以为打破了民间传说的魔咒，但他最终没有熬过那个寒冷的冬天。

在以后的岁月里，我会常常梦到父亲。

无论走到哪里，我都会在梦中回到一个老地方——一间没有人影的瓜棚，一片如真似幻的静谧的瓜地，而且一次次在梦中流泪，眼泪不知不觉滚落在枕边。

父亲去世后，家里开始还种过几年瓜菜，后来就不再种了。我也渐渐淡忘了种瓜的日子。直到去年回唐河老家，去冯友兰纪念馆参观。中午在唐河边幽静的树林里，接待我们的朋友带着小桌、小凳和几个西瓜。在桌上切开，我们围在那里吃。

一会儿工夫，桌上摆满了西瓜皮。我啃过的瓜皮掺在一堆瓜皮里，很特别，我的瓜皮啃得没有一点红瓜瓤。我突然发现这些年我都是这么吃西瓜的，都是把瓜皮啃成一张纸，妻子吃瓜也是这样，这是父亲留给我们的习惯。

那些被我啃得透着光亮的西瓜皮，寂寂地躺在桌上。瓜皮上留着我牙齿的印痕，仿佛我走过的路。

我小心翼翼地拾起瓜皮，像拾起我和父亲在一起的日子，那么短，那么薄，像一页纸一样。

阳光从树缝里洒下来，落在我的脸上，心中涌起一阵苦涩，这股苦涩滚动着，从眼眶里涌出，那一刻，我无比想念父亲，想念像西瓜皮一样被啃得只剩下薄薄一页纸一样的时光。

四

过完年，春天的脚步已经在路上了，但我看不到柳丝泛绿，草色青青。

房顶的积雪倒是越来越薄了，有的地方已经露出苫盖房顶的茅草；房檐下挂着的冰柱，在午后的阳光下慢慢融化，一滴一滴的水珠落在地上，砸出一个个小水坑。门前土地上的一片洁白渐渐变黄、变黑，裸露出土地的原色，一群不知名的小鸟在积雪融化的地面上寻觅食物，稍有惊动，就呼啦啦一片飞向蓝天。

门前打谷场的麦秸垛朝阳的一面，几个老人坐在那里聊天晒太阳，手里做着针线活，那中间就有我的母亲。这样的场景，一次次在梦中出现。

最后一次见到母亲，是在 2015 年的秋天。

走向母亲的小屋，黄昏的光线短促而凄凉，暮色缓缓地流逝，有如蹒跚独行的老人。

小雨洒在房后的小路上，透出一片凄清，已经是一百零三岁的老母亲，拄着拐杖缓缓走出，用手搭在额前遮住亮光，仿佛一株随时都会被风吹倒的枯草。

我说："娘，我回来了。"

娘说："是林亚回来了？"

我说："我是湘山啊。"

娘说："你是林波？"

娘说的林亚和林波，一个是我侄儿，一个是我外甥。

不知为什么，我突然很想哭，忍了半天，泪水还是唰唰地流了下来。

母亲的小床后面有个窗口，姐姐说，母亲精神好些的时候，常常伏在窗台上往外看。随着季节的变迁，她的脸上一天天地凝重，叹息也变得悠长，她或许知道自己的日子已经不多了，但在她已接近混乱的意识中，却始终念叨着几个儿孙的名字，这中间也有我和我女儿的名字。

我搬到城市以后，母亲曾经也去我家住过一段短暂的时光。然而，城市的景观，终究不如乡村那样鲜活流畅，朝朝暮暮，几乎永远是一种节奏和色调，连天空也被蓬勃向上的楼房分割得支离破碎。母亲是离土地很近而离城市很远的农民，每天，她都明白无误地记得农历的日子，以及还有几天该是什么节气。城里人对天气的反应是极淡漠的，至多关心一下上班带不带雨具及阳台上的衣服要不要收之类，只有母亲忧心忡忡地说："多少天不下雨了，娃儿，我想回去看看。"

我初到一个新单位，整天心里装的都是工作，很少有时间坐下来跟母亲聊天，母亲每天就站在阳台上，久久地向远方瞭望，她的心里还挂念着那个笪家湖的家。那几年，母亲常常是到了我家里，就放不下我哥那里，等到了我哥家后，她又惦记我姐家，每年都会河南湖北笪家湖三地辗转，只有在笪家湖我姐家里能够住得长久一些。

她的一生几乎从未停止过奔波，似乎拥有使不完的力量。她喜欢笪家湖的田野，喜欢那朦胧的绿色、有些青涩的味道、淅沥的小雨和即将收获的快乐期待。但是，随着时间的流逝，母亲的孤独感越来越强烈。

她能够承受一切生活中的苦难，能够承受早年失去双亲的剧痛，但是在人生的晚年，却难以承载心灵的孤独。

去世的前一周，母亲已经完全不再进食，只是静静地躺着，只有轻微的呼吸，然后，她走到了生命的终点。

后墙上的那扇窗，粗糙的木条被娘的双手磨得锃亮光滑，我用手握住窗棂，触摸到娘留下的余温。

五

去年秋天，我又回到钟祥。姐在咸宁林波家里照料孙子，童年时的好友张代贵陪着我和妻子一起去给长眠在山坡上的父亲和母亲上坟。踩着满地的落叶，我们分开密集的茅草和荆棘乱刺，小心翼翼地往山上走去。山坡上，两座坟茔兀立在那里，像两个孤单的孩子翘首望着山下的小路。

山下，是一片白得发亮的芦苇。

天空瓦蓝，成片的白云浮在上面，云朵下面是洁白的芦花，风吹过，芦花一层层荡开去，像老者飘飞的白发。

芦花指的方向，就是父母亲安眠的地方。

父亲的坟墓原先就在家门前的果园里，是在一个风雪天悄悄埋下的，连墓碑也不曾有过。农村里的人大多对于身后之事都看得平淡，一抔黄土足矣。这次由于要修路征地，家里人才把父亲的坟迁到山坡上和母亲埋在一起，并且立了一个墓碑。

父母亲的坟边有树有草。我们在那里烧着纸钱，说："伯、娘，我回来了。"

点着的火苗腾腾地着了，又看见火苗映在那块石碑上，我俯下身，跪在地下。看着墓碑上的字想象着两位老人的容颜，就像依偎在父母身边，从来没有离开他们。

临走的时候，起身采来一束芦花，放在碑前。山风吹过，芦花随风飘落，落在那些俯仰如一川河水的茅草丛中。

走出下山的小路，站在路边，再回头看看。

就像平日里出门，向站在家门口的父亲母亲挥手作别一样，喊一声："伯、娘，我们走啦。"

当我转身的时候，背后一片茫然。没有人应答我的声音，眼前只有萧萧的芦花和满山坡的茅草，我的告别是那样孤独，顿时泪飞如雨。

终于懂得人世间什么最重要了。不是地位，不是财富，更不是荣誉。那些可有可无的东西没有了可以再来，但是亲人没了从此就真没了。

从山上回到笪家湖老屋的时候，看见父亲住的那间茅草小屋已经坍塌，土坯散落在地上，墙根已布满青苔。靠近厨房的一根水管还滴着水，地上是当初我从三线厂带回的一个铝制水盆，里面接满了水，水流到了地上。边上有一个盛水的缸，半缸积水上漂着绿蔓，旁边有很多瓜藤，从院墙那边蔓延过来，已经把一条通向屋后的小路封掩，然后爬上了倒塌的土墙，攀上了屋顶，甚至缠住了檐下一张废弃的车架，在木柄上开出小小花朵。旁边一棵柿树结满了柿子，经霜后已经变得透红，几个金色的南瓜伏在瓜藤下面，静待着主人的回归。

四周空荡荡的，烟火气已随风逝去，一只无人照料的小狗眼里含着泪，可怜巴巴地依在我的脚下，不住地用嘴蹭我的裤脚，嘴里发出凄凉的哀鸣。

夜深了，清寒的月光透过杨柳树密集的枝干洒在清冷的院子里，一道长长的身影陪伴着我。静静地听着自己的脚步声，静静地感受着自己的心跳、自己的呼吸，踏着寒风，我在那间倒塌的小屋前徘徊良久，仿佛走在父母亲的身边。

想起父亲母亲，总感觉心中愧悔难当。走着走着，感觉有什么东西落在我的脸颊上，并且，它们在风中被吹得飞起来。

我伸出手拭去泪水，那些泪水有着烫人的温度，那么热，那么暖。回到县城，我找出一本纸笺，拿出笔。在秋夜里，在灯光下，我写下一些文字，听到自己心跳的声音，那么静，那么痛。

窗外，沙沙的雨敲击着窗户，我的手按在冰冷的窗户上，感觉自己不过是落向人世雨滴中寂寂无言的一滴。

风雨同舟

———

张志荣

　　他，没有英俊的容貌，没有出众的才华，更是没有殷实的家底，但就是这样一个了不起的普通人，用十八年的时间，守护着病瘫的妻子，不离不弃，精心照料。在他的身上，闪烁着人性的光辉，令人肃然起敬。他，就是甘肃省永登县热力公司六十三岁的退休职工魏生福，一位转业军人。

　　魏生福于 1976 年 12 月从永登县坪城公社火石洞村应征入伍，在原总后勤部驻青海省格尔木市某部服役。在部队服役期间，他服从命令，严守军纪，爱护战友，吃苦耐劳，好学上进，多次立功受奖，并加入党组织，成为部队的技术骨干。1981 年，他与本村青梅竹马的惠昌菊姑娘结为伉俪，1982 年有了一个活泼可爱的男孩。刚结婚时妻子惠昌菊为了让丈夫魏生福安心服役，一个人在家里负担起种责任田、照顾孩子等全部事务。而魏生福为了给妻子分忧，每年都把探亲假安排在农忙时节，分担一些力所能及的农活。就这样，两人在互相牵挂、互相体谅、互相期盼中，度过了八九年两地分居的时光。1990年，魏生福转业回到了家乡，被分配到永登县热力公司工作，随即将妻子和儿子也带到了县城。在县城定居后，他在县城热力公司上班，妻子在家操持家务，虽然家庭并不富裕，但一家人在一起其乐融融，满怀对生活的憧憬。

"天有不测风云，人有旦夕祸福"。1993年元月的一天晚上，魏生福和妻子一起在街上行走时，妻子突然好像被什么东西绊倒了，腿一软跪在了地上，但是他俩谁也没有当回事，就这样过去了。可从那时起，每隔几天，妻子类似的腿软伴疼痛就要犯一次，甚至走路的时间一长，腿就挪不动了。到后来每年冬季和春季，腿都发软酸痛，走起路来非常困难，似乎得了大病。病情严重后，他们前往兰州大学第二附属医院（以下简称"兰医二院"）做检查，兰医二院的专家诊断为椎管狭窄，要做手术。为了进一步确诊，他们先后又到兰州陆军总院等几家医院复查，检查结果却不是椎管狭窄，但未确诊病因。就这样，他们寻医问药于甘肃的几家大医院和周边市县的名医，一奔波就是十年。

2002年5月的一天下午，天空乌云沉沉，突然下起了暴雨。妻子惠昌菊在急忙往家里赶的路上，一不小心栽倒趴在了水里，陷入了昏迷。醒后再也无力爬起来，过路的几个好心人把她扶了起来，当时她的双眼分不清路，腿也站不稳了，一位女同志把她搀扶到了家。

这次经过医院确诊，是"多发性脑神经硬化"。魏生福当时不知道"多发性脑神经硬化"是什么病，在他的再三追问下，医生道出了实情："这是个疑难杂症病，不好治，目前我们国家还没有治好这病的先例，吃药基本没有效果……"

突如其来的噩耗，如晴天霹雳一样击打着魏生福，他一下子蒙了，感觉天就要塌下来了。待冷静后，他意识到妻子的下半辈子可能就要在床上度过了。就在他绝望之际，有位医生给他带来了希望，建议他到北京天坛医院去试试，但是那边治疗费比较高。他们抱着一线希望，决定去北京治疗。面对高昂的医疗费难题，单位领导、同事、战友、朋友得知后纷纷伸出了温暖之手，千筹万措，终于凑齐了眼下治疗的费用。

魏生福慢慢搀扶着妻子，在走五六十步就要休息一次的境况下，艰难地向北京出发了。在去车站时，他的单位领导派人派车送他们到了车站；到北京后，他的一位世交联系了北京熟人为他接站，并且还给联系好了北京天坛医院的专家，又于次日带着他们夫妻找到了天坛医院的专家。他也一直感恩于"雪中送炭"的单位领导和故交好友们。专家看了兰二医院检查的影像资料，认为诊断正确，随即安排主管医生第二天开始直接用药。

住院期间，魏生福为了最大限度地节省费用，帮助送病号饭的大嫂推饭车、收拾病人的碗筷，以劳动换得每天免费的饭菜。此外，他买了条床单，深夜在花园或者院子里的长条凳上休息……他省下食宿费和一切可以节省的费用，将有限的钱用于给妻子治病。苦和累都没有压弯他的腰，他坚持着，总以乐观迎接每一天的日出。当他看到妻子的病情有所好转时，竟高兴得像个孩子。经过一个多月的治疗，医生说可以出院了。离院时，医生再三叮嘱魏生福，这种病不好治，可能是"终身制"，说不定还会犯的，但这个时间说不定，有可能是一年、两年、三年……何况这种病在国际上还没有治愈的例子，要是以后再犯了，就不要到北京来看了，花费比较大，效果不明显，尤其对于一个普通家庭来说，这个负担真的很沉重，在家休养也是一种治疗。

魏生福夫妇回到家后，将近一年的时间，妻子病情比较稳定，每天还能和朋友们出去散散步。但刚进入2003年冬季，妻子走路时腿又开始发软了，记忆力也越来越差，从那时起就一年比一年严重，到2008年已基本不能出门了，偶尔出去也只能靠轮椅了。2009年元月，他们的儿子结婚时，她已经完全不能自己站起来了，彻底失去了行走的能力。

妻子的病情一年比一年严重，每时每刻都需要人来照顾。儿子、媳妇都在外省打工带孩子，照顾瘫痪在床的妻子的重担就全压在魏生福一个人身上。他早上6点起床，给妻子穿衣服，抱到卫生间洗脸、刷牙、梳头，然后将妻子抱到沙发上，自己再开始做早餐。安排好家里的一切事务后，他才匆匆去上班，工作两小时后再回家一趟，关顾一下妻子。就这样日复一日、年复一年地干着重复的活计，像一个不断旋转的陀螺，终日忙得脚打后脑勺。

"屋漏偏逢连夜雨"，2015年春节期间，妻子突患感冒，发烧引起了肺部感染，送到医院后都报了病危，但经过几天的治疗，妻子慢慢有了好转，可出院后再也坐不起来了。从此失忆、失语、周身瘫痪，长期卧床不起了。

妻子瘫痪后，虽然魏生福在时刻注意观察，但还是因为缺乏经验，没过多久妻子就长出了褥疮，而且还比较严重，臀部全部溃烂。魏生福和儿子到处寻医问药，功夫不负有心人，终于通过网络在北京一家医院买到了药，用后效果明显，经过一段时间的治疗基本控制了褥疮的再犯。

照顾瘫痪在床的病人是件很艰难的事，特别是夏天，他每天为妻子擦拭一到两次身子，并不分昼夜每两三个小时就为她翻身和捶背按摩 50—100 次，妻子每一次大小便之后都及时清洗。

十八年来，他没有睡过一个囫囵觉。由于长时间休息不好，加上年龄逐渐增大，身体机能急剧下降，魏生福逐渐患上了高血压、糖尿病、心脏病、腰椎间盘突出等病。虽然他承受着各种疾病的煎熬，但只要妻子每天能舒适一点，他就很满足了。

十八年来，魏生福到处打听医治妻子病的良方，希望之火一次次被点燃，又一次次被现实无情地浇灭……他总是在失望与希望中坚守着，即使这么艰难，他始终没有放弃，因为他懂得，遇到风雨，夫妻之间应该相濡以沫，共渡难关，不能劳燕分飞，抛弃对方。魏生福十八年对妻子不离不弃的细心呵护，充分表明：他是一位好丈夫，是人民军队这所大熔炉里锤炼的好钢，是合格的共产党员，是值得我们敬佩的楷模！